DIÁLOGO
COM SAMMY

DIÁLOGO COM SAMMY

Uma contribuição psicanalítica
à compreensão da psicose infantil

Joyce McDougall
Serge Lebovici

Prefácio
D. W. WINNICOTT
Tradução
PEDRO HENRIQUE BERNARDES RONDON

Martins Fontes
São Paulo 2001

*Esta obra foi publicada originalmente em francês com o título
DIALOGUE AVEC SAMMY, por Payot.
Copyright © Payot, Paris, 1984.
Copyright © 2001, Livraria Martins Fontes Editora Ltda.,
São Paulo, para a presente edição.*

1ª edição
abril de 2001

Tradução a partir do inglês
PEDRO HENRIQUE BERNARDES RONDON

Preparação do original
Vadim Valentinovitch Nikitin
Revisão gráfica
*Eliane Rodrigues de Abreu
Andréa Stahel M. da Silva*
Produção gráfica
Geraldo Alves
Paginação/Fotolitos
Studio 3 Desenvolvimento Editorial

Dados Internacionais de Catalogação na Publicação (CIP)
(Câmara Brasileira do Livro, SP, Brasil)

McDougall, Joyce
  Diálogo com Sammy : uma contribuição psicanalítica à compreensão da psicose infantil / Joyce McDougall, Serge Lebovici ; tradução de Pedro Henrique Bernardes Rondon. – São Paulo : Martins Fontes, 2001. – (Estante de psicanálise)

Título original: Dialogue avec Sammy.
ISBN 85-336-1365-2

1. Psicanálise infantil – Estudo de casos I. Lebovici, Serge. II. Título. III. Série.

01-1115

CDD-618.928982092
NLM-WS 350

Índices para catálogo sistemático:
1. Psicanálise infantil : Estudo de casos : Medicina   618.928982092

Todos os direitos desta edição para o Brasil reservados à
Livraria Martins Fontes Editora Ltda.
*Rua Conselheiro Ramalho, 330/340
01325-000 São Paulo SP Brasil
Tel. (11) 239-3677 Fax (11) 3105-6867
e-mail: info@martinsfontes.com
http://www.martinsfontes.com*

Índice

Nota do Tradutor	VII
Agradecimentos	IX
Prefácio de D. W. Winnicott	XI
Introdução	XV
Histórico de Sammy	1
Análise	9
Notas sobre a análise da mãe de Sammy	231
Relatório da Escola Especial	241
Pós-escrito	247

NOTA DO TRADUTOR

A tradução de um trabalho que reproduz sessões de análise de uma criança psicótica apresenta ao tradutor dificuldades maiores do que as habituais. A criança psicótica investe as palavras de um valor peculiar, concreto, de modo que estas adquirem significação diferente da comum. Quanto maior a regressão apresentada pelo pequeno paciente, tanto menor o valor simbólico das palavras, tanto menor a capacidade de manejá-las dentro de uma sintaxe que possa permitir a comunicação. Esse manejo das palavras como coisas concretas leva a um discurso muitas vezes aparentemente desconexo, cheio de associações por consonância. Neste caso, a tradução literal resultaria numa embrulhada sem sentido, de modo que optei por fazer uma tradução algo mais livre, mas que conservasse as rimas e aliterações do original.

Por outro lado, a minuciosa descrição das sessões diárias acabou criando um texto algo repetitivo, cuja leitura poderia tornar-se tediosa. Por essa razão, sob orientação direta da Autora, suprimi parte do material clínico, de modo a tornar mais leve a leitura.

Pedro Henrique Bernardes Rondon
Membro Efetivo da Sociedade de Psicanálise da Cidade do Rio de Janeiro
Presidente do Conselho Diretor da SPCRJ – Biênios 1994-1996 e 1996-1998.

AGRADECIMENTOS

Ao Sammy, que tornou possível escrever este livro.
Aos pais de Sammy, que me deram a permissão para publicá-lo.
Ao dr. Bruno Bettelheim, por sua colaboração em pôr à minha disposição o relatório da Escola Especial.

PREFÁCIO

Na versão francesa original deste livro, o relato de cada sessão é seguido pelo comentário do Supervisor, sendo este o dr. Serge Lebovici. Aquilo que se perdeu na edição em inglês em função da omissão desses comentários (que o leitor pode estudar no livro original) foi talvez compensado por uma apresentação mais consolidada da análise do menino. Aqui está, então, o relato da análise de um menino psicótico que pode ser utilizado pelos estudantes e cujos pormenores podem ser discutidos juntamente com suas implicações teóricas. É lógico que este livro tenha uma versão em inglês, uma vez que a análise foi conduzida em língua inglesa – pois o menino era norte-americano –, de modo que, a este propósito, o livro original era uma tradução para o francês.

Há neste caso o aspecto excepcional de que o menino insistia para que tudo fosse anotado cuidadosamente, de modo que a maior parte daquilo que acontecia está registrado na sessão. Não é muito comum a exatidão nas apresentações de trabalho analítico com crianças, e esta será bem-vinda não somente por aqueles que estão estudando análise de crianças, mas também por todos aqueles que sabem apreciar uma história verdadeira ou uma autobiografia. Este menino estava muito doente, exibindo aspectos clínicos psicóticos, e o ano de análise produziu grandes modificações. Parece improvável que ele tivesse podido realizar essas mudanças voltadas à saúde simplesmente ao ficar mais velho ou através da experiência comum da vida.

O leitor pode observar aquilo que os autores chamam de "restabelecimento do diálogo" à medida que Sammy adquire confiança na lealdade e na compreensão da analista e consegue colaborar e aceitar.

Outro aspecto importante é a maneira pela qual um livro como este põe aqueles que lêem principalmente inglês em contato com a obra de Lebovici, Diatkine, Bouvet e outros que escrevem quase exclusivamente em francês.

É possível dar um conselho ao leitor de um livro como este: há algo a ganhar de uma dupla leitura. A primeira poderia ser rápida, livre do esforço de compor a riqueza de pormenores das sessões. Uma leitura rápida proporcionaria ao leitor a capacidade de sentir o fluxo da história completa e de localizar as fases em que houve as maiores dificuldades, que, resolvidas, produziram os maiores progressos. Uma destas fases seria quando Sammy se identifica com o cavalo brabo e se responsabiliza pelos flatos; também o momento em que realmente feriu a analista e a levou a modificar a técnica, tendo tudo isso se mostrado proveitoso no final das contas.

Na segunda leitura, o leitor poderia permitir-se o pleno fruir dos pormenores ditados por Sammy e dos problemas de manejo que a analista teve que resolver.

A primeira história, a do "Le visage magique" (O rosto mágico), é tão cheia de interesse em si mesma que, se o leitor se deixar prender nela, poderá não alcançar uma visão total da análise. De fato, é possível ficar perplexo bem no início, ali onde, conforme está relatado, Sammy "desenha de uma maneira curiosa... como se estivesse tateando os bordos dos objetos, antes reproduzindo aquilo que toca do que aquilo que vê". Poderíamos dizer que alguns pacientes têm a sorte de que seus analistas não compreendam demais no início, de modo que lhes é possível tatear e ter a plena oportunidade de alcançar impressões criativas. Eles gostam de ser compreendidos, mas podem sentir-se enganados se forem compreendidos tão rapidamente que o analista pareça mágico.

É possível sentir nesta apresentação de análise que as interpretações de Joyce McDougall foram fielmente dadas juntamente com

PREFÁCIO XIII

os pormenores do manejo que executava do caso, e assim, com a rica contribuição do próprio Sammy, este livro deveria obter um lugar permanente na literatura da psicoterapia. Os comentários dos autores são enriquecidos por informações obtidas na subseqüente psicoterapia da mãe do menino.

D. W. WINNICOTT

INTRODUÇÃO

A história do tratamento de Sammy foi publicada pela primeira vez em Paris, em 1960. O próprio Sammy proporcionou a singular oportunidade de escrever este livro: sua ansiedade na situação analítica era tão grande que, por muitos meses, só falaria se Joyce McDougall, sua analista, anotasse tudo o que ele dizia. "Agora escreva o que vou ditar. Sou o seu ditador!", ele gritava. Sammy não era um paciente fácil. Mas a análise prosseguia, cinco vezes por semana, durante quase um ano, tratando daquilo que Sammy chamava de seu "problema". Esse problema tomou múltiplas formas. Sammy algumas vezes o localizava na analista; outras, em objetos inanimados ou no mundo à sua volta. À medida que o trabalho analítico prosseguia, ele começou a compreender que o problema estava dentro de si mesmo. Suas tentativas de lidar com seu problema freqüentemente buscavam expressão direta na transferência analítica, numa luta contra os "seios perversos da Dougie" ou contra sua perigosa "cabeça dura"; em outros momentos expressava-se através de um rico e intrincado mundo fantasístico de *pathos* e, algumas vezes, de beleza poética. Mais tarde, quando já era capaz de tolerar a ansiedade da situação analítica, não exigia mais que cada palavra sua fosse apanhada e aprisionada no papel. Depois disso, a analista passou a tomar notas rápidas em seguida às sessões, uma vez que o material de análise de Sammy constituía a base, naquela ocasião, de um seminário clínico semanal conduzido por Serge Lebovici no Instituto de Psicanálise de Paris.

Após a partida de Sammy para os Estados Unidos, sua mãe, que permanecera em Paris com seu marido, perguntou se poderia também empreender uma análise com Joyce McDougall. Este segundo fragmento de análise proporcionou ainda maior *insight* sobre a gênese de distúrbios psicóticos como os de Sammy, ao revelar os laços íntimos que prendem mãe e filho. A estrutura da sra. Y representava parte integrante da natureza perturbada das relações de objeto de Sammy e tornou possível, retrospectivamente, compreender mais profundamente o intenso drama que Sammy recriava na situação analítica. Sua vida era marcada por uma luta constante no sentido de sustentar sua frágil identidade – à custa de sofrimento e solidão e da incompreensão daqueles que o cercavam. Poderíamos acrescentar que algumas vezes infligia à família quase tanto sofrimento quanto o que ele próprio experimentava, com isso fazendo com que muitas vezes aqueles que mais o amavam ficassem impossibilitados de ajudá-lo.

Pareceu-nos que o estudo minucioso do mundo interior que Sammy revelava em sua análise poderia proporcionar valiosa contribuição à compreensão psicanalítica da psicose infantil. A criação de uma estrutura psicótica na personalidade é algumas vezes a única forma pela qual pacientes como Sammy conseguem relacionar-se com seu mundo e, ao mesmo tempo, evitar os perigos psíquicos da explosão catastrófica, da desintegração e do aniquilamento. O estudo da regressão psicótica, para todos aqueles que têm a coragem de prestar-se a um tal trabalho e de identificar-se com o mundo interior do sofredor psicótico, adquire ainda maior valor uma vez que proporciona *insight* acerca das experiências do bebê e do mesmo modo enriquece nosso conhecimento sobre o desenvolvimento da criança normal, como mostraram Klein e Winnicott. De fato, estudos como esses dão-nos uma visão privilegiada sobre o inconsciente universal do homem, uma vez que, em algum lugar dentro de cada um de nós, o mundo de Sammy é também o nosso mundo.

É claro que é inevitável que a personalidade da analista represente um importante papel no material da análise de Sammy. Devemos lembrar-nos entretanto de que qualquer pesquisa nas ciências humanas põe em questão a personalidade do pesquisador. O observador que crê que está meramente relatando não pode deixar de eventualmente *interpretar*, por maior que seja a perfeição técnica que fundamente sua metodologia.

Na nossa edição francesa inicial cada sessão analítica era seguida por um comentário, e o livro continha extensa revisão da literatura de psiquiatria e psicanálise da criança, referente à psicose infantil, trazendo à atenção do público leitor francês a imensa contribuição do mundo anglo-saxão a esse assunto. Na presente edição a introdução foi muito encurtada e não foi feita qualquer tentativa de levantar a literatura posterior a 1960; as referências originais que ficaram foram, em muitos casos, revistas e corrigidas. Os comentários foram condensados e, muitas vezes, suprimidos. O material clínico permaneceu essencialmente intacto.

Não vamos rever aqui, como fizemos na edição de 1960, a evolução histórica do conceito de esquizofrenia infantil com suas referências às contribuições iniciais alemãs, suíças e americanas, mas vamos limitar-nos à afirmação de que na França muitos pesquisadores foram levados a abandonar esse conceito em benefício dos termos descritivos mais genéricos de "pré-psicótico" e "estados psicóticos infantis". Uma razão para isso está no fato de que a nossa experiência de acompanhamento tem mostrado que muitas crianças diagnosticadas como esquizofrênicas evoluem para uma estrutura patológica de caráter na vida adulta – e não para a psicose esquizofrênica crônica. Além do mais, a diferenciação entre a esquizofrenia infantil e a psicopatologia relacionada à encefalopatia do início da infância é, muitas vezes, extremamente difícil. Pode ser prejudicial ao nosso trabalho clínico – e de fato uma ingenuidade – insistir em estabelecer distinções precisas entre os sintomas de origem funcional e aqueles relacionados a certos tipos de lesões cerebrais orgânicas. Como mostrou Diatkine (*Revue Française de Psychanalyse*, 22, p. 562), as perturbações nas relações objetais, particularmente entre mãe e bebê, são intensificadas pelas deficiências orgânicas da criança e podem, assim, levar ao amadurecimento defeituoso e ao desenvolvimento desarmônico e, subseqüentemente, à estrutura psicótica. A nossa experiência psicoterapêutica com tais crianças indica que os distúrbios desse tipo são vividos pela criança como se fossem conseqüências de frustração traumática por parte do ambiente, ocorrida muito cedo na vida, mesmo quando a maternagem tenha sido adequada, no sentido que Winnicott dá à "mãe suficientemente boa". Conseqüentemente, nossa abordagem psicanalítica não difere daquela que empregaríamos em crianças que não apresentam distúrbios orgânicos.

O capítulo 2 do nosso livro original tratava das descrições psiquiátricas de diversos aspectos clínicos de estados psicóticos em crianças de diferentes grupos etários. Sammy se ajusta no grupo que mostra autênticos estados de excitação motora, que dão livre expressão verbal a muitas de suas fantasias íntimas. As relações ambivalentes mais primitivas com o objeto materno são, algumas vezes, expressas à maneira de um livro aberto. Isto forma acentuado contraste com o grupo que aparentemente retirou seu interesse do ambiente e fala pouco, se é que o faz, de seu mundo interior.

Fizemos comentários acerca do fato clínico bem estabelecido de que certas formas de psicose infantil são mascaradas por formações pseudoneuróticas que apresentam aspectos obsessivos, fóbicos ou histéricos. Em particular, as ansiedades de tipo fóbico tendem a possuir, aos olhos do observador sensível, uma tonalidade peculiar, tornada "fria" até certo ponto e freqüentemente acompanhada por descrições exatas das situações fóbicas dadas pelas próprias crianças e surpreendentes em sua minuciosa arrumação. A ansiedade fóbica grave nessas crianças pode, algumas vezes, ser a única maneira de entrar em contato com o mundo. Até certo ponto, o Rosto Mágico de Sammy, tão vividamente descrito nas sessões das primeiras semanas, permite-nos entrever uma tal ansiedade fóbica.

Uma área de desenvolvimento desarmônico que consideramos particularmente digna de estudo está no campo da linguagem. Muitos autores, além de nós, têm insistido no vívido contraste, tão freqüentemente exibido por essas crianças, entre uma acentuada precocidade de seu vocabulário e uma marcada deficiência no emprego da sintaxe. Este distúrbio cria um efeito trágico em crianças capazes de empregar vocabulário adequado (até mesmo vocabulário altamente técnico, abstrato ou poético) quando a estrutura de suas frases é tão pobre e desajeitada. A confusão – e a fusão – que fazem entre self e objeto fica claramente revelada pelo emprego errôneo dos pronomes pessoais. Estes problemas de linguagem inevitavelmente distorcem e complicam ainda mais as difíceis relações objetais dessas crianças, criando uma barreira à compreensão parental no lar, tanto quanto à compreensão terapêutica nas sessões de tratamento. A perturbação nas relações objetais primitivas nas quais vemos a base psicopatológica da organização da psicose infantil pode ser compreendida de um duplo ponto de vista: pode ser conseqüência da incapacidade da mãe para garantir por seu lado relações objetais iniciais satisfatórias e/ou os desenvolvimentos atrasados e desarmônicos específicos podem ser a origem de frustrações no fato psicológico da experiência do infante. Além disso, estas últimas frustrações podem finalmente ser revividas pela criança como se tivessem expressado a intenção consciente do objeto materno "mau".

Na nossa edição de 1960 também discutimos os interessantes problemas teóricos propostos pelos conceitos de estados pré-psicóticos e psicóticos na infância. Estes problemas continuaram a ocupar o interesse de certos pesquisadores na França, mas uma discussão das publicações ultrapassaria os objetivos de uma edição em inglês. Entretanto, todos estão de acordo em que as descrições clássicas da esquizofrenia da idade adulta, em termos de alucinações e delírios, proporcionam-nos pouca ajuda no sentido de descrever os estados psicóticos da criança que está sempre em desenvolvimento. É antes no sentido de uma realidade externa colorida e impregnada pela vida da fantasia interior da criança que podemos compreender mais plenamente a realidade psíquica dessas crianças. A evolução normal do sentido de realidade no infante parece desdobrar-se através do ato simultâneo de dar-se conta de seu próprio corpo e do mundo externo. Mas ele só se torna capaz de conceituar e reconhecer a si mesmo à medida que pode dar existência independente aos outros – no início, a sua mãe. Assim, a "realidade" é construída para ele através de uma continuidade de experiências que se ampliam sempre, ligadas à consciência cada vez maior que vai tendo acerca do espaço e do tempo. A psicanálise tem conseqüentemente revelado a importância capital do relacionamento humano no amadurecimento do sentido de realidade – amadurecimento que é resultado do *diálogo*, pré-verbal e verbal, consciente e inconsciente, entre mãe e filho, completado à medida que a criança vai ficando mais velha, através de outros diálogos com objetos amorosos subseqüentes, em especial com o pai. A influência deste no diálogo está, é claro, presente desde o início e é transmitida à criança através do veículo que é sua mãe e o relacionamento entre esta e o pai.

Para avaliar a que grau as fantasias de uma dada criança impregnam e distorcem seu sentido de realidade, teremos que nos comunicar com ela. A impossibilidade que a criança psicótica mostra no sentido de realizar isso fora de seu mundo fantasístico é um importante sinal diagnóstico. O psicanalista, com a capacidade que desenvolveu no sentido da identificação, da empatia e do *insight*, tenta *restabelecer o diálogo*. As distorções na percepção e na prova de realidade da criança começam então a revelar toda a sua extensão e a sua significação, no contexto da relação analítica.

As crianças normais fazem a distinção entre seu mundo de fantasia, conforme é trabalhado em suas brincadeiras, e a relação verbal coerente que marca a vida social diária. Sabem que seu mundo de brincadeiras é imaginário e são capazes de deixá-lo quando isso lhes é solicitado, para assumir as relações habituais no ambiente. Em contraste, a criança psicótica vive e se perde dentro de seu mundo fantasístico. Nem mesmo compreende o que é uma brincadeira e é incapaz de adotar o comportamento orientado para a realidade que se encontra nas crianças não-psicóticas. Na criança pequena, com sua estrutura de ego imatura, a fantasia normalmente produz uma certa alteração em seu sentido de realidade, mas o ato de ficar "fantasiando" continuamente a realidade torna-se motivo de preocupação à medida que a criança fica mais velha. Por um lado, isso transforma o mundo numa ilusão anacrônica e, por outro, leva a um progressivo empobrecimento da função de prova de realidade do ego. É lógico que, ao estudar as relações objetais perturbadas da criança psicótica, a função defensiva de tal "fantasiação" contínua da realidade aparece claramente.

Na situação analítica, a transferência proporciona o *setting* ideal para o estudo minucioso das relações objetais das crianças psicóticas. (Ver, a este propósito, a obra de H. Rosenfeld, W. Bion e H. Searles.) Essas relações objetais são caracterizadas por um impacto emocional maciço que está sujeito a variação e oscilação globais e é matizado por uma constante impregnação de fantasias, incluídas aquelas referentes aos objetos parciais mais primitivos. Fantasias de incorporação e de dejeção de partes do corpo da mãe, de ataque sádico e de desintegração, estão mescladas com fantasias de fusão com um objeto idealizado bem-aventurado que por sua vez serve como defesa contra as mais aterrorizantes ansiedades ligadas a objetos (particularmente à mãe – objeto parcial retaliador). Com a mesma freqüência, a retirada autista faz parte do espectro de mecanismos de defesa, numa tentativa de encontrar proteção mágica contra a destruição por objetos persecutórios. Tais defesas, típicas do ego psicótico, levam a novas ansiedades, tais como o medo de uma fusão perigosa (mais perigosa do que ideal) com a mãe, da perda da identidade, bem como da explosão e da desintegração.

Qualquer tentativa de compreender de um ponto de vista patogênico a organização do ego psicótico tem que incluir referências às primeiras experiências do infante. A psicanálise de crianças pequenas, a partir da obra de Melanie Klein, enriqueceu grandemente o nosso conhecimento acerca do mundo fantasístico primitivo associado a essas experiências iniciais. Em estudos mais recentes, especialmente os de Bion, o grupo kleiniano tem insistido em que, em contraste com o desenvolvimento normal, a evolução do ego psicótico é marcada pelo uso excessivo da identificação projetiva como mecanismo de defesa, pela clivagem anormal (ligada à confusão de objetos "bons" e "maus", de amor e ódio e de estados do ego), bem como por ataques destrutivos por parte do ego contra seu aparelho perceptivo como derradeira defesa.

A análise de Sammy, apesar de ter sido interrompida tão cedo, é particularmente rica em produções fantasísticas que revelam certos aspectos fundamentais da gênese de um relacionamento psicótico. Isto se evidenciou tanto no desenvolvimento da relação transferencial de Sammy com sua analista quanto no fragmento de análise pessoal da mãe. Através de toda a sua análise, Sammy apresentou de formas variadas sua ansiedade de ser quebrado ou internamente rasgado em pedaços. Fantasias como estas são típicas daquelas que formam a constelação de ansiedades descritas por Melanie Klein como posição esquizo-paranóide. Na opinião dela, os bebês, em momentos de tensão, normalmente experimentam ansiedades de tipo persecutório. Quase tão normalmente, sob o impacto destas ansiedades o ego primitivo emprega a clivagem como mecanismo de defesa temporário. Melanie Klein sustenta que idealmente, nessa clivagem, a parte libidinalmente carregada do self será mantida, na fantasia, em relação com o objeto materno "bom", enquanto a parte do self agressivamente carregada será projetada no objeto "mau". Essas fantasias algumas vezes são ocasionadas por experiências reais e outras vezes estão ligadas ao movimento psíquico postulado por Freud como o seio nutridor que é "alucinado". Fazer justiça às complexidades deste esquema básico nos níveis dos objetos externos e internos e, subseqüentemente, às suas distorções nos casos de psicose envolveria minuciosa referência à obra kleiniana inteira. Vamos lidar aqui apenas com determinados aspectos da identificação projetiva.

Os mecanismos identificatórios excessivos se destacam nas crianças psicóticas e tomam múltiplas formas, mas são instáveis demais e muito pobremente integrados para as exigências do desenvolvimento normal do ego e do superego. Edith Jacobson salienta o fato de que o psicótico apresenta dificuldades que se referem tanto ao objeto quanto a si mesmo, e em certo sentido esta experiência é semelhante à do bebê que ainda não distingue seu próprio corpo do de sua mãe. Em seu artigo sobre "Identificação psicótica" (em *The Self and the Object World*), ela escreve: "A fusão temporária ou total das imagens do self se expressa através do sentimento que a criança tem de que é parte de seus objetos amorosos onipotentes e *vice-versa*..." Jacobson ilustra esta descrição com o exemplo de um paciente que ela viu regredir da identificação normal para uma identificação mágica através de quatro estágios da relação objetal – estar próximo, ser igual, ser o mesmo e ser um só com. A projeção, no sentido simples de atribuir os próprios desejos e sentimentos a outrem, há muito faz parte do nosso saber acerca da defesa psíquica. Entretanto, Melanie Klein e seus seguidores estudaram em pormenor o conceito mais complexo de identificação projetiva. Este mecanismo está numerosa e vividamente ilustrado na análise de Sammy. Neste conceito, partes resultantes da clivagem do *self* são projetadas em outra pessoa; isto é, uma parte da estrutura psíquica fica, por assim dizer, alojada no objeto. H. Rosenfeld (em *Psychotic States: A Psychoanalytic Approach*, 1964) escreve:

> Na análise transferencial de pacientes esquizofrênicos agudos, freqüentemente é possível rastrear o mecanismo da identificação projetiva até sua origem. Tenho observado que, não importa quando o paciente esquizofrênico agudo se aproxima de um objeto, seja por amor ou por ódio, ele parece confundir-se com esse objeto. Esta confusão parece ser devida não somente a fantasias de incorporação oral levando à "identificação *introjetiva*", mas ao mesmo tempo a impulsos e fantasias, no paciente, de entrar no objeto, seja com o todo ou com partes de seu self, levando à "identificação *projetiva*". Esta situação pode ser vista como sendo a mais primitiva relação objetal, iniciada desde o nascimento. Na minha opinião, o esquizofrênico nunca conseguiu ultrapassar completamente a fase mais inicial do desenvolvimento à qual pertence este tipo de relação objetal e, no estado esquizofrênico agudo, regride a esse nível mais primitivo. Uma vez que se baseia primariamente numa relação objetal, a identificação projetiva pode também ser usada como mecanismo de defesa: por exemplo, para expelir (*split off*) e depois projetar partes boas e más do ego nos objetos externos que então se tornam identificados com as partes projetadas do self.

(As histórias de Sammy, acerca do Rosto Mágico, constituem exemplo disto, em que ele revela seu desejo de estabelecer um relacionamento com a analista e de, ao mesmo tempo, proteger-se contra os terrores inspirados por este desejo.)

Assim, fica evidente que a estrutura psicótica é, em si mesma, uma defesa contra a ansiedade, estando esta ansiedade ligada a objetos internos e externos. A despeito de evidentes e graves lacunas na organização defensiva do ego psicótico, parece-nos que tal estrutura serve para proteger o paciente contra a ansiedade indescritível que é experimentada literalmente como fatal. Entretanto, o sistema defensivo psicótico envolve obrigatoriamente a interferência com as funções autônomas do ego. O investimento conflituoso dos setores cognitivos do ego está geralmente na origem do desenvolvimento desarmônico tão freqüentemente revelado em crianças psicóticas. Assim, em muitas circunstâncias, a linguagem perde sua função simbólica e semântica. Cada palavra pode ser investida com a totalidade de sua significação carregada de conflitos – como freqüentemente era o caso de Sammy. Em seu trabalho sobre psicose infantil, Diatkine e Stein (*L'évolution psychiatrique*, 1958, p. 111) apresentam diversas observações sobre crianças que exibem acentuado atraso no desenvolvimento da linguagem. A capacidade para a linguagem melhorava rapidamente quando a criança conseguia alcançar uma autonomia de ego após analisar, na transferência, a ansiedade ligada a seu relacionamento primitivo inicial com sua mãe. Uma menina, encefalopata e psicótica, tinha grande dificuldade para conservar sua própria autonomia, necessitando constantemente controlar o terapeuta, numa tentativa de manter identidades distintas. Sua saída do mutismo foi seguida por notável progresso no manejo da linguagem e, poucos anos mais tarde, começou a aprender russo como passatempo!

As raízes mais antigas e o amadurecimento da linguagem estão, é claro, inevitavelmente entrançados com a evolução do relacionamento interpessoal. Desde o início existe *comunicação* dentro da díade primitiva: do bebê para a mãe, a comunicação é pré-verbal (gritos, outros sons que o bebê emite, expressão facial, postura, etc.) e da mãe para o bebê é verbal e extraverbal (esta última incluindo o contato da pele, a expressão facial, a maneira de segurar no colo, o balanço rítmico, etc.). É nos momentos de necessidade que o lactente se torna mais consciente desta relação e das experiências de comunicação primitiva que a estabelecem. À base do progresso do amadurecimento e de um feliz equilíbrio na satisfação das necessidades, ele pode fantasiar a imagem materna (provavelmente por volta do final do primeiro ano de vida) e com isso garantir para si mesmo a permanência da mãe internalizada (como tem mostrado a obra de Spitz). Neste contexto, é interessante notar que Elizabeth Geleerd tenha escrito que:

> A criança normal é capaz de erigir dentro de seu ego uma imagem de sua mãe que lhe dará a capacidade de ficar contente na ausência dela e que parece ser o núcleo de seu desenvolvimento até tornar-se um indivíduo maduro e independente. A criança psicótica só funciona na presença da mãe substituta (raramente de sua própria mãe) ("A contribution to the problem of psychoses in childhood", em *Psychoanalytic Study of the Child*, 1946).

A relação objetal psicótica que se desenvolve sobre a base dessa ruptura na comunicação mais primitiva dentro da unidade mãe-filho confere um papel de preeminência aos conflitos pré-genitais que por sua vez matizam a forma específica da estrutura do complexo de édipo na criança psicótica. Lebovici e Diatkine, em seu estudo acerca da fantasia infantil (*Révue Française de Psychanalyse*, 1954, 18), chamaram atenção para o processo evolutivo a que deram o nome de "edipificação", isto é, um estádio que precede o complexo de édipo genital e no qual a criança pequena é levada a imaginar que os desejos e relacionamentos de seus pais são os mesmos que os seus próprios – no primeiro caso, o desejo de incorporação. A relação com a mãe, inevitavelmente ambivalente, leva a criança a perceber o pai puramente como uma proteção contra a perigosa imagem de mãe. Este tipo de estrutura edipiana, ou "edipificação", está a grande distância da organização verdadeiramente edipiana na qual, dentre outros desenvolvimentos, as pulsões homossexuais ligadas à imagem do pai são integradas e formam parte da identificação secundária com o pai. Nas crianças psicóticas, a estrutura edipiana fica inevitavelmente bloqueada nos estádios iniciais da "edipificação".

Um exemplo clínico disso (que ao mesmo tempo demonstra a ruptura do funcionamento simbólico por causa da maneira pela qual a linguagem fica envolvida no conflito) é o seguinte: Philip, de nove anos de idade, afundou numa regressão psicótica após a morte de seu pai, que, alguns meses antes de falecer, tivera uma perna amputada. Na ocasião da primeira consulta, Philip, agora adolescente, tinha passado vários anos sem falar com sua mãe e conservava apenas áreas isoladas de atividade coerente. Em seu jogo ele escolheu dois quebra-cabeças geográficos e lentamente começou a falar sobre eles. O primeiro consistia nas províncias da França que rapidamente aprendeu a arrumar. À medida que o fazia, gritava pateticamente: "França, hei de reconstituir-te em tua integridade." O outro quebra-cabeças era composto pelos países da Europa. Philip interessava-se particularmente pelos países bálticos que integram a União Soviética (desde antes de sua doença ele lia bastante, sendo uma criança intelectualmente dotada). "Pobre Letônia", gritava ele freqüentemente, "hei de livrar-te das mãos da Santa Mãe Rússia!" Uma profunda ansiedade psicótica, em sua dimensão edipiana, está simbolizada aqui por Philip, e ao mesmo tempo vemos como o funcionamento adequado da linguagem está prejudicado, uma vez que está infiltrado pela fantasia edipiana pré-genital. O estudo estrutural do ego de crianças psicóticas avança pouco com o uso de termos descritivos como "ego fraco" e exige o recurso a muitas outras abordagens a fim de delinear mais claramente as linhas de sua organização. É importante também que qualquer estudo de áreas de conflito seja vinculado à avaliação da parte não-psicótica do ego. As considerações psicodinâmicas que evocamos rapidamente aqui formavam o Capítulo 3 da edição de 1960 e, mesmo em sua versão mais completa, não era mais do que uma abordagem insuficiente e freqüentemente insatisfatória deste imenso problema. A nossa esperança é que o caso de Sammy, tão rico em pormenores clínicos, venha a estimular o leitor a ver este diálogo analítico à luz de sua própria experiência e de seu próprio lastro de conhecimentos teóricos e, assim, incentive seu próprio interesse em elucidar os múltiplos mistérios que a psicose infantil nos apresenta.

Em conclusão, gostaríamos de declarar que cremos que a análise de crianças psicóticas é possível e é valiosa. Além disso, proporciona importante campo para pesquisa acerca da origem do distúrbio psicótico. Um estudo recente de Ruth Thomas ("Comments on Some Aspects of Self and Object Representation in a Group of Psychotic Children", em *Psychoanalytic Study of the Child*, 1966) confirma este ponto de vista. Se desejamos ser clinicamente mais eficientes, precisamos constantemente aumentar nosso conhecimento a partir de nossos estudos da psicanálise como ciência básica da personalidade humana.

A propósito das abordagens técnicas, os analistas na França em geral têm-se empenhado no sentido de evitar qualquer postura conformista quanto ao que poderia ser *a* técnica correta ou *a* melhor abordagem teórica à análise de crianças e têm tentado aprender de todos os sinceros e dedicados pesquisadores desse campo. Num território em que tanta coisa é pré-verbal, concordamos com Sacha Nacht em suas observações sobre a psicoterapia da psicose em adultos: "Aquilo que o analista *é* representa um papel mais importante do que aquilo que ele *diz*. A autenticidade de seus dons é mais importante do que a natureza destes." Acrescentaríamos simplesmente que a pesquisa deve também tentar esclarecer a natureza e o conteúdo do trabalho interpretativo; e que aquilo que *somos* depende, até certo ponto, daquilo que *sabemos*. A abordagem clínica do Instituto de Psicanálise de Paris também tem sido consideravelmente influenciada pela obra de Maurice Bouvet, em particular seu conceito de "distância psicológica" ideal e constantemente variável que pode existir entre analista e paciente num dado momento, em todas as psicanálises. Um ouvido sensivelmente sintonizado com esta dimensão exerce influência constante sobre a técnica interpretativa com todos os pacientes. O trabalho clínico e teórico de Bouvet, difícil de transmitir em poucas palavras, é percebido como sendo particularmente útil no trabalho analítico no campo da psicose infantil, no qual as identificações projetivas e introjetivas maciças estão em ação lado a lado com amor e ódio intensos e não fundidos. Isto leva freqüentemente à fuga na fusão, com a conseqüente perda da "distância" relacional e, com isso, da identidade separada; ou, ao contrário, os mesmos conflitos intensos podem precipitar o paciente numa fuga em direção a uma "distância" emocional infinita, tornando impossível a comunicação.

Esperamos que o leitor, nas páginas que se seguem, seja capaz de identificar-se com Sammy e com sua analista em seu trabalho conjunto e que se sinta participando, com cada um dos dois, do pungente drama humano da análise de uma criança psicótica. Desta maneira poderá então chegar a suas próprias conclusões, fazer novas descobertas na riqueza do material clínico e tentar formular por si mesmo aquilo que – e quando – *ele* teria interpretado, em seu esforço para compreender Sammy e para ajudar Sammy a compreender a si mesmo.

HISTÓRICO DE SAMMY

Sammy tinha nove anos e meio quando veio para Paris com seus pais. A dra. Margaret Mahler, que tinha visto o menino e seus pais em Nova York, enviara o seguinte relato:

Sammy Y esteve em consulta comigo e com diversos outros psiquiatras. É uma criança esquizofrênica de nove anos de idade cujas funções intelectuais e em particular as capacidades perceptivas estão apenas moderadamente perturbadas. Seu comportamento estranho e intolerável manifesta-se particularmente na relação com seus pais e, mais recentemente, com sua irmã menor. Obteve algum progresso em outras áreas como resultado da psicoterapia.

Os pais foram encaminhados inicialmente para Serge Lebovici, que, por sua vez, encaminhou-os para mim.

O que se segue foi tirado de notas tomadas naquela ocasião, baseadas em duas entrevistas com os pais juntos e uma com a sra. Y sozinha.

O sr. e a sra. Y, pessoas de trinta e tantos anos, de aparência agradável e modos habitualmente contidos, parecem ansiosos para fornecer um relato preciso e pormenorizado acerca de Sammy. Tendem a contradizer-se mutuamente vez por outra quando falam dos motivos que levariam Sammy ao seu comportamento estranho, mas fazem ambos tudo o que podem para cooperar no sentido de apresentar um quadro completo. Não são emocionais em sua atitude e parecem querer evitar dar qualquer impressão de que se sentem culpados pela doença de Sammy. Estão, entretanto, ansiosos para me fazer saber que Sammy está "realmente doente" e que acham que têm todos os motivos para se preocupar com ele e para se afligir acerca de vários aspectos de menor importância de seu comportamento diário. Parecem atalhar qualquer tranqüilização antecipada a propósito de um possível prognóstico e de fato criticam diversas pessoas que, no passado, os aconselharam a irem levando sem maior interferência. Por exemplo, um psiquiatra que viu Sammy quatro anos atrás disse que ele era mentalmente deficiente e aconselhou os pais a prepararem-no para trabalhar numa fazenda.

O *Pai*, homem de negócios que é também um artista criativo, é meticuloso nos modos e no discurso. Suas longas explicações acerca do comportamento de Sammy são algumas vezes difíceis de acompanhar. Dá muitos exemplos da impossibilidade de ensinar a Sammy o que quer que seja. Há um estranho distanciamento em sua apresentação, talvez porque ele já tenha dito tudo isso antes. Parece ter expectativas bastante elevadas para Sammy, do ponto de vista intelectual, lamentando a inaptidão do filho para o pensamento abstrato e para a concentração nos pormenores. Queixa-se também da incapacidade de Sammy levar adiante projetos já iniciados, como por exemplo colecionar selos. A recusa de Sammy a ver as coisas como um todo é irritante para ele. Não obstante, o sr. Y tem sido extremamente paciente em suas tentativas de satisfazer as intermináveis exigências de Sammy, bem como em seu desejo de agradar Sammy. Parece também freqüentemente ter estado chamando a atenção de Sammy, talvez para contrabalançar todas as gratificações que é obrigado a proporcionar-lhe.

A *Mãe* tem uma expressão fechada e tensa. Quando fala, sua voz é muito impositiva, levemente agressiva; e não sorri. Suas sobrancelhas ficam contraídas numa leve prega durante toda a entrevista. Ela própria já esteve em análise durante quatro anos por problemas de alcoolismo. Diz que não é uma pessoa maternal e que mesmo antes do nascimento de Sammy ela não alimentava expectativas agradáveis em relação a este fato. O parto foi demorado – parto pélvico – e a cabeça era muito grande. Não foram utilizados fórceps. O último estádio do trabalho de parto durou quatorze horas. O bebê foi colocado em incubadora durante vários dias. Por essa razão ela não o viu durante os primeiros três dias, mas não se preocupava indevidamente. No quarto dia, uma enfermeira o trouxe para a primeira mamada. O bebê recusou o peito, e a enfermeira foi muito rude tanto com ele quanto com a mãe. A sra. Y sentiu-se profundamente magoada por seu primeiro contato com seu bebê e teve um intenso sentimento de *ser rejeitada* por ele desde aquele exato momento. O aleitamento materno foi abandonado, e Sammy ficou sendo alimentado pelas enfermeiras com mamadeira nas duas semanas que se seguiram.

A sra. Y então foi para a casa de seus sogros, onde Sammy foi cuidado pela antiga babá de seu marido. Esta mulher idosa assumiu inteiramente o cuidado do bebê e enquadrou-o num esquema rígido. Ela era uma pessoa agradável, mas faltavam-lhe qualidades de sensualidade. Os pais de Sammy acham improvável que ela o pegasse no colo ou que o ninasse, mas não há dúvida quanto a que ela o amava e fazia muitas coisas para tentar estimular o interesse dele sempre que estivesse acordado. Ele era um bebê "bom", mas nunca reagia ao que ocorresse à sua volta.

A babá foi embora quando Sammy tinha dois meses, e a sra. Y assumiu pessoalmente o cuidado dele, sob uma certa supervisão de sua sogra. A sra. Y lembra-se pouco de suas impressões acerca de Sammy nesse período, a não ser do fato de que ele nunca parecia interessado nem nos alimentos nem nas pessoas. Apenas parecia gostar de tomar banho. Ela se lembra de que algumas vezes se sentia entediada com ele. Durante esse período o pai de Sammy ausentou-se porque fazia o serviço militar e voltou quando Sammy tinha três meses. Ele foi o primeiro a perceber que o bebê não parecia responder normalmente ao ambiente. Também chamou atenção para o fato de que, quando Sammy queria olhar alguma coisa, parecia não conseguir coordenar o movimento de seus olhos: tinha que virar a cabeça toda para o objeto que o interessava. Ele não sorria para as pessoas e nem sequer parecia dar-se conta da existência delas. Estas observações surpreenderam a sra. Y, que não tinha se incomodado com o desenvolvimento de seu bebê até então. Notara que ele ganhava peso e achava que este progresso físico era sinal de que tudo estava bem.

Todas as reações de Sammy eram lentas e assim se mantiveram nos meses seguintes. Até os dois anos de idade ele ainda não dava a impressão de que realmente olhava para as coisas. Quando seus pais apontavam, por exemplo, para que ele olhasse coisas pela janela do carro, Sammy virava a cabeça e olhava para o dedo que apontava, aparentemente incapaz de dirigir o olhar para fora. E nunca conseguia encontrar o interessante objeto que estava sendo apontado. Ainda hoje ele não vê nada do que se passa à sua volta e parece não se aperceber das pessoas na rua.

Em resposta às minhas perguntas acerca da situação inicial da alimentação, a sra. Y diz que o bebê parecia fazer progressos dentro do esquema rígido da babá, e só quando assumiu o cuidado dele é que se sentiu irritada com ele. Não podia suportar o fato de que ele parecia não gostar da mamadeira e de que era muito lento para beber. A conselho do médico, tentou fazer com que Sammy bebesse em copo quando tinha sete meses de idade. O bebê resistiu muito, e ela acha que a experiência terminou com o conteúdo do copo todo derramado no pescoço dele. Não se lembra de quando finalmente Sammy foi desmamado nem como recebeu a alimentação sólida, mas acha que eram muito rígidos em relação a isso e que as mamadeiras foram suspensas de uma vez só. Em geral fazia tudo o que o médico dizia que devia fazer.

Nos dois primeiros anos, Sammy passava horas do dia balançando-se para diante e para trás e fazendo movimentos estereotipados com as mãos. Era sempre difícil atrair sua atenção, e ela tinha que fazer gestos extravagantes para conseguir que ele viesse ao seu encontro. Ele nunca vinha espontaneamente para ninguém. Ainda que nunca passasse seus braços à volta do pescoço da mãe nem procurasse se fazer pegar no colo, ele gostava de que lhe fizessem cócegas. A única solicitação afetuosa que fazia era a de algumas vezes aproximar a cabeça da mão de algum adulto, como pedindo para ser acariciado.

Aos dezoito meses Sammy comia sozinho mas muito lentamente, e muitas vezes chegava a esquecer que estava comendo. Tinha seis anos de idade e a babá ainda lhe dava comida na boca; hoje, é lento e complicado para comer. Fica remancheando em cima da comida muito tempo depois que os outros já terminaram. Derrama um bocado, nunca limpa a boca; tem certas maneiras rituais de comer e recusa diversos alimentos, como por exemplo todas as frutas, à exceção de laranjas.

Até os três anos de idade, Sammy regularmente tomava banho com sua mãe. Quando notou que era visível que ele ficava sexualmente excitado, ela deixou de tomar banho com ele. Ele sempre passou horas brincando no banho e ainda atualmente é difícil fazê-lo sair. Ainda hoje brinca interminavelmente com água e sempre parece sentir-se culpado quando percebe que está sendo observado. O treinamento de hábitos higiênicos não parece ter sido fonte de especial tensão. Foi posto no urinol com sete meses e conseguiu controlar seus intestinos com dois anos; ficou completamente "limpo" pelos três anos de idade. Um ano depois, seu interesse pelo funcionamento de seus esfíncteres pareceu ter despertado novamente. Até um ano atrás ele era obcecado pela privada e passava horas dando descarga. Uma distração infantil favorita semelhante é brincar com fogo e queimar coisas, sem prestar muita atenção aos danos que isso pode causar.

Sammy gosta muito de exibir-se e aproveita cada oportunidade de se mostrar despido diante de pessoas que visitam a família. Quando tinha cinco anos, costumava freqüentemente pôr seu pênis para fora diante das pessoas. O pai relata que uma vez, no metrô de Paris, teve sua atenção chamada por uma cutucada de seu filho e viu que ele tinha colocado seu pênis para fora, passando-o através de um furo que tinha feito numa revista em quadrinhos que estava segurando no colo. Conforme a sra. Y observa, incidentes como esses só são engraçados quando são contados, mas é muito doloroso vivenciá-los. Sammy também passa longas horas olhando seu próprio corpo nu diante do espelho. Olha especialmente para seu rosto e para seu traseiro.

Até a idade de seis anos, não mostrava qualquer interesse em brinquedos. Seus únicos brinquedos eram suas mãos. Passava horas conversando com elas, numa linguagem inarticulada em que repetia: "dedan dedan dedan". Até os sete anos falava interminavelmente sobre pessoas imaginárias. Contava longas histórias sobre esses seres aos amigos da família e em outras ocasiões compunha canções sobre eles. Mais tarde, dos sete aos oito anos, representava cenas consigo mesmo diante do espelho, e isto parecia substituir os jogos dramáticos com as mãos. Só depois dos oito anos é que passou a falar de coisas que realmente existiam. Era como se vivesse diante de um espelho. Algumas vezes representava as mesmas cenas diante de vidraças. Fazia reverências diante de si mesmo, dizendo: "como vai, sr. Bump Bump?", etc. Por essa época, seu pai assumiu o comando e insistiu em lentamente tirar Sammy de seu mundo imaginário. Nessa ocasião Sammy veio a incluir uma família de tigres de pelúcia em sua vida. Sua mãe lhe dava um novo em ocasiões especiais, e o menino ficou muito ligado a eles e conversava com eles durante horas. Mas nunca brincava com eles da maneira comum de brincar. Costumava colocá-los à volta de sua cama todas as noites e manteve esse hábito até o ano passado, quando, durante as férias numa colônia de crianças, descobriu que as outras crianças de sua idade não se interessavam mais por brinquedos de pelúcia.

De acordo com o sr. e a sra. Y, Sammy, agora com nove anos e meio, mudou muito pouco nos últimos quatro anos. Em suma, os aspectos que mais os preocupam são: Sammy nunca demonstrou gratidão nem prazer; no momento em que recebe alguma coisa que desejava, aquilo já não lhe agrada. Não há meios de castigá-lo; ele aceita todos os castigos sem fazer a mínima modificação em seu comportamento e de fato faz tudo para provocar punições. Faz observações cruéis aos amigos deles; a sra. Y acha que Sammy ficaria feliz se eles perdessem todos os seus amigos. Não se interessa por nada, a não ser por fazer todo o possível para chamar atenção. Esgota a paciência de seus pais com um questionamento insistente e não consegue ficar sozinho nem por curtos períodos (a não ser quando está ouvindo seus discos). Nunca conseguiu brincar com outras crianças. Com sua irmã menor, de dez meses de idade, ele é agressivo e quase cruel. As tentativas de colocá-lo na escola deram em nada. Com outras crianças ele fica totalmente perdido. Faz esforços patéticos no sentido de imitá-las, mas sem ter qualquer compreensão de suas brincadeiras nem fazer qualquer tentativa de relacionar-se com elas. Sua única realização é jogar xadrez com seu pai. Os dois aprenderam o jogo juntos, e Sammy joga razoavelmente bem, mas mesmo aqui freqüentemente há muitas cenas. Se perde, é capaz de soluçar por muito tempo e costuma insistir para jogar e jogar até que consiga vencer. Além disso, se o pai ousar tocar a rainha de Sammy, a crise que se segue é intolerável. Afora o jogo de xadrez, parece que os pais tendem a dar fim às atividades de que Sammy gosta. Por exemplo, no ano passado Sammy pedia à mãe que lesse histórias para ele. Neste ano ela parou de fazer isso, dizendo que ele já está muito grande e que nunca aprenderia a ler por si mesmo se ela continuasse. O mesmo ocorreu acerca dos contatos corporais. Desde que conseguiu tolerar ser acariciado, suas exigências têm sido tão grandes que ficou impossível satisfazê-lo. A atitude dos pais é sem dúvida motivada em parte pelo medo da maneira com que ele leva ao exagero tudo o que faz. Embora a sra. Y declare que é bastante distante de Sammy, noto que ela passa a maior parte do tempo preocupada com ele.

Os pais estão ansiosos para que Sammy inicie o tratamento. Dizem que ele já teve um ano de psicoterapia e gostava de ir às sessões. Combinamos que vou atender Sammy à base de cinco sessões por semana e voltarei a ver os pais após três semanas. O restante está dito nas anotações de sessões que se seguem.

ANÁLISE

1.ª Sessão (Quinta-feira, 28/10/54)

Abro a porta para a sra. Y e um menino magro e de aspecto frágil que me olha fixamente por trás de seus óculos de lentes grossas. Sem uma única palavra e sem olhar para trás, ele deixa sua mãe e entra comigo no consultório. Não se move quando o convido a sentar-se, apenas fica de pé, quieto, os olhos vagando. À minha sugestão, passeia pela sala, olhando os livros e as paredes, depois olha vagamente para fora pela janela antes de vir cuidadosamente empoleirar-se na borda de sua cadeira. Digo-lhe que há tintas, lápis de cera e massa plástica à sua disposição, ou podemos simplesmente conversar, se preferir. Ele me olha solenemente por um momento, mas é como se realmente não me visse.

S. – O que vou fazer?
J. M. – O que você quiser.

Ele escolhe as aquarelas e começa a pintar, com ar de concentração séria, uma figura bastante confusa e indistinta, na qual marrom, vermelho e preto são pintados um por cima do outro.

S. – Quer ver? Sabe o que é isso? É um homem a cavalo. O que você vai fazer com isso se eu lhe der?

J. M. – Bem, o que você sugere?
S. – Ora, estou dando para você de qualquer jeito. Pode fazer o que quiser com isso. Então vamos, o que você vai fazer com ele?

Ele é muito insistente e tento sem sucesso fazer com que me diga qual acha que vai ser o futuro do presente que me deu. Ele pega outra folha de papel e começa a desenhar com os olhos fechados. Desenha de uma maneira curiosa, mesmo de olhos abertos, como se estivesse tateando os bordos dos objetos, antes reproduzindo aquilo que tocasse do que aquilo que visse. Faz cinco desenhos ao todo, pedindo-me a cada vez que adivinhe o que é. Como não entro no jogo de adivinhar, ele finalmente me diz o que são: 1) um barco com pessoas dentro; 2) uma árvore caindo; 3) um vulcão; 4) um cavalo; 5) outro cavalo.

Com os olhos bem abertos, faz um sexto desenho que não explica (fig. 1). A cena parece se dar dentro de casa. Há duas cadeiras de braços a cada lado de uma lareira de mármore, na mesma posição em que estão as cadeiras em que Sammy e eu estamos sentados e que ficam efetivamente a cada lado da lareira. Mas na cadeira de Sammy está sentado um camundongo e atrás deste há uma criatura parecida com um cachorro. Na minha cadeira há uma garrafa da qual está saindo fumaça, diz Sammy. Sobre a prateleira que há acima da lareira, há um touro (na realidade há um par de castiçais, cada um com uma vela alta).

Fig. 1

S. – Agora, por favor, você poderia me dar alguma coisa para beber? Estou com muita sede. Oh, por favor. Não quero beber nada do tipo suco de laranja. Você não poderia me dar um pouco de leite? (Fica muito insistente.)

ANÁLISE

J. M. – Bem, você pode pedir a Hélène, a empregada, para lhe dar um copo de leite.

S. – É bom e frio? Pode ser coado? Eu não gosto de nata.

Bebe o leite de uma golada e pede mais luz na sala e mais papel para desenhar. No final da sessão, reluta em sair, mas acaba saindo alegremente.

No último desenho Sammy está talvez mostrando-nos uma primeira indicação de seus sentimentos transferenciais. Ele está representado por um camundongo (ameaçado por um animal que está atrás da cadeira), enquanto a analista é uma garrafa, objeto de desejos orais. Sammy pede alguma coisa para beber logo após ter feito este desenho. O touro na prateleira, clássico símbolo da virilidade, sem dúvida é tranqüilizador, uma vez que está entre o paciente e a analista. Em outras palavras, o touro-pai protege a mãe-garrafa das exigências de Sammy-camundongo e também funciona como barreira contra qualquer contato próximo demais que possa se desenvolver entre eles, se as solicitações orais do camundongo forem satisfeitas. Esta interpretação edipiana sugerida acerca do papel do touro foi confirmada três semanas mais tarde, quando Sammy quebrou as duas velas da prateleira, dizendo que isso o fazia sentir-se "muito mais forte".

2ª Sessão (Sexta-feira, 29/10/54)

Hoje Sammy está sorrindo e conversando com segurança. Antes de entrar no consultório diz a sua mãe que não o espere na sala de espera.

S. – Não, não! Você poderia ouvir sons. Não quero ninguém ouvindo.

Inicia a sessão fazendo muitas perguntas acerca de outras crianças que eu atenda, que idade têm, por que vêm e o que fazem. Quando lhe digo que não posso dar informações acerca de outros que venham me ver, mas que me interessaria ouvir as idéias que ele possa ter sobre esse assunto, finalmente desiste e pergunta se pode ver os desenhos de ontem.

S. – Oh, você colocou títulos! Você sempre faz isso? Há pinturas de outras crianças aí nessa pasta? É tudo meu!

Começa então uma confusa aquarela na qual formas imprecisas são apenas visíveis e as cores se perdem porque se misturam.

S. – Você não consegue adivinhar o que é?
J. M. – Diga-me o que é.
S. – É um barco.
J. M. – O que ele está fazendo?
S. – Está afundando! E adivinhe o que é isso. (Aponta uma série de cruzes altas no barco.) Não está vendo? São pessoas. Estão boas, não? Estou gostando desta pintura quase tanto quanto da que fiz ontem.
J. M. – E essas pessoas, o que estão fazendo?
S. – Vão se afogar. São... Ahn... cientistas.
J. M. – O que são cientistas?
S. – (Olhando-me malignamente.) São pessoas que tentam descobrir coisas! (Inclina-se na minha direção com o punho cerrado.)
J. M. – (Rindo.) Como eu? Eu sou uma espécie de cientista?
S. – É, é sim!

Pede então que esta pintura seja guardada junto com as outras e começa a limpar a caixa de pintura. Faz isso cuidadosamente, lavando tudo três vezes. Faz diversas perguntas para determinar se outros também utilizam esta caixa de pintura e indica que espera que esta caixa seja guardada para seu uso exclusivo. Pede-me que admire sua operação de limpeza.

 Hoje Sammy claramente desejava minha atenção exclusiva e estava curioso para saber quem mais a recebia. É interessante que projeta em sua mãe sua própria curiosidade e, imediatamente depois, tenta descobrir se outras crianças vêm aqui, etc.
 Sua curiosidade, é claro, desperta ansiedade; os cientistas inquiridores que devem afogar-se, sem dúvida, refletem aquilo que Sammy sente que vai acontecer com pessoas que são curiosas demais. Suas intensivas operações de limpeza no final da sessão podem bem representar sua tentativa de lidar com a situação e provar que pode limpar e reparar qualquer dano causado a uma analista inquiridora.

3.ª Sessão (Sábado, 30/10/54)

Sammy imediatamente pede para ver suas pinturas. Faz então outra pintura como as primeiras, com diversas cores colocadas umas sobre as outras. Diz que são dois homens num bar. À medida que vai pintando, começa a falar de seu pai e dos passeios que fazem juntos. Em particular descreve visitas a um certo bar onde seu pai lhe permite pedir qualquer coisa que queira e tenta descobrir bebidas originais, como xarope de menta com limão. Daí, passa a falar acerca da sra. Cor, acompanhante dele e de sua irmã.

S. – Ela é muito má para mim. Me bate o tempo todo. Não sei o que fazer. Meus pais querem que ela vá embora, mas ela ainda está lá. Gostaria que você falasse com minha mãe sobre isso.
J. M. – O que você quer que eu diga?
S. – Bem, você se incomodaria de ser espancada? (Cerra o punho e olha fixamente para mim.)
J. M. – Talvez você gostasse de me dar um tapa.
S. – E se eu der, o que você vai fazer?
J. M. – O que você imagina que eu faria?
S. – Não sei. Bem, o que você faria se a sra. Cor lhe desse um tapa?
J. M. – Imagino que eu ficaria zangada.
S. – Oh, você é muito bonita para ficar zangada! Então o que você faria se eu lhe desse um tapa?
J. M. – Diria para mim mesma que você deve estar zangado comigo.
S. – Mas o que você faria?
J. M. – Bem, antes de mais nada eu lhe pediria que me falasse sobre isso e que me dissesse o que é que realmente gostaria de fazer comigo.
S. – Eu não disse que ia bater em você.
J. M. – Não, mas uma parte sua talvez quisesse.
S. – Talvez eu possa querer assustá-la.
J. M. – Então talvez você esteja com medo de mim.
S. – É, você poderia me matar!
J. M. – Você não confia em mim.
S. – Oh, não! Não confio mesmo.

Sammy volta então ao assunto da sra. Cor e dos maus tratos que esta lhe inflige, e pede-me novamente que fale com sua mãe sobre isso. "Por favor, faça alguma coisa. Não é brincadeira, é muito sério."

É o final da sessão e acompanho Sammy de volta à sala de espera. Digo à mãe, conforme ele pediu, que Sammy quer que eu fale com ela acerca dos maus tratos que sente estar sofrendo nas mãos da sra. Cor. Ela dirige a Sammy um olhar perplexo e exclama: "Mas Sammy, como você pôde fazer isso! Por que, se ela é maravilhosa com você? Na verdade ela o mima!"

Sammy volta-se para mim, arreganhando os dentes e sai dançando e gritando: "Ha-ha! Te enganei! Você acreditou, não foi?"

Esta piada deu a Sammy a oportunidade de virar a mesa na situação analítica e, sem dúvida, foi uma maneira de controlar o medo que tem dos sentimentos transferenciais, bem como de defender-se contra esses sentimentos. É também interessante que Sammy não pôde dizer quais são os seus verdadeiros sentimentos em relação à sra. Cor, a quem está, obviamente, muito ligado. Sua mãe teve que expressar esses sentimentos em lugar dele.

4ª Sessão (Segunda-feira, 1/11/54)

Sammy inicia olhando bem nos meus olhos e cantando "O rosto, o rosto, bonito que dá gosto". Começa a pintar, mas continua com a cantiga que inventou, fazendo infinitas variações sobre o mesmo tema. Começa espontaneamente a falar sobre sua pintura.

S. – Este é um rosto mágico. Veja como muda de cor! (Está neste momento passando uma terceira mão de aquarela.) Este rosto não tem corpo, apenas longos tentáculos, cada um mais comprido que o outro. É metade homem e metade mulher. Anda pelas ruas e pode fazer qualquer coisa que queira. Podia fazer tudo antes de nascer. Um rosto, um posto; um rosto, um posto; um rostinho engraçado... etc.

Sammy está muito mais nervoso hoje e passa a sessão inteira falando de modo bastante dissociado. Às vezes fala dramaticamente, como se estivesse fazendo proclamações ou lendo uma história em voz alta. Não consigo recordar a enxurrada de palavras que emite, mas as imagens recorrentes dizem respeito a mãos cujos dedos foram decepados, pessoas sem pés, sem corpo, etc.

Quando depõe o pincel, perto do final da sessão (a pintura agora está irreconhecível sob várias camadas de tinta), ele grita: "Larga isso, antes que alguma coisa te mate!"

Começa então a esguichar água no tapete e autoritariamente solicita mais água. Como não faço comentários, ele derrama o restante da água da aquarela em diversos objetos pela sala e olha para mim, como que tentando avaliar as minhas reações. Tenho a sensação de que pela primeira vez ele relaxou algo do controle de si mesmo diante de mim, especialmente a propósito de suas tentativas de comunicar. Muitos de seus pensamentos e mesmo as palavras que emprega estão desordenados e não parece mais preocupar-se com que eu o compreenda. No final da sessão, retoma seu comportamento inicial mais cuidadoso. Quando reencontra sua mãe, diz num elevado sussurro de palco: "Diga a ela o apelido que dei para ela." Sua mãe parece constrangida e diz: "Ele a chama de Dougie." Descendo a escada, ele se vira e grita: "Dougie, eu te acho muito bonita."

Na excitada atmosfera desta sessão, Sammy fala fluente e rapidamente, embora de maneira bastante caótica. Passa sem pausa do rosto da analista para o aterrorizador Rosto Mágico com sua constituição bissexual e seus longos tentáculos. Dá a impressão de estar sob a influência de uma fantasia terrificante cuja intensidade perturba sua capacidade de comunicar.

O Rosto Mágico expressa não somente ansiedade de castração, mas também o medo da desintegração. Além disso, notamos que o Rosto Mágico decepado pode partir para a retaliação e decepar outrem, inclusive a analista, que poderia ser morta se o tocasse.

É interessante que Sammy consegue recuperar seu controle ao chegar ao final da sessão, mostrando a força de suas defesas contra fantasias inconscientes que lutam para expressar-se.

Protegido pela presença de sua mãe e por sua permissão implícita, Sammy pode revelar que tem um apelido para mim e que me acha "muito bonita". (Isto, como vimos na última sessão, significa que não vou ficar zangada.)

5ª **Sessão** (Terça-feira, 2/11/54)

S. – Hoje quero escrever uma história sobre o Rosto Mágico. Posso ir contando e você vai escrevendo? Você vê que não sei escrever muito bem em inglês. Só sei um pouco de francês.

Entretanto, Sammy escreve o título desta história no alto desta folha na qual manda que anote seu ditado e repetidas vezes acompanha isso fazendo desenhos imprecisos a lápis, representando rostos humanos e animais. Uma ou duas vezes tenta escrever algumas palavras ele mesmo, mas logo desiste. Em cada nova página desenha um contorno irregular dentro do qual devo escrever a história. Todas as tentativas de fazê-lo conversar são inúteis. Insiste para que eu escreva cada palavra e dita o que se segue:

Este rosto é muito mágico e é por isso que é chamado de Rosto Mágico. Este rosto pode fazer tudo o que quiser. Se você alguma vez o visse, ficaria surpreendida de ver que ele pode fazer tantas coisas. Por exemplo, pode matar qualquer um que queira e pode fazer pessoas mortas voltarem à vida. Já antes de nascer podia pensar e falar e tudo o que quisesse. E este Rosto Mágico pode transformar-se em leões e tigres e hipopótamos e formigas e tias*. Esse rosto é metade de tudo, metade hipopótamo e metade tigre, metade canguru sem a segunda perna, metade elefante sem a tromba e exatamente como um cachorro que não tivesse rabo nem pata dianteira. Assim, esse rosto é mestiço de pessoa, exatamente como um cachorro é mestiço de outros cachorros.

O Rosto Mágico pode ser assustador algumas vezes, mas de vez em quando, a cada Natal, dá um sorriso uma vez ou outra, mas não o tempo todo. E este rosto é o rosto mágico do mundo. Este rosto é um rosto grande, não é um rostinho. Nunca ninguém o viu no mundo antes. Se jamais ele vier, as pessoas vão ficar muito surpreendidas. E, mesmo que não venha, as pessoas podem sonhar com ele e pensar nele como um conto de fadas.

O rosto tem cinquenta e um anos de idade e tem vinte e um pés de altura e nove pés de circunferência e este rosto nunca morre. Esse rosto vive num posto com muitas pessoas em volta. E todas essas pessoas você pode ver em sonhos e acreditar em contos como o Rosto Mágico que vive num posto tendo à sua volta apenas trinta pessoas.

O posto é um rosto, mas ninguém sabe por que foi, mas eu vou suspirar feito um boi se souber como foi. Oi! Disse o rosto a um homenzinho pequenininho que só tinha uma mão. Mas o rosto fica com pena do sapo porque ele não tem um bom papo. Agora este homem viu uma cacatua na rua quando estava olhando a lua. Mas agora a lua está brilhando lá fora. Como a árvore parece parda porque o outono não tarda. Como vou fazer para achar o caminho de casa, se o Rosto não me achar?

E longe, longe, muito longe ele viu o Rosto Mágico correndo o máximo que ela podia – porque o Rosto é metade mulher e metade homem. Assim, se alguma vez ela tivesse inimigos, podia transformar seu rosto num rádio quebrado e assim o inimigo não a incomodaria. Quando o inimigo visse o rádio quebrado não daria atenção e continuariam com sua guerra.

E o pequeno Chipsie-Hopsie, o bichinho, depois que pulou fora do poço da lua, a sra. Rosto Mágico a viu e disse: "O que é isso? O que é isso? Pulando por cima da lua! Não posso suportá-lo. Isso me mete medo. Vou expulsá-lo do caminho, de volta para sua árvore. E agora vou me transformar num tigre."

Nesta página Sammy faz então um esboço rápido. Num canto há uma meia-lua e ao lado um sol. Embaixo disso, uma espécie de

---

* Em inglês há aqui um jogo de palavras entre *ants* (formigas) e *aunts* (tias). (N. do T.)

ANÁLISE

cachorro e uma figura humana primitiva com algo parecendo uma árvore ao lado.

P. 4 – Título: "Como me Transformo num Tigre"
Transformei uma de minhas mãos numa pata, de modo que então pareço um rosto com uma mão e uma pata. Então levanto uma das peles que tenho no meu rosto e isso parece exatamente uma orelha de tigre. E, quanto ao meu rabo, transformo-o num rabo de tigre – realmente como um rabo de tigre. E então minhas outras duas patas pulam para fora. As coisas que pulam para fora são partes dos meus intestinos. Então olho e vejo que está faltando uma pata.
Agora ela olha para si mesma. "Sou um verdadeiro tigre agora." Ela perseguiu o bichinho numa árvore cantando Lá lá rá rá lá. (Aqui Sammy canta e solicita que eu tenha a bondade de escrever a melodia empregando a notação musical!)
Agora o tigre que é a srta. Bradburg, o nome do Rosto, persegue a coisinha em sua árvore e este foi o fim disso, o final disso para esta história. E este rosto voltou todo o caminho para casa e transformou-se num passarinho na janela do segundo andar. A casa tinha quatro mil novecentos e trinta e dois andares.

O desenho nesta página representa claramente um animal muito grande pulando em cima de um bichinho muito pequeno. O movimento é dinâmico e o desenho, mais pormenorizado do que os outros. O texto continua na p. 5 como se segue:

Assim esta casa tem dezessete andares de altura. O rosto, o posto, é o rosto para mim. (Mais uma vez Sammy pede que anote a música.) O Rosto ficou aninhado na cama nesse longo dia. Como ela nunca se cansava, ficou acordada a noite inteira e mexia nos livros. Assim o Rosto ficou em casa para sempre. Era o fim de sua vida aventurosa. Ela estava cheia. Resolveu transformar-se numa pessoa comum e viveria até oitenta ou noventa anos como qualquer outra. Nunca teve um inimigo e todas as pessoas na cidadezinha eram suas amigas. Uma velha senhora de cinqüenta e um anos com mãos de verdade e pernas de verdade. Nunca mais um rosto mágico. Ela transformou toda a mágica em coisas comuns porque agora ela queria ser uma pessoa comum. Andava na rua, uma senhora comum com uma bengala, porque toda a mágica que possuía a tinha excitado demais. E todos os seus amigos vinham à sua casa. Ela deu uma festança, todo o mundo se divertiu muito, ninguém ficou chateado. Ela continuou vivendo muito tempo e sempre feliz, nunca ficou doente e morreu numa idade comum. Uma senhora feliz numa cidade e uma boa senhora.

Nesta última página Sammy desenhou uma casa com um teto muito pontudo, e em cima da chaminé há uma figurinha usando uma espécie de elmo.

Perto do final da sessão, ele pede permissão para levar a história para casa, dizendo que queria mostrá-la para seus pais. Insistiu tanto que acabei permitindo que a levasse, à condição de que a trouxesse de volta no dia seguinte, o que ele aceitou. Fez um tremendo estardalhaço para sair, e eu lhe disse que ele acha difícil separar-se e talvez seu desejo de levar a história para casa seja uma forma de levar consigo algo que é parte dele e de mim.

Sammy dita sua história num estado de excitação mal controlado e fala com surpreendente rapidez. Às vezes emprega as palavras como objetos, mais do que como meios de comunicação. (Algumas semanas mais tarde, 40.ª sessão, ele próprio chamou atenção para sua dificuldade de comunicação com outras pessoas, quando elas não compreendem a significação pessoal que ele dá a certas palavras.) Aqui ele está fazendo um esforço imenso no sentido de lidar com e controlar suas ansiedades subjacentes ao tema principal, moldando-as numa história razoavelmente coerente, uma tentativa criativa que é mais bem sucedida do que sua expressão inicial através da pintura.

Os temas se desdobram gradualmente, começando com o Rosto Mágico como uma pessoa onipotente, um assassino perigoso que por sua vez é mutilado e passa a ter um corpo quebrado em pedaços. Este objeto destruído torna-se destruidor. À medida que a ansiedade de Sammy cresce, os pormenores que dá sobre a relação do Rosto Mágico com seus objetos são reminiscentes de fantasias de aterrorizantes relacionamentos com objetos parciais, de uma fusão entre um objeto destruído e um objeto destruidor.

Sammy luta para negar e controlar a irrupção de suas apavorantes fantasias, insistindo em que o que está descrevendo é apenas um conto de fadas. Tenta também manter o terrificante Rosto, com tudo o que simboliza, dentro de limites, atribuindo-lhe dimensões definidas. Ao introduzir na história o "homenzinho" que está perdido e não tem "um bom papo", ele fala na primeira pessoa, o que sugere que ele próprio está pedindo socorro. Neste ponto, é interessante que o Rosto torna-se uma mulher, uma figura terrível e avariada (como parecem ser todas as figuras maternas para Sammy). A figura materna castrada torna-se menos aterrorizante quando se transforma em alguém que é "metade homem e metade mulher". Aqui, o drama projetado no Rosto claramente esconde imagens da cena primária arcaica.

Na fase seguinte, quando está face a face com o animalzinho (o homenzinho, Sammy), "ela" transforma-se num tigre. É neste momento de total confusão de identidades e de cena primária mágica que o Rosto Mágico fica apavorado e renuncia à sua onipotência, porque "toda a mágica a tinha excitado demais". Ela volta à normalidade e torna-se uma pessoa "comum" (sem dúvida Sammy precisa dela dessa forma, de modo que ele próprio possa tornar-se uma pessoa total e "comum" cuja perturbadora mágica – suas defesas mágicas – não o assuste). Através de todos esses temas, Sammy não somente revela seu medo de perder sua identidade, mas também até que ponto deve lutar contra o caráter projetivo dos objetos fragmentados. Quando esses objetos por si mesmos ficam investidos de poder destrutivo, o Rosto Mágico representa a fusão de Sammy com sua analista. Por este método mágico ele tenta escapar da relação destrutiva que é sentida como muito perigosa para ambos.

A história de fadas é tranqüilizadora, uma vez que permite que Sammy externalize fantasias assustadoras que já estavam despertando muita ansiedade nas sessões precedentes. Além disso, é sem dúvida tranqüilizador para ele descobrir que a analista consegue sobreviver a esses ataques. Ela pode ser utilizada como objeto contra o qual podem ser atuadas as mais primitivas fantasias.

Esta sessão não apenas mostra o caos que Sammy sente como resultado de sua confusão acerca de sua identidade, mas também revela ansiedade surgindo de seu terror à desintegração e dá algum *insight* quanto aos métodos pelos quais tenta fugir dessas ansiedades. O fato de passar a sessão inteira *ditando* foi também uma tentativa de manter sua ansiedade dentro de limites; e daí para diante, durante alguns meses, cada sessão foi passada com Sammy ditando para mim. E cada nova sessão começava com a solicitação de que eu lesse para ele a sessão precedente.

6ª Sessão (Quinta-feira, 4/11/54)

S. – Outra história hoje.
J. M. – Fiquei muito interessada pela história de ontem e tenho estado pensando quem será o Rosto Mágico.
S. – Cala a boca!
J. M. – Imagino que você fique um pouquinho apavorado de falar sobre essa história, não é, Sammy?
S. – Bom, se você vai querer conversar – eu simplesmente não entro nessa, tá?

Manda que eu comece imediatamente a escrever. "Esta história se chama 'A nevasca'." Mais uma vez traça uma linha no meio da folha na qual deverei escrever o texto, enquanto do outro lado ele vai acrescentar um desenho.

P. 1 – "'Bem', disse o sr. Mannering. 'Não vou ficar morando na minha velha casa. Vou sair e construir uma nova na floresta e ficar com outros animais e fazer amizade com eles. Vou ver igualmente passarinhos, macacos e cangurus dos quais gosto muito, disse o homenzinho gorducho. Vou procurar uma floresta e começar a construir uma casinha.' E fez assim. 'É uma casa bem boa', disse, 'não é a melhor que eu poderia fazer, mas também não é a pior. Minha casinha tem uma lareira, uma chaminé, uma janela e um homem, que sou eu. Assim, na minha casa há apenas um de cada, não há dois da mesma coisa. Bem, assim o meu dia passa um pouco mais feliz. Vou até a fazenda para estar com os cavalos e as vacas e falar com o fazendeiro, que é um velho de quarenta e nove anos.' Assim ele saiu andando para as profundas florestas que havia no caminho da fazenda. E gostava muito de estar na floresta com os animaizinhos, esquilos, vacas e canários." (O desenho que acompanha esta página mostra um homem que parece estar correndo e atrás dele há um esboço grosseiro de uma casa.)

P. 2 – "É claro que eles não têm tigres e leões, porque conheço muito bem essas florestas. Quando saiu no campo aberto, ele estava exatamente perto da fazenda. E o fazendeiro acenou para ele, sem ter resposta. Havia a srta. Jerry Hamsten que tinha três filhos e um pai, e a srta. Scraps, a Garota Remendada. E a princesa Ozma não estava longe. Ela era a chefe da cidade e tinha os seguintes filhos – princesa Dorothy e Ojo, que por acaso era o homem da fazenda. Ojo ficou muito triste quando descobriu que seu tio Unc tomou o pó da vida e assim seu corpo virou mármore. Ojo realmente sentiu pena dele. 'Como vou achar tio Unc? Não posso fazer nada por ele'." (Este texto está adornado por outro desenho de casa e por duas figuras que parecem ser macho e fêmea.)

P. 3 – "Na história da perdida princesa de Oz, acontece que ele não entra. Mas entra na da Garota Remendada. O mágico virou a sala de pernas para o ar e Ozma foi aprisionada. Um menininho a achou num caroço de pêssego. E depois disso, flip-flop, todos voltaram para casa. Este é o fim desta parte da história. Agora a segunda parte: Unc virou um bloco de mármore com o pó da vida. A vitrola também viveu. Todos eles odiavam essa vitrola. E Woosie estava lá, tudo na floresta. Um cavalo de pau que soltava fogo pelos olhos. Diga uma palavra mágica se quiser que eu lance fogo! Waskiboochiwoochy. Lá no alto das árvores uma voz fez uuuuu. Uuuuu, ouviram outra vez. E tornaram a dizer a palavra mágica." (O desenho de Sammy representa o cavalo de pau lançando fogo pelos olhos. Parece muito duro e quadrado.)

P. 4 – "Assim o Woosie atirou fogo pelos olhos e a cerca caiu redondamente no chão. Woosie escapou. Tinha pés de madeira e três pêlos na ponta do rabo. Todos puxaram o rabo dele, mas não conseguiram arrancar nenhum pêlo. Precisavam deste para fazer o titio de Ojo voltar à vida. Um raio que caiu fez alguma coisa gritar lá dentro. Viram uma vez três homens sentados à volta do fogo. E ninguém sabia o que era aquilo. Um rosto, um posto, bonito que dá gosto, apareceu no céu. Todo o mundo ficou espantado e ninguém sabia quem era ela. Era o Rosto Mágico. E eles o viram. A mesma senhora com a bengala e todos disseram que ela já estava cheia. O rosto, o posto, o rostinho sujo. Era uma vez uma bolota de lama no chão. A srta. Scraps beijou-a. Era a princesa Ozma. E Ojo encontrou seu Unc que deixou de ser um bloco de mármore e o abraçou. O rosto, bonito que dá gosto. Ninguém sabe, mas o rosto não está aí. Está atrás da árvore. Eu sou o lobo e sou o leão. E agora vou te pegar, disse uma voz ao longe. O esquilo ficou apavorado. Correu do tigre e do leão que estavam lambendo a língua um do outro. As tripas da raposa iam ser arrancadas com os dentes por alguém." (As poucas linhas do esboço que seguem o texto são imprecisas e lembram o Rosto Mágico.)

S. – Você tem um rosto lindo.
J. M. – Talvez seja eu o Rosto Mágico?
S. – Você sabe quem é?
J. M. – Não, mas pensei que pudesse ser eu. Você não está bem seguro do que pensa dela, se é boa ou má.
S. – Você é bonita como uma artista de cinema. Por que você é tão bonita? Você se acha bonita?

É o final da sessão, e Sammy, vociferando, recusa-se a sair.

S. – Não, não! Não vou! Há algo muito importante para te dizer.
J. M. – Você pode me dizer isso amanhã.
S. – Não. Agora! É sobre a escola. Eu vou para uma escola.

Enquanto fala, Sammy atira os braços à minha volta e parece que vai me beijar; então muda de idéia e começa a puxar a minha roupa e parece antes estar querendo me morder.

J. M. – Sammy, acho que você não tem certeza de como se sente em relação a mim neste momento. E talvez esteja procurando ver o que vou fazer. Mas agora você tem que ir.

(Ele se agarra às minhas pernas e, de um modo ou de outro, conseguimos chegar à sala de espera. Bem na porta Sammy se conserta e começa a agir de modo mais normal. Corre de volta para dentro do consultório e grita: "O rosto, o posto, bonito que dá gosto.")

Hoje, em sua fuga à ansiedade despertada pela transferência, Sammy se refugia mais uma vez na fantasia e mantém o controle da situação analítica ao continuar a ditar. À medida que as histórias se desenrolam, a vida em si mesma fica perigosa; seres humanos são transformados em objetos inanimados e, inversamente, usando um poder mágico fantasiado, a criança dá vida a objetos inanimados. O "pó da vida" transforma a vitrola num ser vivo, enquanto o tio vira mármore. Aspectos maus ou terrificantes do Rosto aparecem nos olhos de Woosie, que "podem lançar fogo".

Assustado por sua onipotência, Sammy se protege enfatizando os aspectos bons do Rosto Mágico e projetando-os na analista, a "senhora comum" da sessão anterior. Agora ele se sente suficientemente seguro para abordar a mais aterrorizante das fantasias, que é uma evocação da cena primária: o leão e o tigre lambem a língua um do outro, enquanto as tripas da raposa são arrancadas.

Quando a analista sugere que ela mesma é o Rosto Mágico em seus aspectos tanto tranqüilizadores quanto aterrorizadores, Sammy reage fortemente, mostrando sentimentos eróticos excitados mesclados de ambivalência. Isso é compreensível, uma vez que Sammy projetou na analista-Rosto Mágico muitos de seus maus sentimentos bem como imagens boas de si mesmo. Na sessão seguinte, ele me pede que leia sua história, sem dúvida procurando tranqüilizar-se de que pode recuperar aquilo que foi projetado.

7.ª Sessão (Sexta-feira, 5/11/54)

S. – Leia para mim a história do Rosto Mágico.

Tento fazer Sammy falar a respeito disso, mas meus esforços são recebidos com :
"Chega disso agora! Vai! Oh, você é terrível, não estou aqui para responder a perguntas!"

Lida a história, Sammy pede um copo de leite e desta vez toca ele mesmo a campainha para chamar Hélène à sala. Ela traz o leite e Sammy diz insolentemente: *"Merci, ma vieille"* ("Obrigado, minha velha").

S. – Agora leia a segunda história.

Novamente evita qualquer discussão da história, mas, em vez disso, pergunta insistentemente acerca de meus outros pacientes, que supõe que sejam todos crianças.

ANÁLISE

S. – Oh, você não vai nunca responder a uma pergunta. Você é muito mesquinha! Bem, acho que vou escrever outra história. Escreva aí. Chama-se "A Terra e seus animais".

Eu sou o irmão vaca, disse uma voz. E eu sou o bezerrinho da família. E eu sou a raposa, irmã raposa. E uma voz muito, muito longe disse eu sou o dragão. E eu sou o filho do dragão. Mas eu sou o PAI, disse uma voz muito forte. E vou fazer esse chão estremecer. Eu sou a coisa enorme que faz o chão estremecer. Eu me chamo Droblia Terrias e vou derrubar a socos trinta árvores. E isso deixou apavorados o rato e o coelho e o esquilo e o grande urso polar e o outro bichinho. E mesmo o Rosto Mágico que estava correndo à volta das trinta árvores. O Rosto Mágico estava pulando por cima dos animais – o hipopótamo que vomitava, o rinoceronte prenhe e o elefante que tinha quatro patas e uma diarréia horrível. E o Rosto Mágico voou através da floresta e deu um encontrão num canário que ficou com o bico quebrado. Os hipopótamos que vomitam e o rinoceronte prenhe e os leões e os tigres com suas grandes bundas peludas, todos fugiram. Ninguém ficou. O passarinho com o bico foi morto pelo Rosto Mágico. E depois todos fizeram seu grande rebuliço. O Rosto Mágico estava uivando horrivelmente. Todos os animais rosnaram e saíram a galope e balançaram as trinta árvores. O esquilo pulou nas costas do hipopótamo que vomitava. Então o hipopótamo pulou nas costas do elefante. O elefante deu um grande rugido! Wah! E então o dragãozão com o maior rabo estava muito zangado. Trovões vieram do céu e relâmpagos e vulcões entraram em erupção. Assim todos os animais deram o bote em cima do dragão até que as tripas dele voaram longe e o coração também. Aí ele caiu redondamente, de cara, morto!

S. – (Para mim.) Não pare de escrever!

O vômito cessou. A diarréia e todos os outros animais com problemas pararam. E os globos oculares de uma mulher se esbugalharam no céu. E os relâmpagos todos caíram em pedaços. Foi a maior balbúrdia que os animais já ouviram. As pedras estavam se quebrando. Mataram o pobre do elefante. Logo os oceanos do mundo inteiro se estenderam sobre a terra em toda a extensão. E a Terra ficou coberta d'água. Caiu gelo do céu, o sol apareceu e a água começou a ferver. Todos os animais ficaram numa aflição horrível. O Sol estava chegando mais perto. Havia fogo. Logo tudo era morte. Só a Terra continuou rodando sozinha. Todas as coisas estavam mortas. Só o chão queimando e a água fervendo. A Terra estava ficando cada vez menor até que *crash! Bang! Crash!* A Terra bateu no Sol. E foi uma tremenda explosão. Não havia nada vivo. Tudo o que sobrou da Terra veio do Sol. Nada mais do que cinzas. E assim foi o fim do mundo.

E agora o Sol estava sozinho com os oito planetas em vez de nove. O que aconteceu com a Terra foi muito triste. Só veio um pouco de música. Até o Rosto Mágico estava morta. Essa era a única coisa que poderia matá-la. Eles podiam ver o rosto no céu. Era a Virgem Maria e seu rosto disse: "Uma vez que a Terra explodiu, nunca mais vai haver outra Terra." E foi o fim do aventuroso planeta. O céu foi ficando cada vez mais azul e o Rosto foi-se embora. O céu estava muito sereno sem a Terra. Nada ficou vivo no universo. Não neste planeta Terra. E havia silêncio, a não ser pelas nuvens. Então houve relâmpagos e trovões. Mas nunca tão fortes como havia na Terra. Assim o céu ficou sereno.

Longe, muito longe, eles viram nuvens. Uma tremenda tempestade que se estendeu através do universo, depois o sol apareceu. Era uma pena que não existisse mais Terra. Sem uma Terra, o sol brilhava o tempo todo sobre os outros planetas. O resto do universo era somente silêncio. No lugar da Terra só havia gases, um pouco de nevoeiro e fumaça. Depois disso, nada. Apenas um espaço vazio.

Sammy indica que este é o final da história. Abro a boca para falar, mas ele me corta na mesma hora.

S. – Agora, se você vai querer conversar sobre isso, eu vou-me embora.
J. M. – Com medo de conversar comigo?
S. – Chega! Agora outra história. Anda! Escreve!

E um vento suave soprou por ali. Era um vento agradável. E o sol brilhava. A noite veio. As estrelas brilharam. A noite e o vento suave voltaram. A não ser pela Terra e pelos animais que foram mortos, este mundo era um bom mundo para as pessoas que viviam nele.

Em resposta às minhas perguntas, Sammy disse: "Você quer saber demais! Mas o que você faria se a Terra explodisse de verdade?" Recusa-se a revelar o que pensa que ele ou eu haveríamos de fazer em tal situação. No final da sessão sai de má vontade.

Noto que ele está ficando um pouco mais ditatorial a cada dia; à medida que contava sua fantasia cósmica, entrava num estado de excitação intensa, mas a ansiedade que acompanhava aquelas fantasias fazia-o refugiar-se no ditado para não ter que conversar. Também mantém a distância entre nós pedindo diretamente a Hélène que lhe traga leite. Não obstante, o copo de leite desperta sua curiosidade e seu ciúme em relação a seus irmãos analíticos. É também altamente provável que o ato de beber o leite dê origem às imagens do hipopótamo que vomitava, do elefante com diarréia e (o que é, sem dúvida, um equivalente inconsciente para Sammy) a idéias de gravidez. A ansiedade a propósito das fantasias primitivas emerge cada vez mais claramente à medida que a sessão prossegue. Para escapar a essas fantasias, inclusive à fantasia da aterrorizante analista-Rosto Mágico, Sammy volta-se para uma poderosa figura paterna em busca de proteção (projetada na "voz"). É então que esta identificação com a figura materna nas imagens pré-genitais da cena primária leva a uma fantasia de caos cósmico. Não obstante, é tranqüilizador o fato de que as histórias são guardadas e lidas novamente quando ele o solicita. É tentador supor que o "aventuroso planeta" que veio a ter um fim trágico é o próprio Sammy que, em grande medida, abandonou suas relações com o mundo externo.

8ª Sessão (Sábado, 6/11/54)

Sammy imediatamente começa a ditar uma história, evitando cuidadosamente qualquer conversa direta. Fica tão assustado quanto fascinado por suas fantasias. Interrompe o ditado e me pede primeiro de tudo que releia a história do Rosto Mágico. Quando discuto sua ansiedade, a resposta é imediata:

S. – Bom, agora, se você vai querer conversar, eu estou fora. Chega! Outra história. Por favor escreva. Esta história se chama "Capitão Jeroff".

No primeiro dia de junho havia esses piratas que iam zarpar num grande e intrépido barco a vela. E antes que partissem no barco a vela, ficaram no cais durante quatro dias. Levantadas as âncoras, puxadas as cordas, e o capitão dirigindo o barco. Havia um homem chamado Ludwig no barco e disse que era compositor e queria escrever um pouco de música para eles. Ele disse: vou escrever agora a minha *Quinta sinfonia*. E agora estou escrevendo. (Para mim:) Quer por favor escrever algumas notas musicais numa pauta com clave de sol? (Examina isso cuidadosamente e acrescenta algumas "notas" por conta própria.) E a sra. Ludwig Beethoven viu a cabeça de seu marido sendo derrubada por uma pancada. O navio começou a afundar. Há árvores caindo. O teto caiu por cima do navio. O piano enguiçou na *Quinta sinfonia* e o livro de música foi rasgado por um pirata malvado. O pirata bateu com seu revólver na cabeça da sra. Beethoven. A água jorrando e o mundo explodiu. Na verdade, não explodiu. Foi só um devaneio que alguém criou.

De repente viram um cavalinho lançado fora do mar por um pontapé. Havia fogo correndo a toda velocidade pelo céu. Fogo, fogo, fogo! Peguem-me aqui! Eu sou um homem mau! Agora trinta pessoas estavam no alto do navio, que estava meio quebrado. Agora o mundo estava sacudindo e o navio se virou de costas. O hipopótamo que vomitava e o rádio quebrado que estava sentado num toco caíram n'água. E mesmo o Rosto Mágico rodava em círculos. O céu estava vermelho, verde, azul e púrpura. Dois pincéis se cruzavam no céu. Queenie, a égua malvada, pulou do céu e fez um grande barulho ao bater na água. Eles viram as patas dela dando coices fora d'água. Uma grande pedra bateu na cabeça dela e a matou. Trinta facas caíram no oceano e atravessaram a Terra. Fogo, fogo, fogo, dizia uma voz no céu. Explosão de bombas atômicas. Quem os viu? Nada! Mesmo que nada tenha batido em nada. A Terra quebrou. O mundo estava girando no seu eixo. Você, disse a voz no céu, saia do meu caminho ou vou lhe dar um pontapé e atirá-lo por cima da borda – se houver alguma borda. Não! Não! Não me dê chicotadas na bunda. Eu *não* sou o hipopótamo que vomita! Eu *não* sou hipocondríaco! Não me importo com hospitais e coisas! Limite-se a continuar com a sua tarefa e nada de perguntas. (Isto foi dito para mim, como se eu tivesse falado com ele.)

S. – Agora não me comece com nenhuma espécie de conversa! (Eu continuo em silêncio.) Bom, você *gostou* dessa história? (Abro a boca e ele me faz calar com um rugido.) Dee dee dee da da da! Agora simplesmente faça o favor de escrever isto!

E eu vou te matar, disse uma vozinha ao longe. Sou um pequeno esquilo nadando acima de trinta hipopótamos no mar. O fígado, os globos oculares, as tripas e os rins de alguém – plop – brotaram no céu ao mesmo tempo. O hipopótamo que ria não se incomodou muito de que isso saísse do seu rabo. E ninguém sabia por que eu ia suspirar. Mas você sabe o porquê. E eu havia de morrer se você dissesse por quê, disse uma voz no céu. Um peixe, um babuíno e um bichinho engraçadinho.

O Rosto Mágico disse à senhora, você gostaria de tomar o meu lugar? (Para mim: O Rosto Mágico foi gentil, não foi?) O que é que vou fazer? Fico tão chateado, disse o menininho a sua avó. Mas por que estou suspirando? O sol brilhou para todas as pessoas no barco e o hipopótamo rindo. Todos eles foram para suas tocas para um doce aconchego noturno, um sono noturno bem quentinho. Agora a música surge para você e para mim. Mas por que vou dizer alguma coisa para você? "Não, não chore", disse uma voz.

Ninguém sabe por que todo o mundo foi para casa. Como é? A Terra ficou muito chata para todas as pessoas do mundo e tão feliz, nunca se soube que tinham sido tão venturosos. Todos tão felizes e tão contentes, mais uma vez.

Em seguida às ansiedades da cena primária da sessão passada, parece que desta vez temos imagens confusas e coloridas de gravidez. A irmãzinha de Sammy nasceu no ano passado e podemos perceber nas imagens do "hipopótamo que vomitava", no "cavalinho lançado fora do mar por um pontapé" (Queenie, a malvada, que é morta) e no "fígado, tripas e rins" que brotam, alguma idéia da fúria de Sammy e de sua aflitiva imaginação a propósito desse evento. É compreensível que Sammy não queira que a analista fale dessas coisas. Quando abro a boca para falar, ele me manda calar como se tivesse medo de que eu fosse lhe devolver todos os perturbadores sentimentos e idéias dos quais está tentando livrar-se. Não quer nem mesmo levar embora com ele essas imagens terríveis: antes de sair restaura a situação, de modo que fica "tudo tão feliz e tão contente mais uma vez".

9.ª Sessão (Segunda-feira, 8/11/54)

Sammy põe-se imediatamente a trabalhar numa nova história, como se não houvesse um minuto a perder.

S. – Esta história de chama "Ubink".

Era uma vez um ratinho que estava tentando pular de uma árvore para outra, mas não conseguia e viu um coelhinho que estava tentando entrar na sua toca mas não ligava para o rabo do esquilo que estava no caminho.
"Ha ha ha", disse um velho. Não vou suportar isso o tempo todo, mesmo que haja tantos arbustos no caminho. Agora ouvi algo nos céus, disse um jovem que ia andando bem ao lado dele. O velho nem notou. Eles viram trinta tendas longe, muito longe e conheciam Jerry Chipsiehops que morava ali. E havia um oceano não muito longe dessas tendas. E havia uma grande selva não muito longe do oceano e das tendas. Dentro havia pessoas engraçadas que tinham trinta narizes e quarenta mãos e três mil novecentos e quarenta e dois pés. E uma vez, quando o velho ia andando na floresta, viu uma coisinha e tentou beijá-la. E a coisinha disse: "Ha ha, não tente me beijar." E o velho viu que era um javali enorme e fugiu dali. O javali começou a correr atrás dele a toda velocidade, tocando o homem de volta para casa. Nunca mais ele beijaria nada parecido com aquilo. Ele não pensava que a selva tivesse animais selvagens. Então, saiu correndo tão rápido que tropeçou numa pedra em forma de tubo e caiu num tinteiro com trinta milhas de profundidade de água. O javali estava realmente arrebentando com ele. O homem se lembrou de que tinha uma faca no bolso. Então puxou a faca e matou o javali enfiando-a entre as duas vísceras. "Agora matei um javali de verdade e estou orgulhoso de mim mesmo. Vou correndo contar à minha grande e velha mãe que matei um javali." Antes

de sair da tinta, pensou que poderia tentar limpar-se. Puxou o javali para fora e atirou-o perto de umas pedras de modo que as pessoas não tivessem que vê-lo diante delas. Aí ele se limpou no oceano, uma boa nadada vestido, depois pendurou as roupas num galho de árvore. Foi para casa nu e vestiu roupas limpas enquanto as outras estavam secando. Sentia-se muito bem por não estar molhado. Então andou até a casa de sua mãe e contou a ela como matou o javali. E sua mãe deu um grande suspiro de preocupação. Ele contou que beijou a coisa e que o javali o perseguiu e ele tropeçou no tubo e caiu no tinteiro e como matou o javali com a faca que achou em seu bolso. "Você é um homem bom. Estou orgulhosa de você. Vou comprar roupas novas para você. Você trocou só por minha causa. Muito obrigada", disse a mãe. Encontraram uma blusa azul, calças cinzentas, cinto e sapatos marrons. Ele estava orgulhoso e disse: "Agora sou um homem de verdade, exatamente como era quando tinha trinta anos, mesmo que agora tenha uns quarenta." Ele se sentia muito bem para matar o javali. Tinha um bocado de músculos para matá-lo. Levara apenas uma mordida num dedo, mas nada demais. Só tinha um pouco de dor nos ossos.

Compreendeu que nunca deveria ter penetrado naquela floresta. À direita, havia a selva. À esquerda, era o mais lindo bosque para se passear. Depois, voltou para sua bonita casa, abraçou e beijou sua mãe e saiu rodando em círculos.

Talvez a interrupção de fim de semana tenha ajudado a estimular os temas de ciúme edípico desta sessão. Seja como for, lança-se alguma luz sobre a maneira pela qual Sammy se aproxima de seu pai numa tentativa de lidar com as ansiedades acerca da relação com a mãe. Mas a ansiedade em torno dos desejos homossexuais é igualmente intolerável. Na história, o retorno para a mãe é também uma grande fonte de ansiedade, uma vez que ela representa a perigosa selva na qual ele não deve penetrar porque esconde em seu interior não somente o velho (pai) mas também animais selvagens (os perigosos impulsos orais e anais do próprio Sammy e talvez outros bebês). Revelam-se fantasias de perigos nos contatos quando fala na "coisinha" que, quando é beijada, transforma-se num horrendo javali. Ainda que volte "para sua bonita casa, abrace e beije sua mãe e rode em círculos", Sammy não tolera prontamente esse maravilhoso contato.

10ª Sessão (Terça-feira, 9/11/54)

S. – Rápido, mais histórias.
J. M. – Sabe, Sammy, acho que você gosta de contar histórias em parte porque, com isso, não conversamos sobre aquilo que as histórias significam.

S. – Bom, ahn, bom... (Lança um olhar de perplexidade na minha direção, como se repentinamente compreendesse a minha observação.) Bom, de qualquer modo, simplesmente escreva. Esta é a história de Uk. Capítulo primeiro! Uk era um homem e a srta. Uk era uma dama. Uk Suddy era uma menina e Uk Bloody era um menino. Capítulo segundo. Uma vez há muito tempo, havia três crianças e todas tinham seis anos de idade e não tinham casa para onde ir. Capítulo terceiro! Era uma vez três animais numa jaula. Ninguém cuidou deles e todos morreram...

Os "capítulos" caminham nessa veia depressiva até o décimo quinto, no qual Sammy está visivelmente tirando a inspiração dos pormenores do meu consultório. Por exemplo, "havia uma velha lareira que desmoronou, então havia algumas lâmpadas e um divã com uma cadeira ao lado que desabaram e a velha senhora ouviu tudo e não pôde fazer nada a respeito".

J. M. – Sammy, creio que você está me dizendo que tem muitos pensamentos perturbados nos quais tudo é triste ou está-se quebrando e você tem medo de que eu não possa fazer nada para *lhe* ajudar.

Após essa observação Sammy começa a gritar números e conta então outros dez "capítulos", todos contendo figuras de rejeição e depressão. O último é: "ninguém sabe por quê, disse uma voz no céu. E eu, se tirasse o véu, ia para o beleléu". Sammy me dá a impressão de que, por um lado, anseia por saber mais, mas que, por outro, saber é igual a morte. A fuga à morte toma, na transferência, a forma de fuga de algo que eu pudesse dizer. É possível que aquilo que não deve ser "sabido" seja o mistério sexual da cena primária e a verdade acerca do nascimento da irmãzinha; tudo está vinculado à questão da curiosidade que, como vimos já na primeira sessão, leva à morte.

11ª Sessão (Quinta-feira, 11/11/54)

S. – Próxima história. Vamos fazer um esforço. Esta história se chama Knockerlopp. Ei, o que há com você?

Ele chuta a mesa violentamente. Tenho a impressão de que as minhas observações acerca de sua premente necessidade de contar histórias, quando falávamos sobre isso à sessão passada, poderia ter dado a ele a sensação de que eu rejeitava suas histórias e talvez também de que eu estaria atacando a relação defensiva que mantém comigo através das histórias. Disse-lhe que acho interessantes suas histórias e que sem dúvida era importante para ele sentir que sempre poderia pensar uma quantidade de idéias novas para histórias.

S. – Você gostou delas *de verdade*?
J. M. – Você achou que eu não gostaria?
S. – Oh, bem – vamos continuar com esta. Você sabe escrever em francês? Bom, agora esta história é Knockerlopp.

"Foi você", disse uma voz. Ela era tão engraçada, seu francês era engraçado. Ela vivia no sul da França, onde todo o mundo falava francês. (Daqui para diante Sammy ditou em francês. O que se segue é a tradução literal.) Venham todos aqui. Quero que todos deixem suas casas muito limpas. E por favor façam suas camas. E você, não chateie as pessoas, disse a senhora ao menininho que chateava todo o mundo. Depois disso, o velho queria visitá-la. "Bonjour, Madame", disse ele no melhor francês que sabia e com sotaque inglês. Ela respondeu "Bonjour, Monsieur, vejo que você tem os cabelos compridos e que sua esposa está para ter um bebê hipopótamo." O homem ficou muito zangado com ela e deu-lhe uns tapas e correu para casa. (Sammy passa a falar inglês e indica que a história diz respeito a si próprio e a mim.) O jovem disse a sua mãe que não teve uma boa conversa com a dama. Ela era bastante bonita, mas não tão bondosa quanto ele tinha esperado e sua mãe, que só sabia uma palavra em alemão, disse-lhe *"Danke"**. E a mãe e o jovem gorducho cabeludo caminharam em direção à casa da dama para descobrir por que ela era tão má. "Se você quer que a dama seja bondosa", disse ele a sua mãe, "seja amável com ela." A dama estava tão zangada que disse: "querem simplesmente fazer o favor de cair fora daqui? *Sortez de ma maison!**" Assim, o homem e sua mãe mudaram-se para Paris. Aí esse homem e essa senhora viram a dama cujo nome acontecia ser sra. Blank. (Sammy começa a descrever a minha aparência.) Ela tinha brincos brancos e cabelos castanhos e tinha um costume azul com pele e um relógio de pulso e uma lâmpada que não funcionava direito e barro e aquarelas. O sr. Blank usava isso com ela. Ela achava que sua gola de pele era bonita. O sr. Blank, que está sentado numa cadeira vermelha, achava bonita esta sala. Havia uma velha empregada que trabalhava para eles e seu nome era Hélène. Essas pessoas eram inglesas e a empregada era

---

* "Obrigada". (N. do T.)
* "Saiam da minha casa!" (N. do T.)

francesa. O sr. Blank tinha nove anos e a dama tinha vinte ou mais de vinte, talvez. E naquela sala havia flores vermelhas e uma lareira branca. A dama estava escrevendo uma história que o menininho estava ditando. Ela tinha uma caneta azul e prateada que algumas vezes ficava sem tinta. Brincos brancos, unhas com esmalte e as iniciais dela eram JM. O menino era SY. Aí eles estavam muito contentes de se afastar daquela dama que falava francês. Uma vez ela foi à sra. McD. e disse: (A história continua em francês.) "Vá! Saia deste apartamento ou eu lhe dou um tapa!"
Os dois ficaram apavorados e foram embora nos calcanhares e saíram à rua. Ela os chicoteou e ficou tão louca que não sabia que língua estava falando. Bem, disse uma voz no céu, a Terra vai cair, a cadeira e as lâmpadas vão se quebrar. E ninguém sabe por quê. O rosto, o posto, bonito que dá gosto. Bom dia, senhora, não chore por mim. E a dama voltou para casa com uma grande bengala. Ha ha, disse uma voz enorme no céu. Ho ho, disse uma vozinha. Mas eu te matarei por um milhão de dólares se você me der o dinheiro. E esse foi o fim deles! (Aqui Sammy volta para o inglês e me pede que leia sua história, e é o que faço.)

S. – O seu francês é horrível, pior que o da minha mãe e ela tem um sotaque terrível! Sabe, Dougie, vai acontecer uma coisa boa hoje. Vou jantar com a sra. Cor. (Isto era visto por Sammy como um grande privilégio, uma vez que normalmente ele jantava com a família.)

O fato de que eu tenha dito a Sammy na última sessão que achava interessantes suas histórias, se por um lado lhe agradou muito, provavelmente também o assustou. Desta vez criou uma certa distância entre nós primeiro falando em francês e segundo introduzindo na história sua mãe, que agradece quando ele diz que não gosta da dama, isto é, da analista.
Ele se volta para uma imagem paterna como proteção contra o material edipiano (a mulher grávida com o hipopótamo) e também contra a própria imagem da mulher zangada. As imagens más se misturam com as imagens agradáveis da figura da mãe-analista. Quando "Sammy Blank" está ficando muito bem com "Dougie Blank", a feroz imagem de mulher força ambos a descerem a escada. O ego de Sammy não é suficientemente forte para tolerar intensos sentimentos positivos sem recorrer uma vez mais a essa aterrorizante imago. Diversas defesas psicóticas entram agora em jogo, mas parecem insuficientes para combater os terrores da desintegração e "a voz do céu" que, mais uma vez, traz a morte.

12.ª Sessão (Sexta-feira, 12/11/54)

S. – Ei! Você está com a mesma roupa da primeira vez que vim aqui. O jantar não foi bom ontem à noite. A sra. Cor estava nervosa por causa da irmã que tinha acabado de morrer.
J. M. – A sra. Cor falou sobre isso com você?
S. – Quer fazer o favor de simplesmente escrever outra história e calar essa boca? "Histórias da cidade."

Quando fui de Paris para Nova York, pareciam estranhos todos aqueles edifícios tão altos e eu não estava mais acostumado depois de estar em Paris. Mas quando cheguei lá me senti muito feliz porque sabia que aquele era o meu país e ninguém falava francês. E vim para Nova York saindo de um acampamento onde tinha estado e não tinha gostado. Meu apartamento era grande como um estúdio, 11.º andar, quinze andares e fui para uma escola agradável onde tinha amigos. Cinco amigos. E era muito legal ter crianças para brincar; aqui, neste lugar, não tem nenhuma. Então gosto muito mais de Nova York do que de Paris. E o trânsito lá é mais intenso e há um grande rio chamado Hudson. E, quando voltei desse acampamento horrível, eu tinha muitos amigos. Do acampamento seguinte, gostei muito: boa comida e bons passeios a cavalo. Havia um cavalo grande que dava coices e um pônei e se chamavam Queenie, Stardust e Cindy. Fiquei contente de ver meus pais outra vez, tanta diversão que não sabia o que fazer. E um amigo especial que eu tinha chamado Butch. Mas não era permitido a ninguém chorar naquele acampamento e, quando voltei, entrei em casa e a casa estava do mesmo jeito, mas ninguém ria na minha casa. Tudo parecia muito pequeno. Poucos dias depois de ter chegado ao meu apartamento, no dia 26 de agosto, resolvemos vir para a França. No dia 11 de setembro embarcamos num navio chamado "Liberty". Fiquei muito contente de ver a sra. Cor outra vez e tive que mudar de língua para o francês. Quando ainda estava em Nova York fui a um lugar onde havia uma jovem senhora simpática e era uma espécie de escola e, se alguma vez eu tivesse problemas, essa senhora me ajudaria. Ela me ajudaria exatamente como o faz a sra. Blank. A sra. Blank, na verdade, é a Dougie e seu primeiro nome é Jimmy, então seu verdadeiro nome é Jimmy Durante Dougie McDougall.

Mas ninguém vai ligar se eu suspirar. Não me mate. Mas, se você ligar, olhe para a lua quando ela estiver brilhando e o pequeno corvo com trinta ramos. Era uma vez uma dama e não havia nenhum cavalo atrás dela e havia um grande besouro que não tinha pernas, aí havia uma empregada, mas ela não tinha cabeça nem o segundo dedo do pé e chorava e chorava. Quem vai ligar se eu suspirar – não olhe para baixo e não olhe para cima. Oh, sim, agora a câmara me apanha. Não, não, a cidade de Nova York é bonita e Paris também. Mas não diga nada por mim, por você. Eu olho para baixo, eu suspiro. Pedindo ao amável James. Três vezes se você chorar. Pedindo ao amável James. Ninguém sabe se você cabe. *Oui, oui, Madame, ne pleurez pas pour moi**. Cuidado e não diga nada. Não se preocupe se eu suspirar. Sim, sim, sim, por que não?

Há um acentuado contraste entre a primeira parte da sessão, na qual pela primeira vez Sammy fala de um modo racional acerca da experiência passada real, e a parte final, na qual até certo ponto está desligado da realidade. O fato de me encontrar com as mesmas roupas é tranqüilizador para ele. (O seu sentimento de raiva não me destruiu.) Mas, como acontece tão freqüentemente, seus sentimentos positivos despertam pânico nele e ele parece deixar escapar, de maneira confusa, a distinção entre si mesmo e os outros. A referência a "Jimmy McDougall" e a "Jimmy Durante" sugere a introdução de uma figura paterna na transferência.

13ª Sessão (Sábado, 13/11/54)

Sammy pede a Hélène um copo d'água e então diz que a história de ontem era verdadeira; acrescenta mesmo alguns pormenores acerca de sua vida em Nova York e de sua viagem para Paris. No momento em que abro a boca para falar, seus olhos refulgem como se quisesse me bater. Pede-me que leia a história de ontem e, enquanto estou lendo, inclina-se por sobre a mesa e me dá um beijo. De tempos em tempos canta suave e alegremente "o rosto, o posto, bonito que dá gosto". Depois disso, quer ouvir "Knockerlopp". Faz diversos gestos como se pretendesse provocar alguma reação em mim, por exemplo, tentando derrubar a lâmpada de pé. Em certo ponto, pega a jarra da pintura, cheia d'água e começa a derramar água na mesa.

S. – Não sei se quero fazer isso ou não. Devo? Bom...

Interrompe-se e subitamente derrama toda a água na mesa e depois levanta a ponta da mesa de modo que a água escorra para o chão. E dita então a seguinte história:

---

* "Sim, sim, senhora, não chore por mim". (N. do T.)

"A grande aventura." Bom, como é que vamos fazer para que isso ande?, disse o jovem com o navio-foguete. Eu estava planejando fazer uma viagem à lua, mas ninguém sabe por que a lua brilha tanto no céu e ele realmente fez o foguete partir. Cuidado, disse uma voz, aquele foguete vai cair. Aí, todo o mundo ficou alerta. Não, não, disse uma voz, não faça o foguete correr tão rápido. Eu virei trinta asas e todo o mundo tentou fazê-lo andar mais rápido. Aí ele estava indo cada vez mais alto, cada vez mais alto, mas ninguém sabia por quê. Virou primeiro para um lado e depois para o outro e subiu tanto que foi ficando cada vez mais frio e finalmente desceram na lua. Mas tinham-no feito ir tão depressa que não podiam fazer nada. Mas ninguém sabe por quê. E agora temos que achar coisas à medida que damos a volta à lua três vezes. Escalaram montanhas e montanhas, três mil montanhas. Então o homem do navio-foguete contou ao outro homem o que lhe aconteceu quando era menino. Eu disse à minha mãe que queria um suéter igualzinho ao dela e ela disse, sim, querido, vou comprar um para você. Aí, no dia seguinte, ela comprou para ele um igualzinho ao dela e ele vestiu e disse está tudo bem, mas esse não é igual ao seu, porque o seu suéter tem pára-choques. (Sammy vira-se para mim.) Minha mãe me contou essa história.

Sammy dita outras três histórias nesse mesmo estilo.

14ª Sessão (Segunda-feira, 15/11/54)

Sammy pede "um pouco d'água" desta vez e parece aborrecido quando lhe digo que terei que ir buscar eu mesma, porque Hélène não está aqui hoje.

S. – Bom, onde está ela? O que aconteceu com ela?
J. M. – Ela está resfriada. Está apenas descansando.
S. – Bom, não tem importância. Vamos continuar com a história. Ai meu Deus, o que vai ser?
J. M. – Você sabe que não tem que contar histórias se não quiser.
S. – Sim, mas eu *quero*. (Gritou para mim.) Comece a trabalhar! Pegue o lápis e deixe de se fazer de boba! Etc.

Depois de desesperadamente buscar idéias, finalmente conta-me uma versão confusa de um filme que viu. Tenho a sensação de que Hélène funcionava como barreira entre Sammy e suas solicitações orais em relação a mim e, com isso, servia para diminuir sua ansiedade. Ele está hoje mais ditatorial do que nunca e desesperado para dominar a situação. (Por assim dizer, perdeu um pouco do controle mágico por não ser capaz de dar ordens a Hélène. Talvez ela represente um "seio" onipotentemente controlado.) Num certo ponto da história, há uma disputa entre dois homens acerca da necessidade de matar animais para comer. "Meu estômago está enjoado de tanto matar", diz um deles e o outro replica: "Não seja estúpido, o que mais você pode fazer, se *tem que conseguir comida?*" A história do filme trata de pessoas "boas" e "más" e da busca de comida. Uma vez mais, antes do final da sessão, Sammy torna tudo "bom" e pacífico como que para reparar algum dano que possa ter ocorrido.

15ª Sessão (Terça-feira, 16/11/54)

Desde o momento em que entra no consultório, Sammy vocifera ordens para mim, como fez ontem. Bebe um pouco d'água da jarra de pintura com ar de enfado, depois derrama o restante no chão.

S. – Vamos lá, leia a história de ontem.

Mal começo a ler e ele me interrompe. Vai me interrompendo a cada poucas palavras para dizer que estou lendo depressa demais, devagar demais, alto demais, baixo demais e tenho ainda que recomeçar do início a cada vez. Repentinamente começa a gritar.

S. – Estou cheio! Cheio! Estou de saco cheio disso. Não há mais nada para fazer aqui a não ser contar histórias.
J. M. – Você não tem que contar histórias.
S. – Mas não há nada mais para eu fazer aqui. (Seus olhos batem nas tintas, na massa plástica, etc.) Não quero pintar. Não quero desenhar. Não suporto lápis de cera. Massa plástica, isso é chato e tenho tudo isso em casa. Quero tabuleiro de xadrez e jogos, agora!
J. M. – Você sabe que não temos.
S. – Mas você deveria ter essas coisas, se é que quer que as crianças venham aqui.
J. M. – Sammy, por que você acha que as crianças vêm aqui?
S. – Para falar sobre coisas e *eu não quero falar.* Mas a dra. G. sempre me dava sorvetes e doces e tinha uma coisa nova a cada vez que eu ia vê-la. Eu gostava de ir lá e sempre gostei de vir aqui, mas não agora.
J. M. – Fico pensando por que será que você tem tanto medo de se chatear.

S. – Ai, o que é que eu vou fazer!

A campainha toca; é a mãe de Sammy que chegou mais cedo. Sammy verifica isso pelo seu relógio.

S. – Oh, é a minha mãe, mas não posso ir ainda, restam dez minutos. Isso não é justo.
J. M. – Mas se você está tão chateado.
S. – Sim, mas – vamos ver se consigo preencher de algum jeito esses últimos minutinhos.
J. M. – Você me pede que lhe dê montes de coisas para comer e coisas novas para brincar o tempo todo, como se não gostasse de ter um só minuto vazio.
S. – Bom, é só que não sei o que vou fazer em casa agora. O Papai não vai consertar a vitrola e eu adoro música. Fico tão chateado em casa.

Prossegue descrevendo como corre para conversar com a sra. Cor cada vez que se entedia com seus brinquedos. Uma senhora vai buscá-lo todas as tardes para trazê-lo para cá. Dá a impressão de que cada minuto de seu tempo é preenchido para ele; nunca tem que enfrentar a ansiedade de fazer o que bem entender.

J. M. – Parece que você gosta que pensem em tudo por você e que alguém dê alguma coisa ou faça alguma coisa para você o tempo todo.
S. – Não, eu posso fazer coisas. Mas estou muito grande para alguns dos meus brinquedos.
J. M. – Quais?
S. – Bom, barcos e coisas... É uma preocupação. Não sei se os barcos são bons ou não. (Parece de fato muito preocupado à medida que pensa nisso.)
S. – Bom, não foi tão ruim, passamos esses dez minutos, não é?

16ª Sessão (Quinta-feira, 18/11/54)

Atira-se na cadeira e suspira tragicamente.

S. – Não sei o que vou fazer. Este é o lugar mais chato em que já estive. O único lugar onde estou sempre cheio. Nunca me chateio em casa. Há aquela amável sra. Cor, que sempre faz alguma coisa para mim, e Ginette, que me leva para passear, e a sra. Dupont na escola.

J. M. – Você gostaria que eu fosse como as outras pessoas e que lhe desse jogos, comida e idéias.
S. – É claro que você não tem que fazer isso se não quiser. Mas vai ser horrível aqui desse jeito. Agora vou ficar sempre cheio.
J. M. – O que acontece se você fica cheio?
S. – Eu falei sobre isso ontem. É claro que isso não aconteceria se você tivesse coisas e idéias para mim.
J. M. – Você quer que eu preencha a sua mente com meus pensamentos?
S. – Mas *todo o mundo* faz alguma coisa para mim. Em casa tenho tantas coisas; mesmo na escola, de manhã, tenho trabalho para fazer. Nem isso você quer fazer por mim. Eu só gostava de vir aqui porque podia lhe contar histórias. Isso é uma coisa que não posso fazer em casa, mas agora isso está me enchendo. Em casa eu ouço vitrola quando não está enguiçada. Gosto de desenhar, mas aqui não quero, ia ser chato.
J. M. – Mesmo que você goste de desenhar?
S. – É, aqui eu ia me encher mais depressa.
J. M. – Acho que está certo.
S. – Sim, bom, aqui eu ia me encher mais depressa do que em casa. Meu Deus! Como vou fazer para preencher essa última meia hora? Nada de jogo, nada de nada.
J. M. – Talvez você fique com um pouco de medo de estar aqui comigo se não temos nenhum jogo de regras estabelecidas para jogar.
S. – Não, não é isso, só estou cheio. (Olha demoradamente para fora, pela janela.)
J. M. – Parece que você gostaria de sair correndo daqui para longe de mim.
S. – Como você sabe?
J. M. – Talvez você se sinta um pouco assustado às vezes.
S. – Não, apenas pensei que ia ser mais legal.
J. M. – O que você esperava?
S. – Bom, ahn... bom, jogos novos. Mas se você não tem nenhum, não estou pedindo para arranjar.
J. M. – E agora você está se sentindo chateado porque estamos aqui só você e eu.
S. – Oh, se você vai querer arranjar uma conversa... (Dá um salto e começa a correr à volta da sala, com movimentos espasmódicos, como uma criança de dois anos de idade. Dá encontrões nos objetos e, vez por outra, cai por cima deles. Num determinado momento prende sua blusa com os dentes e puxa violentamente. Continua olhando para mim, para ver minhas reações.)
J. M. – Talvez você tenha vontade de morder a sua blusa, Sammy, porque está muito zangado comigo.

Sammy continua a correr selvagemente pela sala. Faço uma figurinha de massa plástica e começo a conversar com ela, fazendo coisas para ela comer e mostrando compreensão pelo seu pavor. Sammy imediatamente se aproxima e ouve atentamente. Pega a massa plástica como se estivesse pronto para entrar na brincadeira; então, aparentemente, lembra-se de que está fazendo greve e joga a massa na mesa gritando: "Não, não quero fazer isso!" Depois de outro minuto girando à volta da sala, torna a sentar-se em sua cadeira e pega um pouco de massa.

S. – Quero fazer alguma coisa. Isto é uma cabeça, uma pessoa viva de verdade. Adivinhe quem é.
J. M. – Diga-me.
S. – É a minha irmã. Eu fiquei muito magoado quando a minha mãe disse que ia ter um bebê. Eu queria ser o único; mas agora é diferente. Nunca pensei que ela ia ser tão engraçadinha. Tem um narizinho engraçado e uma boca grande. Ela tem a maior boca do mundo, grande como a de um hipopótamo. (Suspende a cabeça para que eu veja.) Cuidado! Você está esmagando a cabeça dela. Você tem filhos? Bom, tudo bem se você não quer me dizer. (Atira a cabeça na mesa.)
S. – (Numa voz dramática de elevada intensidade.) Agora vou matá-la. (Fura a cabeça ferozmente com um lápis.) Agora ela está morta! (Rapidamente faz um elefante.) Olhe, este é um elefante bom. Agora ele vai morrer. Cuidado! Preste atenção às suas mãos, estúpido! Eu podia realmente te machucar. (Fura o elefante.) Agora vamos pegar aquela senhora que cuida do bebê. Oh sim, o elefante vai carregá-la com a tromba. (Esmaga as duas figuras de massa juntas.)

O telefone toca na sala ao lado e, ainda que eu não faça nenhum movimento para sair, Sammy grita: "Oh não vá, por favor não vá. Quero lhe contar o que aconteceu hoje de manhã. Eu estava muito zangado e então o meio-fio ficou no meu caminho e caí por cima dele e me machuquei."

J. M. – Talvez você pense que as coisas têm que castigá-lo por ficar zangado.
S. – Oh não, eu não acho que o meio-fio realmente tenha feito isso. Mas gostaria de saber mais acerca de crianças que *têm* pensamentos como esse. Elas superam seus problemas? Quais são os meus problemas? Será que vou superar os meus problemas?

Quando sua mãe chegou, Sammy correu para a sala de espera e disse: "Bem, afinal, não fiquei tão chateado."

Sammy prossegue, através destas duas sessões, lamentando acerca das frustrações da situação analítica. Solicita que a analista o trate como fazem os outros adultos, isto é, como um inválido imprevisível para quem é preciso constantemente encontrar novos interesses, ou que o abasteça de presentes orais conforme ele diz que sua ex-terapeuta fazia.

Obviamente ele sente a falta da proteção que as histórias lhe proporcionavam em suas tentativas de controlar a situação transferencial e em particular as ansiedades do Rosto Mágico. Talvez minha tentativa de discutir as histórias tenham chamado a atenção de Sammy e tenham-no feito renunciar a elas como refúgio. A atmosfera modifica-se com a introdução da figura de massa. Sammy imediatamente faz da analista a mãe que lhe fala de sua gravidez. Isso leva a fantasias sobre o bebê como resultado da relação sexual, o que por sua vez desperta ansiedade e, uma vez mais, temos imagens de destruição e de pessoas sendo mortas.

É interessante ver que na sessão seguinte ele projeta na analista sua fantasia de desejo de matar o bebê. Sammy então torna-se a criança que a analista vai abandonar para morrer.

17ª Sessão (Sexta-feira, 19/11/54)

Sammy deixa-se cair pesadamente na cadeira suspirando: "Oh, não posso suportar chateação", mas sorri para mim como se partilhássemos uma piada secreta. Concordo que esta é uma situação bastante desagradável.

S. – Se eu saísse por essa janela e caísse esses três andares, batesse lá na rua, você não ia nem se incomodar de chamar uma ambulância para me levar para o hospital. Você ia simplesmente me deixar morrer.
J. M. – Você não pode mesmo contar comigo para nada?
S. – Oh não, você não *gosta* de mim.

Afunda-se novamente na cadeira e continua a falar de seu famoso tédio. Começa então a correr pela sala da mesma maneira espasmódica, chegando perto de minha cadeira, porém tomando o cuidado de evitar qualquer contato físico. Como não parece provável que essa atividade difusa vá moderar-se, faço novamente um menino de massa plástica ao qual dirijo minhas observações, como se ele fosse Sammy, esperando proporcionar, com isso, um meio através do qual ele possa comunicar-se com segurança. Ele entra no jogo com uma vívida história acerca de um menino que fugiu de sua casa em Paris e foi para a floresta onde encontrou um elefante;

e ao mesmo tempo uma grande "coisa" cai do céu em cima do menino. O Rosto Mágico aparece no ar.

S. – (Interrompendo-se no meio de uma frase.) Não. Eu não quero esse jogo. Estou cheio. Não quero falar sobre ele. Ele é só massa. Quanto a mim, estou cheio.

J. M. – Talvez você não queira pensar no Rosto Mágico ou naquela coisa que caiu do céu, como sua irmãzinha.

S. – (Agora correndo selvagemente pela sala e por cima da mobília.) É, é. É isso. (Está fazendo um tal ruído que é surpreendente que ouça o que digo. Encontrou uma caixa de fósforos na minha mesa.) Ha... Vamos fazer experiências! (Acende um fósforo e coloca por baixo da jarra da pintura, cuja água bebera anteriormente.) Agora o que você faria se a casa pegasse fogo? Eu sei. Você só salvaria a si mesma, claro!

J. M. – Devo dizer que você não parece achar que eu sirva de ajuda se você estiver em dificuldades.

S. – E se eu queimasse o meu dedo, o que você faria?

J. M. – Acho que vamos descobrir por que você tem tantas preocupações acerca do que poderia acontecer ao seu corpo.

Pela primeira vez hoje, Sammy sossega um pouco e até o final da sessão brinca com os fósforos. Faz um grande estardalhaço para sair e observa que, já que vai haver fósforos para brincar, ele vai voltar amanhã.

Não estou certa se devo dar-lhe os fósforos ou não. Parece que se não se sentir amado da maneira que deseja – com presentes ou como uma criança doente ou deficiente – a imagem que tem de si mesmo fica perturbada. Sente-se então desprotegido e expressa isso agressivamente (porém projetando no elefante zangado ou no Rosto Mágico).

18ª Sessão (Sábado, 20/11/54)

S. – Hoje não estou chateado porque sei o que vamos fazer.

J. M. – Parece que, quando consegue dirigir tudo, você não tem nada a temer de mim. Talvez o fato de querer jogos já preparados seja uma maneira de não se sentir preocupado ou assustado.

S. – É, 'tá certo! Mas e sobre esse fogo? Não quero começar com isso ainda. Vamos só pensar nesse fogo. Não quero começar ainda. Primeiro vamos escrever uma história sobre isso. Vamos, ao trabalho. Agora só escreva: Não, não, não! Estamos juntos aqui. Este fogo se chama Grande Puta em Chamas. E o outro era o Filho da Batalha. Blup blup blup. Vai, escreve tudo aí! Agora vou cantar a música para os dois fogos. Splash splash. O fogo acende e apaga em dois minutos. Era uma vez uma senhora e este é o fim para você pê pê. Ninguém sabe o que vou dizer, o que vou fazer. Mas quando é que vou dizer alguma coisa? Ninguém sabe. Este é o fim dos vagabundos da história.

Sammy me pede que leia seu ditado. Neste ponto, não consegue mais esperar pelo fogo. Espeta na massa plástica os fósforos que há na caixa e os acende, fazendo comentários dramáticos como se estivesse num palco. Depois, pede mais e fica furioso quando lhe digo que não há mais. Atira os lápis pela sala afora, pega o pote d'água e hesita quanto a atirá-lo. Eu não quero saber de água pelas paredes e lhe digo isso.

S. – Mas tenho que atirá-la. Por que não posso? Quero acabar com ela.

Por fim, deixa a água escorrer lentamente em cima da mesa.

S. – Quero quebrar alguma coisa. Quais são as coisas de que você mais gosta?
J. M. – Gosto de todas as minhas coisas e não quero vê-las atiradas por aí.
S. – Posso jogar isto? E isto? E isto?

Digo-lhe que está tentando provocar-me, talvez na esperança de ser castigado, mas ele não tolera o mínimo comentário. Espalha pela sala o lixo da cesta de papéis, vira uma mesinha de pernas para o ar e coloca a minha lâmpada de mesa no chão.

S. – E agora, o que acha?

Sem esperar resposta, corre para a prateleira em cima da lareira e quebra as duas velas (lá onde havia um touro no desenho que fez na primeira sessão).

S. – Eu me sinto muito forte agora. Estou contente de ter feito isso.
J. M. – Acho que sei como se sente. Você quer quebrar as coisas que acha que são importantes para mim. (Ele fica quieto por um momento, com a carinha anuviada e ansiosa.) Você não me feriu, Sammy – e eu não vou feri-lo. Nós dois estamos bem seguros.

Sammy imediatamente começa a arrumar tudo, cantando para si mesmo.

S. — Só fiz isso para me animar um pouco e não ficar chateado. Quero rasgar a sua casa de alto a baixo. É a casa mais chata que já vi. Você não vai contar isso à minha mãe, vai? (Já fez esta pergunta duas ou três vezes e eu lhe disse que não falava sobre nossas sessões com seus pais, ainda que soubesse que havia poucas esperanças de que acreditasse em mim.)

J. M. — Parece que você acha que sua mãe não aprovaria o que você faz aqui.

S. — O que o seu marido vai dizer?

J. M. — O que você acha que ele vai dizer?

S. — Vai ficar tão zangado que vai me matar. Não quero que ele saiba. Ele vai botar a polícia atrás de mim e vão me pôr na cadeia. Por favor me embale no seu colo.

Ele cai nos meus braços dizendo que não agüenta mais. É o final da sessão e me pede que o leve no colo até a sala de espera. Uma vez que positivamente se recusa a se mexer, eu o carrego e o ponho no chão diante da porta da sala de espera.

O jogo de Sammy com o fogo representa para ele uma atividade proibida e, quando diz "aqui estamos... grande puta em chamas e o filho da batalha", sugere uma troca erótica primitiva pela qual mais tarde se sente compelido a provocar punição. Estão aqui os elementos de um drama edipiano, e Sammy tenta livrar-se do marido da analista, mas antes terá que magicamente roubar sua potência, quebrando as duas velas (o touro simbólico de seu primeiro desenho e que subseqüentemente o faz "sentir-se forte"). Não é de espantar que imagine então que o marido da analista vá matá-lo por isso. Como para dizer que é muito pequeno para ter cometido a castração simbólica do pai, ele, até o final da sessão, representa/atua o bebezinho cujo único relacionamento com a mãe-analista é ser levado no colo. A sessão reflete o ciúme em relação ao marido, provavelmente fantasiado como a vela-pênis escondida na analista ("quero rasgar a sua casa de alto a baixo").

19ª **Sessão** (Segunda-feira, 22/11/54)

Ao entrar na sala, Sammy revira minha escrivaninha em busca de fósforos. Por acaso descobre uma caixinha. Começa a me dar ordens, dizendo-me que fique sentada quieta, que tome cuidado para não dar trancos na mesa, etc., enquanto faz um montinho de massa plástica na qual espeta os fósforos e um grande lápis de cor. Ordena então que anote a seguinte história:

Isto é o que se chama fogos de artifício. Duas pessoas numa casa acenderam o fogo e o fogo subiu e queimou como o grande lápis azul, com um pouco de amarelo na ponta, bem na pontinha da montanha de massa. Os fósforos queimaram e o velho lápis continuou ereto como uma torre, apontando para o teto, a base espetada na massa. Este fogo é chamado grandes fogos de artifício e este é o fogo mais magnífico de todos, o melhor que qualquer pessoa poderia ver. Oitenta vezes de chamas saindo e o velho lápis ainda de pé. As faíscas se apagaram, três outros fósforos foram acesos e as chamas cintilaram contra o lado do lápis e finalmente sobrou um fósforo. À medida que queimou contra o lápis, o fogo diminuiu. Tão pequenininho que parecia uma formiga com os olhos acesos. O fogo atingiu a massa. Tock! Fora! Fim do grande fogo. Nada mais. Apenas um feixe de fósforos. Depois disso, a sra. McDougall guardou a massa e o sr. Sammy voltou para casa, ao encontro de sua mãe.

Terminados a história e o fogo, Sammy imediatamente grita comigo para que não toque na montanha de massa, ainda que eu não tenha me mexido e de fato ainda esteja escrevendo o final da história. Sammy faz pequenos gestos ameaçadores na minha direção, com os punhos cerrados.

S. – Com medo de mim?
J. M. – Acho mais provável que seja você quem esteja com medo de mim. Você fica me advertindo a que não me mexa, como se achasse que sou perigosa.
S. – Você poderia derrubar a minha cabeça com um soco, ou me cortar. Ou arrancar fora os meus dentes.
J. M. – Eis aí um bocado de coisas assustadoras. Fico pensando se você não estará com medo de que possa querer fazer coisas comigo.
S. – Bom, eu poderia matá-la e cortar fora a sua perna. O que você faria então, hein?
J. M. – Algum dia vamos descobrir o que significam essas idéias. Eu não vou deixar nada de assustador acontecer a nós dois.
S. – (Cantando.) Oh, o rosto, o posto, bonito que dá gosto.

Em seguida à minha interpretação de que está com medo de seus sentimentos destrutivos projetados, num surto repentino de sentimentos positivos, ele me dá um grande sorriso amoroso. Este desaparece logo depois, como se os sentimentos que acompanham sua pequena "cantiga de amor" fossem mais perturbadores do que o relacionamento agressivo. Naquele momento, recorda-se de que seus pais têm hora marcada para uma entrevista comigo hoje à noite.

S. – Não conte aos meus pais... O que você *vai* contar para eles hoje? Conte só as coisas boas; as ruins, não. Meu pai também vem. Ele é mais forte do que você. Ele vai te arrebentar! (Faz uma pausa por um momento, como que contemplando essa cena.) O que o seu marido disse das velas quebradas?

Hesitei por um momento, tentando decidir que aspecto dessa importante questão deveria interpretar. Sammy dá um salto, gritando que está procurando coisas para quebrar.

J. M. – Sabe, Sammy, parece-me que você está com medo do que pode acontecer se nós dois continuarmos aqui amigavelmente juntos. Você imagina o que o meu marido vai fazer e o que sua mãe e seu pai poderiam pensar. (É difícil entrar com qualquer palavra, com Sammy a correr à volta da sala, fazendo muito barulho e dando trambolhões nas coisas.)
S. – Não sei o que poderia sair de você. Vou dar um chute na sua barriga! (Subitamente encontra um cachimbo de homem.) Ooooh... Não vou tocar em nada que seja dele!
J. M. – O que poderia acontecer?
S. – Ele ia pôr a polícia atrás de mim. Só vou tocar nas suas coisas.
J. M. – Parece-me que você fica com medo do meu marido porque você e eu fazemos brincadeiras juntos. Mas, de certo modo, você tem muito mais medo de mim e isso o faz ficar zangado comigo.
S. – Porque você não me dá nenhum jogo. E vou insistir até você dar. Mas não diga aos meus pais. Você sabe todos os meus sentimentos. Mas não deve contar para eles.
J. M. – Você não confia em mim, não é?
S. – Não. Simplesmente não acredito que você não vá contar para eles.

A tranqüilização de que nada de prejudicial vai acontecer produziu sentimentos positivos em Sammy e levou a algum material tipicamente edipiano. Mas as palavras de tranqüilização raramente conseguem acalmar a ansiedade de uma criança para a qual a fantasia é a única maneira de apreender a realidade. A regressão de Sammy mais adiante na sessão sugere que essa intervenção foi rejeitada.

Numa tentativa de lidar com a situação edipiana, Sammy invoca uma imagem zangada do marido da analista e, mais tarde, teme que seu próprio pai fique furioso com ele também. Protege-se contra os medos edipianos (as coisas assustadoras dentro da analista) também recorrendo a uma imagem masculina poderosa. "Meu pai vai te arrebentar." (Ao mesmo tempo, está aqui negando seu próprio desejo de possuir a potência do pai.) Através da identificação projetiva ele se defende dos medos mais pré-genitais. Tem medo de que eu o corte em pedaços, mas mais tarde é ele quem vai me dar um chute na barriga, etc.

20ª Sessão (Terça-feira, 23/11/54)

Hoje decidi remover objetos quebráveis tentadores uma vez que já não confio que possa dar limites a Sammy apenas através da expressão verbal. Ele começa a chutar a escrivaninha; depois, a minha poltrona, olhando para mim dissimuladamente, depois de cada chute, como a esperar pela minha reação. Pediu fósforos, e eu lhe disse que não os temos mais.

Começa então a correr sem objetivo à volta da sala. Seu comportamento provocativo parece-me ser conseqüência direta de seus sentimentos de culpa edipianos despertados ontem. Anoto o que ele está fazendo e o que penso que está expressando, na esperança de conseguir interessá-lo mais tarde em falar sobre seus sentimentos. Ele pula por cima de um banquinho, vira de pernas para o ar a cesta de lixo (vazia) e diz: "Ah, isso está ficando realmente difícil." Acende as luzes, liga a lâmpada de pé, grita "um, dois, três e já". Tira fora o seu suéter de lã e o atira no meu colo; põe o pote de massa plástica no banco "para que fique um pouco mais duro"; dá um encontrão na minha cadeira.

S. – O que você está pensando?
J. M. – Que seus pais estiveram aqui ontem à noite para falar comigo.
S. – E você contou?
J. M. – O que você acha que eu contaria a eles?
S. – Não estou ocupado com esse assunto agora.

Continua a correr e então pára ao meu lado.

S. – Por favor, por favor: me diga o que é que você estava escrevendo.

Eu digo, inserindo interpretações à medida que leio, e ele ouve extasiado. Rapidamente digo-lhe que acho que ele está muito perturbado por causa de todas as coisas excitantes das histórias e agora não quer continuar com elas. Ficar sossegado aqui comigo parece assustador, e ele prefere fazer palhaçadas a conversar. Parece especialmente preocupado com que meu marido não aprove seus pensamentos a meu respeito. As idéias a propósito de dar chutes na minha barriga fazem-no querer dar chutes nas coisas que há dentro da minha sala em vez de ver o que representam as assustadoras idéias acerca da minha barriga.

S. – Bom, agora vou voltar para o meu jogo. Tudo vai ser posto de volta para um feliz ano novo. Simplesmente continue com a sua escrita, companheira. Mas você não está certa a propósito das histórias. Você e-e-e você exagerou! O que você disse aos meus pais?

J. M. – Você tem medo de que seu pai fique sabendo dos seus pensamentos e fique zangado?

S. – Volte a escrever. Você pode pensar tudo o que quiser, mas não é assim. Não tenho medo de *nada*. (Sammy senta-se ao meu lado e explica numa voz paciente:) Você vê, há montes de pessoas desse jeito. Trabalham numa coisa durante longo tempo e depois se cansam daquilo e querem sair para outro trabalho. Não quer dizer que tenham medo do primeiro emprego. Apenas eu parei. Não tinha mais nenhuma idéia.

Não tendo conseguido fazer com que Sammy fale dos seus medos edipianos, passo à imagem materna pré-edipiana e pergunto se o fato de continuar com as idéias seria capaz de levá-lo a pensar que o Rosto Mágico poderia realmente fazer coisas terríveis.

S. – É... mas... não, não. Outra vez eu escrevo algumas histórias.

Sammy sai calmamente. Pela primeira vez na semana diz até logo e me dá um sorriso largo.

21.ª Sessão (Quinta-feira, 25/11/54)

S. – Eu não fico com medo das histórias porque não tenho medo de nada.
J. M. – Então você sente que eu estou enganada quanto a isso?
S. – E não quero saber de conversa... veja! (Começa a pular por cima das coisas e a espalhar papéis à volta.)

J. M. – Você prefere jogar as coisas e sair pulando a conversar comigo. Mas esse é um outro modo de me dizer as coisas.
S. – Não quero discutir esse assunto. Eu queria fósforos e coisas para brincar. Agora, em vez disso, vou ficar pulando. E pare de falar.
J. M. – Medo do que vou dizer?
S. – Não fale! Se você falar... bom... você vai ver só.
J. M. – Posso compreender que você se zangue se fico só conversando e não tenho montes de jogos, etc. para encher o tempo.
S. – É. E agora pare de falar ou então eu... (Ergue o punho fechado.)
J. M. – O que vai acontecer?

Sammy levanta-se e, com grande dignidade, sai da sala. Vejo sua sombra que indica que ele está espiando pela fresta da porta. Digo em voz alta: "Bem que o Sammy gostaria de me bater por causa de todas as idéias incômodas que surgem aqui. Gostaria de me castigar, mas também quer me proteger, por isso resolveu sair da sala. Eu não dou a ele montes de coisas com que brincar e de coisas de comer como fazem as outras pessoas e isso o deixa zangado." Sammy volta repentinamente à sala e, olhando-me fixamente, diz:

S. – Não é verdade que você deixou de arranjar fósforos só porque sabia que me divirto *muitíssimo* com eles?
J. M. – Então você acha que quero proibi-lo de fazer coisas excitantes aqui comigo?
S. – Bom... Se você tivesse alguns jogos... Mas acho que você não vai gastar esse dinheiro. Você é pão-dura. Você não me dá nada.
J. M. – Então você acha que não gosto de você porque não lhe dou todas as coisas de que você gosta?
S. – Não, é o contrário: eu não gosto de quem não me dá todas as coisas que quero e não faz coisas para mim.
J. M. – Os outros fazem coisas para você parar de ficar chateado?
S. – Você simplesmente *quer* que eu fique chateado. E se gosto muito de uma coisa, você a tira de mim. Não poderíamos nem ter fósforos?
J. M. – Bem, vou pensar nisso.

22.ª Sessão (Sexta-feira, 26/11/54)

Na esperança de trazer para as sessões algumas das fantasias de Sammy acerca do fogo, resolvi dar uma caixa com alguns fósforos dentro. Ele fica muito excitado quando os encontra. Coloca metade dentro de uma bola de massa plástica e diz que primeiro vai fazer sobre isso uma história que, à sua solicitação, eu anoto.

Agora o fogo vai começar. É o melhor fogo de todos. O fogo que, por dias e dias, tenho estado desejando. E nem sei ainda o que pensar. Nunca, nunca tinha me divertido tanto em toda a minha vida. (Acende alguns fósforos.) E então todo o fogo apagou. Mas não tem importância. Isso está aí para sempre. E no dia seguinte haverá mais alguns. Isso é tudo, vagabundo! (Agora acende os fósforos restantes.) Agora temos uma grande queima de fogos de artifício, como no 14 de julho. O nosso fogo é um fogo mágico, o melhor que já foi visto. Seu nome é Pisa, como a torre inclinada que nunca ninguém viu. Nunca vi um fogo igual a este. O melhor, nunca o pior.

Por três vezes Sammy me perguntou se gosto de fogo.

J. M. – Você tem medo de que eu não goste?
S. – Não comece com esse negócio de medo outra vez! Agora vamos pegar aqui direitinho o que eu realmente gosto de fazer.
J. M. – Certo, vamos fazer isso logo.
S. – Anote agora todas as coisas que mais gosto de fazer.

Melhores coisas: Jogos
Tomar sorvete
Manter conversas interessantes
Ter a lareira acesa
Música clássica
Velas
Pintura de Matisse e Rembrandt
Pintura a têmpera
Desenhos.

Agora escreva as coisas de que gosto menos.

Piores coisas: Ficar chateado
Conversar sobre coisas
Pular por cima de cestas de papéis
Jogar jogos desinteressantes que não sei jogar
Discos de criança e música feia.

Sammy faz então uma lista de todas as atividades possíveis, pela ordem de preferência:

1 – Jogos. 2 – Sorvete. 3 – Caixa de fósforos grande e velas. 4 – Conversa interessante sobre o que faço durante o dia e nos fins de semana. 5 – Fazer coisas com massa de modelar. 6 – Escrever histórias. 7 – Pintar com

aquarela. 8 – Pular por cima de cadeiras e cestas. 9 – Conversar acerca de quando estou com medo e de coisas de que não gosto. 10 – Ficar chateado e não ter nada para fazer.

23.ª Sessão (Sábado, 27/11/54)

Estou muito resfriada e isso é evidente desde o momento em que digo boa tarde a Sammy.

S. – (Numa voz acusadora.) Você está doente!

Senta-se e começa a moldar pedaços de massa e pergunta se pode acrescentar à torre de ontem. Fala rapidamente acerca de suas façanhas montando a cavalo, e fico surpreendida de ouvi-lo, pela primeira vez, falar de alguns acontecimentos externos. Ele me olha apreensivamente e tenho a impressão de que está conversando distraidamente. Vai ficando cada vez mais inquieto, e uma branda nota de pânico insinua-se em sua voz, até que ele explode:

S. – Para trás, sai para lá, você está resfriada! Eu poderia pegar o seu resfriado. Você é má. Você cheira mal. Por que não me telefonou? Você não tinha o direito de me receber estando resfriada!

J. M. – Você acha que eu poderia ser perigosa para você, que o que sai de mim poderia lhe fazer mal?

S. – (O pânico aumentando.) Não fale! Não respire em cima de mim! (Neste momento estou a mais de um metro de distância. Empurrou o pote de massa na minha direção.) Aqui, ponha isto em cima da sua boca!

Faço isso sem comentários (depois de ponderar se devo interpretar seu medo da contaminação e a relação entre esta e seus próprios desejos agressivos e o medo de que possam sair de volta pela minha boca).

S. – Agora mantenha isso aí e não fale.

Segue-se então uma torrente de insultos e estranhas ameaças de todos os tipos, dos quais anotei apenas uma pequena amostra após a sessão.

S. – Você vai ser castigada por isso... Vou arrancar suas orelhas a tapas. Você vai se arrepender de ter feito isso... Vou te encher de tapas na bunda. Vou arrancar fora a sua bunda. Você vai se arrepender... etc.

Com seu rostinho contraído de fúria e terror, começou a gritar:

S. – Não fale! Não se mexa! (Não me mexi nem um centímetro durante sua longa explosão.)

Sammy continua desse jeito por quase quinze minutos e algumas vezes soa como um pai zangado brigando com uma criança.

S. – Você já me encheu bastante, ouviu? Agora, chega! Diga mais uma palavra e você vai se arrepender. Nem uma palavra. Pare de falar, estou dizendo! (Olha para mim, imóvel atrás do pote de massa.) Pare de se mexer! Os dedos da sua mão esquerda estão se mexendo. Pare com isso já! Não *respire* tanto. Estou ouvindo a sua respiração! Você vai ser castigada. Ah, eu vou te arrancar a bunda, de tanto tapa. Você já me encheu as medidas. Vou cortar fora a sua boca. Você vai ser castigada. Nunca mais vou lhe dar *fósforos*!!

Durante seu longo discurso, preparou o fogo e então colocou a estrutura toda, pronta para acender, na mesa de metal que fica entre nossas cadeiras. Ainda que isso não seja muito perigoso, eu o tinha proibido de fazê-lo nas primeiras sessões, estipulando que os fósforos só poderiam ser acesos na lareira. Ele esteve me provocando, com um modo de falar sadomasoquista, desafiando-me a não falar, e senti que isto era outro jogo desse tipo. Neste ponto saí de trás do meu pote:

J. M. – Não, Sammy! Você só pode acender fogo na lareira; caso contrário, terei que lhe tomar os fósforos.
S. – (Apressando-se para acender rapidamente sua montanha de fogo.) Não. Agora, agora. Apague-o você!
J. M. – Não se faça de bobo.

Mal-humorado, Sammy leva sua estrutura para a lareira.

S. – Agora volte para trás e não diga nada!

Acende o fogo reservando alguns fósforos, e então atira por cima todo o papel de desenho que consegue encontrar. Prepara-se para jogar os lápis de cera e a caixa, o que não permito.

S. – Fique quieta aí... Vou te cortar toda, sua boca, sua bunda... Você ficou resfriada e vai ser castigada. Ah, você está muito mal-humorada hoje e nem mesmo sabe.
J. M. – Acho que é você quem está se sentindo mal-humorado.
S. – Mas não tanto quanto você está. (Salta num pânico repentino.) Mas você não vai dizer nada à minha mãe, vai? Responda, responda!
J. M. – O que é que você tem pavor de que sua mãe descubra?
S. – Diga: você vai dizer? Vai?
J. M. – Você acha que estamos fazendo aqui hoje alguma coisa inconveniente, de que sua mãe não gostaria?
S. – (Apontando para o fogo.) Isso? É. Você não vai contar? Ah, se você contar eu vou ser castigado. (Dá pinotes para cima e para baixo, furiosamente.)
J. M. – Eu não digo aos seus pais o que você faz nas nossas sessões. Mas estou certa de que você pensa que brincar com fósforos e com fogo é algo parecido com aquilo que os adultos – sua mãe e seu pai – fazem quando as crianças não estão por perto. E é por isso que você acha que ela vai ficar zangada. Como se você estivesse aqui fazendo comigo um tipo de brincadeira que seu pai poderia fazer com sua mãe.
S. – (Repentinamente calmo outra vez.) É!! Assim, você vê, você não vai contar, não é?

Faz um grande estardalhaço para sair no final da hora. Quando sua mãe chega para apanhá-lo, ele me diz intencionalmente na frente dela: "Por favor, arranje mais alguns fósforos para quarta-feira."

J. M. – Quarta-feira é o dia em que você não vem aqui.
S. – É, mas na quinta-feira, não, segunda. Ah, arranje para segunda, terça ou quarta.

Além da idéia de que as palavras são perigosas em si mesmas, hoje há a emergência do medo da contaminação oral, e esse medo estimula em Sammy fantasias de vingança anais-sádicas. Em seu desejo de "arrancar a minha bunda a tapas", ele está, sem dúvida, identificando-se com sua mãe quando a provocou até que ela o espancasse. Uma relação erótica proibida é então atuada, acompanhada pelo castigo adequado. Sammy aceita a interpretação de que a brincadeira com fogo está ligada à cena primária, mas é então obrigado a exibir isso para sua mãe após a sessão. Sua ansiedade e sua culpa deixam-no confuso quanto aos dias em que vem às sessões.

24ª Sessão (Segunda-feira, 29/11/54)

Chega quinze minutos atrasado. Recusou-se a sair da pista de patinação quando Ginette o chamou. Ela disse "só mais duas voltas", e ele deu dezoito voltas.

J. M. – Acho que você não queria vir aqui hoje.
S. – É, não queria mesmo. Não há nada para fazer.
J. M. – Talvez também por causa da nossa brincadeira com fogo?
S. – Este lugar não é bom. Não há jogos, não há fósforos, nada, e não quero o tipo de brincadeira que você quer, brincadeira que a gente faz e brinca juntos. Não, obrigado. Eu não.
J. M. – Você não acha seguro nós brincarmos juntos?
S. – Agora chega disso. Não quero saber das suas conversas.

Começa a correr pela sala, dando encontrões nas coisas, aparentemente surdo a qualquer observação que eu faça. "Este é um lugar odioso. É tão horrível que eu bem podia não voltar." Vem então e se senta outra vez. Diz que não gosta de dar encontrões nas coisas, mas que não sabe o que mais poderia fazer. Aproveito este momento de calma para dizer-lhe que compreendo como se sente e quanto é difícil para ele não ter jogos com regras estabelecidas.

S. – Aquela senhora de Nova York me dava sorvetes e soldadinhos de brinquedo. Mas você não me dá nem uma caixa de fósforos. Eu já ficaria contente com o joguinho mais vagabundo. O que eu realmente quero é xadrez, mas uma vez que você não tem... O que eu gostaria de verdade era de uma vitrola, de xadrez e de pintura a óleo. (Esta última não é permitida por seu pai em casa.) Mas você não tem nada disso... bom. (Olha de relance a vitrola que está no canto da sala e que sempre evitou como se fosse tabu.)
S. – Você me arranjaria um jogo? Só uma coisinha e eu ia brincar e brincar e ser feliz. Ah, você não vai arranjar. (Sem a barreira dos jogos, ele sente que o contato é próximo demais e o deixa à mercê de seus impulsos.)
J. M. – Você acha que não o protejo contra as coisas ruins que acontecem quando as crianças ficam chateadas?

Sammy esteve muito agitado durante a conversa e dificilmente terá deixado passar um único momento sem atirar coisas ou gritar para que eu me calasse. Mas, por um instante, ficou calmo.

S. – Bom, dá para a gente ter uns jogos?

J. M. – Vou ver. Mas deveríamos também tentar compreender por que você fica tão incomodado quando não há jogos.

Sammy passou o restante da sessão falando alto e dando gritos, numa mistura de fúria e pânico, e senti-me totalmente impotente no meu desejo de proporcionar-lhe alguma paz de espírito ou de estancar a onda crescente de sua destrutividade.

Naquela noite, numa tentativa de organizar meu pensamento acerca de Sammy, anotei os seguintes pontos:

1 – Parece-me que Sammy não consegue suportar a análise no momento presente sem certas gratificações diretas, apesar das complicações que isso invariavelmente introduz na análise. (Ele continua a pedir a Hélène que lhe traga leite cerca de duas vezes a cada três e freqüentemente se serve da água da jarra de pintura.)

2 – Eu tinha presumido demais acerca de sua terapia analítica intermitente do passado. Ele não aceita realmente a psicanálise como algo que possa ajudá-lo em seus graves e aterrorizadores problemas. A análise e a analista são algo contra que ele deve defender-se a todo o custo. Sua mãe, no entanto, relatou que ele gosta de vir e aguarda ansiosamente as sessões.

3 – Fica manifestamente aterrorizado pelo que pode acontecer-lhe (ou a mim) se não temos jogos estruturados.

4 – Não tem capacidade de projetar suas fantasias nas brincadeiras, como o fazem as crianças normais e neuróticas. As fantasias têm em si algo de onipotente e cosmicamente desastroso e não podem ser prontamente expressas em termos de brincadeira. Sua mãe sempre notou que ele é incapaz de brincar sozinho ou com outras crianças.

5 – Pode haver um conflito de lealdade entre mim e sua terapeuta de Nova York. A dra. G. era boa e ele precisa mantê-la assim.

6 – Tem premente necessidade de controlar tudo e não consegue relaxar por medo de que a relação fuja ao controle. É imediatamente inundado de ansiedade e terror, com os quais tenta lidar através de alguma forma de descarga motora.

7 – Sinto que minhas interpretações não estão levando a nada e que Sammy está ficando mais destrutivo a cada dia.

8 – Parece necessário um novo plano de abordagem. Talvez pequenas figuras de pessoas e animais, como as que as crianças pequenas usam. Ele é um menino muito estranho e isolado e talvez precise voltar ao nível de brincadeiras de crianças de três ou quatro anos. Vou retirar os lápis de cera que ele está sempre dizendo que detesta. Jogo, para ele, é o xadrez – sua única realização no campo do jogo. Seus pais tentaram interessá-lo em outros jogos, mas foi inútil. Eu poderia trazer um tabuleiro de xadrez. Não quero correr o risco de interferir

com esta atividade que é valiosa em seu relacionamento com seu pai. Há sempre os fósforos "proibidos". Estes provavelmente representam fantasias de masturbação e de cena primária e também uma maneira de descarregar e controlar desejos destrutivos.

25ª Sessão (Terça-feira, 30/11/54)

Pondo em prática meu novo plano de abordagem, reuni um certo número de brinquedos de plástico, incluindo pessoas, animais selvagens e domésticos, um bebê, um policial, um carrinho de bebê e uma ambulância. Coloquei também um jogo de xadrez, uma caixa de lápis pretos comuns e papel, como de hábito.

S. – Oh, você fez isso para mim? Oh, estou tão feliz. Bom, nunca pensei que você fizesse alguma coisa por mim. Mas supondo – imagine que não é verdade – eu nunca vou ficar chateado agora – mas *só supondo* que ainda fique chateado apesar de todas essas coisas? Bom, você sabe, eu não vou ficar chateado.

J. M. – Sei que pode ficar.

S. – E o que você diria?

J. M. – Suponho que isso significa que você prefere ficar chateado a brincar com essas coisas; que não são jogos realmente o que você quer. Seria uma forma de me dizer alguma coisa e nós tentaríamos descobrir juntos exatamente o que seria e o que você está procurando de fato.

S. – Oh, eu não vou ficar chateado. Mas se ficar – se eu quiser alguma coisa – deixe-me ver – e se eu quisesse outra coisa?

J. M. – O que poderia ser?

S. – Bom, eu poderia querer um apartamento, exatamente como este, todo para mim. O que você diria?

J. M. – Então eu acharia que você quer morar comigo, no meu apartamento.

S. – (Rindo.) Rapaz! Agora, com que vou brincar? Vamos deixar o xadrez de lado. (Pega a caixa de brinquedos de plástico.) Fico pensando por que você levou tanto tempo para arranjar isto.

J. M. – Comecei a compreender como você se sentia desconfortável quando não havia brinquedos.

S. – Você teve que gastar dinheiro com eles? Há outras crianças que vêm aqui? Nunca vejo nenhuma, só gente grande. As outras crianças brincam sozinhas aqui, como você e eu? O que você faz com os adultos? Etc. Etc. (Nesta ocasião parece não se importar por não ter suas perguntas respondidas e vai, enquanto fala, tirando da caixa os animais e as figuras masculinas, soldado, fazendeiro, policial. Põe de volta na caixa todas as figuras femininas, carrinho de bebê, bebê e ambulância.) Que tal uma história? Agora você me conta uma história.

J. M. – O que você sugere?

S. – Bom, este era um jogo de três pessoas boas e três pessoas más. As pessoas boas estavam com fome. Saíram para pegar uma girafa para comer. Aí as pessoas foram comidas por um tigre. (Neste ponto Sammy pega um rinoceronte que começa a atacar e derruba igualmente as pessoas boas e más – como se fosse incapaz de distinguir as fantasias boas e más ligadas a expressões fálicas.)

S. – Pena que você não tenha um hipopótamo. Mas não faz mal. Não vou te pedir para arranjar mais nada. Para isso, está bom. (Guarda todos os brinquedos na caixa.) Vamos jogar xadrez.

Sammy arruma as peças e me permite escolher a cor com os olhos fechados. Fica bastante incomodado quando escolho as brancas. Também expressa desapontamento porque já sei jogar. Jogamos durante cerca de vinte minutos e ganhei por pouco. (É preciso notar que jogo xadrez bem mal e que, no meu jogo com Sammy, esforcei-me ao máximo.) Ele pede que repitamos o final. Nesta versão revista do jogo, pega a minha rainha branca para comer um peão na minha linha de fundo, em vez de pegar a rainha preta dele. Fica perplexo quando aponto seu engano. No final da sessão resiste fortemente a ir para casa; mas acaba saindo, cantando: "o rosto, o posto, bonito que dá gosto".

Quando Sammy ameaça ficar chateado mesmo com os brinquedos longamente desejados, implicitamente reconhece que não está de modo algum protegido contra a perigosa relação libidinal e agressiva que teme entre nós. Entretanto, não declara seu desejo de ter tudo (inclusive a analista e o apartamento), de modo que tenta por um momento negar as ansiedades ligadas às fantasias edipianas e aos terrores pré-edipianos de destruição total, ainda mais assustadores.

É interessante notar que este jogo se refere a primitivas fantasias de devoração – o tigre devora a família que achou a girafa para comer. (A incorporação do falo paterno traz a morte por parte da mãe-tigre devoradora.) No final da sessão Sammy precisa que eu jogue xadrez com ele como seu pai faz, talvez como proteção contra uma aterrorizadora imagem de mãe.

26ª Sessão (Quinta-feira, 2/12/54)

Uma vez mais Sammy expressa seu prazer pelos brinquedos e pergunta-me por que os arranjei para ele. Repeti minha explicação anterior.

S. – Ah! Agora você tem um hipopótamo! Ah! Maravilha! E tem essa vaca. Agora escreva!

Agora esta vaca (vai contando, mais do que brincando) não podia suportar ninguém perto dele*. Ele fica tão nervoso quando as pessoas chegam perto que começa a dar coices. Isso faz com que os outros o ataquem. É realmente culpa da própria vaca, mas ele acha que a culpa é dos outros. Então, todos os animais selvagens rodearam a vaca e o hipopótamo foi empurrado para diante para arrancar o rabo dele com uma dentada. (Esta parte do drama é representada.) A vaca está agora assustada demais para fazer qualquer coisa, de modo que vai simplesmente junto com os outros. (Sammy pega o canguru na caixa, dizendo que é um animal amigo e não pode ser colocado com os outros. De fato, afora a vaca, ele até aqui não demonstrou nenhum interesse pelos animais domésticos "amigos".) Agora há um grande incêndio na floresta. (Começa a ficar muito excitado e tenta fazer o fogo espalhar-se além dos limites da lareira e fica furioso quando o impeço de fazê-lo. Acalma-se quando continuo a ajudar no "incêndio na floresta".)

S. – Você ficou apavorada com o fogo?
J. M. – Não, mas não quero que as minhas coisas se queimem.

A partir disso, Sammy junta o restante dos papéis da mesa e os atira no que resta do fogo, atirando em seguida a caixa de fósforos e uns poucos lápis que não queimam muito bem. Dá então um bote na massa plástica e atira bolas de massa pela sala afora.

S. – E agora, o que você acha disso? O que mais eu posso quebrar?

Apanha o carrinho de bebê, o berço da boneca, a ambulância, o caminhão vermelho e espatifa tudo com os pés e atira os pedaços na lareira.

S. – Gostou disso?

---

* No original há essa confusão de gêneros, explicada mais adiante. (N. do T.)

ANÁLISE

J. M. – Eu arranjei isso para você, de modo que cabe a você resolver o que fazer com tudo isso. Notei que você quebrou tudo o que é de bebê.
S. – E o bebê! E a boboca da mãe velha! (Estes foram sendo arrebentados por sua vez.) Agora vamos jogar xadrez.
J. M. – Sinto muito, Sammy, não há mais tempo hoje.
S. – Você vai jogar! Você vai jogar! (Bate na minha cabeça com duas peças de xadrez, depois vira-se para o tabuleiro e pega o rei branco.) E este vai ser a *rainha*. Não ligo para o que você diz. (Fica zangado à medida que eu, em silêncio, vou guardando tudo e faz diversas tentativas de me bater, mas eu o impeço, esquivando-me.) Você está chorando agora?
J. M. – Não, mas não quero que você me bata.
S. – Por que você não quer que eu te bata?
J. M. – Porque gosto de mim mesma e não gosto que me batam.

Neste momento Sammy deixa cair uma das peças do xadrez perto da minha cadeira e me pergunta se vou apanhá-la de modo que ele possa guardá-la. Imediatamente eu me abaixo para apanhá-la e ele me dá uma terrível pancada na cabeça com a outra peça que tinha escondida na mão. Sob o impacto da dor, endireitei-me e estava a ponto de dar-lhe um tapa. Mas, vendo seu rosto cheio de ódio misturado com terror, passei meu braço à volta dos ombros dele e o puxei em direção a mim; dei-lhe uma palmada de brincadeira e disse-lhe: "Ah, você é um mandrião!" Imediatamente ele dá um sorriso amável.

S. – O que é um mandrião?
J. M. – Bom, é alguém que quer chegar perto das pessoas, mas fica com muito medo. Então prega pequenas peças como você acabou de fazer, para poder chegar com segurança.
S. – (Radiante.) Mandrião! Eu sou um mandrião!

Saiu calmamente e parecia bastante tranqüilizado.

A ambivalência de Sammy quanto aos brinquedos é evidente, mas só se permite uma brincadeira rápida na qual obviamente se identifica com a vaca nervosa. Na mesma seqüência, o hipopótamo (que já foi utilizado nas histórias como imagem da mãe grávida) castiga-o oralmente. Talvez esta fantasia primitiva de castração tenha o poder de compelir Sammy uma vez mais a buscar as "proibidas" brincadeiras com fogo – para provar que está muito vivo e é muito perigoso. Após queimar a mãe e o bebê, ele procura, através do jogo de xadrez, algum contato com o pai e declara que o rei "vai ser a rainha". Foi talvez a frustração dessa necessidade premente que fez com que Sammy me atacasse fisicamente. Está também assustado com seus sentimentos positivos. Estes estão provavelmente expressados no "incêndio na floresta" e também fizeram com que o final da sessão fosse, para ele, difícil de tolerar.

27ª Sessão (Sexta-feira, 3/12/54)

A Vaca Marrom mais uma vez é o personagem principal. Em todos os relacionamentos ela está evidentemente "desajustada", fazendo com que os outros não gostem dela. Principalmente porque não consegue tolerar ninguém perto dela.

S. – Por favor, escreva "A brincadeira de Sammy" e vá acrescentando as minhas idéias.

Esta é uma fazenda para animais selvagens, bem como para muitos outros. A Vaca Marrom está aqui também. Ele é realmente muito amável. Só dá coices porque os outros o incomodam. O rinoceronte que ataca faz um barulho terrível e então a Vaca Marrom vem e lhe dá um coice. Não gosta de que ele esteja muito perto. Agora todos os animais estão de volta na fazenda. Tudo está seguro agora. A vaca olha em torno e não liga para dois cavalos que estão ao lado dele, ainda que esses nunca tivessem tido a intenção de feri-lo. O segundo cavalo se esfrega de lado no primeiro. A Vaca Marrom não entra na diversão de nenhum dos animais. Ele é bastante solitário. Ele não gosta de toda essa movimentação. Todos os animais estão em paz. O rinoceronte quebra sua jaula e vai destruir todos os outros animais. O bezerrinho aproxima-se da mãe vaca que agora não quer dar coices. (Note que a vaca mudou de sexo. Ela também é mãe.) A Vaca começa a ficar excitada e começa a trotar à volta de todos os outros animais. Todos agora estão brincando para se divertir. Ela dá um coice no cavalo, mas é só brincadeira. Este cavalo e a vaca começam a lutar e se escoiceiam muito ferozmente, de pé sobre as patas traseiras. Ambos caem e agora se levantam e começam outra vez. (Sammy repete três vezes esta sugestiva cena.) Agora todos estão de volta à fazenda, onde tudo é seguro.

Sammy fica particularmente satisfeito com o final de sua história, em que a paz e a segurança finalmente imperam. Pergunta se é possível ter mais duas vacas e outro cavalo. Uma vez que está claro que a vaca está representando um papel sexual duplo ou confuso no qual não somente o próprio Sammy está representado, mas também a mãe sob seu duplo aspecto de alimentar o bezerrinho e ter uma "luta de brincadeira" com o cavalo-pai, prometo a Sammy que vou arranjar outras vacas.

Sammy pede-me que leia para ele sua história "inserindo os pensamentos", isto é, interpretações dos temas sexuais e agressivos. Interpreto sua própria ansiedade quanto a chegar muito perto das pessoas, mas não toco no material que diz respeito a sua identificação inconsciente com aquilo que sente como atitudes de sua mãe em relação a ele e em relação ao pai.

28ª Sessão (Sábado, 4/12/54)

Sammy dá um grito agudo de prazer ao encontrar uma nova vaca preta.

S. – Dougie, apenas escreva a história. Não as palavras, mas os verdadeiros pensamentos por trás dela.

Sem esperar resposta, pega um cavalo e a Vaca Marrom e representa uma luta particularmente sádica entre eles.

S. – E agora, quais são os meus pensamentos?
J. M. – Bem, ninguém pode ler os seus pensamentos, mas podemos tentar elaborá-los e ver o que você acha. A última vez que escrevi alguns "pensamentos verdadeiros", eram acerca da Mamãe e do Papai quando estão sozinhos à noite. Fico imaginando se esse jogo do cavalo e da vaca não é a idéia que você faz sobre o que os adultos fazem juntos sexualmente.
S. – Agora vamos para outro jogo. Por favor, anote os pensamentos.

Anoto as palavras de Sammy e vou inserindo, entre parênteses, possíveis interpretações a lhe serem dadas no final, na hora de ler a história.

A Vaca Preta e o Cavalo Brabo... coice! Coices! O Cavalo e a Vaquinha Marrom conseguem se dar melhor juntos. (Talvez Sammy seja a Vaquinha Marrom e a Vaca Preta e o Cavalo Brabo são Mamãe e Papai. Sammy-Vaca Marrom pensa que o Papai-Cavalo pode protegê-lo. Ele se sente solitário e triste e dá coices em todos os outros porque tem medo. Este é simplesmente o modo que tem para proteger-se.) Lá vão o Cavalo Brabo e a Vaca Preta outra vez. Estão tendo uma grande e boa luta de coices, uma luta terrível, e o Cavalo Brabo vence. (São o Papai-Cavalo e a Mamãe-Vaca e isso é o que Sammy pensa que eles fazem quando estão juntos. Agora Sammy os colocou bem distantes um do outro. Acho que, às vezes, Sammy gostaria de separá-los e de fazer com que parassem com aquelas brincadeiras.) O Cavalo Brabo e a Vaca Preta estão agora bem longe um do outro e a Vaquinha Marrom está sendo atirada por um coice para perto da grande Vaca Preta. Escreva agora todos os meus pensamentos, Dougie. Os animais selvagens são uma simpática família pacata. Agora tente juntar os cavalos. Lá estão eles, lutando em suas patas traseiras. Agora vamos separá-los. Agora toda a família má foi embora. As pessoas boas que não se ferem umas às outras vão junto. (As "pessoas boas" são pessoas que não fazem essas excitantes brincadeiras sexuais.) Há problemas adiante, porque essas vacas e esses cavalos estão de volta. A Vaca Preta ouve seu bebê chorando. (Sammy algumas vezes quer sua mãe só para si.) E as vacas não deveriam ser tão más, tão más quando se juntam.

S. – (Levantando os olhos da brincadeira.) Sabe, às vezes é só porque não se conhecem que cada qual tem muito medo e é muito mau.
J. M. – Um pouco como você e eu?
S. – (Seu rosto se ilumina, como se tivesse acabado de compreender.) Eu estava com medo? É, acho que estava, uma vez.

Pede-me que leia a história, e é o que faço, inserindo as interpretações já anotadas entre parênteses. Ele ouve com atenção concentrada.

S. – Por favor, deixa eu contar outra. (Ele sabe que é o final da sessão.) Por favor, por favor, uma em que o cavalo dá um coice na vaca.
J. M. – Você quer me ouvir dizer outra vez aquele trecho acerca do que os adultos fazem juntos. Mas não há mais tempo.
S. – Ah, a velha vaca já teve bastante por hoje!
J. M. – Acho que a Vaca Preta representa em parte a mim e em parte a sua mãe.

29.ª Sessão (Segunda-feira, 6/12/54)

S. – Agora anote os meus pensamentos porque a história de hoje vai ser sobre o Rosto Mágico e sobre este cavalinho. O nome dele é Flicker.

E o velho Rosto Mágico pode transformar Flicker em todos os tipos de coisas e em todas as espécies de animais. (Creio que o Rosto Mágico sou eu e Flicker é Sammy.) Agora Flicker se encontra próximo à Vaca Preta e a luta começa entre as duas vacas. Lá vão elas e o Flicker também. Agora todos devem ir para seus estábulos e devem ser amarrados juntos. (Este é Sammy-Flicker com a Mamãe-Vaca e com o Papai-Vaca. Sammy pensa que estariam mais bem amarrados. Ele não quer que ninguém se machuque nessas brincadeiras.) Aí vão eles outra vez. (Segue-se aqui uma série de lutas de coices entre diferentes pares de animais, em que um ou outro invariavelmente é escoiceado na traseira ou fica cutucando, com sua perna ou com sua tromba, a traseira de outros animais. Anoto entre parênteses que aparentemente Sammy está interessado naquilo que acontece à traseira das pessoas.) Agora todos os amigos estão juntos. E aí vem Flicker. Fica enlouquecido e dá coices e grita. Está apenas urrando e os outros animais vêm cuidar dele. O elefante põe sua tromba na pata traseira de Flicker. Ha! Sua pata dianteira caiu!

S. – (Levantando os olhos do brinquedo para mim.) Escreva apenas a idéia que estou pensando. (Sammy tem medo de que, se entrar nas brincadeiras violentas de pais e mães, seu corpo vai ser quebrado ou lesado.)

Agora todos os animais vêm para perto de Flicker porque ele ficou muito zangado. Todos o mordem. A girafa bate com a pata na bunda do Flicker e até o canguru tenta machucá-lo. É porque ele deu coices. Mas o bezerrinho fica aqui com a mãe dele e ajuda a mandar embora toda essa maldade. (Uma parte de Sammy quer entrar nessas brincadeiras excitantes, como seu pai, mas a outra parte quer ser protegida por Mamãe, como o bezerrinho.) Todo o mundo veio ver o que está acontecendo. Agora Flicker cai. Doente, com tétano. Ele está todo quente e todos os animais o atacam. Agora os animais estão sendo postos para trás e Flicker é deixado sozinho num canto. (Sammy sente que é tão mau que todos devem deixá-lo sozinho.) Agora, por favor, escreva todos os meus pensamentos.

Leio a história e os "pensamentos" e Sammy manifesta grande prazer. Um "pensamento" que não menciono é o de que Flicker cai doente de tétano depois de se aproximar de sua mãe. O contato com a imagem da mãe pré-edipiana é fisicamente perigoso. Cada vez que faço o menor movimento, Sammy grita comigo. Tenho apenas que escrever – e aqui também ele controla a minha caneta através do seu ditado.

30ª Sessão (Terça-feira, 7/12/54)

Mais uma vez coloco as interpretações entre parênteses para ler tudo no final, visto que Sammy tem solicitado isso a cada vez.

S. – Todos os cavalos e as vacas estão juntos na fazenda. Eles têm jogos, mas só poucos coices e coisas... etc. (Creio que Sammy não quer que eles se excitem tanto quanto ontem. Assim, como Flicker, Sammy acha que seu próprio corpo vai ser estragado se brincar com ele ou se pensar no que os adultos fazem.)

Após uma série de jogos similares, puxou o xadrez mas tornou a largar.

S. – Não! Vamos pegar os fósforos. O Rosto Mágico vai fazer um truque. (Puxa o Rosto Mágico que tinha desenhado num papel ontem.) Três fósforos, disse este Rosto com um sorriso bastante amável e acendeu-os por mágica. Escreva o que estou pensando. Cuidado, todo o mundo! (Sammy acha que seus pensamentos são perigosos. Gostaria de jogar xadrez, como com seu pai. Acha que poderia ser melhor do que ficar sozinho com Dougie-Rosto Mágico.) Vamos acender o fogo para termos um final excitante. Você vai ser castigada, ah vai. Aqui, ponha o Rosto Mágico no fogo. (Vira-se diversas vezes e me ameaça com o punho cerrado.) Mandrião. Seu Mandrião.

31ª Sessão (Quinta-feira, 9/12/54)

Hoje Sammy começa perguntando se poderia ler as histórias que escreveu "naqueles dias em que eu estava chateado". Pergunta-me se me lembro, como se fosse algo muito distante no passado. Seu prazer com as histórias é imenso e aceita com interesse minhas interpretações acerca dos relacionamentos perigosos. Faz diversos comentários do tipo: "Ah sim, eu costumava acreditar em pessoas malvadas, malvadas – quando eu era criança." Através de toda a sessão bate papo livremente, de maneira algo intelectual, acerca de si mesmo no tempo em que ditava as histórias. Chegando ao final da sessão, quando nota que o tempo está se esgotando, imediatamente quer começar uma brincadeira de contar histórias. Uma vez que tenho a sensação de que o que quer é tomar uma certa distância de todo o material das últimas sessões, digo-lhe que realmente não há tempo para escrever as histórias e todos os pensamentos (o que ele aceita prontamente) mas que ele pode fazer uma brincadeira rápida. A Vaca Preta e o Touro juntos dão coices no Cavalo Brabo e então continuam seus jogos habituais.

Desta vez, indo para a sala de espera, Sammy descobre que seu pai veio buscá-lo.

S. – Ah! Mas você não devia entrar aqui.

Parece culpado e agitado e sua atitude toda é bastante diferente daquela que habitualmente mostra quando é sua mãe quem vem buscá-lo.

32ª Sessão (Sexta-feira, 10/12/54)

Sammy fica num estado de euforia ao longo de toda esta sessão. Entrou cantando (nunca canta com palavras. A maioria dos temas são das sinfonias que possui em sua coleção de discos). Tira Flicker da caixa e o faz marchar para diante cantando em voz alta um tema da *Sexta sinfonia* de Tchaikóvski. Então um cavalo com cavaleiro montado marcha imponentemente, acompanhado pelo canto, em voz alta, de um tema de Beethoven. Sammy age como um mestre de cerimônias que está anunciando que algo emocionante logo vai acontecer. Então as vacas são levadas marchando sob acompanhamento de temas da *Sinfonia pastoral*. Um policial, árvores e um segundo cavalo são alinhados à retaguarda. Sammy fica de pé e canta a *Ode à alegria* de Beethoven em estilo operístico.

S. – Todo o mundo vai seguir o Cavalo Brabo (e não Flicker) porque o homem disse que era assim. Eles todos vão passar através das florestas espessas, todas as pessoas com problemas. Eles não dão coices, arrancam a dentadas as folhas que lhes parecem boas. Vão passando através das florestas como uma faca cortando pão (a canção-tema agora é de Mozart). Este policial está tremendo por causa de um ataque do coração. (Sammy agita-o violentamente e depois empurra-o por cima.) Um segundo homem diz: "Vou tomar conta de todos vocês." O Cavalo Brabo dá um coice na Vaca Preta, mas o homem dá um grito e manda parar a luta. Flicker dá um coice no Touro. Aqui vem a Vaca Marrom. Queenie, a Malvada, é como a chamamos, porque dá coices com muita força. Ela dá um coice no Touro e atira-o do rochedo; mas tudo bem e ele dá um jeito de não cair. Agora ele dá uma marrada em Queenie. Na bunda dela! Na barriga! No úbere! Queenie dá um coice de volta a cada vez. (Sammy canta sensualmente o tema de "Wagon wheels carry me home".) Flicker empina para ver o que está acontecendo, e a Vaca Preta também está nervosa. (O Touro, a Vaca Preta e Queenie foram colocados lado a lado.) Flicker e a Vaca Preta agora são amigos e esfregam seus narizes. (Canta um tema leve, melodioso.) Olhe agora, o Touro ficou com um pouco de ciúme de Flicker e da Vaca Preta. Então Flicker expulsa aquele outro touro a coices. (Anoto a interpretação, para depois, do desejo de Sammy-Flicker de ter a ajuda de Dougie-Vaca Preta para enfrentar as preocupações a propósito daquilo que Papai-Touro e Mamãe-Vaca Marrom fazem juntos, bem como do desejo de Sammy-Flicker de expulsar o Papai a coices. Ele também pode ter pensado, ontem, quando seu pai veio buscá-lo, que este estava com ciúmes, como o Touro nesta história.) Flicker sai trotando e imaginando o que a Vaca Preta está pensando. (Interpretação de que a Vaca Preta é necessária, mas ainda é vista como sendo bastante perigosa.) Este bezerrinho está chateado, tão chateado porque não sabe o que vai fazer. Rapaz! Ele está nervoso! Quer dar coices mas diz: "Bem, é só porque estou tão nervoso e não devo dar coices." (Este é um outro lado de Sammy que não está seguro quanto ao modo como se sente em relação a mim ou em relação a sua mãe. Algumas vezes quer que o protejamos contra seus maus sentimentos, mas outras vezes sente que nós é que somos más.) A Vaca Marrom encontra seu bezerro e ele não está mais chateado. Flicker deixa a Vaca Preta e vai para perto do Touro. (Sammy tanto pode voltar e ser protegido pela mãe quanto pode unir suas forças às do pai.) Gente, este é o final da história.

S. – (Para mim.) Eu ia jogar xadrez, mas pensei numa coisa muito mais emocionante. Por favor escreva, Dougie.

Este é o grande dia da corrida de cavalos. (Canta uma cantiga com tema do *Barbeiro de Sevilha*.) Cavalos e vacas, alinhem-se! Alinhem-se! Primeiro o Touro; agora o Flicker. O Cavalo Brabo vem à frente, mas agora ele está cansado, depois Queenie, agora a Vaca Preta. É uma corrida fechada. O Cavalo Brabo está pulando. O Flicker deixa-os saltarem à frente. Se sair depressa demais, estará cansado no final. Quem é o vencedor? É o Flicker! Está coberto de suor e bebendo água morna. As pernas do Flicker estão quebradas, assim ninguém sabia que ele podia ser tão bom. O magnífico! E isso o machucou também. Ele se sobrecarregou e agora tem que ficar deitado. Todo o mundo vem e dá tapinhas nele e o lambe. Apesar de que tenha sido mau para eles. E todos os animais vão para diferentes árvores, para comer. Fim.

Este tema parece ser uma afirmação da rivalidade edipiana e do triunfo sobre a ansiedade de castração. Há uma progressão nítida dos temas edipianos bastante desconjuntados das primeiras sessões, até este tema edipiano normal-neurótico. Creio que meu interesse óbvio pelas fantasias e jogos de relações sexuais ajudou Sammy a aceitá-los também. Há até uma indicação de afeição e perdão de nível genital.

Todo o mundo dá tapinhas e lambe Flicker, "apesar de que tenha sido mau"; e no final há comida suficiente para todos. Esta é uma mudança em relação às primeiras sessões, nas quais quem quisesse comer teria que matar.

* * *

A fim de tornar mais leve a leitura desta edição, o tradutor brasileiro, com permissão da Autora, deixou de lado as sessões 33.ª-39.ª e 45.ª-48.ª, que poderiam parecer repetitivas com seus relatos de histórias que foram contadas acerca das brincadeiras com figurinhas de animais.

* * *

40.ª Sessão (Terça-feira, 28/12/54)

Li as histórias de ontem, acrescentando as interpretações a propósito da identificação de Sammy com o Cavalo Brabo e também com o menininho que quer domá-lo e o salva de perigos como o fogo, isto é, de brincadeiras excitantes e proibidas. Sammy ouviu com a calma que é reservada apenas para esses momentos em que ouve a leitura de suas histórias e os "pensamentos" inseridos. Em nenhum outro momento fica realmente tranqüilo por mais de dois segundos. Encontrou um cavalo e uma vaca – novos – que eu lhe tinha prometido.

S. – Ah, novos! Agora uma nova história.

Estes novos animais vão ser animais que não dão coices. Isto é, só em quem chega perto demais. A Vaca Preta dá coices no Cavalo Novo que dá coices de volta. A Vaca Preta leva coices por todo lado. Ninguém se incomoda! A Vaca Nova dá um coice no Touro. Esta é a primeira vez que faz isso. O Touro está tentando pôr a Vaca Preta de pé, porque ela desmaiou. O Cavalo Novo é amigo das pessoas que não o incomodam o tempo todo. (Sammy sente-se um pouco incomodado por mim o tempo todo. Talvez tenha que ser um pouco brabo aqui para se proteger e assim não ser incomodado.) O Cavalo Novo diz: "O Touro estava me pondo louco." O bezerrinho não está aqui. Esta história é como a vida real: as pessoas que morrem não voltam à vida novamente. A Vaca Preta não se acalmou desde aquele tempo antigo. Como me lembro daqueles dias em que costumava me sentir tão chateado! (Agora avança todos os animais para cima do papel em que estou escrevendo esta história.) A Vaca Preta maltrata todo o mundo. (Subitamente começa a rir muito alto.) Continue escrevendo. Simplesmente escreva à volta dos animais o que quer que estejam fazendo. As árvores estão brilhando no céu. Olhe para o Cavalo Novo! (Dá risadinhas bastante estridentes.) A Vaca Preta e os outros caem fora para tentar descobrir qual é o problema. Sabe o que aconteceu? (Dispara outra vez em risadas estrepitosas.) Está ficando cada vez pior. Bom, cada um descobriu. Não parece ser tão bom. De jeito nenhum! Os animais não vão contar. Podem contar ao homem. E o homem vai contar a todo o mundo na cidade o que acontece ao Cavalo Novo. Todas as pessoas se reúnem à volta para ouvir. (Sammy mais uma vez se sacode em gargalhadas.) Cada pessoa da Terra descobriu o que aconteceu ao Cavalo Novo. Todos o espicaçam pelo que fez. Dougie, você sabe o que foi? Tem certeza de que não sabe? Jura? Todas as pessoas comentam entre si que não vão dizer em voz alta. O príncipe sabe que não é grave, mas que é algo que não se deve fazer. (Explode em gargalhadas, chega a rolar na cadeira.) Eu... Eu não posso dizer. Eu quero, mas não posso. Não gosto de fazê-lo.

J. M. – Será que você está com medo do que eu possa pensar?
S. – É. Talvez você não goste.

Rapaz! Não consigo dizer! Agora vou dizer. Mas não posso! Poderia ser jogado na cadeia se contasse. Oh, oh, oh, meu Senhor! Até o bezerro, lá no céu, está vendo. Bom, agora vou descobrir, se este velho príncipe sair do meu caminho. (O "príncipe" é retirado da mesa com força.) O Cavalo Novo cede. As pessoas acham que está ficando horrível. Todos o espicaçam. O cavalo está sinceramente envergonhado, mas continua *fazendo* aquilo. É um verdadeiro problema. É o problema. Está ficando pior, como um furacão. (Sammy vira-se para mim.) Ah, mas você não pode saber em que sentido estou dizendo "furacão"... Oh, não posso, não posso. Gostaria de poder lhe dizer. Você está escrevendo todos os meus pensamentos? Se eu lhe disser, você vai saber todos os meus pensamentos. Oh, eu só deveria dizer uma coisa dessas aos meus pais, mas não posso de jeito nenhum. Uma vez que você é psicanalista, vou lhe dizer. (Inspira profundamente, mas parece bastante agitado.) Este cavalo está muito envergonhado, a ponto de não poder suportar... Oh, oh, oh... (Sammy rola da cadeira para o chão, como se estivesse nas vascas da agonia, segurando a barriga com as mãos.) Agora devo. Oh, socorro! Agora está chegando uma mudança na história. Ele sai galopando. Está cada vez pior. (Sammy rola pelo chão, gemendo e lamentando-se e faz pequenos movimentos masturbatórios.) Oh rapaz, oh senhoras! O que vai acontecer se eu contar?

ANÁLISE

J. M. – Sammy, o que você imagina que possa acontecer?
S. – Eu poderia ser posto na cadeia. Você poderia me mandar embora para um campo de concentração, onde fazem coisas brutais às pessoas. Agora. Ooooh! (Torce-se todo para dizer o segredo.)
Você sabe... Oh... este cavalo – continue escrevendo! (Ri e começa a balbuciar, mas torna a fazer esforço para conversar comigo.) Oh, rapaz, não posso! Você tem que saber o que é! Quem me dera poder tirar este pensamento da minha cabeça. Não é nada. É só algo que vai fazer o mundo girar de tanto falatório. Eu vou chorar se for para casa sem dizer para você. Oh, é tão difícil! (Por vários minutos mais ele luta com seus pensamentos. O tempo acabou, mas ele parece tão sobrecarregado que deixo-o continuar falando.) Escreva todos os meus pensamentos ao mesmo tempo em que vou contando. Todo o mundo descobriu e ficou sabendo. Agora todos vão dar tapas, coices e castigo nesse cavalo. Nunca mais ele vai fazer essa coisa horrível. Vai chorar e chorar e chorar. E este cavalo... (Diversas vezes recomeça a frase.) Este cavalo ia andando pela rua um dia. E ouviu alguma coisa... Um barulho de pum... e teve diarréia. Saiu dando pum-pum no próprio rabo. (Repete isso cinco ou seis vezes.) Montes de cocô mole e de coisas parecidas. Ele ficou muito enjoado na cabeça. Aquilo foi na cara de todo o mundo, até que o cavalo ficou vazio de tudo. Todos os seus maus sentimentos saíram. E você vai me dizer que todos os meus saíram também. (Sua voz está muito mais calma agora, mas ainda está muito emocionado.) As pessoas morreram porque os puns penetraram nas entranhas delas. Aqueles terríveis traques! Um por um, todos morreram por causa daquela inundação de cocô mole. Ele foi fazendo até que tinha feito em cima de todo o mundo. Depois disso, nunca, nunca mais. (Sammy olha ansiosamente para mim.)

J. M. – Amanhã vamos ver por que foi tão difícil dizer.
S. – É uma coisa muito ruim. É terrível ter tanta diarréia. Vai ter que ser morto logo, logo. Mau, mau, mau, mau. Nunca mais vai fazer de novo.

Quinta-feira, 30/12/54

Na hora da sessão de Sammy a sra. Y telefonou dizendo que ele teve febre alta desde que saiu da sessão de terça-feira. O médico não sabe o que causou isso, mas agora tudo está quase normal e ele poderá sair amanhã se não tiver mais febre. Sammy então vem ao telefone e me pergunta muitas vezes por que caiu doente e o que achei de nossa última sessão. Tranqüilizei-o quanto às histórias do pum e disse-lhe que ele não precisava sentir-se envenenado por aquilo e ter febre. Disse-lhe também que talvez ele estivesse achando que eu o fizera adoecer ao permitir-lhe falar sobre aquelas coisas. "Certo, Dougie, acho que posso voltar amanhã."

A história de Sammy acerca do cavalo galopando e sua gesticulação, tudo indicava intensa excitação masturbatória, mas ele expressa sua excitação numa fantasia *anal* ricamente intrincada. É claro que é a dimensão sádica, mais do que a erótica, que aparece mais na história. Sammy sente que seus "maus" sentimentos (iguais a fezes perigosas) vão matar todo o mundo, inclusive as pessoas que ama. Isto é descrito na história de Sammy como uma perda anal: "O cavalo fica vazio de tudo. Todos os seus maus sentimentos saíram." "Qualquer desejo de contato próximo com os outros vai matar e vai ser punido com a morte", parece ser o tema subjacente.

41ª Sessão (Sexta-feira, 31/12/54)

Sammy parece indeciso quanto a iniciar uma brincadeira. Abre a caixa, torna a fechar.

S. – Não! Esta história não vai ter nenhuma música. Oh, é um absurdo vir aqui. Eu não queria vir aqui.
J. M. – Talvez você esteja preocupado com as histórias do pum e da diarréia.
S. – Quedê o Cavalo Novo? (Coloca-o no centro da mesa, com todos os animais em círculo à volta. Considera essa cena durante algum tempo, depois retira o cavalo e coloca-o no chão.)

Todos os animais estão dando um bom passeio. (Abaixa-se, pega novamente o cavalo e coloca-o no grupo dos animais. Apanha então a vaca nova e a examina minuciosamente, sorrindo para si mesmo todo o tempo. Começa a cantar.) Um problema está voando pelo ar. Um problema, um problema, está voando, oh meu Deus, está voando pelo ar. Ninguém sabe o que é. (Examina com cuidado a cauda da vaca nova.) Um problema está voando pelo ar. Todo o mundo veio para descobrir qual é o problema. Todo o mundo vai ficar à volta desta vaca. Agora vem o Cientista. (Levanta os olhos para mim, sorrindo quase recatadamente à medida que coloca o fazendeiro com um bastão na mão, junto da vaca.) Ah, esta Vaca Nova. Há problemas com ela! (Repete isso quatro vezes.) Todos os animais se reúnem à volta da traseira desta vaca. Todo o mundo sabe qual é o problema. (Canta uma melodia do *Dia do casamento norueguês*.) Meu Deus, isso é outra coisa que tenho que lhe dizer. Oh minha querida, se eu for atirado na cadeia, não vou achar graça. É um problema ainda pior do que o outro. Mas este não tinha feito e esta *fez*.

J. M. – O que ela fez?
S. – Não, não fez nada. Ela *tem*. Discurso, discurso! Todo o mundo está empurrando para ver. É... Ooooooh! (Cai no chão contorcendo-se, como se estivesse sentindo dores.) Ai, o que posso fazer? Não posso dizer isso! (De baixo da mesa ele olha para mim e torna a esconder o rosto depressa, como uma criancinha brincando de esconde-esconde.) Ai meu Deus, há um problema de verdade com aquela vaca. (Sobe de volta na cadeira e pega rapidamente um lápis, fazendo como se fosse apunhalar a vaca com este, mas muda de idéia e larga o lápis.) Esta vaca vai-se embora, animal-com-um-problema! Está fugindo. (Canta em voz muito alta.) Correndo, correndo, não pode mais correr. Caiu por causa do problema. Ai, vai ser difícil. Está chorando. A vaca está chorando. Ai meu Deus, vai ser triste no final. Ai meu Deus! "Pare de soltar pum!", disseram para o Cavalo Novo. As árvores estão brilhando no céu. Então a vaca fez um... oooh rapaz! O Cavalo Novo continua soltando pum e agora o pessoal todo o prendeu, de modo que agora ele vai ficar lá dentro. Quando estiver pronto para não fugir, nós o soltaremos. Mas há este problema pior com a vaca. (Estes últimos movimentos estão sendo acompanhados pela *Suíte do galo de ouro*, de Rimsky-Korsakov. Sabendo que Sammy passa horas ouvindo música, algumas vezes tenho-lhe perguntado por que escolhe um tema ou outro, mas ele sempre sacode a cabeça e franze as sobrancelhas, para indicar que este é um domínio privativo. Mas nesta ocasião começa a cantar a *Marcha fúnebre* de Beethoven, olhando fixamente para mim todo o tempo.)
J. M. – Por que você está cantando a *Marcha fúnebre*, Sammy? (Sammy não responde, mas aponta dramaticamente para a vaca.) – Você acha que ela vai ser morta por causa disso? (Sammy faz que sim com um vigoroso movimento da cabeça. Passa a cantar um tema da *Sinfonia pastoral* e pega o Cavalo Novo.)
S. – O Cavalo Novo agora é o líder. Mas aquela vaca (pega-a) – esta era uma vaca valente. (Novamente entoa a *Marcha fúnebre*.)
J. M. – Não temos muito tempo mais. (Sammy permanece na mesma posição, olhando fixamente para os animais, parecendo muito indeciso. Após alguma hesitação, solta a vaca.)
S. – Quem me dera ser uma pessoa diferente e não ter todos esses problemas. (Com uma súbita mudança de tom e um pequeno gesto como que para atirar para mim todos os "problemas".) Oh, é mais um proble-

ma quanto a você do que quanto a mim! Você não se importa comigo. É o quê?! Nunca ouvi uma coisa dessas. Uma psicanalista se interessando mais por si mesma do que pelas outras pessoas! Minha outra psicanalista me amava mais do que a todo o resto. Ela achava que eu tinha modos interessantes. (Ameaça-me com os punhos cerrados.)

J. M. – Você tem medo de que eu não o ame por causa dos seus pensamentos. Esses pensamentos são difíceis de dizer e isso faz com que você fique zangado comigo. Você acha que a dra. G. era mais amável. Ela não o fazia falar sobre todas essas idéias assustadoras.

S. – O problema é... oh... (Sua voz quase desaparece e ele emite alguns guinchos enquanto gesticula desamparadamente.)

J. M. – Você pode me dizer isso amanhã.

S. – (Pulando da cadeira e se agarrando a mim com as duas mãos.) Fique, fique, você tem que ouvir! Não posso sair daqui desse jeito! Continue escrevendo! (Parece a meio caminho entre a representação e o pânico, de modo que me sento novamente e começo a escrever.)

Esta grande e gorda vaquinha rechonchuda, bonitinha como ela só... causou o grande problema que é – ora merda! – que é: que esta vaca tem um grande úbere gordo e inchado e a segunda coisa é que o traseiro desta vaca está sangrando. E sua bexiga também não está nada boa e sua bunda está muito quente e esta vaca não está se sentindo nada bem. É uma vaca má! E a coisa grave que ela fez... Oh, este é um problema ainda pior... (Para mim: "escreva, escreva!") Com isso, ela vomitou em cima da grama e das pessoas e dos bebês e de todas as criaturinhas. Uma vez que vomitou, foi ficando mais e mais enjoada e o nome dessa doença ruim é: tétano. Ela está toda se sacudindo. A boca fechada, tem a língua quente e um grande e gordo traseiro de onde não sai pum, só um pouco de fedor. E ela ficou triste. Esta vaca é uma boa vaca. Ninguém sabe. Ano que vem, dia 3 de janeiro, o Cavalo Brabo poderá ter um problema e antes do 16 de janeiro todos os animais terão um problema. Vai ser um dos meus maiores problemas! Todos poderão estar mortos, inclusive o cavalo e a vaca doente. É uma vaca tão boa – e é má. Todos os que estavam reunidos deram-lhe um bom coice e remédios e tudo está bem com ela. Uma boa vaca, a melhor de todas.

J. M. – Vamos ter que parar por hoje.

S. – Não! Não! Eu não vou embora! Você tem que me deixar ficar, caso contrário vou adoecer. Da última vez tive febre pela mesma razão. Se você me mandar para casa, vou ficar do mesmo jeito. (Gritando.) Você quer que eu fique com febre?

J. M. – Você não vai ficar com febre – nem vai ter qualquer das doenças da vaca ou do cavalo. Nós vamos compreender todas essas coisas juntos.

A vaca de Sammy, com seu úbere inchado e sua traseira sangrando, contém uma imagem de feminilidade lesada e assustadora, além de uma possível referência à gravidez da mãe. Seja como for, as fantasias de incorporação oral agressiva resultam numa necessidade de ejeção oral. (Será que a mãe de Sammy sofria visivelmente de enjôo matinal na segunda gravidez?)

42ª Sessão (Segunda-feira, 3/1/55)

S. – Agora tenho que arranjar a música certa para a história. Vamos ver se consigo arranjar uma base mágica. Esta história se chama "A aventura com três problemas dentro".

Sei quais são os problemas, mas eles ainda não saíram voando pelo ar. Pequenas moscas vermelhas estão brilhando no céu. Uma vez que é problema e excitação, vamos tocar – Grieg! Não, não está certo. Bach, a *Sonata para piano e violino*. Só vou cantar a *Marcha fúnebre* se a história ficar muito triste. O problema começa com este e este. (Aponta o Cavalo Brabo e o Cavalo do Pum.) Os problemas estão começando a voar pelos ares. A grama verde está voando e papéis e ninguém sabe. (Para mim:) Fiquei com febre outra vez por não ter contado todos os meus problemas! O problema agora é com o Cavalo Brabo. Dê uma boa olhada para ele! (Suspende o cavalo até perto do meu rosto, para que eu o examine.) Ele e o Cavalo do Pum vão lutar. Este malvado Cavalo do Pum vai ser chamado, depois de seus problemas. (Sammy bate solenemente no cavalo, enquanto canta a *Marcha fúnebre*.) Dá para você ver o que há com o Cavalo do Pum? Ele tinha um alfinete na traseira, mas agora o alfinete está saindo e todos os gases também. Finalmente colocam um pedaço de madeira atravessado na bunda de sua alteza. Agora é a temporada das lutas para ver quem vai ser o rei da Terra. O Cavalo Brabo vence, mas oh, seu problema está aparecendo! (Canta a *Marcha fúnebre*.) As folhas estão voando pelo ar. Oh, oh, meu Deus! (Sammy cai no chão, contorcendo-se e suspirando, fazendo de conta que está soluçando.) Oh, os animais farejam! O cavalo está com a traseira quente. Oh, este é um problemão. Quer por favor fechar os olhos enquanto preparo o problema do Cavalo Brabo? (Prende massa plástica na cauda deste.) Ele está recuando para sair, para que as pessoas não o incomodem. (Canta Grieg sensualmente.) O problema é... oooh... está me dando uma dor no coração. Vai matar o meu coração. Oh querida, não sei. Pensei que pudesse. Oh, o problema é... bem... oh, se eu virar o cavalo de costas oooh (faz de conta que está chorando ruidosamente). Oh, está me doendo o corpo todo. Vai ser difícil e doloroso. Mas tenho que dizer. Tenho! Este cavalo... é difícil demais... Quem me dera poder dizer...

mas não posso. Posso. Devo! (Soluça ruidosamente, sem lágrimas.) Oh querida... é... oh querida, este cavalo... se eu não disser... é cocô mole... todo o seu cocô... mas não é este o seu problema... o pior é quando isso deixa os intestinos grandes e inchados como uma barriga cheia de sopa. Olhe para ele! Vai morrer!! A traseira dele é a maior traseira dolorosa. Ele sente como se estivessem espetando alfinetes e agulhas na sua traseira. Machuca muito. Oh, não chore! Não! Há um pouco de gás e de cocô mole pingando por aí tudo. Ele pisou e rolou por cima e ficou com a barriga toda cheia. Está chorando porque caiu por cima. Rindo, chorando e gritando. Não sabia o que estava fazendo. Todo o mundo estava com medo desse cavalo e da cauda dele. E de sua boca cheia de diarréia. É tão doente que nem sabe o quê. Este cavalo consegue dar peidos duplos, de amor e de tristeza. E seu maior problema é o ar quente que lhe sai pela boca. Este cavalo é um cavalo mau. Acabou-se todo o problema! (O próprio Sammy escreve então na folha: "é um bom cavalo e um mau cavalo".)

Os olhos de Sammy estão cheios de ansiedade no final da sessão, mas à medida que vamos lendo a história ele vai se acalmando. Tento mostrar-lhe como utiliza a confusão entre bocas e bundas para proteger-se de voar em pedaços.

Creio que suas excitantemente explosivas fantasias eróticas anais despertam o medo de perder sua identidade corporal. Quando diz "oh querida – este cavalo – todo o seu cocô", parece estar dramatizando uma mãe que vivesse assustada pela analidade de seu bebê. Creio que Sammy vê as minhas interpretações também como aterrorizante "ar quente".

43.ª Sessão (Terça-feira, 4/1/55)

S. – Ei! Você está comendo alguma coisa? Você está com pouco batom. Vá lá dentro e passe mais.
J. M. – Por que me pede isso?
S. – Porque... Porque... (Ameaça-me com os punhos.) Porque quero, viu? Acho melhor ir logo, senão... (Aproxima-se parecendo pronto para me dar um chute.) E seu cabelo também. Você está toda despenteada. Você está horrorosa. Vá e faça todas essas coisas, senão... (Sua voz se eleva para um grito e ele então se afunda em sua cadeira.) Bom, não vou contar nenhuma história hoje. Vou ler, em vez disso.
J. M. – Parece-me que você gostaria de evitar as idéias das histórias, como o ar quente que saía da boca do Cavalo do Pum.

ANÁLISE

S. – Quero conversar com uma boa psicanalista limpa que tenha batom nos lábios.
J. M. – Talvez você ache que as idéias da história não sejam "limpas" porque falam de cocô? Uma vez que ouço as histórias, talvez você ache que eu também não sou limpa.
S. – (Como que tendo uma súbita inspiração.) Eu estava esquecendo os touros? Então aqui está o Touro. (Pega o Touro e a Vaca Preta.) Temos que nos certificar de que temos todos os animais. São onze ao todo. Agora, quanto à música... já sei... *Peer Gynt.*

A Mãe Vaca e o Touro não estão se dando lá muito bem juntos esses dias. É porque a Mãe Vaca quer esfregar seus chifres na traseira da Vaca do Pum (a Vaca Nova da sessão 41) porque ela tem um tipo de bunda muito agradável. Está sempre com coceira nos chifres por esses dias. Rola de um lado para outro na grama. Mosquitos e pulgas o ficam incomodando. Ele está todo cheio de coceiras. (Os animais são arrumados em círculo.) A propósito, a Vaca Preta está se comportando melhor esses dias. Aqui está o Touro, trotando de um jeito que parece estar dançando. Oh, as folhinhas verdes estão voando no céu. (Canta esta frase muitas vezes, passa então abruptamente para a *Marcha fúnebre*, olhando fixamente para mim outra vez. Volta sua atenção para o Touro, dando batidinhas nele lentamente, para indicar que hoje os "problemas" se situam nele.) Os animais fazem uma roda à volta do Touro. Um cavalo se adianta e fica choramingando por perto da traseira do Touro, depois volta para o seu lugar. Uma luta feroz entre o sr. Touro e a Mãe Vaca. Arrá! A sra. Vaquinha não está gostando muito. Quer a bunda do Cavalo Novo só para si. Sente ciúme do outro cavalo que está interessado na bunda do Cavalo Novo. Quem quer que vença a luta vai ganhar a bunda deste cavalo e vai poder ficar com ele como animal de estimação. A bunda do cavalo está ali, esperando, assim, virada para eles. Agora o Touro e a Mãe Vaca começam sua grande luta feroz. O vencedor ganhará a bunda do cavalo. Os amigos também podem tê-la, podem lambê-la e esfregar nela os seus chifres. Um dos coices do Touro atinge a barriga da Vaca. Está sangrando. Mas forte e alegre como sempre e muito zangada. É difícil, para o Touro, prosseguir, porque tem um problema também. A Vaca vence!! Ela esfrega suas patas inflamadas na bunda dele. É uma boa esfregadora. (Sammy faz então a mímica da vaca esfregando seu focinho na traseira do touro, mas não verbaliza isso. Anuncio que está no final da sessão e Sammy começa a levantar sua habitual resistência a sair e um bocado de pantomima a propósito de dizer o "problema". Agora há mais representação do que pânico mas, mesmo assim, está tenso e ansioso.) Desta vez é o problema do Touro... Oh querida, vai ser difícil... etc. Oh, está me dando uma dor no fígado! Vê se dá para dizer o que é. Tem a ver com os intestinos dele. A Mãe Vaca ri e vai emporcalhando a bunda do Touro. Porque é aí que está o problema. O horrível problema do Touro é que ele tem a bunda toda verde e aquela importante parte por onde sai o cocô... oh... está toda roxa. Ele está com uma doença de vaca, chamada... ah... Harpuscondria. Está com a bunda suja. Agora escreva os meus pensamentos também! O bom Touro é também esse Touro Imundo. Mas da próxima vez ele vai ser agradável. Esta vaca é uma brigona. Ela também tem um problema. Está com muito medo. O Touro vai embora tristemente com seus tristes pensamentos. E esta foi uma ótima idéia. E todo o mundo vai para casa. Fim!

Sammy já não faz objeções quanto a sair. A pormenorizada expansão de suas fantasias parece tê-lo ajudado.

Na história de hoje, as trocas de partes e produtos anais deslocam-se em direção à representação fálica e são, creio eu, um apelo ao pai (como quando Sammy subitamente se dá conta de que esqueceu o Touro). Mas logo em seguida a imagem materna uma vez mais ocupa toda a cena. Como na sessão anterior, o drama fica centrado nos chifres de uma vaca e na bunda de outra. A ambigüidade destas duas imagens maternas é evidente. Sammy representa uma fantasia de cena primária na qual os dois protagonistas são identificados dentro da mãe fálica, sendo a qualidade fálica expressa em termos anais.

Sob a capa do material anal, com o qual se sente agora relativamente seguro, Sammy pode embarcar numa situação que é mais edipiana quando traz à cena o Touro e sua rivalidade com o Cavalo. Nesta nova relação triangular, o conteúdo é claramente pré-genital. A forma anal das histórias também serve como proteção narcísica. A "traseira do cavalo" pela qual os dois animais lutam, representa, com toda a probabilidade, o próprio Sammy. No curso normal dos acontecimentos, a criancinha investe com imensa importância o objeto parcial fecal que sua mãe exige dela. Além de sua importância libidinal, representa também uma nova dimensão em seu sentido de identidade separada. A mãe quer dela algo que ela é livre de dar ou de reter. Ela é um indivíduo que pode frustrar ou pode satisfazer o desejo do outro. Parece que Sammy nunca conseguiu dar este importante passo em direção à identidade separada, talvez por sentir que sua mãe não sobreviveria a uma tal separação por causa de suas próprias necessidades inconscientes. Esta situação é personificada no papel da Mãe Vaca que ganha totais direitos de propriedade sobre a bunda do cavalinho (enquanto que o Pai-Touro é excluído). De fato, na sessão seguinte, Sammy chega a chamar o Cavalo Novo de "Flicker", o cavalo com o qual se identificava anteriormente. Em outras palavras, ele é

ANÁLISE 75

um objeto parcial pertencente exclusivamente à Mãe e que esta ganhou após a cena primária.

* * *

49ª Sessão (Quinta-feira, 13/1/55)

Pela primeira vez Sammy não pede as "histórias e os pensamentos" de ontem. Logo que entra na sala faz sinal para que eu não abra a boca. Escreve: "Você tem alguns fósforos hoje? Se não tiver, não vou ficar infeliz por isso." Põe a mão na minha boca violentamente e faz sinal para que eu responda por escrito. A conversa que se segue é toda escrita. (Em vista da extensão deste diálogo escrito, tratei de corrigir a linguagem idiossincrásica de Sammy, para facilitar a leitura.)

J. M. – Não, não há fósforos.
S. – Não tem importância, isso não é mais excitante.
J. M. – Poderia talvez ser até um pouco assustador?
S. – Não. DE JEITO NENHUM!!!
J. M. – Fico pensando por que será que você não quis pedir fósforos.
S. – Porque sei que você não tem nenhum.
J. M. – Haveria alguma outra razão para você querer fósforos?
S. – Porque há um problema voando pelo ar.
J. M. – Um problema com a boca das pessoas? Com a fala?
S. – É com a sua CABEÇA ESTÚPIDA.
J. M. – O que acontece com a minha cabeça estúpida?
S. – Tem ossos.
J. M. – E a sua, também tem ossos?
S. – NÃO. NÃO. NÃO. Tem algodão. Muito melhor do que a sua cabeça.
J. M. – Se a sua cabeça é muito melhor do que a minha, isso poderia significar que você tem um corpo muito melhor do que o meu. Será porque você é um menino?
S. – Oh.
J. M. – Será que isso é uma parte do problema?
S. – Não, não posso dizer. Pergunte a DEUS. Ele sabe. Não me pergunte.
J. M. – Você não sabe qual é o problema?
S. – Não. Pela última vez, pergunte a Deus. Ele sabe.
J. M. – Quem é Deus?
S. – Parte de mim e parte de você.

J. M. – Então uma parte minha e uma parte sua sabem qual é o problema?
S. – Sabem. Mas a minha parte que sabe qual é o problema não quer contar para o resto de mim.
J. M. – Então eu e você teremos que resolver isso juntos?
S. – É. Você acha que uma parte de você sabe qual é o problema porque Deus é parte de você?
J. M. – Uma parte minha realmente sabe algo acerca do seu problema.
S. – E o que é?
J. M. – Tem alguma coisa a ver com os puns e o cocô. Tem a ver também com a traseira quente que poderia ser devorada.
S. – Não, é outra coisa.
J. M. – Poderia ser acerca de outras partes do seu corpo também.
S. – Vou para o céu agora. Adeus, adeus. Estou muito feliz porque vou estar com Deus. Haha. Estou feliz. Acabo de morrer.
J. M. – O que fez você morrer?
S. – O PROBLEMA.
J. M. – Por que você não respondeu à minha última pergunta?
S. – Não posso responder porque estou no céu com Deus. Estou MORTO.
J. M. – Você não poderia escrever a resposta?
S. – Talvez. Oh, oh. É difícil dizer. Eu poderia morrer disso. Mas não vou me preocupar. Deus vai me ajudar, se você não puder.
J. M. – Será que você acha que vou ficar zangada se você disser?
S. – Posso dizer qual é o problema se Deus me ajudar.
J. M. – Você quer me contar esse problema hoje?
S. – Quero. Vou tentar.
J. M. – Não vou deixar você morrer, mesmo que você me conte!
S. – Oh, eu vou morrer, eu sei.
J. M. – Será que você acha que seu corpo não vai mais ter nenhum problema quando você estiver morto?
S. – Não, porque não poderei pensar.
J. M. – Sinto muito, mas não temos mais tempo hoje.
S. – Oh, não tem importância. Hoje foi um ótimo dia, não foi?
J. M. – Foi. Até amanhã.
S. – Prefiro não ver o amanhã. Prefiro ficar aqui.
J. M. – Às vezes parece que você gostaria de morar aqui.
S. – Você é um raio duma DONA CABEÇA DURA.

(Nem uma palavra foi falada na sessão inteira e Sammy saiu numa disposição de ânimo mais à vontade do que aquela que costuma mostrar. Parece que a caneta fálica é menos perigosa do que a boca-ânus.)

ANÁLISE

50.ª Sessão (Sexta-feira, 14/1/55)

Leio a brincadeira de ontem, acentuando a necessidade que Sammy tem de ficar ansioso a propósito de meu corpo e dos seus conteúdos, bem como a fuga para a morte.

S. – Ah, mas aquilo foi o problema de ontem – a sua cabeça dura. A sua cabeça é dura, a minha é macia.
J. M. – Você parece preocupado a propósito das diferenças que existem entre nós.
S. – Bom, este não é o problema de hoje. (Apanha a caixa. Eu tinha acrescentado à caixa um menino de plástico cor-de-rosa, com pênis, pensando que isso poderia ajudar Sammy a fixar mais diretamente suas fantasias, em vez de tê-las constantemente deslocadas para os animais, onde poderiam ficar algo afastadas da aceitação consciente de seus sentimentos em relação a si mesmo e ao ambiente.)

Ah, que lindo menino cor-de-rosa! Ah, ah, já sei qual é o problema para hoje. (Dá batidinhas no menino, ao som da *Marcha fúnebre*.) Aqui vêm o Rabo Quebrado e o Cavalo do Pum correndo atrás do menino perdido. Rapaz! Que problema eu arranjaria se fosse atirado no Mar Vermelho. Não me importo com isso. Nem o Mar Negro. (Prende um pouco de massa plástica no Menino Cor-de-Rosa.) Todos os animais se arrumam em círculo à volta, à medida que ele flutua pelo ar neste dia maravilhoso. (Sammy vem para perto de mim, ainda segurando o Menino no ar e lambe a minha bochecha, depois chupa-a.)

J. M. – Você gostaria de me comer, como se você fosse um menininho?
S. – O que você acha disso?
J. M. – Isso me faz pensar que você fica pensando se eu vou querer comer você também.
S. – Oooh, se eu me tornar parecido com a Vaca Preta, não vou gostar disso.
J. M. – Como você se lembra, a Vaca Preta era eu. Talvez você ache que eu vou lhe fazer algum dano e então você vai ficar sendo como eu. Como uma menina. Ou você poderia mesmo desaparecer e se transformar em mim.
S. – Cala a boca! (Volta à brincadeira, dando gritos estridentes e guinchos à medida que suspende o Menino no ar.) Oh, oh, eu poderia ser trancado num guarda de camundongo!
J. M. – O que vem a ser um guarda de camundongo?
S. – Sua cabeça dura! Agora quero pensar no problema de hoje. Oh, é tão difícil! Oh Deus, oh, oh! (Movimenta os braços como se esti-

vesse regendo uma orquestra, cantando o tempo todo; depois, atira-se ao chão.) Continue escrevendo.

O leão está no chão. Olhe! Ele tem uma boca-problema que está sangrando. (Na verdade está com o bezerro na mão, sem dúvida porque este está associado com as imagens orais-sádicas e com os dramas da alimentação.) Oh, este problema vai me dar apendicite e trismo e difteria e dores no nariz. Ou então vai quebrar-se como aconteceu realmente uma vez a alguém quando estava brincando com alguns outros meninos. Bom, o problema deste garoto – ele tem cocô espalhado pela bunda toda e caiu em cima da vaca e foi nela também e ele agora está com cocô no pênis também. Como a sua cabeça dura. Mas você não tem pênis. Você tem seios. Eu não quero nada com eles! Então este menino esfregou seu cocô na vaca inteira e também no pênis. E gritou e chorou por causa do cocô por cima dele todo. A mãe vai bater nele. Olhe, ele está chorando agora.

51.ª Sessão (Sábado, 15/1/55)

S. – Leia os problemas de ontem, Dougie, e não se esqueça dos meus pensamentos.

Chamei atenção para sua preocupação em relação às diferenças sexuais bem como para o fato de que falar da minha "cabeça dura estúpida" provavelmente significa que não tenho pênis. Sugeri então que ele também tem bastante inveja dos meus seios e que esta situação talvez o preocupe.

S. – Quer ler de novo esse pedaço sobre os seios? (Leio.) Agora leia de novo. (Torno a ler sem comentários.) Ai, que bom que não tenho seios!
J. M. – Por quê?
S. – Oh querida... porque então você podia querer arrancar a dentadas o meu. (Interrompe-se e aponta para seu pênis. Apanha um lápis e dá batidinhas no meu peito enquanto canta a *Marcha fúnebre*.)
J. M. – É esse o problema de hoje? Se eu não tenho pênis, poderia tirar o seu?
S. – É. (De um salto ele se aproxima de mim e tenta enfiar a mão pelo decote da minha blusa. Seguro suas mãos e digo-lhe que não vou permitir que faça isso, mas que podemos conversar a respeito o quanto ele quiser. Ele tenta chupar a minha blusa, mas, quando digo que essas coisas são para serem discutidas e não atuadas, finalmente se senta.) Oh oh oh! Eu poderia ter seios. Este é um problema de verdade! Eles poderiam quebrar a minha bunda. Mas eu tenho pênis. É mais útil do que os seus seios! Os seus seios não servem para

nada – a não ser que você tenha um bebê. Eu não quero ter seios. Oh, meu pênis, eu não quero ter seios! Ah quem me dera não ter seios! (Segue falando durante alguns minutos, numa estranha voz esganiçada, nessa linha em que seios e pênis são igualados e confundidos. Depois, senta-se muito ereto e continua a falar num tom de voz mais normal.) Os seus seios poderiam estourar! Poderiam me morder.
J. M. – Talvez você queira dizer que poderia desejar mordê-los?
S. – Não, não. Mas um dos problemas é sobre os seus seios. Fico tão assustado. Mas certamente estou feliz por não ter seios. (Apanha os animais e os dispõe em círculo à volta do Menino. Pega a girafa que tem uma perna quebrada e atira-a longe.) Não a queremos por perto.
J. M. – Será que ela o faz temer algum dano ao seu corpo, ao seu pênis?
S. – É! Mas é muito pior em relação aos seus seios. Eles não são como os da minha mãe. Alguma coisa ruim poderia sair deles. Eu me sinto feliz por não ter peitos. Você tem seios e um *buraco*. E eu tenho somente um pênis. (Apanha o crocodilo e, com ele, dá batidinhas na Amável Vaca, cantando a *Marcha fúnebre*.) Rapaz! Dois problemas. Crocodilo e seios! (Apanha Flicker e, imitando ruídos anais em voz bem alta, empina-o em direção ao Touro.) Flicker vai dar muitos puns em cima do Touro. (Sammy atira-se repentinamente na minha direção e enfia uma bolinha de massa plástica para dentro da minha blusa.)
J. M. – Você está fazendo igual ao Flicker. Está querendo enfiar uma espécie de cocô-pênis para dentro de mim.
S. – Quero jogar xadrez.
J. M. – Acho que você quer seu pai para protegê-lo aqui. Assim eu não vou ser uma espécie de mãe perigosa, você quer fazer de mim um pai forte com quem você pode jogar xadrez.
S. – Todos os meus amigos jogam xadrez. Tenho montes de amigos meninos. Quem me dera não ter que vir aqui – você com seus peitos grandes e gordos! Os problemas com os animais se acabaram todos agora. Mas não com você! Você tem muitos problemas!

Apesar de sua extrema agitação, Sammy hoje permitiu-me falar-lhe diretamente sem ter que, primeiro, escrever.

O seio é o importante objeto parcial na atual relação transferencial de Sammy, e ele revela constantemente sua fantasia oral de uma igualdade entre seio e pênis bem como defesas contra seu desejo de ter seios. Após tranqüilizar-se de que seu pênis, ainda que ameaçado, está intacto, ele ataca os seios da analista, dizendo que teme um ataque anal da parte destes. Pouco depois disso, projeta uma fantasia oral-anal sádica quando diz que "os seus seios poderiam estourar". Como já vimos nas brincadeiras, esses são também elementos das fantasias de cena primária de Sammy, como se pai e mãe pusessem pênis e seio no ânus um do outro. A tentativa que Sammy faz de colocar a bola de massa plástica dentro da minha blusa tem diversos determinantes:

    a) uma abordagem erótica experimental que desperta culpa suficiente para incluir um elemento de auto-punição;

    b) a dádiva preliminar de um pênis simbólico visando a propiciar os seios enfurecidos;

    c) a restauração do objeto parcial incorporado num nível oralsádico – talvez uma tentativa de restaurar o seio materno diante de uma fantasia paranóide agressiva.

De qualquer maneira, Sammy aceita a interpretação do aspecto protetor do jogo de xadrez e de seus "amigos meninos". Mas os seios continuam sendo perigosos e ainda é preciso lidar com eles.

52ª Sessão (Segunda-feira, 17/1/55)

Estimulado pela iminente inundação de Paris pelo Sena, Sammy inicia a sessão altamente excitado. Tem esperanças de que logo Paris estará inundada. Quase se esqueceu de pedir-me que lesse a história de ontem!

S. – Mas há uma coisa mais assustadora. Minha mãe quer que eu tenha aulas de equitação. Mas eu não vou montar em nenhum cavalo. Oh não, prefiro manter as minhas tripas no lugar. Caramba, posso quebrar um osso! (A ansiedade de castração está novamente ligada ao temor da desintegração.)

J. M. – Talvez você ainda ache que seu pênis corre perigo se você fizer coisas de que gosta.

S. – É, acho que sim, mas mesmo assim não vou montar. Você vê que este cavalo não compreendeu – ele não era psicanalista! E de que vamos brincar hoje? Ah sim, estes quatro animais pegaram doenças graves. (Apanha os quatro brinquedos quebrados, coloca-os juntos e canta a *Marcha fúnebre* sobre eles.) Agora não pare de escrever, senão vou fazer uma coisa.

O Touro quebrou a pata traseira. A Vaca Marrom está com o pé machucado, Flicker está com o pé ainda mais machucado, e o Cavalo Brabo queimou o focinho. O Menino vai cuidar deles. (Anoto um "pensamento" para dizer a Sammy mais tarde, de que ele sente que, mesmo que os animais estejam feridos, podem ser curados.) O Menino está chamando os animais um a um à sala de operações. Começa com os dois mais doentes. Os outros dois podem agüentar mais. Agora o Menino pega o Touro suavemente pelos chifres. O Touro está nervoso, mas o menino faz uma festinha nas costas dele. (Sammy olha para mim e, numa vozinha cortês que nunca tinha usado antes, pede: "Por favor, será que você pode me dar algumas folhas de papel? Só mais duas, se não lhe fizerem falta. Obrigado, Dougie.") Agora vou desenhar o nosso hospital. Cada sala é a mesma coisa, aquecedor, um monte de feno, manjedoura, privada. A saída é aqui... (Brinca durante cerca de dez minutos, demonstrando uma tranqüilidade e um controle que nunca vi nele antes.) Agora vamos consertar o Touro. Abra a boca, fique quieto, Touro! O Touro dá um coice e o Menino dá-lhe um tapa, mas é só porque o Touro está sentindo dor. O menino retira as coisas da garganta dele. Ah, um pouquinho de difteria, eu poderia dizer a qualquer pessoa. Só um pouquinho da garganta. Logo vai melhorar. O touro também sente isso. Agora ele consegue ficar em pé. Agora está parecendo quase curado como sempre. (Sammy está tranqüilizado quanto ao temor à castração. Prefere este ao terror das "tripas" que se desintegram; e, do lado positivo, sente que essa lesão pode ser curada. Refere-se ao "nosso hospital" e parece identificar-me dentro dessa perspectiva de cura.)

53ª Sessão (Terça-feira, 18/1/55)

S. – Quer me dar um lápis e papel, por favor? Há algo que é difícil de dizer. Não pude ficar na escola hoje de manhã (são grupos de três crianças que têm aulas particulares) porque estava... Meu Deus... Como vou dizer? Não! Tenho que tentar escrever isso. (Escreve: "Não pude ficar na escola porque estava adoentado"; faz então um sinal para que eu escreva alguma coisa.)
J. M. – (Por escrito.) Qual era a sua doença?
S. – (Por escrito.) Nada, só um pouco cansado.
J. M. – (Por escrito.) Por que é tão difícil de dizer?
S. – (Por escrito.) Chega de perguntas, por favor. (Indica que agora já podemos falar.)
J. M. – O que há de assustador na palavra "doente"?
S. – Você poderia me mandar para o hospital! Agora vamos continuar a nossa brincadeira.

Rapaz! Há um problema chegando. Mas não é difícil. Vai assustar os animais e o Menino Cor-de-Rosa. (Cantarola a *Marcha fúnebre* e desenha uma forma indeterminada num pedaço de papel que subseqüentemente coloca no meio da mesa.) Os animais estão correndo em disparada para longe dessa grande chateação. Meu Deus! Sabe o que é? Não é pum. Isso certamente eu poderia lhe dizer. Ooooh! Todo o mundo está morrendo de medo. Está tão quente. Mas é um problema fácil, diga-se de passagem. (*Marcha fúnebre.*) Está tão quente. É um fogo, mas não é tudo. Se você descer bastante... oooh! Só vou lhe dizer no último minuto. E há outro problema também, com o Burro. E mais outro. (Aponta para os meus seios.) Se eu disser o primeiro problema nada me acontecerá. Não é tão ruim de dizer porque é uma coisa comum. Mas o problema do Burro vai fazer com que algo me aconteça. Porque é um animal, é incomum. E só pode ser dito quando a hora tiver acabado.

J. M. – Talvez essa seja uma maneira de não deixar sobrar tempo para discutirmos o problema do Burro.
S. – Mas só estamos falando do primeiro problema. Está ajudando a minha doença. Se eu tiver uma doença.
J. M. – E o que há com essa sua doença?
S. – Sua cabeça-dura! A *Marcha fúnebre* vai ser cantada e o problema vai ser contado. É – o Monte Vesúvio; em erupção, diga-se de passagem. Agora vamos a uma luta entre o Touro Negro e a Vaca Nova. Eles querem ver quem vai ser o rei. (Sammy está cantarolando e soa como se estivesse chorando. De repente começa a rir.)
J. M. – Por hoje é só.
S. – Tudo bem. O problema do Burro é que ele tem uma rachadura na bunda, na sua bunda quente e que outro animal com uma língua quente dá uma lambida no cocô que vai saindo por ali.

À medida que se dirige para a porta, Sammy insiste em que eu escreva que o menino perdoou a vaca (depois corrige que é o Burro) por tudo o que fez. (O lapso de linguagem de Sammy revela que ele perdoa a imagem da mãe pelo papel que atribui a ela nessa fantasia erótica anal; esta última quase certamente está associada à masturbação anal.)

54.ª Sessão (Quinta-feira, 20/1/55)

Sammy chega hoje mais cedo do que de costume, encontra meus filhos saindo pela porta da frente e fica observando-os à medida que descem correndo a escada.

S. – Quem é essa gente? São pacientes? Você tem filhos? O que eles estavam fazendo aqui? Etc.

Digo-lhe que não há nada que o impeça de ficar curioso a propósito de outras pessoas que possa ver em minha casa, mas que, como ele vem aqui por conta de seus próprios problemas, é melhor que nos concentremos nestes. Ele aceita razoavelmente bem esta frustração, e então começa uma discussão longa e muito racional acerca da psicanálise e dos motivos que o trazem aqui. Pela primeira vez não me pede que anote o que diz e se senta sossegadamente na cadeira durante toda a sessão.

    S. – Sabe, Dougie, quem me dera não ter nenhum problema. Quero ser como as outras pessoas. Você faria uma relação dos meus problemas para mim?
J. M. – O que você acha que são os seus problemas?
    S. – Bom, o meu grande problema é que tenho medo de ficar doente por dentro. E tenho medo de morrer. Depois, tenho uma enorme preocupação de que quando crescer vou ser muito, muito triste e totalmente diferente das outras pessoas. É um problema também que quando crescer vou ter que ir para a guerra. E não quero ir. Por que as pessoas fazem guerras?

Esta conversa sobre a guerra durou até o final da sessão. Falou sobre o fato de seu pai ter estado na guerra e fez diversas conjeturas acerca de países que podem precipitar uma guerra. A discussão tinha toda uma aparência de realidade tal como ele nunca evidenciou anteriormente. Em nenhum momento seu mundo fantasístico atrapalhou a expressão de suas idéias. No final da sessão, retomou o tema do início e disse que vai ser bom quando sua análise terminar e ele puder fazer perguntas acerca daquelas crianças que viu hoje.

55.ª Sessão (Sexta-feira, 21/1/55)

    S. – Você parece diferente hoje.
J. M. – Talvez você esteja se sentindo diferente em relação a mim hoje.
    S. – Oh não, eu não! Quanto a mim, vou levando. Simplesmente vivendo. Lamento que você tenha essa aparência hoje, mas não tenho culpa.
J. M. – Talvez você queira que eu tenha os problemas durante algum tempo?
    S. – Não, não, de jeito nenhum. Oh não. É apenas azar seu. Eu não vou ser *seu* médico! Estou muito ocupado cuidando dos meus próprios problemas e das minhas próprias partes. (Apanha a caixa de brinquedos, cantarolando um tema da *Sinfonia pastoral*, passando depois, abruptamente, para o *Dia do casamento norueguês*, de Grieg.) Dougie, você tem que escrever isso!

Ora, ora, este touro novo é jovem e perigoso e dá coices em todo o mundo que se aproxima. É um touro muito brabo. E nervoso. Quando são jovens, são realmente bons e nervosos. O Jovem Touro é bom e sadio. O velho logo vai morrer e o Jovem Touro vai ser o chefe. O problema é que ele fica tão doido e tão feroz que avança para cima das pessoas e as deixa sem sentidos. Agora o Jovem Touro vai lutar com o Cavalo da Bunda Quente. *Marcha fúnebre!* Ainda não vimos o Jovem Touro dar coices. Mas o Grande Touro gosta de afastar as pessoas dos problemas – e você vai escrever que é exatamente como meu pai e eu.

J. M. – Bem, às vezes acho que você quer que eu seja como um pai que pudesse afastar você dos problemas.

S. – "Não dê encontrões na minha bunda", diz o Grande Touro ao Cavalo da Bunda Quente. E este responde: "Tenho tanto direito de viver na terra quanto você." O Touro diz: "Então tenho o direito de proteger a minha bunda, não tenho?" (Os dois rodam em torno dos próprios focinhos, como se estivessem lutando.) Estes dois estão realmente zangados um com o outro porque não concordam a propósito de suas tripas. O Touro simplesmente aconteceu que estava ali, e isso deixou o Jovem Touro inquieto. Acho que o Grande Touro tinha um pouquinho de razão. Que acha, Dougie? Você acha que o Jovem Touro estava certo?

J. M. – Acho que o Jovem Touro não tem muita certeza porque é como se estivesse ao mesmo tempo lutando por seu pai e contra seu pai. Talvez ele tenha sentimentos misturados em relação a seu pai.

S. – Seja como for, o Jovem Touro vence a luta. Agora os homens chegam com ruídos de fanfarras. Ooooh, o Menino Cor-de-Rosa derruba um deles. Pam! Esses homens são realmente maus e mesquinhos. Sem dúvida o Jovem Touro estava apavorado. Agora todos os animais voltam a ficar em silêncio e os problemas vão começar de novo na segunda-feira. Uma semana inteira de interessantes espetáculos. Nos estábulos. Cansados, com fome e com sede. Os homens maus morreram todos e tudo vai bem.

56.ª Sessão (Sábado, 22/1/55)

Quando faço a leitura da história das brincadeiras da véspera, Sammy ouve com a solenidade habitual, mas desta vez faz objeções às interpretações transferenciais – talvez porque tratam mais com os aspectos paternos da transferência.

S. – Não, não! Eu nunca penso em você. Vi a coisa mais *emocionante* da minha vida hoje e não foi aqui. Eu espiei a minha empregada

Ginette e vi a bunda dela! Ela estava acabando de tirar a roupa e eu olhei pela fresta da porta. (Apanha os animais.) Hoje os homens maus vão cuidar dos animais. Jovem Touro – cai fora! Não quero você por perto desses dois homens maus. O gado vem chegando à procura do seu dono, aquele simpático Menino Cor-de-Rosa. Estão pensando se ele vai ser morto. Talvez eles não sejam realmente tão maus. Vamos descobrir! "Ora, ora, cinco homens contra um não é justo", diz o Menino Cor-de-Rosa. Os homens o deixam todo amarrado. Gritam coisas para ele e batem nele com uma vara. Qualquer outro gritaria, mas ele não. Está amarrado à terra. Vai ficar assustadoramente sujo. Amarraram-no a uma árvore, tão apertado que está sangrando. Mas ele ainda não está ferido ou com fome. Os homens todos vão embora e se escondem. Agora é de noite. Espero que você esteja escrevendo todos os meus pensamentos. (De fato anotei que Sammy acha que o castigo imposto ao Menino Cor-de-Rosa é algo parecido com o que ele próprio poderia esperar dos homens caso deseje espiar a bunda das mulheres.) Os pobres animais não podem ficar sozinhos. Um triste sono noturno. Agora é de manhã. A lua foi embora e o sol saiu. Mas agora os dias não são interessantes, sem o Menino Cor-de-Rosa. À meia-noite os animais saem correndo em disparada e os homens saem atrás. Meu Deus, todos os animais pulam das montanhas. Tudo fica em silêncio, exceto os passarinhos e as árvores e a respiração do menino. Ele não sabe o que fazer. Nada mesmo. Pobre menino, ficando cada vez mais doente! Mais dores e sentimentos terríveis e fraco e entorpecido. Está tremendo de frio e suas roupas estão ficando sujas. "Oh", ele diz, "não quero morrer. Não vou suportar isso quando chegar a neve do inverno. Quem me dera ter uma faca." O que ele vai fazer agora, Dougie? (Sorri para mim, como se partilhássemos um segredo, e canta a *Marcha fúnebre*.) O Cavalo da Bunda Quente volta e lambe os braços frios dele. Está mordendo a corda com os dentes. O Menino Cor-de-Rosa diz: "Que maravilha, estou me soltando." E abraça o cavalo, de tanta felicidade. Eles fogem juntos e toda a floresta fica alegre.

57ª Sessão (Segunda-feira, 24/1/55)

Sammy chega com os lábios pintados de batom. Mostra-se envaidecido por isso, explicando que obrigou a empregada a pintá-lo. Fica então muito agitado, dizendo que é preciso limpar o batom imediatamente e que essa operação tem que ser realizada diante de um espelho. Começa a gritar e a mover-se violentamente à minha volta, ansioso demais para ouvir qualquer coisa que eu diga. Dou-lhe alguns lenços de papel e mando-o ir ao banheiro. Quando volta, o rosto todo esfregado de cor-de-rosa, diz-me que seria terrível se sua mãe ficasse sabendo acerca do batom.

J. M. – Você não queria que a Mamãe pensasse que você a está imitando, talvez tomando o lugar dela?
S. – Não! Agora escreva. Você tem que escrever.

Hoje os problemas começam de novo. (*Marcha fúnebre.*) O Menino Cor-de-Rosa chama aquele que tem problemas. É o búfalo, meu Deus, com sua grande traseira gorda. Uma bunda pelada reluzente. A Vaca Preta fica rabugenta outra vez. O coitado do Búfalo se sente envergonhado de seu problema. (*Marcha fúnebre.* Sammy subitamente começa a gritar e faz o elefante atacar na mesa.) Ora, ora, olhem o que está acontecendo! O elefante está levantando o Menino Cor-de-Rosa, está dando guinchos e atira-o fora da mesa. Meu Deus, meu Deus, o que vai acontecer agora? (Embaixo da mesa Sammy retira as presas do elefante. Depois ele próprio rola para o chão.) Venha, venha e me levante. Venha, Dougie.

J. M. – Você gostaria que eu fizesse com você brincadeiras como as que os animais fazem juntos?
S. – Psiu! Psiu! Oh, seja como for, você é mesquinha demais para fazer alguma coisa por mim. (Levanta-se e começa a cantar um tema do *Aprendiz de feiticeiro.*) A luta entre estes dois continua. (O Elefante e o Cavalo da Bunda Quente.) O Elefante está perdendo. (No calor da batalha Sammy deixa uma das presas cair no chão. Espeta meu braço com a outra, querendo que eu apanhe aquela.) Você é um bocado preguiçosa, sabia?
J. M. – Como foi que o Elefante perdeu as presas?
S. – O Cavalo atacou-o. Há um tremendo problema! (As duas presas são cuidadosamente colocadas atrás de uma árvore.) Aquele elefante mau realmente fez as artes. Agora o Elefante deu uma patada no balde!! (Sorri e canta alegremente a *Marcha fúnebre.*) Agora começam a procurar as presas do elefante, e quem achar vai ser o chefe. O Flicker foi o chefe até aqui, com o Menino Cor-de-Rosa. Todos os animais saem em disparada. O Cavalo Brabo acha uma presa. Quem vai achar a outra? Os olhos espiaram a presa. É a Vaca Preta! Então esses dois vão ter que lutar. Todos agradeceram a Flicker pelo tempo em que foi presidente. Quem vai ser – o Cavalo Brabo ou a Vaca Preta para presidente? Por quem você torce, Dougie?
J. M. – Não sei ao certo. E você?
S. – Eu? Ah, não vou dizer porque o meu partido poderia perder e eu não ia gostar disso. O Flicker torce pelo Cavalo Brabo. Eu estou

sempre do lado do Flicker, de modo que também vou torcer pelo Cavalo Brabo. E você, está de que lado? (Uma vez que sou pressionada a escolher, digo que vou ficar do lado do Flicker também. Os animais são divididos em dois campos, e o Cavalo Brabo finalmente vence, ao som da *Ode à alegria*.) A Vaca Preta retira-se envergonhada para trás de uma árvore; está tão triste por não poder ser presidente, mas não quis matá-lo. Agora vamos ao problema do Búfalo. Rapaz, faz tanto tempo que falei num problema que já me esqueci como era.

J. M. – Esta luta entre o Cavalo Brabo e a Vaca Preta parece ser uma batalha entre mãe e filho, para ver quem vai tomar o lugar do pai.

S. – Ora, Dougie, não fale desse jeito. Foi uma *sorte* o Cavalo Brabo ter vencido. Agora adivinhe o problema deste cara. (Dá tapinhas no Búfalo.) Oh senhores, vou contar. (Faz de conta que está chorando, mas o pânico das sessões mais antigas não aparece.) Este jovem aqui tem um problema, uma bunda cabeluda, tão cabeluda que o cocô sai e fica misturado por cima. Agora espere, tenho medo de morrer se não fizer um final feliz. Então todo o mundo vai ficar bem e alegre para o resto de suas longas vidas.

58.ª Sessão (Terça-feira, 25/1/55)

S. – Hoje quero escrever algo diferente, não é uma história. Vamos fazer uma ficha médica sobre a nossa saúde.

(Sammy escreve, ele mesmo, o seguinte questionário e vai também dando as respostas apresentadas abaixo.)
Agora aí está a sua ficha, Dougie:

Você tem .... 5 pés e 5 polegadas.
Pessoa saudável .... sim.
Outro? Apêndice? .... não.
Você tem .... 32 dentes.
Acidentes graves .... não.
Doenças graves .... gripe.

Sammy passa então a fazer uma "ficha médica" semelhante para si mesmo.

Você tem .... 4 pés e 4 polegadas
Dentes .... 26. 6 postiços. 2 de ouro.
Tonsilas .... não. Foi necessária uma operação na língua.
Saúde .... certamente muito saudável. Tripas andando bem ultimamente.

Doenças graves .... sarampo. Gripe.
Acidentes graves .... caiu de um carro. Machucou a perna mas não quebrou ossos.
Medos graves .... sim. Quando era pequeno sonhei que havia um monstro levando embora meu pai, que era muito velho.

Sammy fica encantado com suas fichas e preenche-as solenemente. Dita então uma segunda ficha que diz ser um teste e pode ser utilizado por nós dois simultaneamente.

GRANDE TESTE PARA NÓS DOIS. A HISTÓRIA DE NOSSAS VIDAS.
Dougie tinha 20 anos quando nasceu.
Sammy nasceu com 6 anos.
Você é bom? O hálito é mau, mas Sammy é legal.
Você gosta de si mesmo? (Sammy pergunta-me o que quero responder. Digo "sim".)

Sammy responde por si mesmo: "Gosto tanto que chego a desmaiar."

Você tem algum seio?
J. M. – Sim, dois.
S. – De hipopótamo. Como estão os seus intestinos?
J. M. – Tudo bem.
S. – Os meus, tudo mal.

Sammy desenha então uma série de corações e um círculo com uma cruz dentro. Acrescenta alguns tubos a um dos corações desenhados e diz que é um coração com a aorta. Desenha então nádegas e pede-me que adivinhe o que é e que dê a resposta por escrito.

J. M. – (Por escrito.) São as nádegas de alguém?
S. – (Por escrito.) Sim, as suas. (Circunda as minhas "nádegas" com grandes cruzes negras.)
J. M. – (Por escrito.) Essas cruzes me fazem pensar que há algo errado com a minha bunda.
S. – Sim.
J. M. – E com a sua?
S. – Assim. (Desenha um objeto comprido numa linha reta.)
J. M. – Isso parece mais um pênis do que uma bunda.
S. – Não. É um bastão.
J. M. – Então a sua bunda tem um bastão e a minha não tem.

S. – (Por escrito.) Vá ver o dr. Lebovici. Porque você tem uma cabeça grande e uma grande bola de gás e uma bunda.

Sob o disfarce da fantasia de brincar de médico, Sammy encara a situação analítica de uma maneira mais séria. O pesadelo no qual um monstro leva embora seu velho pai é uma personificação dos desejos agressivos e das fantasias edipianas do próprio Sammy. Entretanto, o todo do material analítico de Sammy até o presente momento sugere que por trás desse conflito edipiano clássico está a imago de uma mãe devoradora que quer apossar-se do pênis do pai e do poder fálico – da mesma maneira que Sammy teme que a analista "castrada" queira castrá-lo. Enquanto Sammy está aqui evidenciando a projeção de seu próprio desejo de apoderar-se do pênis do pai, está ao mesmo tempo expressando a solução que consiste em regredir a um desejo mais antigo – aquele da fusão com a mãe –, uma defesa contra as ansiedades da situação edipiana clássica. Vivenciada projetivamente como a mãe devoradora (ou os seios), é uma tentativa de tornar-se a mãe para poder controlá-la e possuí-la e com isso possuir o poder de atrair o pênis do pai. O perigo desta posição é que implica não somente a auto-castração, mas também a aniquilação do *self* e a perda da identidade do ego. O inconsciente primitivo "reconhece" que, ao comer o coração do leão para possuir sua força, o leão é também destruído. Os desejos dirigidos a ambos os pais despertam então uma profunda culpa e ansiedade de dimensões psicóticas a propósito da perda do *self* e do mundo objetal. Assim, o drama começa quando Sammy pensa em *seios como os de um hipopótamo*. Imediatamente ele sente que seu corpo é ameaçado e declara que seus intestinos funcionam mal – os objetos internos são muito destrutivos.

Quando a satisfação e o medo despertados nele pela existência de seu pênis são interpretados, Sammy se volta para o dr. Lebovici, uma figura de pai analítico. Mas este refúgio homossexual não permite a Sammy escapar ao pavor da "grande cabeça" (a "cabeça-dura" das sessões anteriores) ou da grande bola de gás da onipotência intestinal, todas associadas com a angustiada "situação dos seios".

59.ª Sessão (Quinta-feira, 27/1/55)

Sammy inicia lendo os "questionários".

    S. – Você é uma psicanalista engraçada!
J. M. – Por que isso?
    S. – Geralmente eles são aterradores, assim. (Contorce o rosto numa careta.) Fazem isso para te assustar. Mas eu gosto de ter uma psica-

nalista boboca. Você gosta do dr. Lebovici? Estive com ele uma vez. Não acha que ele é melhor do que você?
J. M. – Você achou que ele era aterrador?
S. – Achei. Tenho pavor dele.
J. M. – É melhor ter um psicanalista que é assustador?
S. – Fico pensando por que será que acho que ele é melhor do que você.
J. M. – Será que é porque ele é homem?
S. – É, talvez. (Bate de leve no meu peito com um lápis e dá uma risadinha.)
J. M. – Você acha que estaria mais seguro com ele?
S. – Vou trabalhar com ele. Não creio que ele tenha jogos como estes. Eu ficaria chateado lá. Mas só nos primeiros dias é que eu ficaria apavorado. Rapaz! Quem me dera ser o psicanalista! Você tem um problemão.

(Bate nos meus seios. Digo-lhe que ele pode falar sobre os meus seios, mas não pode me bater. Não obstante, continua tentando bater no meu peito, dizendo-me o tempo todo que é um problema muito, muito grande e o quanto se sente contente por não ter seios.)

J. M. – Você parece ter medo dos meus seios. E fala como se eles pudessem lhe causar dano.
S. – É, é verdade. Sei porque minha mãe me contou. Agora trate de cair fora e deixar que me sente na sua cadeira.
J. M. – Meus seios?
S. – Ha ha! Se você visse os seus seios sangrando, o que você diria?
J. M. – Parece que você quer atacá-los e tomá-los para si.
S. – Os seus seios são maus. Poderiam me matar!

(Dá um salto na minha direção e tenta suspender a minha saia, o que eu proíbo. Ao mesmo tempo, digo-lhe que pode me dizer o que imagina que ia ver.)

S. – Dizer não tem graça. Eu quero é *ver*.
J. M. – E o que você quer ver?
S. – Até os seus joelhos não me interessa. Quero ver a sua bunda.
J. M. – O que você imagina que ia ver?
S. – Olhe, você certamente ficaria excitada para ver uma coisa que nunca viu antes! Eu nunca vi a bunda duma *psicanalista*. Tenho que ver a bunda das mulheres. Sei que é igual à dos homens, mas eu poderia ver até um pouco dos pêlos. Então saberei como vou (*sic*) ficar.
J. M. – Parece-me que você espera descobrir que tenho um pênis como você e que você não tem que querer os meus seios.

ANÁLISE

S. – Ooooh, eu nunca abaixaria as minhas calças para te mostrar a minha. A minha psicanalista de Nova York costumava fazer isso. E costumava lamber a minha bunda, enquanto eu tomava sorvete. Você não faria isso. Você é muito mesquinha. Agora, por favor: me mostra! Você é tão mesquinha para mim! Será que você vai me mostrar a sua bunda quando eu tiver terminado a minha análise?

Sammy passa os minutos restantes desta sessão tentando à força levantar a minha saia. Uma vez que repreendê-lo e dar interpretações não está surtindo efeito, digo-lhe que a sessão terminou. Rapidamente ele se atira na cadeira para anunciar o "problema" de hoje.

S. – E seu problema de hoje é uma bunda de pum, uma bunda enorme. E ele tem uma grande bunda ossuda, mas todos os seus problemas se acabaram. Tudo se acabou.

(Sammy evita as ansiedades do seio-pênis concentrando-se exclusivamente nas traseiras.)

60.ª Sessão (Sexta-feira, 28/1/55)

S. – O que está acontecendo com você hoje? (Olha para mim cheio de culpa, depois senta-se e imediatamente entabula uma longa conversa acerca das pinturas que faz em casa e na escola, bem como do seu desejo de ser um artista como seu pai. Mantém-se nesta linha de conversa, mesmo repetindo-se diversas vezes, como que desejando evitar quaisquer outros pensamentos.)
S. – É, quero ser pintor, quero sim. Isto é, se Deus me ajudar. Ele é parte de todo o mundo, então eu poderia ser ajudado pela natureza. Quero ficar famoso. Talvez venha a ter quadros meus no Louvre.
J. M. – Assim você seria ainda mais famoso do que o Papai?
S. – Oh, mas não vou me esforçar tanto! (Há um longo silêncio durante o qual Sammy olha para os brinquedos, mas não faz nenhum movimento em direção a eles.)
J. M. – Talvez você ache difícil saber o que fazer hoje, depois da nossa conversa de ontem acerca do quanto os meus seios são perigosos e de tudo aquilo a respeito das bundas.
S. – É. Rapaz! Ainda bem que tenho uma Bíblia! E um livro de Rembrandt com o meu quadro favorito. Chama-se *A festa de casamento de Sansão*. (Começa a contar as histórias da Bíblia desde o início, mas omite Caim e Abel. Chamo sua atenção para isso.) Bem, espe-

ro nunca fazer à minha irmã o que ele fez. (Finalmente apanha os brinquedos e arruma-os, movendo-os silenciosamente, depois explode em fúria porque não estou escrevendo.)

J. M. – Creio que você gosta que eu escreva o tempo todo porque me acha perigosa se não estiver ocupada.

(Sammy pega uma bola de massa plástica e atira-a com toda a força nos animais, de modo que todos caem. Canta desatinadamente, passa para a *Marcha fúnebre*, depois grita para mim: "Continue escrevendo!" Pega a caneta e escreve [com sua ortografia particular que corrijo aqui]: "Todos os animais estão olhando a grande chateação. Mas *haha* tem problema voando pelo ar. A coisa que atingiu eles foi uma grande BOMBA. Foi um monte de coisas. Não se preocupe.")

S. – Agora o problema vai ser anunciado. O Touro deu uma bundada na Mãe Vaca, suas bundas quentes juntas. Nunca mais vão fazer isso. E pararam com isso para sempre e sempre. P. S.: O problema eram as bundas que estavam juntas.

(Todos os casais são maus, especialmente se tais uniões podem dar irmãzinhas como resultado.)

61.ª Sessão (Sábado, 29/1/55)

Após pedir-me que lesse o "problema" de ontem, Sammy conta uma longa história acerca de uma visita a Ginette e seu filho de dois anos de idade. Segundo Sammy, esse menino é um diabinho e é mesmo conhecido por ter atacado e cortado alguém com uma faca certa vez.

S. – Rapaz! Nunca mais volto à casa da Ginette. Vai ser uma carnificina! Sabe, quando ela estava trabalhando lá em casa hoje eu vi um pedaço de pele nua. Ah, aquela Ginette – eu gostaria muito de ver a bunda dela. Quando fomos à piscina juntos ontem, perguntei se poderíamos despir-nos na mesma cabine. Mas ela não quis saber disso! Ah, e outra coisa horrível aconteceu hoje – vi um homem perder o controle. Rapaz, que bom que eu não... ah... oh... não. Não posso dizer.

J. M. – O que aconteceria?

S. – Eu poderia morrer. Oh, não, eu é que não. Nunca vou fazer o que ela fez.

J. M. – (Agora bastante perdida na história.) Quem, Ginette?

S. – Não, boba. Eva, na Bíblia. (Começa subitamente a cantar trechos da *Canção da manhã*, de Grieg, e se põe a arrumar os animais.) Agora vai começar a história de hoje.

Este cavalo está com as orelhas abaixadas – isto significa que está de péssimo humor. (Imagem de pai zangado.) Todos os outros saem do caminho. (*Marcha fúnebre*.) Ele morde o rabo de todo o mundo. Agora ele ataca a Mãe Vaca. Está mordendo o úbere! Está mordendo o pescoço! Meu Deus, esse cavalo está mesmo louco. (O pai sexual.) E o Tourinho está sofrendo de pavor, porque o cavalo também o mordeu. (O pai, zangado com Sammy por ter espiado.) O Cavalo Brabo então ataca o Burro, morde com força, agarra com os dentes, as orelhas abaixadas. Vamos todos para casa pelo mesmo caminho. Ah, aquele Cavalo Brabo, é o problema dele. E o problema dele vai ser contado quando faltarem dez minutos. (Isto é, para o final da sessão.) Todos os animais se reúnem em torno para acalmá-lo um pouco. (Canta um tema do *Salão do rei da montanha*.) Aqui vem o Menino Cor-de-Rosa. Está com dor na bunda e com dor de barriga, mas está melhor. (*Marcha fúnebre*, à medida que Sammy rola pelo chão, num arremedo de angústia. Ao rolar de um lado para o outro, tenta suspender a minha saia.) Oh, oh, estou sofrendo de pavor. Vão me levar para uma terra estranha e vão me atirar num tinteiro. Serei jogado de lado, esquartejado... (Vai improvisando, de olho no relógio, de modo a poder calcular o tempo necessário para contar o "problema" antes do final da sessão.) E o problema é – ele está com uma doença de verdade, não é uma invenção. Chama-se raiva e é por isso que ele estava mordendo. Agora suas orelhas estão empinadas novamente e ele está melhor. Mas, se pegou a doença, foi por culpa dele próprio! (Anoto, para dizer a Sammy, que o fato de ter espiado a bunda da Ginette faz com que ele espere problemas por parte do homem zangado.)

62.ª Sessão (Segunda-feira, 31/1/55)

Sammy me conta acerca do quanto se diverte aos domingos quando sai com seu pai e apostam corridas, o pai de automóvel e Sammy a pé. (Essas mesmas saídas e brincadeiras foram relatadas pelo pai de Sammy como uma experiência de pesadelo. O comportamento enlouquecido e provocador de Sammy o faz sentir-se desesperado. Sammy a cada minuto muda de idéia quanto ao que quer fazer e aonde quer ir, e as corridas, ele a pé e o pai no automóvel, constituem a única atividade que o pai descobriu para conseguir manter Sammy ocupado por mais do que uns poucos minutos. Disse que tem a impressão de estar levando um cachorrinho para fazer exercícios.)

S. – Agora estas duas vacas vão começar uma grande luta. Ah, a Vaca Preta fugiu. Escreva aí os meus pensamentos! (De que ainda sou a Vaca Preta nas brincadeiras de Sammy.) Fugiu porque estava com medo da traseira dela mesma. Todos os animais estão com medo de seus pensamentos hoje. (*Marcha fúnebre*, à medida que começa a dar batidinhas na traseira do Flicker.) O que há com você, Dougie? Acho que era bom marcar uma consulta com o dr. Lebovici! Palavra, Flicker está horrorizado com a possibilidade de que o chefe possa atacar seu próprio povo. (J. M. – O dr. Lebovici está nessa brincadeira?) Não interessa! Limite-se a continuar escrevendo. E onde está a sua Parker 51? O que você fez dela? Por que está usando essa daí?

J. M. – Eu perdi a outra.

S. – Bom, eu não tive culpa!

J. M. – Por que você acha que poderia ter culpa? (Fica muito zangado e aparentemente culpado porque a outra caneta está perdida e se aproxima para me bater.) Você parece muito aborrecido por causa da perda da minha caneta, como se o que se tivesse perdido fosse uma parte de mim. Isso me faz pensar em todas as suas preocupações a propósito das minhas tripas, como se você achasse que eu tenho um pênis lá dentro e como se quisesse que eu o desse para você.

S. – Dougie, você fala demais. Aposto como fala um bocado com o seu marido.

J. M. – Você acha que eu falo mais com o meu marido do que com você.

S. – Ah, se ao menos falasse *comigo* de coisas interessantes.

J. M. – Então faço coisas mais interessantes com meu marido?

S. – É. Fale sobre ele. Quantos anos ele tem? (Sammy imediatamente apanha uma bola de massa e a atira em mim.)

J. M. – Você está zangado comigo por causa de meu marido, que é um homem, enquanto você ainda é um menino. E porque acha que eu falo sobre coisas interessantes com ele e não com você.

S. – (Atirando todos os brinquedos em mim.) É, é isso sim! Mas *eu sou* em parte seu marido!

Hoje Sammy projeta em mim sua ansiedade a propósito da castração e da desintegração. Talvez pense também que o dr. Lebovici tenha tomado de volta a caneta que eu roubara dele. Ao mesmo tempo, o chefe ataca seu próprio povo – os pais podem castrar seus filhos. Conquanto todos esses temas de castração estejam claramente ligados ao ciúme que Sammy tem de meu marido, a caneta-falo provavelmente tem também uma significação mais profunda para ele. Sammy me dá todos os seus pensamentos e fantasias perturbadoras na esperança de que eu os organize para ele à medida que os anoto. Assim como o pênis simboliza um agente organizador, ele espera encontrar alguma significação através do caos de violência e medo de suas histórias, à medida que passam através de minha caneta.

63ª Sessão (Terça-feira, 1/2/55)

S. – A brincadeira de hoje é sobre esta pessoa. (Prende um cavaleiro num lápis com um pouco de massa plástica e canta um tema da *Segunda sinfonia* de Beethoven.) Esta é uma antiga estátua do homem morto. Ele morreu. (*Marcha fúnebre*.) Foi um dos donos dos animais há muito tempo. Um furacão está voando por sobre o país e todos os animais estão fora de casa, olhando a estátua. Ele era um pouco severo com eles. A antiga estátua está balançando. Todos os animais se reúnem à volta e vão fazer uma nova base para ele. (Prende um segundo cavaleiro num lápis e coloca-o ao lado do primeiro.) Agora este chefe vai ficar em pé de verdade, não importa como o vento sopre. O de cima é o melhor, um pouco menos do que o pior. E o de baixo, aqui, não é tão bom. Mas estar na velha estátua não é nada ruim. Outro dos nossos amigos vai ficar na estátua. Você se lembra quem morreu aquela vez, Dougie? (Coloca o bezerrinho na estátua, cantando uma melodia da *Suíte Quebra-Nozes*.) Esta estátua vai ser chamada Torre de Babel. Espero que esta torre seja abençoada, então as pessoas são boas para ela. (Tornou-se agora uma estrutura altamente complicada, equilibrada sobre o pote de massa plástica.) Oh, estou realmente orgulhoso dela. Você quer fazer um pequeno esboço dela para mim? (Aproxima-se como que para assistir, mas aproveita esse movimento para suspender a minha saia e tenta enfiar a mão por baixo. Seguro seus pulsos para impedi-lo.) Você não vai me bater, vai?
J. M. – Não, mas também não vou deixar você fazer isso. (Sammy luta até soltar-se e começa a agarrar a minha roupa.)
S. – Oh, oh. Achei... achei.
J. M. – Não se preocupe, Sammy, *não vou* deixar você meter as mãos para dentro da minha roupa.

Sammy parece apaziguado pela tranqüilização de que vou sempre impedir esse tipo de atuação. Volta à estátua e começa a modelar bolinhas para acrescentar a ela, murmurando sobre as bolinhas como se fossem pedacinhos de mim que estaria tratando de anexar.

S. – Aí está, Dougie, consegui, de qualquer jeito, e agora está mais segura. Esta estátua é realmente famosa por suas três bolas. Aqui é a entrada. (Acrescenta mais bolas à entrada.) Oooh, creio que esta torre vai ficar cada vez mais famosa. Famosa pelo que é. A melhor torre de todas, digo eu.

A proibição do desejo de atuar que Sammy tinha sem dúvida favoreceu seu prazer em construir sua torre, e é só nesse momento que tem a idéia de acrescentar a primeira série de três bolas. Mais tarde acrescenta outras três à "entrada". Parece-me que aqui ele simboliza "torná-la mais segura" de duas maneiras: primeiro, dando-me os "seios-testículos" sem os quais sou perigosa para seu pênis e, segundo, introduzindo dessa maneira um elemento paterno na transferência. Isto é, talvez, extremamente necessário, uma vez que nesse jogo a rivalidade edipiana e a identificação masculina até certo ponto acabaram malogradas. O pai e o bezerrinho morto estão ambos na antiga estátua, isto é, o bezerrinho pode ficar com o pai uma vez que ambos estão mortos. Creio que a "Torre de Babel" também representa a confusão do próprio Sammy e seu intrincado relacionamento com a imago materna. Ele necessita do pai e do falo para tornar as coisas mais claras.

Entrevista com a professora de Sammy (Terça-feira, 1/2/55)

A sra. Dupont solicitara pessoalmente esta entrevista e a sra. Y concordara. Inferi que ela estava se sentindo ansiosa a propósito de seu novo aluno e eu própria estava interessada em saber como Sammy se comportava na situação escolar.

Sammy entrou para a turminha em setembro de 1954, mais ou menos à época em que iniciou sua análise. Vivia aterrorizado por todo o mundo e por todo objeto novo que via, e ao mesmo tempo seu comportamento era intolerável. Não perdia oportunidade de provocar e irritar a sra. Dupont. Não conseguia fazer trabalho escolar de nenhum tipo, e cada atividade de jogo terminava em completo fracasso e numa explosão de violência da parte de Sammy.

Tendo em vista todos os anos anteriores de total malogro da escolaridade de Sammy, bem como esse desanimador primeiro mês de tentativas de contato com ele, a sra. Dupont perdeu as esperanças de conseguir o que quer que fosse. Entretanto, descobriu que, quando ele estava ansioso, conseguiria trazê-lo de volta ao normal se o embalasse nos braços como um bebê e o alimentasse com mamadeira, sendo que mais tarde ele próprio passou a solicitá-la freqüentemente. Descobriu ainda que, quando ele se tornava violento, um beijo estalado tinha efeito calmante imediato. Por volta de meados de novembro, Sammy conseguia concentrar-se por curtos períodos, o suficiente para poder começar com a aprendizagem. Sua conversação, entretanto, ainda não tinha nexo. Nunca falava sobre algo real que tivesse visto ou feito, apenas coisas imaginárias. Durante o mês de dezembro, subitamente começou a fazer espantoso progresso, e nos últimos três meses realizou o equivalente a três anos de trabalho escolar normal.

Recentemente tem feito intermináveis perguntas acerca da vida particular da sra. Dupont. Em especial, quer saber se ela se lava minuciosamente. É capaz de fazer esta pergunta cinqüenta vezes por dia. O sr. Dupont, que sofre do coração, é também motivo de muitas perguntas. Sammy diz que tem medo dele, faz especulações a propósito de sua morte, etc. Estes aspectos do comportamento de Sammy não mais a preocupam. Sente-se também encorajada por seu surpreendente progresso, mesmo que tenha que aprender como um bebê, transformando tudo em brincadeira. Além disso, ele agora, vez por outra, conversa sobre acontecimentos reais, mais como uma criança normal, e sua conduta em geral é menos estranha. Está começando a achar que ele é muito inteligente.

64.ª Sessão (Quinta-feira, 3/2/55)

    S. – O problema com você é que você nunca ri. Todo o mundo ri, só você é que não. Na hora do almoço hoje, todos riram porque contei histórias engraçadas. Contei que uma vez fui a uma escola onde você levava vinte e cinco cascudos se piscasse um olho. E agora, o que você tem a dizer?
    J. M. – Eu teria dito que você deve achar que a escola de verdade é um lugar muito assustador.
    S. – Oh, mas ninguém acreditou. Agora, onde está a minha torre? Rapaz, vai ficar assustadora se ficar alta demais! Chama-se Verdadeira Torre de Mabel (*sic*), e achavam que ela alcançava as nuvens. Não tem importância se a minha fizer isso. (*Suíte Quebra-Nozes*.) Ooooh rapaz, se ficar muito famosa, o que vocês vão dizer? Vocês vão ficar doidos se eu a fizer alta demais. (Olhando para mim.) Está ficando chato isso, Dougie. Estou cada vez mais preocupado com isso. Você vai me deixar continuar fazendo?

J. M. – Você acha que não vou gostar se você fizer coisas excitantes com essa torre?
S. – É. Eu gostaria de fazer algo fantástico, realmente fantástico. Alguma coisa imensa, grande e suntuosa. Mas se a fizer muito boa... ah você! Você está estragando todo o meu prazer. Que foda! Você está atrapalhando, você vai dizer: "Agora, Sammy, chega." Sei que vai derrubá-la e estragar todo o meu prazer.
J. M. – De fato, Sammy, parece que você quer que eu estrague o seu prazer. É como se achasse que fico com ciúme.
S. – Lembra-se do tempo em que eu atirava coisas em você?
J. M. – Isso era quando você se preocupava com aqueles pensamentos acerca de mim e do meu marido juntos?
S. – É. Você gostava daquilo? E se eu batesse em você com toda a força outra vez com a peça do xadrez, você ia gostar? O que você ia fazer?
J. M. – Eu não ia gostar muito, mas creio que você realmente quer saber é se é seguro para nós o fato de estarmos juntos aqui, falando de todos esses pensamentos excitantes.
S. – Posso fazer de conta que vou bater em você e você também faz de conta que bate em mim? (Aproxima-se neste momento e toca-me muito de leve na bochecha com o dedo mínimo; depois pede-me que faça nele exatamente o mesmo, e é o que faço.) Oh, Dougie, olhe, não aconteceu nada! Veja, você continua viva!
J. M. – Sim, você também.
S. – Agora a minha torre pode ser grande (continua a construí-la) e depois, Dougie, você vai cantar a *Marcha fúnebre*. É bem assim que vai ser quando acabar a minha análise, quando eu não tiver mais nenhum problema. (Subitamente parece ansioso diante dessa irrupção de sentimento positivo.) Mas você ainda tem um problema – a sua cabeça dura! Vá consultar o dr. Lebovici. Ele vai dar um jeito em você. Ele vai... ele vai... te dar uma tremenda porrada na cabeça! (Sammy acha que se ficar bem eu vou adoecer.).

Sammy então faz um desenho intitulado "Dougie com 42 ouvidos" e reintitula-o "A cabeça-dura de Dougie". No pé da página, escreve: "Eu gostaria que você fosse gentil e me desse um beijo" e traz esse bilhete para eu ler, oferece a bochecha e diz: "Tudo bem, vamos lá!" Fico um pouco confusa diante dessa aproximação, sabendo o quanto ele precisa sentir que seus sentimentos amorosos, tanto quanto seus sentimentos de ódio, não são destrutivos; ao mesmo tempo, temo uma irrupção incontrolável de ansiedade da parte dele. Digo-lhe isso e dou-lhe um beijinho na bochecha que ele, pacientemente, ainda está oferecendo. Sammy não exibe terror, mas prazer, como aconteceu com as "pancadas".

S. – Agora, Dougie, por favor anote *todos* os meus pensamentos para me contar amanhã.

Após a sessão anotei: "Hoje Sammy queria saber quais coisas são seguras e quais são perigosas. Como quando estava construindo a torre e queria que ela ficasse maior e mais alta e estava muito certo de que eu ia estragar o seu prazer. Creio que realmente desejava saber se eu aprovaria o fato de ele estar tão interessado em seu pênis e fazendo-o maior e mais alto. E mais tarde precisou da brincadeira de dar pancadinhas para ver se poderíamos tocar-nos um ao outro sem que nenhum de nós ficasse prejudicado. Sammy também se preocupa quanto a que os pensamentos zangados possam causar dano. Então quis repetir a brincadeira com os beijos, para ver se isso era perigoso. Mas todos esses pavores também fizeram Sammy desejar que Dougie fosse um pouco como um pai. Ele acha que o dr. Lebovici seria como um forte pai-pessoa que manteria tanto Dougie quanto Sammy nos seus lugares."

Através de toda esta sessão (começando com a história inventada acerca das bofetadas na escola) Sammy esteve procurando a proibição de um contato altamente erotizado e que representava um duplo perigo. No nível genital, ele só pode imaginar que sua torre vai ser destroçada e seu prazer estragado e mais tarde a "cabeça-dura da Dougie" tem que ser examinada pelo dr. Lebovici. Mas na sua fantasia pré-genital a perigosa imagem materna (a torre de Mabel) ameaça-o com seus atributos fálicos ocultos e com a inveja que tem de seu pênis. Não obstante, ele cria coragem para representar o intercâmbio agressivo que a cena primária fantasiada representa para ele. Neste ponto, introduz uma figura paterna e imagina, por assim dizer, uma relação sexual sádica entre os dois analistas.

65.ª Sessão (Sexta-feira, 4/2/55)

Após a leitura da sessão de ontem, Sammy observa que gostou muito dela e, em particular, do final, onde anotei os "pensamentos". Pede-me então um copo de leite, que interpreto para ele como necessidade de tranquilização.

S. – Mas olhe, quando você entra num bar, você não entra com o pensamento de que eles vão ser bons pais para você. E, no fundo da sua cabeça, você provavelmente está pensando que quando quero leite isso tem algo a ver com aqueles seios estourando, não é?

J. M. – Se você diz que é assim, então provavelmente é. Você quer leite. E ao mesmo tempo sabe que não fica muito contente de recebê-lo, como se isso também representasse alguma outra coisa.

S. – Sabe, Dougie, está acontecendo uma coisa engraçada também. Estou ficando cansado da *Quinta sinfonia* esses dias. (Este sempre foi seu disco preferido. Era capaz de ouvi-lo por horas sem fim.) É ruim que eu goste tanto de ouvir música?

J. M. – Talvez você me faça essa pergunta porque está ligada, na sua mente, com todas as brincadeiras que fez aqui com música... o pum e tudo o mais.

S. – Você põe a mão na bunda do seu marido?

J. M. – Você gostaria de saber mais acerca daquilo que acontece entre mim e o meu marido, como entre sua mãe e seu pai. E provavelmente tem a ver também com seus pensamentos a meu respeito.

S. – Mas você *põe a mão*? Se ele pedisse você poria a mão?

J. M. – Você continua falando sobre as traseiras. Fico pensando se será porque é menos assustador do que falar sobre a parte da frente.

S. – Oh, eu sei, eu sei. Eles juntam seus pênis. Eu sei isso. Mas é certo pôr a mão na bunda? (Dizendo isso, Sammy pula da cadeira, corre na minha direção e luta para suspender a minha saia.)

J. M. – Sammy, você sabe perfeitamente que não vou permitir que você suspenda a minha saia. Creio que você quer fazer com que eu fique zangada com você e o proíba até de falar sobre essas coisas. Sei que essas idéias são assustadoras para você às vezes, então é importante que falemos sobre elas.

S. – Tudo bem. Me diz: você tem pênis?

J. M. – Não. Isso você sabe.

S. – Bom, bom! Eu quero é *ver*. (Desta vez torna-se realmente agressivo e é preciso contê-lo energicamente. Fica como se não ouvisse minhas interpretações a propósito de sua ansiedade, etc. e só a ameaça de dar por encerrada a sessão tem algum efeito.)

S. – Você acharia horrível se as crianças tocassem na bunda umas das outras?

J. M. – Por quê? O que é que faz você pensar isso?

S. – Bom, uma vez eu estava na casa de uma menina e nós fomos ao banheiro e tocamos nas nossas bundas. Aí os dois pais entraram e disseram que não devíamos fazer aquilo. Que era uma infantilidade. Eu quero ver a sua bunda. Se você não vai me mostrar, pelo menos faça um desenho.

J. M. – Contanto que você faça um desenho daquilo que imagina encontrar.

S. – Oh, claro. Sei, nós dois vamos desenhar. (Rapidamente abastece-nos a ambos com papel e lápis.) Agora faça a vista de frente e de costas.

A mulher de Sammy vista de frente tem uma grande massa de pêlos pubianos e contornos nitidamente femininos. A vista posterior parece acentuadamente masculina, e há uma sugestão de pênis desenhada entre as pernas. São legendadas respectivamente de "A frente da Dougie" e "A bunda da Dougie", e sob esta última ele escreve: "Rapaz, como estou contente de ver a BUNDA da Dougie." Faço um desenho esquemático sem pormenores que não agrada muito a Sammy, mas ele está muito feliz com seu próprio desenho. Fico também contente, porque ele é capaz de controlar seu desejo de atuar os impulsos agressivos e de voyeurismo que surgem cada vez que fica ansioso a propósito das diferenças sexuais e da fantasia da cena primária, bem como por ele ter conseguido aceitar os desenhos como substitutos satisfatórios.

66.ª Sessão (Sábado, 5/2/55)

Sammy pede imediatamente para ver os desenhos e expressa grande prazer diante desta nova forma de gratificação.

S. – Rapaz! Eu adoraria entrar um dia e encontrar você pelada. Eu ia beijar seus seios e esfregar a minha cabeça nas suas virilhas e dar palmadinhas na sua bunda e me encostar com força nos seus seios. Rapaz, rapaz! (Segue-se uma enxurrada de perguntas do tipo: "Você passa a mão na bunda do seu marido? E ele, alguma vez quer passar a mão na sua? O que você diz?")
J. M. – Parece que você tem ciúme do meu marido.
S. – Será que algum dia você vai deixar eu pôr a mão na sua? (Num tom de súplica ansiosa.)
J. M. – Não. Mas isso não quer dizer que não possamos conversar a respeito.
S. – Se algum dia eu tiver uma esposa que passe a mão na minha bunda ou que queira que eu passe a mão na dela, vou enchê-la de porradas até a cara dela ficar verde!!! Eu nunca suportaria isso.
J. M. – Você acha que é muito impróprio desejar isso.
S. – É. Não se deve fazer isso. Dougie, alguma vez você se olha no espelho?
J. M. – Se tenho vontade, olho.
S. – Mas você olha a sua bunda? E o seu cu?
J. M. – Você acha que isso é impróprio também?
S. – Oh, eu não faço isso! É muita infantilidade. Você nunca vai ver o meu pênis. Se alguma vez você vir o meu pênis, rapaz!, eu vou ser morto!
J. M. – Como é isso?

S. – Os seus grandes seios me matariam. Meu Deus! Não sei se você deveria ver o meu pênis ou não. (Reflete sobre isso, como se fosse uma questão a ser decidida. Parece que os seios invejados vão destruir seu pênis.) Não. E é melhor não fazer um desenho de mim mesmo sentado na privada; fico pensando se você gosta de si mesma quando está nua.
J. M. – Acha que há alguma coisa ruim em relação a estar nu?
S. – Oh sim, claro!
J. M. – Acha que é tão perigoso quanto desenhar ou mostrar o seu pênis?
S. – Rapaz! É sim! Agora que faltam poucos minutos para terminar a sessão, vamos ter tempo apenas suficiente para desenhar como eu sou. (Diz isso quase com as mesmas palavras que usava anteriormente para contar os "problemas".)

Põe-se imediatamente a desenhar a si mesmo de frente e de costas e pede-me que faça outro tanto. Na vista posterior, ele está indo para o banho. A vista frontal representa Sammy no banho. Vai cantarolando e emitindo exclamações à medida que trabalha, porque não sabe como desenhar seu pênis efetivamente. Quer que este seja representado com precisão e, ao mesmo tempo, que fique bem em evidência. Uma vez terminado, fica muito contente com os resultados. Olha com grande interesse para os meus esforços.

S. – Oh, eu sou muito mais bonitinho do que isso. Não sou tão alto nem tão magrelo e meu pênis não é pontudo desse jeito. Olhe, vou desenhá-lo para você.

(Desenha uma barriga e um par de pernas e um pênis cuidadosamente traçado. Resolve então prender os desenhos na parede. Feito isso, pega um lápis, dá batidinhas no seu "pênis" e nos meus "seios" enquanto canta a *Marcha fúnebre*.)

67.ª Sessão (Segunda-feira, 7/2/55)

Sammy conta que ontem um menino de bicicleta o atropelou e que seu pai ficou extremamente zangado com o menino.

S. – É um absurdo eu ter que vir aqui, por causa dos meus amigos. Bom, não é bem verdade que eu tenha montes de amigos, mas *tinha* montes em Nova York.

J. M. – Você gosta de pensar em seu pai, que o protege, e nos amiguinhos de Nova York, de modo a sentir-se mais à vontade aqui comigo.
S. – É porque tenho medo de verdade da sua bunda. A bunda das mulheres é muito mais assustadora que a dos homens. (Tento levá-lo a expandir esta idéia, mas ele passa a outras preocupações que, em sua mente, estão sempre mescladas com esses temas.) Imagine se você morresse de fome, como é que ia se sentir? Eu não me importaria porque sou diferente. Eu tenho... (Aponta para seu pênis.)
J. M. – Com ele você poderia alimentar a si mesmo?
S. – (Com grande segurança.) Oh sim. Basta você se olhar no espelho para ver isso.
J. M. – Ver o quê?
S. – Você me faria o favor de se olhar no espelho por mim hoje à noite? Por favor. Isso vai provar que você é uma boa pessoa.
J. M. – Quer dizer que se eu tivesse um pênis seria uma boa pessoa?
S. – Às vezes fico pensando se você é uma pessoa má.
J. M. – O que é uma pessoa má?
S. – Uma pessoa que morde seu próprio pênis. Ah, mas você, em vez disso, morde seus seios.
J. M. – Então eu sou uma pessoa má.
S. – Ooooh. Realmente tenho medo de que você morda o meu pênis. (Há em sua voz um tom meio brincalhão, meio de pânico. Está a ponto de atirar alguma coisa em mim.)
J. M. – Parece que você acha que seios e pênis são quase a mesma coisa, como se pensasse que são perigosos um para o outro e também que ambos podem ser comidos.
S. – Oh não. Não tenho pensamentos como esse. Nós podíamos fazer outra brincadeira daquelas de bater, como no outro dia? (Aproxima-se e tenta me bater com uma bolota de massa plástica grudada num lápis. Passa correndo por cima da minha cadeira, procurando ter um contato físico acidental por esse meio; depois, tenta desalojar-me da minha cadeira porque quer que me sente em seu colo. Recuso-me a isso e insisto para que volte para sua própria cadeira.)
S. – O que você faria se caísse na privada logo depois de fazer cocô? E por que você não se senta no meu colo? A Ginette se senta. E a minha professora também. Então por que você não? (Começa a desenhar, escondendo o desenho com a mão.) Que bom que não tenho uma bunda igual à sua. A sua bunda é fria. Ooooh, fico imaginando o que você diria se visse o que estou desenhando. Ei, escreva! Continue escrevendo ou será castigada.

(Ocasionalmente tenho conseguido que Sammy converse comigo sem a tranqüilização de ver-me escrevendo, mas isso nunca dura muito sem que ele se torne incontrolavelmente ansioso. Faz três desenhos, o primeiro intitulado "A grande bunda da Dougie", e o segundo, "Dougie com a bunda magra". Cobre este desenho com a mão, depois rabisca por cima e à volta. O terceiro desenho se chama "Dougie indo para a privada". Este último mostra uma privada vista de cima e, suspensa sobre ela, uma grande massa escura.)

S. – Lembra-se daquela vez em que bati em você? Ainda bem que fiz aquilo, porque senão você poderia arrancar o meu pênis a dentadas.
J. M. – Você deve ter muito medo de mim, Sammy. Teve que me bater para se proteger.
S. – (Com ar de grande seriedade.) Pensei que você ia me livrar de todos esses medos. Você é psicanalista. Esses são todos os medos que tenho. Já contei para você todos eles. Acha que vai tirar todos eles de mim? Ah, tem mais um. Mas eu não gosto de falar desse. (Estremecendo.) É sobre as suas tripas. Fico imaginando seus intestinos estourando e todas as suas tripas e rins... etc. Oh Dougie, temos que afastar todos esses medos.

68.ª Sessão (Terça-feira, 8/2/55)

Sammy chega, mais uma vez, com o rosto pintado de ruge e batom, mas desta vez de modo nenhum está ansioso por isso.

S. – Você olhou a sua bunda? Você olha muitas vezes a sua bunda? E os seus seios? Ooooh, eles têm um aspecto horrível, vou te contar. Lamento sinceramente por você, uma vez que tenho pênis. É muito melhor do que ter seios. (Começa a construir uma torre de massa.) Ooooh, se ficar muito alta, o presidente dos Estados Unidos vai mandar me pegar. Mas você deve ir ao dr. Lebovici por causa dos seus seios. Ele é um pouco mais como eu, com pênis. Ooooh, tenho pavor dos seus seios. Não melhorei nada. Isso é um tremendo absurdo. Você é uma psicanalista estúpida. Quem me dera que você pudesse me ajudar com os meus problemas. Mas não diz nada. Nem mesmo liga para os meus problemas. Não me interessa o seu seio. Só estou interessado no meu pênis! Você deveria ser uma ditadora, você não gosta de se conter dentro das suas limitações. Quer saber? Você é uma pessoa insensível! E tem uma bunda grande! (Começa a cantar.) Um problema está voando pelo ar. E é a sua bunda gorda. É muito diferente da do homem; a bunda do homem tem a pele escura e é mais forte. Gosto mais da minha do que da sua porque tenho pênis e você não. Sabe disso? Ei, não pare de escrever.

J. M. – Você fala como se tivesse medo de que eu pudesse ter um pênis apesar de tudo e, por isso, um pênis perigoso.
S. – Bom, você poderia. Mas não tem. Bom, mas podia querer um.
J. M. – Com medo de que eu queira o seu?
S. – Porque é muito fácil tirar o meu pênis. E comer.
J. M. – Você acredita mesmo nisso?
S. – Claro que sim! Minha mãe disse que é verdade. Dougie, é verdade.
J. M. – Seja como for, você parece querer que eu acredite nisso.
S. – Mas se todos os jornais dissessem isso, se todos os hospitais dissessem que é verdade, aí você acreditaria. E se algum dia você visse alguém cortando fora o meu pênis, então você saberia.
J. M. – Às vezes parece que você preferiria se livrar de seu pênis a ter todas essas preocupações relacionadas a ele.
S. – O que você faria se todas as pessoas do mundo viessem para arrancar o meu pênis? E se o dr. Lebovici viesse e fizesse isso? O que você faria se alguém arrancasse a sua bunda a dentadas? E o que você faria se caísse uma chuva de cocô? O que você faria se o médico viesse dizer que eu ia morrer no dia seguinte em horrível agonia? Eu quero a sua bunda! Eu daria tapinhas nela e daria beijos e a alisaria e abraçaria. E o que você faria se um dia ficasse totalmente paralisada dos pés à cabeça? (Durante toda essa conversa de mão única, Sammy esteve lutando para fazer sua torre, mas a constrói de tal maneira que é praticamente impossível que fique de pé. Continua tentando, pacientemente, fazê-la ficar de pé, mas tenho a impressão de que deseja mesmo é que não dê certo como estrutura.)

Talvez como conseqüência de ter expressado tão vividamente, na última sessão, suas fantasias sexuais, Sammy hoje oscila entre uma posição edipiana masculina e uma posição homossexual, ambas as quais o impelem a pensar no homem psicanalista. Ele não está certo se sou uma pessoa-estúpida-sem-pênis ou se estou, ao contrário, a salvo da castração e, por isso, em melhor situação.

69ª Sessão (Quinta-feira, 10/2/55)

S. – Tive um sonho, mas não vou lhe contar. Você não me disse o que significava o último. Vamos ler o que falamos da última vez.

(Faço um resumo de suas muitas perguntas e digo-lhe que tenho a impressão de que achou melhor livrar-se de seu pênis do que ter que enfrentar todas as preocupações e todos os terrores que este lhe causava.)

S. – Bom, há uma outra coisa emocionante. Tenho esperança de que o Sena transborde! (De acordo com as notícias do dia, há uma forte possibilidade de que o desejo de Sammy se concretize.) O que você faria se a água do Sena chegasse a cobrir a cabeça da estátua do Zuavo? Etc., etc. (Sammy continua a inventar perigos cada vez maiores e situações absurdas. Termina chegando ao seguinte:) O que você faria se a água chegasse ao topo da Torre Eiffel?

J. M. – Bem, o que você faria?

S. – Oh, eu pegaria um barco, poria meus pais dentro dele, montes de comida e ficaríamos vogando por aí no barco durante algum tempo; depois, nós todos simplesmente nos afogaríamos.

70ª Sessão (Sexta-feira, 11/2/55)

Sammy continua a falar excitadamente sobre o Sena (que continua subindo) e pensa então em Moisés e no afogamento dos egípcios.

S. – Oh, eu adoro a Bíblia. Dei um longo suspiro quando ouvi como o Faraó era severo com aquelas pessoas. Imagine que nós vivêssemos naquela época e que eu estivesse em análise com você e você visse os egípcios me chicoteando, o que você diria?

J. M. – O que você gostaria que eu dissesse?

S. – Bom, imagine que você visse seiscentas pessoas, todas correndo na minha direção, o que você faria?

J. M. – Vou dizer neste instante que você quer que eu o proteja contra todas essas coisas assustadoras que gosta de imaginar para si mesmo. (Sammy conseguiu imaginar diversas outras situações de estranho perigo que não anotei, até o momento em que percebeu que eu não estava ocupada escrevendo.)

S. – E o que você diria se entrasse um homem e dissesse que um de nós ia morrer? Diga, você gosta da Bíblia? Agora vou desenhar o seu apartamento todo cercado de água. E agora, como você ia entrar? (Canta a *Marcha fúnebre*.) Continuo pensando se você gosta da sua bunda. Você olha a sua bunda? E o seu apêndice? E as suas tonsilas?... etc. Oh, essa sua cabeça-dura me preocupa! O que você faria se visse uma senhora completamente nua aqui na sua sala?

J. M. – Bem, eu diria que deve haver alguma razão para que o Sammy pense numa senhora nua sentada aqui.

S. – Escreva os meus pensamentos, Dougie! E não venha me dizer que estou apavorado!! Você podia *pensar* que isso me preocupa, mas não é verdade.

J. M. – Uma vez você disse que gostaria de me encontrar nua quando entrasse, e as pessoas podem ficar assustadas com coisas que dizem que gostariam.
S. – Bom. E se você entrasse e encontrasse isso aqui apinhado de repente, o que você diria?
J. M. – Diria: "Vão saindo, para não incomodar o Sammy."
S. – (Que acha isso engraçadíssimo.) E se uma dessas pessoas soltasse um pum fedorento – não se preocupe, não tenho medo de nada –, o que você diria?
J. M. – Diria que estavam incomodando o Sammy e que, de fato, ele é que estava querendo soltar um pum.

(Novamente Sammy está absolutamente encantado; desenha a mulher nua, a si próprio e a mim e escreve por baixo o seguinte diálogo:)

Sammy vê a mulher: Oh, oh!
Dougie: Isso não me agrada!
A Mulher Nua: Não se preocupe, não vou fazer nenhum mal.
Sammy: Cai fora daqui!
E então Sammy entrou e chicoteou-as até que as duas ficaram com a bunda sangrando. (Fim do diálogo.)

S. – O que você faria se um homem fizesse xixi no seu chão? E se fizesse xixi no seu rosto? E se ele fosse ao banheiro e você abrisse a porta e encontrasse água até o teto?
J. M. – Diria que você gostaria de afogar as pessoas desta casa com o seu xixi.
S. – Rapaz!

Sammy quer então que leiamos o diálogo com a Mulher Nua. Lemos, cada um representando diversos papéis. Ele compõe um segundo "ato" que não escreve, no qual multidões invadem a sala e todos estão despidos; Sammy trata-os com grande ferocidade por entrarem em tal número e em tal nudez. Grande parte das pessoas é massacrada numa variedade de meios sádicos e as demais são empurradas para fora do apartamento e saem rolando a escada. Vem junto um grande e forte personagem que as derruba numa vala e as prende com sarrafos. "E todas elas morreeeeeram", guincha Sammy com grande excitação. Ao sair pede-me que escreva um final *feliz* para essa história.

Sammy claramente deseja recriar para mim as cenas que imaginou de castração e de relação sexual, das quais quer que eu participe, mas ao mesmo tempo deseja também que eu o proteja de tudo isso. Este é o mesmo conflito de desejo e medo que tem mostrado tão freqüentemente em suas fantasias anais mais antigas.

71ª Sessão (Sábado, 12/2/55)

Ao recapitular a sessão de ontem, Sammy acha repentinamente necessário ir ao banheiro, quando chegamos ao trecho em que fala de Moisés afogando os egípcios. Juntamente com outras interpretações, aponto para Sammy a importância que as fantasias uretrais parecem ter para ele; ouve muito satisfeito, como sempre, e balança a cabeça, concordando.

S. – Bem, acho que vamos ter uma história diferente hoje. Agora isto é um barco, estou desenhando você e eu dentro dele. Está vendo? Mas aqui tem alguma coisa aparecendo. (Acontece ser o topo da Torre Eiffel, sobressaindo acima d'água.) Aí as águas descem. (Um segundo desenho, depois um terceiro, mostram porções cada vez maiores da Torre Eiffel.) Aí acontece que o sol fica quente e a água vira chuva, depois o nível da água começa a subir novamente. O que você diria se o nível subisse bilhões de quilômetros no ar?

(Segue-se uma série de tais desenhos e o último mostra a ponte Alma e a água do Sena passando por cima dos pés do Zuavo, a estátua que fica junto dos pilares da ponte.)

Foi notável nesta sessão que Sammy não insistisse para que eu escrevesse suas histórias e também tolerou que eu respondesse, de tempos em tempos, a suas fantasias, sem ficar nem aterrorizado nem agressivo nem tão envolvido na relação comigo a ponto de não ser capaz de continuar com sua linha de pensamento.

72ª Sessão (Segunda-feira, 14/2/55)

S. – Se eu chegasse muito atrasado, o que você faria? O que pensaria que tivesse acontecido?

Com grande insistência, Sammy continua a fazer muitas perguntas desse tipo, e minhas tentativas no sentido de despertar sua fantasia não levam a lugar algum. Chamo a atenção dele para o fato de que parece precisar tranqüilizar-se de que sou capaz de protegê-lo de qualquer perigo que possa lhe ocorrer, aqui comigo ou em qualquer outro lugar.

S. – Bom, o que você diria se o seu *marido* fosse assassinado?
J. M. – Talvez você esteja imaginando como seria se você fosse meu marido?
S. – Bom... Ah bom... bom, vamos dizer que o seu marido morresse de alguma doença. O que você faria? Eu ia continuar vindo ver você? Você sabe, você poderia estar ocupada arrumando tudo e assim por diante. Oh, a propósito, meus pais disseram que pode ser que eu vá para uma escola especial nos Estados Unidos.
J. M. – Seus pais disseram isso?
S. – Pergunte a eles. Agora vou desenhar coisas. Veja, tudo isso são pontes.
J. M. – Será que você fez essas pontes porque estava pensando numa separação entre nós, caso você tenha que voltar para os Estados Unidos?
S. – (Com ar de surpresa.) Escute: você consegue adivinhar os *pensamentos* da pessoa só pelos desenhos que ela faz? (Puxa a série de desenhos que fez sobre o Sena subindo, inundando, refluindo, etc.) O que me diz desses? Por que os fiz?

Digo a Sammy que ele está excitado com a idéia da iminente inundação do Sena, como todo o mundo; mas que, além disso, o fato provavelmente interessa a ele por causa da água. Relembro suas fantasias de potência uretral e a água no banheiro que subiria até o teto, etc. Sammy fica totalmente encantado com esta longa interpretação.

S. – Você garante que esses são os meus pensamentos? Você garante, Dougie? Ei, vamos fazer mais.

Desenha uma cadeira e uma mesa com um pote em cima. Quando pergunto, ele diz que acha que o pote contém massa plástica ou argila. Observo que o desenho é uma reprodução exata da sua cadeira e da mesa que há entre nós, completa, com o pote de massa plástica. Sammy parece literalmente perplexo diante desta observação bastante corriqueira.

S. – Mas eu não estava absolutamente pensando nisso. Haha, isso é engraçado. Eu estava tentando fazer um desenho no qual você visse alguma coisa.

Desenha então um menino. Sammy diz que é um menino comum que apenas está com as mãos para cima. Desenha a seguir um salão, com uma escadaria descendo daí e uma seta apontando para uma porta fechada. Diz que há um segredo lá onde a seta está apontando. A disposição da sala, a escada e a porta correspondem exatamente ao meu consultório, e é o que mostro a ele. Mais uma vez fica bastante espantado. Depois desse, vem um desenho semelhante, mas desta vez a seta aponta claramente na direção do banheiro. Digo a Sammy que talvez haja um segredo para contar que tem algo a ver com banheiro.

S. – Rapaz! Bom. E quanto a este outro? Aqui está um cavalinho que está com muita fome. Ele veio para este estábulo e ficou feliz de encontrar um comedouro. Estava certo de que ia encontrar alguma coisa para comer, mas não havia absolutamente nada.

J. M. – Fico pensando se isso tem alguma coisa a ver com você e comigo e com o seu desapontamento de não encontrar aqui tudo o que queria comigo.

Quando digo a Sammy que o tempo terminou por hoje, ele rapidamente desenha uma cadeia de cabeças ligadas por uma linha contínua. (Fig. 2.)

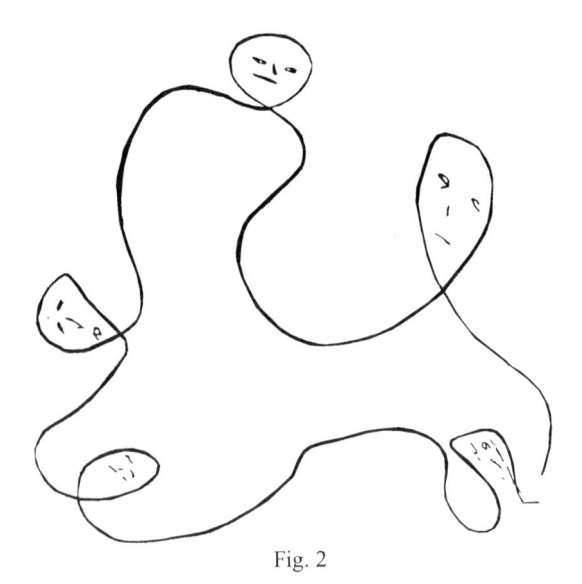

Fig. 2

J. M. – Parece-me que este desenho mostra uma maneira de não dizer adeus e não se separar.

Sammy ficou muito feliz com sua sessão e com a possibilidade de estudar seus "pensamentos" de outro modo. Em nenhum momento pediu-me que anotasse suas palavras.

Entrevista com os pais de Sammy (Segunda-feira, 14/2/55)

Sem que me desse conta, Sammy tinha anunciado a razão para a visita solicitada pelo casal Y dois dias atrás. Vieram para discutir uma vaga numa Escola Americana Especial para crianças psicóticas. Um ano atrás, antes da mudança para Paris, tinham pedido informações. Agora estavam indecisos se aceitavam esta oferta que tinha chegado inesperadamente. Gostariam de manter Sammy consigo em Paris, mas estão preocupados com a escolaridade, uma vez que ele parece estar fazendo grande progresso ultimamente. Não obstante, está cada vez mais difícil em casa, nunca está satisfeito e constantemente irrita e atormenta sua mãe. Também continua a constranger os visitantes. Pela primeira vez na vida ele agora consegue brincar sozinho e também sai a passear por conta própria. Mas, como tudo o mais, leva essa independência a extremos, fica na rua durante horas; ou, quando chega em casa, passa horas pintando – e somente a óleo. Assim, seu progresso torna seu comportamento ainda mais intolerável, aos olhos dos pais. Também não ouve mais música, como costumava fazer.

Minha impressão é de que a sra. Y, habituada às limitações da personalidade de Sammy, está ficando ansiosa à medida que o mundo dele se alarga. Ela pode estar ressentida por isso e inconscientemente o castiga, querendo mandá-lo para o colégio interno. O sr. Y discorda totalmente do projeto e chama atenção para a acentuada melhora de Sammy na escola, bem como para o fato de que sua professora acredita que ele vai ser capaz de algum dia freqüentar uma escola comum. A sra. Y acha que a professora exagera a melhora do trabalho de Sammy. De qualquer maneira, não vão tomar nenhuma decisão até que o Diretor tenha examinado Sammy, o que deverá ocorrer dentro de um mês.

73.ª Sessão (Terça-feira, 15/2/55)

S. – Diga-me novamente todos os pensamentos dos meus desenhos.
J. M. – Você sabe, Sammy, que não posso ler os seus pensamentos. Mas os desenhos podem ajudar-nos a compreender melhor os pensamentos que você tem no fundo da sua mente.

Sammy desenha então "Um homem numa loja de ferragens arrumando coisas".

J. M. – O que você acha que isso pode significar?
S. – Ele fez uma mesa e agora tem que arrumá-la. Quero que seja um pouco enigmático para você, mas não muito.
J. M. – Talvez eu seja o homem da loja e você queira que eu arrume você.
S. – É isso. Agora sei qual vai ser o próximo. Ali é uma parreira nova, toda bonita e viçosa.
J. M. – Essa deve ser você, creio eu.
S. – Bom, aqui está um desenho de um "Menino ideal".
J. M. – É você também?
S. – Oh não, eu não! Este menino tem doze anos, tem um cachorrinho e vive no interior com seus pais. Ele os ama e os ama igualmente. Nunca vai à escola, mas odeia ter que ficar sempre em casa porque fica chateado de não ter o que fazer. Quando crescer, vai escrever livros. Lê *Tom Sawyer* em inglês. É muito bem educado. Nasceu assim. E vai viver por muito tempo. Você vê que não sou eu. Eu não vou viver muito, sou muito mau. Você sabe, eu não me comporto bem. Agora deixe-me fazer outro desenho. Há duas bruxas velhas aqui, cada uma em sua própria casa, e entre as duas há um objeto. Não sabemos o que é. Algumas vezes esse objeto vai lá no alto, assim ó, outras vezes cai lá embaixo. Essas bruxas velhas são horrorosas. Gritam o tempo todo. E se dão muito bem juntas. É porque as duas são terríveis. E pegam as pessoas e as atiram em tinteiros e as rasgam em pedaços.
J. M. – Fico pensando se essas duas bruxas não somos sua mãe e eu. Você sabe que ela veio aqui à noite passada para conversar sobre você. Talvez o objeto que sobe e desce tenha algo a ver com você.
S. – O meu pênis, é isso!
J. M. – Talvez você pense que nós queremos atacar o seu pênis e fazer com que você deixe de ser um menino.
S. – Aqui há um tesouro trancado numa caixa. Não é um pênis. Se o pensamento que aparecer é de que é um pênis, então está errado. É um tesouro muito especial, colocado aí por um feiticeiro perverso. No fundo da cabeça ele é realmente muito legal, mas não sabe disso. Ele se orgulha do tesouro que está nesta caixa. Talvez o te-

souro seja conquistado pelo principezinho bonito. Mas você tem que saber como chegar até ele e como abri-lo.

J. M. – O que você acha que pode ser?

S. – Talvez o próximo desenho nos diga. Aqui há uma coisa esmigalhada. Está feita em pedaços e não é o meu pênis. É uma coisa que poderia ter sido muito útil, mas as pessoas fizeram isso aí.

O desenho em questão é perfeitamente redondo e as linhas indicando a quebra foram traçadas por cima dele todo.

J. M. – É uma coisa redonda.
S. – Eu sei, talvez sejam seios! São úteis, não são? Agora este próximo desenho é um elefantinho. Ele é muito bonzinho e muito bochechudo.

74.ª Sessão (Quinta-feira, 17/2/55)

S. – Agora deixe-me ver os desenhos de ontem. Ooooh rapaz! Vou fazer mais alguns. Isto é uma cidade inteira. Estas são as casas duma cidade chamada Hawkon. As pessoas aí falam hawkonês. Este limpador de janelas é um tipo quieto. Todos os dias escova os dentes, lava o rosto e toma banho. É bem-humorado e bochechudo.

Depois disso Sammy desenha "um pouquinho de fumaça, não é um vulcão, saindo do chão. A fumaça é quente e produz um som ao sair. Uma vez a fumaça ficou tão diferente que criou formas em toda parte, assim, ó". Dou a Sammy uma interpretação dentro da linha de seu interesse anal e do poder e fascínio que exerce sobre ele. Sammy fica encantado e examina essa idéia, dizendo que é engraçado que não tivesse pensado nisso, mas que tem certeza de que é isso mesmo.

O terceiro desenho é descrito por Sammy como "uma cadeira quebrada no meio do deserto, tendo apenas uma almofada em cima. A cadeira costumava ser útil, mas agora ficou velha e a jogaram fora. Estava ficando tão feia que ninguém a quis".

S. – O que será que isso quer dizer? Ah, eu sei! Sei tudo por mim mesmo! As pessoas que jogaram fora esta cadeira são como eu. Todas gostam de coisas boas e confortáveis. Eu sou assim. Gostava de tomar leite morno sentado numa cadeira, quando era pequeno. Talvez tenha a ver com seios também. Eu me sentiria seguro e gostaria que alguém prestasse atenção a mim, ficaria quieto e bonzinho. Mas esta cadeira está velha e ruim e todas as coisas que não quero. Ah, o pensamentozinho! Descobri-o todinho por mim mesmo.

O quarto desenho é "uma estátua de Jesus com pessoas cantando a *Marcha fúnebre* em volta e santos e freiras rezando".

J. M. – Por que a *Marcha fúnebre?*
S. – Significa Deus. E tem a ver com o castigo também.

O quinto desenho: "Um carro com pessoas más dentro. Estão empurrando um menininho para dentro do carro – não: é uma menininha; não: é ambos. No final da estrada há fumaça. Vocês nunca saberão o que há no final da estrada, senhoras!"

O sexto desenho: "Este é o dedo mágico da princesa, apontando para alguma coisa. Ela é tão famosa que seu dedo solta faíscas. Não sabemos para que ela está apontando, mas não se preocupe. Se ficar muito famoso, o dedo dela fica famoso também. Agora aqui está a coisa que está acontecendo ao dedo dela, mas não sabemos o que é."

O sétimo desenho: "Um punhado de gente e todos vêem essa coisa cintilando no céu. Emite luzes brilhantes como relâmpagos, quando eles olham; e provoca uma tremenda algazarra. O que estará acontecendo? O que pode ser?"

Sammy começa a cantar a *Marcha fúnebre*. Interpreto seu desenho como estando possivelmente relacionado a seu interesse nas fantasias da cena primária que algumas vezes são assustadoras para ele, mas que o fazem desejar olhar e ouvir.

S. – Oh, mas não fico mais apavorado por causa disso. Meus pais podem fazer o que quiserem. Mas vou colocar uma cruz aqui ao lado, porque é um pensamento muito interessante.

Ainda cantando em voz alta a *Marcha fúnebre*, Sammy faz seu oitavo desenho.

S. – Sabe o quê? Desta vez é uma sepultura. Mas de quem ou quê, é o que gostaria de saber. Estamos, eu, meu pai, minha mãe e minha irmã ao lado. E há você, Dougie. Só assim você vai saber que não é você quem está na sepultura.

J. M. – Talvez você esteja com medo de ter pensamentos desse tipo em relação a mim.
S. – Mas não fico mais zangado com você. Mas isso tudo ainda está ficando muito assustador dentro de mim.

O nono desenho. Este mostra um grande rosto com uma cruz por cima da boca.

S. – Ooooh! Este desenho é muito fantasmagórico. Há uma grande cruz, gorda e bochechuda, na boca dele. Eu o fiz assustador. Chama-se O Rosto. Não é você. É muito importante ver o que ele está pensando dentro da cabeça dele. Há uma pessoa morta ao lado da sepultura. É o filho que morreu e a mãe está ali chorando. Agora me diga qual é o pensamento, Dougie, por favor.
J. M. – De algum modo, creio que apesar de tudo você tinha uma idéia de mim quando desenhou esse rosto. E talvez tenha medo daquilo que poderia sair da minha boca porque isso poderia dar como resultado a sua morte. Creio que esse desenho tem a ver com o fato de que você tem medo de seus próprios pensamentos perigosos e isso leva a que pense que eu poderia ter pensamentos perigosos em relação a você. E, é claro, existe essa idéia de sua ida para a escola nos Estados Unidos.
S. – Arrá! Arrá! (Canta a *Marcha fúnebre*.) Esta é uma estrela judaica, com uma cruz e uma estrela comum ao lado. E aqui está uma cruz numa pessoa que não é você. Ele é famoso num certo sentido, é uma espécie de fantasma.

A série de desenhos revela uma dramática progressão sobre a qual Sammy, entretanto, mantém um controle satisfatório. Deste ponto de vista, sua própria interpretação de sua fantasia da cadeira, quebrada e abandonada no deserto, é importante em termos da iminente separação sugerida pela escola especial, e Sammy necessita agora descobrir os "pensamentos" por si mesmo. Talvez eu seja a velha cadeira que vai ter que ser jogada fora. Isso tornaria mais fácil, para ele, o fato de ter que encarar a partida.

Os temas de morte trágica, também estimulados pela ameaça de separação, começam a aparecer no quarto desenho, no qual Jesus é representado na cruz. O quinto desenho proporciona uma ligação entre a agressão que leva ao perigo mortal e as fixações anais que foram interpretadas no segundo desenho.

A interpretação da cena primária é aceita por Sammy com reservas, e ele demonstra até que ponto agora é capaz de controlar sua ansiedade neste estágio do tratamento. Entretanto, isto reacende sua ansiedade na transferência. Primeiro, retrata a si mesmo diante de um túmulo; temos então uma ilustração típica do modo de pensar que lhe é peculiar – a cabeça cuja boca apresenta uma "cruz gorda e bochechuda". Dougie-Rosto Mágico vai morrer. Finalmente, o próprio rosto se torna a sepultura. Pela primeira vez vemos alguma coisa do pensamento mágico protetor associado com o fato de Sammy cantar a *Marcha fúnebre* onde quer que suas fantasias sejam particularmente violentas e destrutivas ou tristes e perturbadoras.

75ª Sessão (Sexta-feira, 18/2/55)

Sammy começa imediatamente a desenhar.

O primeiro desenho: "Esta porta leva a um lugar onde todas as pessoas são lavadeiras e tintureiros. São boas pessoas e vêm de Israel. Há nos fundos um grande hospital para pessoas doentes."

J. M. – Quem são essas pessoas exatamente?
S. – Na verdade não quero lhe dizer. Não creio que deva. Bom (com muita hesitação), é a lavanderia que fica ao lado da nossa casa.

O segundo desenho: "Este é um caminho e muitas pessoas vêm por aí. Há uma 'Coisa' que não vai embora. É como o outro tesouro. Eles vêm ver a 'Coisa'. As pessoas vão querer levá-la para casa, porque é a melhor 'Coisa' do mundo. Agora não diga que é o meu pênis, porque isso até o presidente Eisenhower tem. As pessoas que sobem esse caminho são exploradores. A 'Coisa' não contém leite, mas está cheia de um troço duro e frio. Agora, de quem é? É seu; isso é tudo."

Tento puxar Sammy pela língua para que fale de sua fantasia. Enquanto isso, ele escreve um "M" na folha, dizendo que é uma idéia para o próximo desenho. (Me dá a sensação nítida de que está arranjando idéias para desenhos como defesa contra ir muito longe no esquadrinhamento de seus pensamentos.)

O terceiro desenho: "Um ramo de mimosas. Há homens aqui diante de espelhos, mas eles não sabem que são espelhos porque o mundo todo à volta é um espelho. De longe, tem este aspecto. (Faz uma quantidade de pequenos desenhos cor-de-rosa, depois vira-se para mim:) Olhe, Vovó, as coisinhas cor-de-rosa são divertimentos."

J. M. – Por que me chama de Vovó?

S. – (Parecendo constrangido e zangado.) Pára de falar sobre isso! Não é da sua conta! Além do mais, ela é minha avó-torta, porque a mãe da minha mãe já morreu. E aí, você deveria se dar por muito contente por eu ter-lhe dito tantas coisas. Mas, em vez disso, você quer saber mais.

O quarto desenho: "Todas essas pessoas estão na prisão. Elas são más. A primeira desobedeceu à lei. Avançou o sinal de trânsito quatro vezes. Aquela matou alguém, um menino de cinco anos. Esta empurrou alguém pela janela e também conta muitas mentiras. Esta daqui contou coisas horríveis de alguém e nem mesmo era verdade. E esta subjugou alguém. Aquele assassino lá matou um menino de cinco anos. Só o fez porque estava com medo, como todo o mundo. Ele estava preocupado com alguma coisa."

O quinto desenho: "Esta é uma coisinha que é viva e cospe água e ingere comida. Sabe o que é? É a minha bunda." (Sammy se aproxima e me dá um tapinha de leve na bochecha porque, ao que parece, eu sorri.)

O sexto desenho: "Esta é uma grande cruz com cruzezinhas à volta toda. É uma sepultura no alto de uma montanha. De quem é?"

J. M. – Bem, diga-me.
S. – Tudo bem: é minha. Olhe, vou desenhar minha própria sepultura e depois faço a sua.

Já não ocorre a Sammy pedir-me que escreva tudo o que diz, mas ainda necessita da tranqüilização narcísica proporcionada pela leitura da sessão anterior. Também dita exatamente o que devo anotar em cada desenho. Todos os temas de "morte" sem dúvida foram despertados pela ameaça de que seja mandado para uma escola especial. Hoje desenhou nossas duas sepulturas, lado a lado. Todo o material relacionado ao tema da "fusão-na-morte" tem sido, creio eu, prematuramente estimulado pelo falatório em sua casa, acerca do projeto de mandá-lo para o internato. Será que Sammy acha que a Escola Especial é uma "prisão para pessoas más"?

76.ª Sessão (Sábado, 19/2/55)

Sammy chega hoje trazendo, cuidadosamente embrulhada, uma peça de argila que fez na escola. Faz um grande mistério sobre esse objeto, dizendo que realmente não deve mostrá-lo para mim, depois tentando descobrir se não há alguma condição especial que lhe permita mostrar-me a peça, etc., etc. Finalmente exibe-a. É uma pecinha, seca ao sol, depois queimada e pintada, de um homem nu, a traseira e o pênis nitidamente modelados. As mãos do homem estão afastadas e têm aberturas de suporte para velas.

S. – Veja, está pelado. Fiz isso para quando há visitas em casa. (A mãe de Sammy tinha-me dito que achava que o máximo prazer de Sammy era constranger a família diante de visitantes. Entretanto, Sammy não se dava conta disso muito claramente. Sua ansiedade na frente das pessoas predominava.) Por que acha que fiz isso, Dougie?
J. M. – Talvez seja uma forma de se exibir para as visitas.
S. – Está certo! Tenho certeza de que é isso!

(No dia seguinte, ao ouvir a leitura desta sessão, Sammy pela primeira vez discordou, dizendo: "Não creio que realmente tenha dito isso. Você sabe que eu não faria isso na frente dos convidados.")
Seguiu-se uma longa discussão acerca dos pormenores da técnica da cerâmica.

S. – Rapaz! Estou tão orgulhoso deste castiçal! Agora vamos desenhar.

Este é um navio que vai embora muito depressa e leva as pessoas para uma coisa que elas não sabem. Aqui é o mundo inteiro, com o oceano à volta toda e o nome desse oceano é Oceano Hiposídico. Agora essas pessoas estão numa ilha e parece que estão sendo seguidas pela Coisa. Agora podemos ter diferentes figuras da Coisa. Ela fica mudando de forma e pode fazer um barulho fantasmagórico. Mas não está machucando as pessoas. Todo o mundo está tentando vê-la com seus telescópios mágicos. Tem uma forma algo parecida com um Y e há este círculo à volta toda. A coisa é feita... bem... poderia ser algo como a maneira pela qual surgem novos planetas. Agora diga-me o que é, Dougie.

Sammy dá tapinhas na Coisa e canta a *Marcha fúnebre*. Não consegue me dar associações e de fato fica muito agitado, uma vez que não chego a qualquer explicação. Repete todos os pormenores e, como me parece que ele ainda está explorando suas fantasias da cena primária, peço-lhe que desenhe mais algumas figuras da Coisa para nos ajudar a compreender.

S. – Bom, aqui no próximo desenho a Coisa está em duas partes, uma dentro da outra, e há então outro desenho e você pode ver que elas estão todas quebradas e agora estão cintilando no céu. Pegando pedaços e arrancando.

J. M. – Bem, Sammy, creio que a Coisa é um interesse em saber como nascem as coisas novas, como planetas ou bebês. Assim, talvez seja acerca das idéias que você fazia, quando era pequeno, a propósito de como seu pai e sua mãe poderiam fazer um bebezinho, como sua irmã. (O rostinho tenso e agitado de Sammy se distende imediatamente.)

S. – Oh, pode ser isso, oh, estou tão contente! É, a Coisa são os meus pais fazendo amor e fazendo a minha irmã.

J. M. – Então esses outros dois desenhos da Coisa podem nos dizer algo mais. Creio que o primeiro, em que há duas Coisas e você disse que elas querem apenas ficar juntas e colocou uma dentro da outra, creio que esta é uma idéia que você tem a propósito de seus pais juntos na cama e fazendo amor e isso não é assustador. Mas a segunda figura, na qual as Coisas estão totalmente retalhadas e faiscando no céu, poderia ser um outro tipo de idéia sobre seus pais, mas desta vez uma idéia aterrorizante. Nesta, eles poderiam estar se rasgando e ferindo e fazendo algo perigoso um ao outro.

Sammy faz então um último desenho intitulado: "Os olhos da Dougie que vêem tudo".

Sua ansiedade sobre as fantasias da cena primária fazem lembrar as ansiedades pela excitação anal; as fantasias anais de parto também são evidentes.

77ª Sessão (Segunda-feira, 21/2/55)

S. – Quero beber um pouco de leite – leite de vaca.

Aproxima-se e dá batidinhas no meu peito, enquanto canta a *Marcha fúnebre*.

S. – Vamos ver os desenhos de sábado e todos aqueles pensamentos que tenho sobre os meus pais. Bom, agora tem outro aqui. Você consegue descobrir algum pensamento neste? É um homem ao lado de um livro, e esse homem quer saber de que o livro trata. É um livro muito famoso por muitas coisas. É muito grosso, tem 1.097.929 páginas e uma grande amplidão dentro dele. E aí, de que o livro pode tratar? As páginas são grandes e muito compridas. Mais compridas até do que a régua do homem. Ele é um tipo de grande cientista. Não, isso não. Bom, sim, ele gosta de descobrir coisas. Escreve histórias científicas sobre a lua e a Terra. Agora aqui tem outro. Há uma faca e uma faca, um revólver e um revólver.

Sammy põe uma cruz na extremidade de cada uma das facas, depois uma cruz na extremidade de cada revólver. Aponta para a extremidade dos revólveres.

S. – Sabe o que é isso nas extremidades? É carne! Um pedaço de carne de alguém. Oh, senhoras! Não é minha, porque a minha está em mim. E não vá pensando que é sua também, Dougie, porque a sua está com você. É carne boa, vermelha, sangrenta, suculenta. Este revólver atirou em alguém. Sangue bom, escuro e, veja aqui, está pingando na mesa. Está pingando neste pote que tem quatro polegadas de altura. E aqui está o sangue. Está subindo até a altura de três polegadas. Oh, senhoras! Quanto sangue! É carne boa, tão vermelha que chega a doer nos olhos. Oh, senhoras, podem comê-la, mas era para dar aos animais.

Sammy desenha quatro pedaços de carne pingando sangue, depois começa a apunhalar o papel com o lápis, gritando ferozmente. Acrescenta mais duas cruzes, uma a cada lado do conjunto.

S. – A coisa que quero saber é: de quem é esta carne? E de quem são essas facas, essa mesa. Esses revólveres? Será que conheço as pessoas cuja carne foi morta?

J. M. – Bem, há a idéia de matar as pessoas, mas também há a idéia de comer a carne delas. O copo que você desenhou para o sangue é exatamente igual àquele copo de leite. Quando as criancinhas pensam em comer as pessoas, algumas vezes isso significa que querem ter essas pessoas bem dentro delas. Pode ser também uma maneira de amar as pessoas.

S. – Oh, Dougie, é verdade. Porque eu te amo e é isso que esse desenho quer dizer. É você com as pessoas da minha família. Mas que interessante! Agora tenho essa boa idéia.

(Dá gargalhadas para si mesmo, muito contente, enquanto vai fazendo um novo desenho. É um desenho complicado que começa com um esqueleto, com pegadas em seu rastro. Acrescenta criaturas aladas e canta trechos de Beethoven todo o tempo. Acrescenta um sol e "Deus com seus olhos que vêem tudo". Este desenho é idêntico aos "Olhos da Dougie que vêem tudo", da semana passada. Depois faz um esboço de uma igreja e escreve a palavra "morte".)

S. – Um dia, um animal mesquinho e mau encontrou este homem que estava apenas se divertindo, apenas comendo. Aí o homem resolveu ir dormir. Estava sozinho, de férias, de modo que dormiu fora. Então ouviu passos. Repentinamente alguém agarrou-o pela nuca, agarrou sua carne e arrancou seu coração. Aquele... homem... morreu! A grande coisa fez isso! Um monstro com três dedos no pé. Veja – sua cabeça não está funcionando muito bem. Agora os anjos descem e levam o homem para o céu. Aqui do lado está o rabo do grande animal, e lá está Deus observando. Bom de um lado, mau do outro. Todas essas pessoas estão tentando tocar as cruzes. Tudo, aos olhos dessas pessoas, tem cruzes em cima. É como uma miragem.

Sammy parece interceptar o curso de uma idéia de beber os meus seios no início da sessão e, em vez disso, canta a *Marcha fúnebre* sobre eles. Estou certa de que está preocupado com a possibilidade de ser mandado para a Escola Especial. Será o "famoso livro" o conjunto das histórias que ditou para mim? Será que, antes mesmo que eu o imaginasse, ele presumiu que realmente poderíamos produzir um livro? Esta seria uma maneira de não perdermos o nosso trabalho analítico, mas outra maneira é o ato primitivo que se segue, de comer a carne e beber o sangue. Uma certa justiça edipiana grosseira se mostra no tema seguinte, no qual o homem (Sammy) "está apenas se divertindo, apenas comendo" e tem seu coração arrancado por um animal mesquinho. Talvez haja a expectativa de que os "olhos que vêem tudo" atravessem o oceano até os Estados Unidos e mantenham Sammy a salvo.

78.ª Sessão (Terça-feira, 22/2/55)

S. – Andei sentindo dores no coração e aqui por dentro. Minha mãe disse para eu falar com você sobre isso. Por que você acha que tenho isso?
J. M. – O que são dores no coração?
S. – O sr. Dupont tem isso o tempo todo.

Sammy passa a me fornecer uma intrincada e pormenorizada descrição das dores de coração do sr. Dupont, colhida de coisas entreouvidas e de informações que sua professora deu aos alunos a fim de explicar a doença de seu marido.

J. M. – Talvez você esteja tentando ser o sr. Dupont.
S. – Sabe? À noite passada ouvi a *Sétima sinfonia* inteira. Fiquei sentado, muito quieto e sossegado e quando ouvi a *Marcha fúnebre*, pensei em tudo o que acontece aqui.

(Sammy também indica aqui que suas dores de coração estão ligadas ao ter que partir.)

O primeiro desenho: "Um barco com uma bandeira negra. Uma segunda bandeira, azul e branca, com uma grande cruz. Este é um barco bom com pessoas boas dentro."

J. M. – Quem são essas pessoas?
S. – Pessoas que acreditam em Jesus, como meu pai e minha mãe.
J. M. – Seu pai e sua mãe estão no barco?

Diante desta observação, Sammy imediatamente joga para o lado o desenho e começa a espirrar tinta à volta. Num determinado momento olha para mim, como se tentasse avaliar a minha reação, e desenha então uma grande boca com dentes enormes.

J. M. – Talvez você tenha medo de que eu o coma, porque está espirrando tinta pela minha sala toda.

Sammy faz que sim com a cabeça, com ar sério, e passa a fazer outro desenho que ilustra outra excitante relação fantasística, chamado "O que eu gostaria de fazer com a Dougie". O desenho mostra um par de pernas femininas, com sapatos de saltos altos e uma mão enorme, vinda do outro lado da folha, como se estivesse entrando por baixo das saias (fig. 3).

S. – Eu gostaria de meter a mão embaixo da sua saia.
J. M. – Você se lembra de que teve esta mesma idéia há algum tempo, quando tinha medo de que eu pudesse comer o seu pênis? Fico pensando se você quer que as coisas entre nós continuem sendo perigosas o tempo todo.
S. – É, às vezes eu quero. Mas não tenho mais medo de que você arranque o meu pênis a dentadas. Aí está – é de alguém. Diga-me o pensamento.

Desenhou agora "Um pênis tocando num seio".

J. M. – Você não pode me dizer?

Sammy se aproxima e se equilibra no braço da minha cadeira, pedindo-me que segure sua mão e não o deixe cair. Enquanto isso, faz tudo o que pode para cair no chão.

Fig. 3

S. – Vamos. Segure-me bem apertado. Você disse que sempre me protegeria. Segure-me, Dougie, por favor. Você sabe todos os meus segredos.

Creio que Sammy quer que o segure na França, na análise. Antes de sair, faz uma "notificação" para sua cadeira, dizendo que ninguém mais poderá se sentar nela, apenas ele próprio.

79.ª Sessão (Quinta-feira, 24/2/55)

S. – Sabe, não tive mais aquelas dores no coração. Por que será?
J. M. – Talvez você não precise mais tê-las. Provavelmente é um modo de dizer um pensamento falando pelo corpo. Além do mais, não há nenhum problema com o seu coração.

Sammy faz uma série de desenhos, dos quais o primeiro representa os danos causados pela inundação do Sena, de tal modo que não resta nenhuma casa em Paris. Faz uma série sobre este tema, depois lamenta que está tudo ficando muito chato. Começa a atirar massa plástica nas paredes e a tentar salpicar tinta à volta, de maneira provocadora. Quando lhe mostro isso, torna-se agitado e agressivo, como no passado. Grita que quer fósforos, brinca com as cadeiras como um menino rabugento de três anos de idade, dando chutes e empurrando-as de um lado para outro. Parece ter voltado a todas as suas reações regressivas mais antigas, diante da ansiedade. Passa o restante da sessão brincando de trem, e eu simplesmente deixo-o seguir, sentindo que ele pode estar precisando de uma folga desse tipo.

80ª Sessão (Sexta-feira, 25/2/55)

Sammy traz hoje uma série de desenhos que fez na escola, já com a intenção de trazê-los aqui para me mostrar. Há o Sena quase seco, uma mulher falando, algumas pessoas que estão flutuando numa nuvem, um peru preparando-se para beber, um peru que acabou de beber e dois desenhos de cavalos. Sammy passa sua hora explicando onde tinha tido as idéias para seus desenhos. Quase todos incluem referências a sua mãe, independentemente de onde a explicação comece. Chamo sua atenção para isso e pergunto se ele achou que era mais fácil fazer esses desenhos fora da análise, especialmente os que tinham a ver com sua mãe, em vez de falar sobre isso aqui comigo. Não tomei outras notas sobre a sessão, a não ser para dizer que foi calma e defensiva. Indo ao encontro de sua mãe, Sammy exclamou: "Oh, você está de sapatos novos!" Para seu constrangimento, ele se senta no chão para sentir seus pés nos sapatos novos. Ela observa para mim que Sammy está sempre fascinado por seus sapatos e adora pegar seu pé e suspendê-lo para depois pousá-lo no chão, ritmicamente, dizendo que ela é um cavalinho.

S. – (Para mim.) Será que isso também tem algo a ver com os meus desenhos de cavalos?

(Defrontando-se com a ameaça de separação, Sammy já está se destacando da análise, ao interpretar seu próprio desenho.)

ANÁLISE

81ª Sessão (Sábado, 26/2/55)

Sammy chega coberto de iodo que aplicou para desinfetar um arranhão mínimo. Exibe o arranhão e o tratamento preventivo com muitos guinchos e grande prazer.

S. – Adivinhe o que fiz na casa da Ginette... modelos de argila... oooh... Vou ficar maluco se lhe contar. Oooh. Fiz isso porque é uma coisa para me preocupar. Não devia ter feito. É grande demais. Você vai ficar muito maluca, muito boa e maluca!

J. M. – Parece que você espera que eu fique mesmo.

S. – Não. Se você ficar maluca de verdade... bom, aí está o problema. Você vê, eu fiz isso e é tão grande. Eu fiz a Ginette... oooh... oooh... mas é ela de verdade. Um retrato dela em argila. Mas não é esse o problema. Oooh, você vai ficar muito maluca. Pelo amor de Deus! Eu fiz a *mim* também. Mas eu e ela estamos juntos e aí está o problema – eu e ela estamos ambos *pelados*! E eu fiz até os seios dela!

J. M. – Pelo modo como você fala, é como se tivesse medo de que eu fique com ciúme.

Liguei esta interpretação a outras coisas de que temos falado recentemente. A propósito dos sentimentos de ciúme do próprio Sammy, bem como da projeção que faz desses sentimentos em mim e em outras pessoas. O medo de que sua mãe fique com ciúme de sua ligação comigo, o ciúme feroz que sente em relação aos outros pacientes, sejam crianças ou adultos, além da "notificação" que fez para sua cadeira. Não me lembro exatamente de onde esse material apareceu nas sessões, uma vez que agora faço apenas anotações rápidas após as sessões de Sammy. Mas os temas do ciúme têm corrido através das sessões das últimas semanas como um fio contínuo.

S. – Posso levar esses desenhinhos até aí de modo que você possa vê-los mais de perto?

Permito que o faça e, no fim de contas, isso acaba sendo uma esperteza de Sammy, que tenta enfiar a mão por baixo das minhas saias. Proíbo-o de fazê-lo, mas sugiro que desenhe aquilo que está querendo fazer. Outra vez ele desenha duas pernas sob uma saia, com uma mão enorme que se move em direção àquelas.

S. – Adivinhe o quê! Este sou eu mesmo. E é como se você fosse tirar alguma coisa de mim ao mesmo tempo. Agora, como isso seria possível?

Depois disto ele segue com "uma pequena parreira com pedacinhos de alegria à volta toda. E há folhas voando pelo ar. Já sabemos o que isso significa". (Uma referência aos jogos anais dos animais.)

J. M. – Há problemas se aproximando? Quando pensa em coisas que podemos tirar um do outro, você fica preocupado por causa de todas aquelas idéias de pênis-seio. E isso o faz voltar àquele tempo em que se preocupava com o pum também.
S. – É, mas agora posso fazer *sinais* em vez disso. Aqui está um sinal que significa bom. É uma cruz traçada por cima de um círculo; a cruz, por si mesma, significa mau.

82.ª Sessão (Segunda-feira, 28/2/55)

Sammy chega bastante atrasado hoje e passa a maior parte da sessão mostrando-me sua perícia na divisão. A intervalos, pede-me que o ajude.

J. M. – Talvez hoje você se sinta mais seguro aqui com uma professora do que com uma analista.
S. – Mas eu *quero* fazer isto.
J. M. – Estou certa de que é interessante e de que você está aprendendo uma quantidade de coisas novas na escola, mas talvez haja também alguma coisa da qual você prefere não me falar hoje.
S. – Está bem. Tenho que fazer a minha análise. Espero que ninguém tenha se sentado na minha cadeira. Você garante?

Começa a desenhar com o rosto contorcido de fúria; depois, parece distender-se e começa a cantarolar uma melodia.

S. – Bom, este é um homem parecendo muito zangado que está olhando por uma janela. Alguém que ele conhece foi assassinado, lá onde você vê a cruz. Alguém o matou às duas e cinco. Sabe que fui hoje à escola num lugar diferente e lá havia uma senhora para tomar conta de nós também. Não sei o nome dela. Oh! E tenho que lhe contar que estou com dores no coração e dores ali embaixo. (Aponta para os genitais.) E vamos ver. Há uma terceira. Espere um pouco. Ah, é do lado direito, uma dor no meu apêndice.

Segue contando incidentes do *Tom Sawyer*, com particular interesse na passagem em que os meninos escondem o fato de que querem vomitar e na qual todos pensam que estão mortos.

S. – Não estou me sentindo bem. Acho que vou vomitar um pouco.

No dia seguinte, Sammy não veio. Sua mãe telefonou, dizendo que ele estava doente.

83.ª Sessão (Quinta-feira, 3/3/55)

Sammy traz um punhado de desenhos feitos na escola e para os quais a sra. Dupont, sua professora, atribuiu "pensamentos" a pedido dele.

S. – Gosto mais dos pensamentos dela do que dos seus. São muito mais bonitos. E tenho o direito de pensar o que quiser!
J. M. – Você sente que precisa proteger-se contra mim?

Um dos desenhos representa um homem sentado no alto de uma casa, tendo ao lado uma grande cruz. Sammy escreveu a interpretação da sra. Dupont à volta do desenho, que diz que o desenho é sobre Deus que cuida de todo o mundo e especialmente ama Sammy. Depois de explicar-me este "pensamento", Sammy descobre uma agulha e começa a fincá-la num dedo.

S. – Eu trouxe isto comigo para ver se o meu sangue é bom ou ruim.

Pede-me então que olhe as notas da sessão anterior (que não são mais ditadas, são apenas anotações rápidas feitas mais tarde). Está particularmente interessado em falar em Tom Sawyer fingindo-se de morto e o imita ele próprio.

J. M. – Você parece muito interessado em idéias sobre a morte, Sammy. Será que, quando você pensa em estar morto você mesmo, isso não é um meio de poder sentir-se mais próximo das outras pessoas?
S. – Sabe? Muitas vezes penso nisso e imagino todo o mundo à minha volta, gemendo e chorando, todos sentados junto à minha sepultura, e isso faz com que me sinta bem.

Os temas depressivos estão-se tornando constantes em Sammy. Fala muito acerca da Escola Especial, e creio que está experimentando diversos meios fantasísticos de desligar-se da análise.

84ª Sessão (Sexta-feira, 4/3/55)

Sammy anuncia ao chegar que tem algo muito especial para me mostrar. Depois de fazer muito mistério, explica-me que é uma fotografia de Butch. Seus pais já me tinham falado de Butch, um menino negro americano, de 12 anos, que Sammy encontrou num acampamento de verão. Os pais descrevem Butch como um menino popular, não neurótico, bem desenvolvido para sua idade e muito inteligente. Sammy me diz que Butch é apenas um de seus muitos amigos. Fica com muita pena de mim porque eu possivelmente nunca terei tantos amigos quantos ele tem. Só não tinha falado a respeito de todos esses amigos até hoje porque havia coisas demais para dizer, etc., etc. Esta história longa e exagerada me dá um vislumbre da percepção que Sammy tem de sua aguda solidão e de quanto gostaria de ter amigos, como as outras pessoas. Hesita ainda muito tempo antes de me mostrar a fotografia de Butch.

J. M. – Você parece estar com medo de me mostrar a fotografia do Butch.
S. – É sim! Ele é meu amigo. Você não pode tomá-lo de mim.
J. M. – Você tem medo de que eu o tome de você? Exatamente como tem medo de que eu queira tomar de você tantas coisas boas?
S. – É, você tomaria. Mas não pode! O que você diria se o Butch viesse subindo a rua e você me visse correndo para abraçá-lo?
J. M. – Parece que você acha que eu ficaria com ciúme e quereria ficar com ele todo para mim.
S. – É sim, você ficaria com muito ciúme e muito maluca.

Sammy faz um grande jogo para mostrar a fotografia, cobrindo-a, revelando lentamente certas porções dela, pedindo-me que adivinhe todos os tipos de dados factuais acerca da aparência física de Butch, etc.

S. – E você sabe que o Butch costumava me beijar. Muitas vezes me beijava. Você vê que ele gostava de mim *de verdade*.
J. M. – Você quer dizer que ele gostava mais de você do que eu?
S. – É. Você nunca faria aquilo.

Depois, Sammy quer escrever uma carta a Butch, mas esta idéia apresenta infindáveis dificuldades morais para ele. Pede-me que o tranqüilize quanto a que não haveria problemas em relação a escrever para Butch na minha casa. Quer saber se alguma vez alguém fez isso numa sessão analítica.

J. M. – Parece que você sente que há algo errado ou ruim em escrever para o seu amigo.
S. – Bom, não tenho certeza se devo. Oh, suponho que não haja problemas.

Passa então o resto da sessão escrevendo essa carta. É escrita e reescrita e finalmente terminada. A carta é incolor, pobre, limitada principalmente a uma conversa acerca do tempo e outras observações banais. Não obstante, Sammy está satisfeito com ela; muito, creio eu, porque conseguiu escrever alguma coisa totalmente destituída de qualquer tonalidade emocional. Seu prazer em mostrar-me que agora aprendeu a escrever é também acentuado, e eu mesma fiquei surpreendida com seu progresso.

Precipitado pela ameaça de partir, Sammy traz-me este amor "homossexual" por seu amigo e desafia-me a tomá-lo dele. Fez também tanto progresso em seu próprio sentimento de existência em separado e de identidade que agora se volta para Butch, na esperança de obter através dele uma valiosa identificação masculina, mas, como sempre, fica assustado com a erotização de suas necessidades.

85.ª Sessão (Sábado, 5/3/55)

Sammy chega cedo e em estado de agitação. Depois de ser acompanhado por Hélène à sala de espera, ele entra inopinadamente no consultório (é a primeira vez que o faz), interrompe a sessão de um paciente adulto e sai num estado de considerável constrangimento. Trouxe um quadro emoldurado, feito por ele mesmo, para me mostrar. Foi pintado para um amigo da família que Sammy considera como um ótimo amigo seu*.

---

* A sra. Y disse-me que o homem em questão acha as atenções de Sammy extremamente constrangedoras. Sammy pede-lhe se pode olhar os pêlos em seu peito e em suas pernas, enfia a mão por baixo da camisa dele e faz observações sugestivas.

Falando sobre este homem, Sammy passa a falar sobre Butch. "Você não vai tirá-lo de mim", grita. Pede-me então a caixa de pintura, pela primeira vez desde o início da análise. Fica muito aborrecido ao descobrir que a caixa já foi usada e que não é a mesma de alguns meses atrás. Pede-me uma caixa nova e fica verdadeiramente enlouquecido quando lhe digo que não há outra. Critica as cores da caixa, achando-as inadequadas para a pintura que tem em mente, faz marcas amarronzadas no papel e tenta jogar tinta em mim. Pergunta, com grande irritação, se outras crianças usam a caixa de pintura e finalmente começa a desenhar no tapete.

J. M. – Você está zangado comigo porque tenho outros pacientes além de você, Sammy. E especialmente hoje, porque você entrou e me viu aqui com um homem. Talvez sinta ciúme dos outros.
S. – Bom, não importa! Mas tenho um segredo para contar. Mas não vou contar! Não adianta!

Faz uma grande pantomima sobre esse segredo, fazendo de conta que está aterrorizado por dizê-lo e finalmente o revela. Quer ouvir música comigo aqui, algum dia, na minha vitrola.

Em seguida a esse pedido, faz muitas perguntas querendo saber se isso se faz, se algum outro paciente pensaria em fazer tal solicitação, etc. É óbvio que se sente extremamente culpado por todas as suas fantasias musicais.

J. M. – Você acha que poderia ser uma coisa ruim ouvir música aqui comigo?
S. – Não sei. Poderia ser perigoso. Oh, oh, oh. Quem me dera saber se posso. Talvez possamos fazer isso depois das férias da Páscoa. Você sabe que *você* poderia gostar, Dougie. Eu sei, é só você dizer quando gostaria de ouvir um pouco de música comigo e aí ouviremos. É só você me dizer, Dougie.
J. M. – Parece que você quer que eu assuma a responsabilidade. Fico pensando por que será que você tem medo de pedir você mesmo.
S. – Acho que não é o que devíamos fazer; minha mãe também não ia gostar.
J. M. – Você tem medo de que sua mãe fique zangada por causa das coisas que fazemos aqui juntos?
S. – É!! Bom, não sei. Ela gosta de que eu ouça música em casa. A música me faz muito bem. Você sabe que é bom para as tripas.

ANÁLISE

Sammy se contorce de um lado para o outro na cadeira, gritando e guinchando diante da idéia de ouvir música aqui. Faz infindáveis perguntas. Vai ser a minha música ou a dele? O que eu diria se ele tocasse a *Sétima* de Beethoven? E o que aconteceria quando chegássemos à *Marcha fúnebre*?

S. – Há algo que me está deixando intrigado. Não quero mais ouvir a *Quinta sinfonia,* que sempre foi a minha favorita. Por que seria?
J. M. – Não poderia ser por causa de todas aquelas histórias de pum e de todas as outras idéias sobre as quais falávamos em conexão com essa música?
S. – (Fazendo que sim com a cabeça, vigorosamente.) É sim, é isso. Mas, afinal, todo o mundo se cansa de uma sinfonia depois de ouvi-la muito freqüentemente. É natural.

86.ª Sessão (Segunda-feira, 7/3/55)

S. – Este é um desenho do sol e da lua juntos. Agora adivinhe a significação certa.
J. M. – Talvez haja na sua mente coisas que você preferiria que eu adivinhasse a ter que me contar você mesmo.
S. – Ah, você tem medo de que algo lhe aconteça se adivinhar. Não, não, já sei o que é, ou pelo menos em parte: você tem medo de que eu fique zangado se você adivinhar certo.
J. M. – Acho que você gostaria de me psicanalisar, Sammy.

Mais tarde põe-se a cogitar se mostro suas pinturas a outras pessoas que vêm aqui. Quer saber o que eu faria se encontrasse outro menino olhando os desenhos dele, e digo-lhe que creio que está com ciúme daquilo que imagina que outros façam aqui comigo.

S. – Bom, o problema é que você não gosta de mim.
J. M. – Talvez você se sinta mais seguro acreditando nisso.
S. – Ah, sei disso pela sua maneira de agir.

Ele não desenvolve esta idéia, mas segue para terminar sua pintura e comenta que está pintando "melhor" agora do que quando veio pela primeira vez. Explicando isso, diz: "Você vê neste desenho, ainda que aquela árvore à esquerda esteja quase morta, aquelas da direita estão boas e vivas." (Agora consegue conceber a existência de outras saídas que não a morte.)

87.ª Sessão (Terça-feira, 8/3/55)

S. – Dois adultos e um jovem de doze ou treze anos moram aqui. Há uma árvore brotando e duas bem vivas. Agora me diga o que fazem as outras crianças que vêm ver você.
J. M. – O que você acha que os outros fazem aqui?
S. – Eles lhe mostram a bunda? Eu nunca vou abaixar as minhas calças para você! Os outros ficam preocupados com o que os outros fazem?

Sammy quer que eu diga exatamente o que deve pintar hoje. Digo-lhe que parece querer que eu controle o que faz de modo a tornar isso seguro, ou talvez para estar certo de que faz as mesmas coisas que as outras crianças.

S. – É, eu sei – mas me diga assim mesmo. E aí, Dougie, o que você diria se eu a lambuzasse toda de tinta marrom?
J. M. – Isso é algum tipo de brincadeira de privada que você está querendo fazer comigo.
S. – Bom; e se fosse outra cor?
J. M. – Não faria nenhuma diferença àquilo que sinto em relação à brincadeira.
S. – Vou pintar o que vejo quando ouço a *Sétima sinfonia*!

(Pinta durante algum tempo, cantando trechos de Beethoven. Há mais interesse na cor e no movimento do que na forma. Espreme tinta branca diretamente no papel, cantando a *Marcha fúnebre* e sorrindo para mim, depois pinta algumas rosas dizendo que estão exatamente como as vê na *Sinfonia*. Fica muito satisfeito com sua pintura.)

88.ª Sessão (Quinta-feira, 10/3/55)

Sammy fala acerca de uma visita que vai fazer ao Havre em companhia de seu pai.

S. – Mal posso esperar. É ótimo que você não venha. Você vai ficar sozinha aqui nesta sua baiúca. (Cantarola a *Marcha fúnebre* para as tintas, dizendo que não quer pintar hoje.) Oh, estou muito feliz de que *você* não venha ao Havre! Você poderia estragar tudo. Você vai sentir a minha falta quando eu estiver fora? Não, não vai – você não!! Agora este desenho é um edifício de pedra que fica pendurado muito alto no céu. Não pensei em nada quando escrevi nele esses números, mas agora me lembro de que tenho um filme fotográfico que está marcado 127. Nenhum pensamento? Que absurdo!

Ele escreve alegremente, sorrindo, fazendo caretas, estranhos movimentos com a língua e movimentos espasmódicos com a cabeça. Retoma a questão atual acerca dos outros pacientes e deduz as respostas por si mesmo.

S. – Vem alguma menina aqui? Fico pensando que problemas pode haver com elas. Qual é o problema dos adultos que vêm aqui? Nunca ninguém teve problemas iguais aos meus?
J. M. – Em que problemas você está pensando, Sammy?
S. – É um tremendo absurdo você não saber os meus problemas até hoje! Quais são os meus problemas? São todas as crianças com as quais eu não brinco direito. Ah, quem me dera que você me dissesse se há mais alguém igual a mim. Eu não gostaria que eu fosse o único com problemas desse tipo. Bom? Mas acho que não há ninguém mais, porque você não diz nada. Oh, eu não posso ser o *único*! Tenho uma idéia. Quero desenhar uma coisa, mas é uma criancice. É um problema de verdade, mas não vou dizer, porque senão todos os seus pacientes vão ficar sabendo e eu vou ficar com muita vergonha deles. Ah, é tão infantil! Eu gosto disso. Não é fácil falar sobre isso... é como o pum. Mais criancice ainda. Fico pensando o que você diria se soubesse. Quero saber os pensamentos em relação a isso, quando eu lhe disser. Você tem recebido algum paciente novo?

À maioria dessas perguntas ou não dou resposta, ou pergunto qual o seu interesse em fazê-las.

S. – Garoto – a próxima vez que você me perguntar por que eu gostaria de saber alguma coisa, você vai levar um tapa na cara, para ver como fez mal de não me dizer.
J. M. – Parece que você quer ser o chefe e fazer todas as perguntas e manter tudo sob controle.
S. – Ah, gostei da idéia – é! Está certo. Pode continuar falando.
J. M. – Aí está você de novo!
S. – Não é rei que se chama a pessoa que age assim? Você sabe, gente que diz coisas como: "Vão buscar água de modo que as crianças possam beber." Oh, sim, você pode me chamar de Nabucodonosor. Ah, agora me sinto bem. Sr. Chefão Rei. Quando falar comigo diga simplesmente: "Ouve, ó Rei." Fico pensando se outros fazem desenhos e os escondem. Sei, você quer me desenhar? Eu vou posar.

Sammy posa e insiste tanto e fica realmente tão enfurecido porque não começo imediatamente a desenhá-lo, que acabo cedendo. Meus esforços são recebidos com crítica cortante.

S. – Bem, não tem importância. Apenas coloque algumas coisinhas saindo da minha cabeça, está bem? Se eu fizesse um retrato seu, colocaria essas coisinhas. Há algum pensamento nisso? Velha senhora chifruda!

J. M. – Parece que mais uma vez você está me dando uma espécie de pênis.

S. – Ah, como fico contente de ser maior e melhor do que você. Ai que grande foda, se eu fico contente!

A proteção homossexual através de um objeto parental é expressada agora na situação real da viagem de Sammy com seu pai. Como no início do tratamento, isso permite a Sammy formar uma identificação secundária com seu pai, mas em linhas edipianas clássicas e mais desenvolvidas. Seja como for, esta situação é infinitamente mais tranquilizadora para ele do que aquela com sua analista. Seu regozijo ao imaginar-se rei do território é, sem dúvida, mais uma pilhéria do que algo real, uma vez que ele não pode reinar muito tempo sem se defrontar com frustração por parte da mãe. No máximo pode emitir ordens no lugar dela, para buscarem e trazerem água "para as crianças beberem". Fica também preocupado com quem poderia tomar seu lugar – ou outro paciente ou um novo bebê.

89ª Sessão (Sexta-feira, 11/3/55)

Sammy diz que mal pode esperar que chegue amanhã, para viajar com seu pai. Senta-se rápida e desajeitadamente, batendo com o pé no lado da cadeira.

S. – (Lamuriando-se.) Au! Quebrei um osso! Agora o rei Sammy está em seu trono! (Faz um desenho.) Este é o meu barco para o caso de que algum dia você se torne minha inimiga. Tem todas as minhas damas a bordo. Tudo pronto para lutar se for necessário. Sei que não poderia de verdade. Agora aqui estão dois países, o seu e o meu, e há o segredo de que falei. Meu Deus, meu Deus! (Leva algum tempo lamentando sua incapacidade de contar o segredo.) Meu Deus, não são muitos os garotos da minha idade que ainda gostam de olhá-los. É uma criancice. Não lhe contei ontem. Será que vou conseguir hoje? Mas não diga nem uma palavra quando vir o que é. Fique tão quieta como se estivesse numa igreja.

Cantando a *Marcha fúnebre*, ele desenha, escondendo o desenho com a mão. Depois faz uma capa para colocar sobre o desenho e uma folha por cima da capa. A coisa toda é então coberta de cruzes e passada para mim. Dentro há o desenho de um trem.

J. M. – Por que é tão difícil dizer isto, Sammy?

S. – O problema é que quero brincar com minha régua e fazer de conta que é um trem. Gosto de fazer isso, mas não quero pensar que *não é mau*. Sei que tem que ser mau. Como posso parar com isso? Meu Deus, o que vai me acontecer? Se eu não fizer isso só por algumas noites, talvez fique tudo bem. Continuo pensando para mim mesmo que não é bom, que o único modo de abandonar esse hábito é não fazer.

J. M. – Creio que vamos poder compreender isso bastante bem, e você não vai mais ter que se sentir mau em relação a isso.

Para compreender por que brincar com trens desperta tanta culpa em Sammy, temos que levar em conta que:
a) ele vai sair em viagem com seu pai no dia seguinte;
b) qualquer atividade simbólica é para ele altamente investida, apesar das lutas que trava contra tal investimento;
c) brincar com trens deve despertar nele fantasias masturbatórias de onipotência, como freqüentemente ocorre com crianças mais novas.

Em contradição com as crianças normais, a intensa culpa associada à atividade simbólica torna o brincar praticamente impossível para Sammy.

90.ª Sessão (Segunda-feira, 14/3/55)

Sammy faz um minucioso relato de sua viagem ao Havre e da visita, de passagem, a Ruão, onde passaram duas horas "por causa da Joana d'Arc". Dentre outras coisas, quis fazer o sinal da cruz na Catedral de Ruão, mas teve medo de que o pai não o aprovasse. Dormiu no mesmo quarto que seu pai, no hotel, e foi-lhe permitido escolher a cama de sua preferência. Estes parecem ter sido os aspectos notáveis de seu fim de semana. Faz muitas perguntas acerca das minhas atividades enquanto esteve fora e do que fiz no horário da sessão a que faltou no sábado, bem como o que tinha feito com outros pacientes.

S. – A noite passada sonhei que você estava grávida. Fico contente de que não seja verdade.

J. M. – Talvez você tivesse medo de que eu fizesse como sua mãe e lhe arranjasse uma irmãzinha, e creio que é a mesma razão que o leva a fazer tantas perguntas hoje sobre os outros pacientes.

S. – Não me importo com a minha irmã. Você nunca vai adivinhar o que aconteceu hoje.

Sammy tenta contar-me, mas está ansioso demais para encontrar as palavras. Finalmente escreve para mim um bilhete dizendo que hoje fora um padre à escola. Foi uma experiência terrificante: se acontecer outra vez, ele nunca mais voltará à escola. Estava intensamente assustado. "Não há nada tão ruim quanto um mau padre." E começa então a arremedar a maneira como se comporta o mau padre. Com uma expressão diabólica, move-se em direção a sua cadeira que está vazia e faz gestos ameaçadores à volta. "Mas também pode haver bons padres." Faz então a imitação do bom padre, cujos gestos são igualmente aterrorizantes. A representação do bom padre consiste em Sammy soluçando, chorando e finalmente escondendo-se por trás da cortina e gritando. Após um momento, ele ressurge e pergunta se eu me incomodaria de representar o papel de padre. Pergunto o que se espera que eu faça e ele responde que tenho que "franzir as sobrancelhas e olhar com expressão carrancuda". Tenho que ficar de pé e fazer essas expressões de censura e reprovação em direção a minha própria cadeira. Faço isso enquanto Sammy grita: "Oh! Espero que não venha para o meu lado!" em tom de terror excitado. Enquanto isso, encoraja-me por todos os meios a ir em direção a sua cadeira e a fazê-lo ficar com medo.

J. M. – O que é que lhe dá medo?

De repente Sammy apanha uma folha de papel e faz um desenho: um rosto com dois seios presos a ele. Num dos seios, está escrito: "leite muito bom neste", e no outro: "ruim, leite ruim". À volta dos seios, desenha uma estrela de Davi e uma cruz e acrescenta uma segunda cruz ao seio que contém leite ruim. Enquanto faz isso, diz que é judeu e que eu sou católica. Pede então um copo de leite e, enquanto isso, apõe os nomes "Samette" e "Dougette" ao desenho.

J. M. – Você quer que eu lhe dê leite, mas também tem medo de que o leite seja ruim.

Sammy impacientemente aperta a campainha para chamar Hélène, que lhe traz um copo de leite, que ele bebe imediatamente. Escreve no alto da folha: "Leite muito ruim" e a seguir, imediatamente, diz: "Mmmmmmmmm aquilo estava bom." Numa segunda folha, desenha um coração com muitos corações dentro.

S. – Adivinhe de quem.

Desenha então a Catedral de Ruão e põe uma cruz na casa de Joana d'Arc "porque alguma coisa ruim aconteceu a ela". Conta que, enquanto estavam na Catedral, ele se abaixou simplesmente para amarrar o sapato e perguntou a seu pai se as outras pessoas poderiam pensar que ele estava rezando e que seu pai achou isso muito engraçado. Desenha então um mapa da França, da Inglaterra e de Nova York. A França recebe a indicação "triste", a Inglaterra é coberta com uma cruz e Nova York está sorrindo.

Após a sessão, a sra. Y me avisa que recebeu outra carta do Diretor da Escola Especial que virá entrevistar Sammy em Paris no próximo mês.

A importância da viagem de Sammy com seu pai é acentuada por sua necessidade de um refúgio "homossexual", mas isto, por sua vez, é sentido como perigoso. É o inverso da pulsão edipiana manifesta no sonho em que vê sua mãe-analista como grávida (e com isso prova que não roubou da mãe o pai para si mesmo).

A visita do padre permite a Sammy analisar sua relação com uma figura ambígua que é tanto masculina quanto feminina, boa e má como os seios. Sammy sente a situação transferencial como sendo tão ambígua e perigosa quanto aquela que acabou de experimentar com o padre. A analista é uma mãe boa e um seio bom, uma mãe má e um seio mau.

91.ª Sessão (Terça-feira, 15/3/55)

Sammy passa a maior parte da sessão falando da Escola Especial. Primeiro, está com medo de me deixar e não poder continuar sua análise; segundo, sente que vai sentir muita falta dos professores e da escolinha na qual está; terceiro, tem medo de que haja um grande número de crianças na nova escola; quarto, tem medo de se afastar de seus pais.

Faz muitas perguntas, tais como: "Que espécie de pessoa você imagina que o diretor seja?"; "Será que ele é como o dr. Lebovici, que vi uma vez?"; "Você acha que ele é casado?"; "Será que as outras crianças lá são estúpidas e chatas? Tenho medo de que haja crianças que não saibam conversar adequadamente"; "Talvez a comida não seja boa"; "Talvez haja nessa escola algumas crianças que não queiram falar sobre seus problemas. Essas crianças não vão melhorar." "Mas", acrescenta filosoficamente, "não creio que este seja um problema especial meu."

S. – Dougie, você pode me garantir que quando eu sair daquela escola não vou mais ter problemas?
J. M. – A escola existe para ajudar pessoas que têm problemas.
S. – Mas eu estou tão cheio de problemas que isso poderia levar um longo tempo. Além do mais, não quero ir para lá. Meus pais disseram que, se eu tentasse me comportar melhor em casa e viver de acordo com a minha idade, eu poderia ir para uma escola comum e então poderia permanecer em Paris. Oh, vou tentar, vou tentar. Vou fazer tudo o que puder para agradar a eles. Mesmo que tenha que ir para um internato em Paris. Quem me dera que aquela escola não existisse.

Pateticamente perturbado e sabendo que vou receber seus pais amanhã, Sammy pede-me que lhes diga essas coisas.

Sammy sente que eu poderia protegê-lo, mas que, em vez disso, estou entregando-o ao homem. Sinto que é muito importante para Sammy continuar sua análise e digo isso aos pais, mais tarde, ao recebê-los. Seja como for, nenhuma decisão pode ser tomada antes que o Diretor veja Sammy.

92.ª Sessão (Quinta-feira, 17/3/55)

Sammy fala sobre os chapéus de *Micarême* que estão sendo feitos na escola para a Quaresma.

S. – Mas há um problema com o meu: a franja é feita de papel higiênico – oooh!

Mesmo este emocionante pormenor é insuficiente para ajudar Sammy a afastar de sua mente a escola dos Estados Unidos. Faz diversas perguntas que não consigo responder.

S. – Quem me dera que os meus pais me consultassem, em vez de simplesmente irem fazendo as coisas pela cabeça deles. Por que você não pode fazer nada, Dougie?

Durante esta conversa, Sammy sacode-se na cadeira, obviamente querendo urinar, mas faz uma grande cena sobre isso, como se fosse algo muito cheio de culpa, no estilo da pantomima que faz quando pede leite.

J. M. – Por que é tão perturbador querer ir ao banheiro? O que poderia acontecer?
S. – Os seus seios poderiam vir atrás de mim e atacar o meu pênis se eu lhe contar o que estou pensando.

Sammy não comunica o que sejam esses pensamentos e me pede que adivinhe. Continua a fazer muitas perguntas acerca do que outras crianças fazem aqui e volta novamente a sua tristeza porque possivelmente terá que partir. Desenha uma "coisa enorme numa montanha". Esta "coisa" tem pés enormes e grandes braços com mangas imensas. Diante dela, há uma cruz com "um pano drapejado por trás, de veludo cotelê". (Eu estou usando uma saia de veludo cotelê.)

S. – A cabeça atrás da montanha, não sabemos se é boa ou má. Mas há um esqueleto aqui deste lado. Talvez essa pessoa tenha matado aquele homem cujo esqueleto estamos vendo. Poderia ser Deus, não sabemos.
J. M. – Creio que essa pessoa assustadora poderia ser uma idéia que você tem sobre mim. Afinal, você disse há pouco que eu poderia atacar o seu pênis, e algumas vezes você teve a idéia de que Deus era parte de mim – além de que estou usando uma saia de veludo cotelê. Assim, acho que você ainda me vê como uma pessoa muito perigosa e muito poderosa, Sammy.
S. – Hmmmmm – é, é verdade.

Passa a fazer um desenho de um barco do qual conta uma história confusa. É seguido por diversos outros desenhos esquemáticos dos quais nada posso aproveitar. Coloca uma folha como capa por cima de todos os desenhos do dia e escreve:

"Sammy
Meu coração."

A ambivalência de Sammy é notável através de toda a sessão: não consigo defendê-lo quanto a ser mandado embora, ameaço-o com a castração, meus seios perseguem seu pênis e contenho uma "coisa enorme" escondida pela minha saia e colocada debaixo do sinal da cruz.

93.ª Sessão (Sexta-feira, 18/3/55)

S. – Oh, Dougie, você tem que fazer alguma coisa sobre essa escola nos Estados Unidos. Meus pais dizem que estão fazendo isso pela minha felicidade. Mas eu não fico feliz de jeito nenhum por ir embora daqui. Não compreendo sobre o que eles estão falando.

Sammy faz cinco desenhos:
1.º desenho: "Uma lareira com três objetos em cima. Uma xícara na qual há alguma coisa queimando, uma tampa e um terceiro objeto sobre o qual ninguém sabe nada." (Este desenho é espantosamente parecido com a "situação edipiana" pintada na sessão inicial.)
2.º desenho: "Uma cruz." Apenas terminado este desenho, Sammy dá a volta à mesa rapidamente e vem para o meu lado e começa a tentar enfiar a mão por baixo da minha saia. Mas, quando lhe peço que não faça isso, volta tranqüilamente ao seu lugar. Investidas sexuais desse tipo sempre desencadeiam pensamentos punitivos em Sammy. Agora desenha "A Morte vindo por cima do morro". De um lado, "três cruzes com três fogos" e "um troço ruim do outro lado". Pergunto-lhe o que significa isso e ele diz: "Talvez uma pessoa sem cabeça ou alguém com um rabo."

J. M. – Talvez seja alguém que parece perigoso como eu lhe parecia ontem. Quando não o protejo, você se sente como se pudesse perder sua cabeça ou o seu rabo.

4.º desenho: "Quatro homens bons numa guerra."

S. – Os homens maus começaram a guerra porque os bons possuem coisas que eles não têm. O primeiro homem está sendo chicoteado, você pode ver o sangue escorrendo; o segundo está quase morto, com uma faca enfiada nele; o terceiro já está morto e o quarto acabou de ser morto com um martelo nas costas. Ao lado, o chefe do campo de concentração está providenciando para que tudo corra bem (fig. 4).

Fig. 4

J. M. – Talvez você ainda esteja querendo se livrar de todo o medo que sente de que eu queira tirar as coisas boas que você tem.
S. – Ah, é: o meu pênis.
J. M. – É; e talvez outras coisas também. Estas poderiam ser histórias de perigos que você imagina que possam lhe acontecer se passar muito tempo comigo. Talvez sinta necessidade de um homem como o chefe do campo de concentração, para proteger você de verdade.

Neste momento, a campainha toca. "Ah, aí está a minha mãe", diz Sammy. Rapidamente faz um quinto desenho, "Dois abutres e um bebezinho entre eles".

J. M. – Talvez esses abutres sejamos sua mãe e eu, que, você sente, poderíamos comê-lo todo, e talvez o bebezinho seja como você se sente quando gostaria de nos comer também.

Esta interpretação da fantasia oral-sádica de Sammy lhe agrada. Dá um sorriso malicioso e sai correndo.

Creio que ele também sente que sua mãe e eu somos as malvadas que vamos permitir que ele seja mandado embora; isso se ajusta à imagem pré-genital que tem das figuras maternas.

94ª Sessão (Sábado, 19/3/55)

Nesta sessão anotei apenas que Sammy queria ouvir música e passou o tempo todo tentando criar coragem para tocar um disco. Finalmente conseguiu e, antes de sair, sussurrou: "Eu estava com medo de que você me fizesse alguma coisa."

95ª Sessão (Segunda-feira, 21/3/55)

S. – Minha mãe diz que é possível que eu só tenha que ir para aquela escola no ano que vem. Mas não quero ir de jeito nenhum!! Hoje não estou com medo de que aconteça alguma coisa nem nada. Então posso ouvir música?
J. M. – Apesar de tudo, parece haver uma idéia assustadora por trás da música. Uma vez você me disse que a música era feita para ser comida e colocada nas tripas.
S. – Mas é verdade: a música é boa para as tripas.

Examina uma pilha de discos e coloca um (o *Concerto em ré maior para violino*, de Beethoven). Ouvimo-lo durante cerca de meio minuto.

S. – Não fique com essa cara tão séria, como se estivesse indo pagar o seu imposto de renda! Música é prazer – o que há com você?

Depois de mais dois ou três minutos de audição:

S. – Oooh, a bunda da Ginette, adoro dar palmadas nela, é tão gorda e rechonchuda. Parece mesmo carne.

(Sammy ainda não está muito tranqüilo quanto a que seja correto ouvir música aqui. Dentre suas muitas conotações pré-genitais, representa também atividade anal recíproca. Pergunta se outras crianças ouvem música e o que as pessoas pensariam dessas crianças. Ainda que aceite que a música representa um prazer que é visto como sendo mau, ele não consegue ir muito além disso.)

S. – Mas acho que estou certo. Atualmente nunca tenho dores no coração. Mas ainda tenho um problema. Ainda estou brincando com trens – por que você não pode me ajudar nisso? Quero pensar que brincar com trens não é uma coisa ruim. Oh, aquela escola nos Estados Unidos vai ser ótima. Lá os conselheiros são todos muito bonzinhos. Respondem a todas as suas perguntas. Rapaz! Estou tão contente de ir para lá! Diga-me, Dougie, alguma vez você se olha no espelho? Você se olha de alto a baixo? Você olha para a sua bunda? Por que você não me conta o que quero saber? Você só ama a sua bunda. Sua grande bunda fedorenta que está sempre suja e você nunca limpa! (Isto é, Sammy não está interessado nas brincadeiras anais-eróticas, somente Dougie.)

J. M. – Talvez você esteja me contando acerca de algumas coisas que gosta de fazer.
S. – Diga-me, quantos pedaços de papel você usa?
J. M. – E você?
S. – Não é da sua conta!

Esta conversa durou todo o tempo em que o disco tocava, e Sammy lhe dava ouvidos apenas um momento ou outro. A música termina exatamente no final da sessão.

96.ª Sessão (Terça-feira, 22/3/55)

Hoje não há qualquer alusão à música. Sammy está muito excitado porque estou usando uma blusa de mangas curtas. Conta-me que em Nova York todo o mundo fica nu quando faz calor. Desenha "aquilo que espero que vá ser a sua aparência no verão", em que estou vestida de *short* com uma blusa decotada. Seu segundo desenho é "Mãe e filho em Nova York" (fig. 5).

S. – Os seios dela querem cortar o pênis dele a dentadas. Há algum pensamento por trás disso?
J. M. – Bem, dá a impressão de que você acha que as mães são bastante perigosas para seus filhos.
S. – Rapaz! É sim!

O terceiro desenho mostra todas as pessoas de Nova York nadando no rio Hudson.

Depois Sammy passa a examinar o conteúdo da pasta onde estão os seus desenhos e começa a recordar algumas de suas primeiras sessões.

Fig. 5

S. – Não consigo imaginar por que eu costumava ficar tão chateado quando vinha aqui, no início. Talvez fosse porque não a conhecia tão bem e não sabia que coisas eu teria permissão para dizer.

O modo de Sammy durante esta sessão indica que está lidando de maneira bastante diferente com a ansiedade despertada pela fantasia pré-genital. Aqui ele apresenta uma defesa pré-genital (seios mordendo pênis) contra a ansiedade edipiana e o afeto genital.

97.ª Sessão (Quinta-feira, 24/3/55)

Num estado de grande exaltação, Sammy fala durante os cinqüenta minutos quase sem parar. Os assuntos principais são (1) teve um dia emocionante no qual não tive absolutamente nenhuma participação; (2) arranjou um amigo e está muitíssimo feliz por isso. Acrescenta que, sem dúvida, tenho pacientes que não conseguem nem sequer arranjar um amigo e cujos problemas estão aumentando em vez de desaparecerem como os dele. (3) Sabe agora que vai crescer forte e sadio e feliz. (4) Na escola agora faz coisas emocionantes como divisão com dois algarismos. Há também peixes nadando entre a vegetação num aquário na escola e é muito importante que eu compreenda que essas são coisas dele, nas quais não tenho nenhuma participação. Um pouco mais tarde, anuncia sua intenção de escrever à sua terapeuta de Nova York porque, diferentemente de mim, ela imediatamente vai responder e contar-lhe acerca dos problemas dos pacientes dela. Fala de uma canção que aprendeu numa colônia de férias, chamada "You, you, you".

S. – Quando eu for mais velho e conhecer você melhor e puder ter um caso amoroso com você, vou cantá-la para você. Se já estivesse aqui há seis meses, cantaria para você agora.

Faz as contas, verifica que são seis meses e escreve algumas palavras.

S. – O que essa canção de amor diz é verdade em parte. Não: é toda a verdade, é realmente o que acredito. Leia lentamente, depois diga alguma coisa.
J. M. – Sabe? Você está se sentindo tão cheio de coisas boas hoje e tem necessidade de demonstrar que poderia passar sem mim. Mas talvez, ao mesmo tempo, tenha medo de que eu fique zangada por causa disso tudo – então você me apazigua dizendo-me o quanto me ama.

98.ª Sessão (Sexta-feira, 25/3/55)

S. – Dougie, pensei naquilo. Eu te amo *de verdade*. Agora vou desenhar um coração com um punhal cravado. Este punhal tem veneno, e o desenho quer dizer amor.

Continua a falar sobre seu amor por mim e, ao mesmo tempo, me bate diversas vezes nos braços. Chamo-lhe a atenção para esse fato, de que enquanto me fala sobre amor parece ao mesmo tempo estar me atacando.

S. – É, por que faço isso? Não compreendo, já que é tudo verdade sobre o meu coração e o meu amor por você.
J. M. – Talvez seja uma maneira bruta de me amar, Sammy, como se você ainda não estivesse certo de que é seguro me amar. (Sammy ri gostosamente.)
S. – É, é bem assim mesmo.

Começa a fazer um desenho de seu coração e de todas as pessoas que estão aí dentro. O coração está dividido em vários compartimentos pequenos "todos do mesmo tamanho". Dentro deles, Sammy coloca sua mãe, seu pai, sua irmã, seu amigo Butch, a si próprio e a mim. Depois se afasta para admirar. Repentinamente fica magoado porque há muito poucas pessoas em seu coração (fig. 6).

S. – Meu coração está todo em pedaços desse jeito porque eu muitas vezes simplesmente não sei como ele é. Talvez pudesse haver outras pessoas nele. Mas isso significa que não tenho certeza se gosto delas ou não. (Acrescenta então diversos parentes.)

S. – Olhe só todas essas pessoas aí. Caramba! Isso faz eu me sentir bom e seguro.

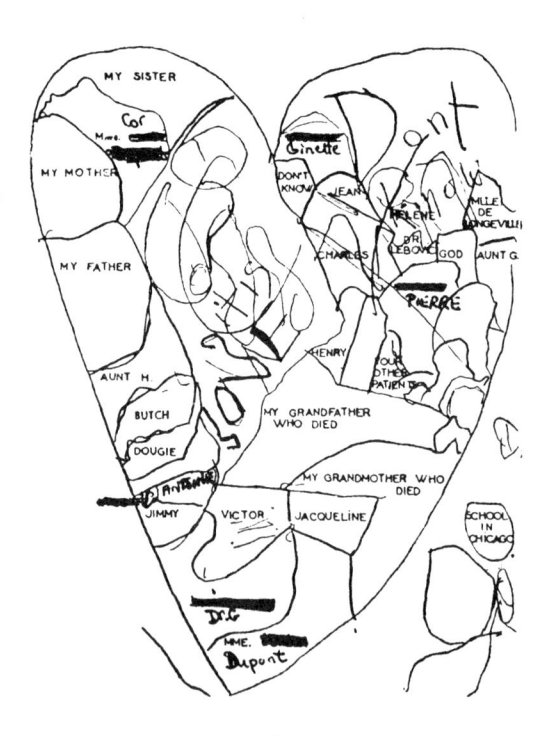

Fig. 6

ANÁLISE

99.ª Sessão (Sábado, 26/3/55)

Sammy continua com seu coração. Acrescenta os nomes de certas crianças e inclui um cantinho "para os seus outros pacientes".

S. – Tenho que gostar deles porque fico pensando sobre eles, mas é só um pouquinho. (Finalmente se decide a pôr Deus em seu coração, num espaço do mesmo tamanho daquele reservado aos meus pacientes.)
S. – Agora tenho que fazer um para todas as pessoas de quem não gosto.

Não consegue decidir se precisa de outro coração para estes ou quanto ao que aconteceria às pessoas de quem gosta se incluir as de quem não gosta no mesmo coração. Esta questão o irrita a tal ponto que resolve que há algo errado comigo.

S. – O que há com você? Está de mau humor, não está?
J. M. – Talvez você esteja se sentindo um pouquinho zangado porque não conseguiu decidir acerca do seu coração.
S. – Eu não, nunca fico zangado com ninguém; mas posso ver que você não está muito bem hoje. Vou lhe dar uma receita para você melhorar. Você precisa ouvir música.

Escreve então uma receita em que diz que devo ouvir música regularmente até melhorar. Dá diversas sugestões quanto ao tipo de música que mais provavelmente vai me curar (e aos meus objetos internos ou, antes, ao conflito entre eles que Sammy projeta em mim juntamente com seu coração partido).

100.ª Sessão (Segunda-feira, 28/3/55)

Rabiscos sem propósito e trechos de *The little piggy went to the market*. Num determinado momento diz: "Há aqueles que conseguem e há aqueles que sentem falta." Torna a cantar a canção infantil, seguida de várias outras. Perguntei-lhe se aquilo que alguns conseguem e de que outros sentem falta é ter alguém que lhes cante canções infantis, como sua mãe canta para sua irmãzinha.

S. – Ah, isso me dá uma idéia para um desenho. Aqui é uma montanha e bem no pico estão todas as coisas que as pessoas sempre quiseram. Aqui embaixo estão as pessoas tentando chegar lá. Você e eu estamos

aqui também. Há um caminho secreto que leva até o pico. As pessoas estão experimentando centenas de caminhos, mas sempre erram.
J. M. – Fico pensando que coisas serão essas que estão no pico da montanha.
S. – Não sabe? Eu também não, mas pensei que você soubesse.
J. M. – Bem, suponho que seja algo que certamente você sempre quis para si mesmo.
S. – É – seios. (De repente, parece muito constrangido.) Oh, bem, não sei por que disse isso – bom, vamos em frente.
J. M. – Você queria ter seios?
S. – Será que algum dia eu vou ter? Não, não vou, sei que não vou, mas eu só quero tocar neles – nos da minha esposa.

Sammy prossegue em seu desenho, as pessoas continuam tentando escalar a montanha, mas nunca chegam. "Elas nunca descobriram que era preciso subir no muro", explica. "Pensavam que era algo que não lhes era permitido fazer. Havia até uma pequena anotação no muro, 'siga', e estavam *tão* perto."

Embaixo de seu desenho, Sammy escreve "Céu de Deus" e "Seio".

S. – Diga-me se há algum pensamento por trás disso. Qual é?
J. M. – Talvez haja um pensamento de que você gostaria de ser um bebê outra vez.
S. – No céu isso vai acontecer de verdade e todo o mundo vai ter o que sempre quis. O que você diria se as pessoas *conseguissem* subir no muro?

(Sammy simboliza o céu como um retorno ao seio; mas, como é típico, sente que esta coisa boa está fora e não integrada dentro dele.)

101.ª Sessão (Terça-feira, 29/3/55)

Não tomei notas desta sessão, mas Sammy passou a hora toda traçando labirintos e desenhos lineares sem significação aparente. O primeiro labirinto tem o título "você"; o terceiro tem uma forma vagamente humana; dá a impressão de um corpo preenchido com os intestinos. O último desenho é inteiramente rabiscado de lápis preto e vermelho e tem o título de "Fim". Talvez a viagem "até o pico da montanha" fosse o retrato da análise para Sammy e ele sente agora que, se vou abandoná-lo, tudo é labirinto e confusão. Não há nada direito dentro. No auge da ameaça da Escola Especial, eu também anunciei a aproximação das férias de Páscoa.

102ª Sessão (Quinta-feira, 31/3/55)

Sammy traz dois sonhos. "Meu pai estava me atirando para cima, depois era você quem estava fazendo isso. No início eu estava apavorado, mas então descobri que a minha cabeça atravessava o teto sem qualquer problema. No outro sonho, eu estava com o Butch e estávamos esfregando os nossos rostos um contra o outro. Acho que sonhei com o Butch porque ele não respondeu a minha carta. Agora me diga o que significa esse sonho com meu pai e você."

J. M. – Talvez signifique que você gostaria que seu pai e eu fizéssemos a você todos os tipos de coisas emocionantes, mas ao mesmo tempo são coisas que parecem assustadoras. O que você pensa sobre isso?
S. – Eu preferiria falar sobre o Butch. O Butch gostava de mim demais. Uma vez coloquei a mão no rosto dele e ele passou os braços à minha volta e me beijou. Foi sim, foi sim! E não vá pensando que a idéia foi *minha*. Foi o Butch quem começou. Eu fiquei muito zangado com ele. Depois a minha mãe disse que aquilo tinha que acabar, mas foi o Butch quem fez tudo. Oh, aquele Butch me põe doido!
J. M. – O que você acha que o perturbou tanto?
S. – Bom, não se pode fazer isso – é contra os costumes.
J. M. – Será que isso o perturbou porque você diz que o Butch fez todas essas coisas e você simplesmente se deixou beijar, como se sentisse que você estava sendo um pouco como uma menina?
S. – Oh, não, porque então o Butch não ia gostar de mim. Ele é como eu, só quer beijar meninos.

Sammy constrói então uma quantidade de situações imaginárias nas quais eu encontraria Butch, e todas parecem terminar com uma proibição minha de Butch ser tão amigável com Sammy.

J. M. – Parece que você acha que vou tirar o Butch de você, como você diz que sua mãe fez quando disse para parar com os beijos. Talvez seja por isso que, no sonho, você queria que eu fosse mais parecida com seu pai do que com sua mãe.

103.ª Sessão (Sexta-feira, 1/4/55)

Ao entrar correndo na sala, Sammy anuncia que não precisa mais de mim. Agora tem amigos que gostam dele e, para sustentar sua afirmação, mostra-me um desenho feito por seu amigo Pierre na escola. Sammy começa com a intenção de fazer alguns desenhos ele mesmo, mas passa quase a sessão inteira fazendo gestos sedutores em direção a mim, passando os braços à minha volta, tentando beijar-me e pedindo-me que o beije. Quando lhe pergunto por que não fala sobre isso, em vez de ficar pulando para cima da minha cadeira o tempo todo, ele parece muito magoado.

S. – Ora vamos, Dougie. Vamos ter um caso de verdade. Oh, eu sinto no meu coração que você não me ama de verdade. Me dá um beijo! Vê como você é? Acho que você só me recebe aqui por causa do dinheiro que a minha mãe lhe paga!

Escreve uma série de mensagens amorosas. "Eu te amo, te amo tanto, mesmo quando estou batendo em você e dizendo coisas ruins para você. Não sei o que minha mãe pensaria de você."

J. M. – Será que você quer me amar assim como quer amar a sua mãe?
S. – Sei que você não me ama. Eu não estava batendo em você nem nada. Eu estava tão amável e tão afetuoso e olha como você é.

Durante sua brincadeira de relacionamento amoroso, Sammy foi intercalando perguntas a propósito de seu relacionamento com Butch. É ruim beijar um menino? É bom ir contra os costumes? Etc. Depois desenha duas cabeças de perfil, com o título "Você" e "Eu". Por fim faz um desenho, numa folha, de um coração dividido em muitos pedacinhos e com o título "Em pedacinhos de amor, o meu coração".

Senti que ele hoje estava utilizando Butch (e Pierre) para defender-se de um contato muito próximo comigo, mas não interpretei isso.

104.ª Sessão (Sábado, 2/4/55)

S. – Tive outro sonho à noite passada. Eu estava com a Ginette no metrô, na parte mais de baixo, e ela estava com sua melhor amiga, uma que certa vez salvou a vida dela. Eu estava com muito ciúme porque não estava com o Butch. Naquele momento vi que estava aqui com você e estava fazendo um desenho de uma bunda fazendo cocô. O que significa isso?

J. M. – Talvez haja uma idéia de que você gostaria de fazer cocô aqui comigo. E é possível que creia que a Ginette e a amiga dela façam cocô juntas.

S. – É, muitas vezes fico imaginando o que elas fazem. Será que é isso?

J. M. – Talvez também tenha a ver com coisas que você gostaria de fazer com o Butch.

S. – Mmmm, mmm! Oh, aquela Ginette, ela é tão gorda e suculenta. Eu gostaria de estar bem dentro de uma garota.

J. M. – Você gostaria de entrar bem dentro da bunda dela?

S. – Bom, hum, talvez. Eu costumava ficar muito preocupado por causa de bundas, especialmente bundas bem redondas, mas agora não penso mais nisso. A propósito, você notou que não brinco mais com os animais? Por que será?

J. M. – Talvez isso tenha a ver com cocô e bundas também.

S. – Sabe, Dougie, acho que estou melhorando muito. Antes eu não podia conversar sobre essas coisas, a menos que tivesse animais e histórias e agora não *preciso* mais disso. Posso simplesmente conversar com você como estamos fazendo agora. É muito mais fácil. E você sabe, agora nunca fico chateado. Tudo corre tão rapidamente! Você acha que os meus problemas estão melhorando? Ahn, há mais uma coisa que me perturba. Quando é que vou parar de me preocupar com o que os meus pais fazem? Quero dizer, quando não estou presente.

J. M. – Que espécie de coisas eles fazem?

S. – Hum, de noite. Não sei. Quando eles ainda estão à toa no sofá e eu estou na cama.

J. M. – Talvez você ache que seus pais estão fazendo coisas excitantes juntos e isso faz com que você se sinta excluído.

S. – Ah, mas os meus pais não fazem *aquilo*. Pode ser que você faça coisas com o *seu* marido, mas eles só conversam. (Passando para um tom de voz ansioso:) Você acha que isso é tudo o que eles fazem?

J. M. – O que realmente importa é o que você acha que eles fazem.

S. – Tenho uma segunda preocupação também, e é o problema do pênis e do seio.

J. M. – O que é exatamente?

S. – Bom, é aquele negócio de eu querer ter seios, e estou sempre muito preocupado pelo meu pênis também.

J. M. – É como se você quisesse ser dos dois sexos e não de um só. Será que você pode me dizer mais alguma coisa sobre isso?

S. – Bom, eu vou ficar com um monte de pêlos em volta dele, mas não sei quando. Será que vão sair lentamente? Será que vão me espetar?

Sammy pergunta então o que vou pensar dele quando ele tiver trinta anos de idade e quer que lhe dê os pormenores daquilo que faremos no último dia de sua análise. Ligo essas fantasias ao fato de que este é o último dia antes de uma interrupção de três semanas de férias de Páscoa e de que também diz respeito aos pensamentos que tem sobre si mesmo como o homem que virá a ser. Sammy expressa então considerável ansiedade acerca das férias e consegue aceitar que não somente teme a separação, mas que também sua preocupação quanto à atividade sexual de seus pais é em parte estimulada pela idéia de que vou ficar sozinha com meu marido e posso me esquecer dele durante as férias.

105.ª Sessão (Quinta-feira, 21/4/55)

Sammy faz um relato minucioso e, pela primeira vez, inteiramente coerente, de suas férias. O acontecimento mais emocionante foi que encontrou uma senhora muito bondosa que era encarregada do balcão no hotel e por quem se apaixonou. Além disso, encontrou um menino da mesma idade e conseguiu brincar com ele. Acrescenta então que teve algumas conversas muito interessantes com sua mãe sobre Sigmund Freud.

A sra. Y tinha-me telefonado para dizer que a Escola Especial parecia ansiosa para receber Sammy e que o Diretor estaria em Paris dentro de duas semanas.

106.ª Sessão (Sexta-feira, 22/4/55)

Sammy começa falando acerca do Diretor da escola dos Estados Unidos, queixando-se de que não quer vê-lo nem quer sair de Paris. Enquanto conta essas coisas, interrompe-se de repente.

S. – Dougie, tenho um pensamento importante, mas nem imagino o que poderá me acontecer se lhe contar.

Procura diversas maneiras de abordar esse pensamento.

S. – Oh, é tão difícil de explicar! É quando olho pela janela. Sinto que uma coisa terrível vai acontecer. Então olho para cima e vejo que todos os edifícios estão sorrindo e, nos dias em que estou feliz e alegre, todos os edifícios parecem muito sérios. Mas às vezes parecem sérios quando estou triste também. Oh, não sei, tudo parece tão triste a maior parte do tempo para mim. Todas as coisas na rua, tudo me olha tristemente.

J. M. – Talvez sejam pedacinhos dos seus próprios sentimentos que você atribuiu aos edifícios e às coisas fora de você.

S. – Isso me preocupa. As outras pessoas também têm essas idéias? Isso é ruim, não é?

J. M. – Parece que você acha que é ruim ter sentimentos.

S. – Acho mesmo! É certo sentir coisas? Hum, tem outra coisa que quero lhe perguntar. Isso acontece a outras pessoas? Vamos dizer, estou olhando para o desenho de um menino de quem não gosto na escola. O desenho dele sempre me olha zangado. Mas o meu próprio desenho sempre me olha feliz. E, quando vou andando pela rua, os casacos das pessoas dizem: "Haha, você não pode me ter. Pertenço a esta pessoa aqui e não a você!" Isso não acontece com as pessoas de quem gosto. As roupas da minha mãe sempre me parecem muito felizes, e algumas vezes a manga de um homem pode parecer feliz, mas, Dougie, eu *sei* que essas coisas não estão vivas.

J. M. – Bem, creio que é algo assim: você tem medo de todos esses sentimentos fortes e vívidos quando estão dentro de você, por isso os coloca fora de você.

S. – Aha! Bom, tem outra coisa também. (Sammy fala rápida e ansiosamente, como se estivesse preocupado de que não há tempo suficiente.) Não sei por que isso me interessa, porque de fato não é uma coisa *ruim*. É a maneira como o teto do trem se curva. Simplesmente fico olhando e olhando. E também fico sempre beijando as meninas na escola. Isso é ruim?

J. M. – O que você acha?

S. – Não, não é! Mas faço coisas ruins com elas. Bato nelas para vê-las chorando. Você acha que essa é uma maneira feliz de amar? Por que faço isso? Será que algum dia vou me livrar disso? Os adultos fazem isso?... Tenho muito medo de que cresça para me tornar um covarde. Tenho medo do que as pessoas vão me fazer.

J. M. – Talvez seja algo como o desenho zangado. Você põe para fora o sentimento de dentro, de modo que o que você realmente tem medo é do que poderia querer fazer aos outros.

S. – É, sei que é verdade! Mas, apesar de tudo, isso é ser um covarde? Será que há outras pessoas que sentem essas coisas? Ah, sim, tem outra coisa. Às vezes imagino que a minha casa está subindo e descendo e é como se eu a estivesse olhando num espelho. Isso é ruim? Há algum problema nisso?

Fica claro, na maneira como Sammy fala sobre esta fantasia, que ela é bem diferente em qualidade daquela em que os edifícios estão chorando ou sorrindo. Digo-lhe que há muitas maneiras de imaginar coisas; que muitas pessoas fazem isso e chamamos a isso "devaneios" porque compreendemos que essas coisas não são verdadeiras. Sammy fica muito feliz e interessado ao ouvir isso.

Nesta sessão, especialmente no início, a "personalização" que Sammy faz do mundo exterior assume uma qualidade psicótica. Dar um rosto e uma linguagem ao mundo exterior é uma defesa megalomaníaca que nega e anula a impotência do menininho diante da minha rejeição duas vezes repetida (as férias da Páscoa e sua partida para os Estados Unidos). Há apenas um passo de distância entre as fantasias que Sammy está expressando e certas idéias delirantes de adultos.

Mais tarde, quando é feita a interpretação de que Sammy quer evitar alguns de seus sentimentos, a despersonalização interior e os investimentos externos dão a impressão de uma nova defesa, seguindo linhas obsessivas. Sammy faz menção, como na 95.ª sessão, ao telhado curvo do trem. Aqui ele não atribui vida ao trem; em vez disso, dota-o de profunda significação simbólica. Isto é, parece-lhe menos perigoso ter relacionamentos imaginários sem importância evidente; é mais simples pensar na traseira de um trem do que na bunda de uma mulher. Este processo de deslocamento e negação não atenua totalmente sua ansiedade, e a energia da pulsão ligada ao novo objeto simbólico vai investir as fantasias obsessivas com os mesmos perigos que ele tentava evitar. Mas não é menos verdade que numa estrutura psicótica esta neurotização do ego permite um certo nível de controle sobre a ansiedade e pode evitar, até determinado ponto, o emprego da projeção delirante como defesa.

107.ª Sessão (Sábado, 23/4/55)

Sammy fala um bocado acerca da escola dos Estados Unidos, depois pula em direção à minha cadeira, passa os braços à volta do meu pescoço, me beija e me esmurra. Diante da minha insistência para que verbalize em vez de atuar seus sentimentos, ele se senta.

S. – Você se incomodaria de ter um bebê? Você poderia ter um depois disso que eu fiz!
J. M. – O que foi que você fez exatamente?

S. — Quando a beijei, eu empurrei a minha barriga contra a sua não-sei-o-quê.
J. M. — E é isso que faria um bebê?
S. — Oh, você não precisa tirar a sua roupa, você sabe, (num tom de voz muito inseguro:) ou precisa? O que é que eles realmente fazem? Você pode ficar de roupa, sei que pode, a minha mãe me disse – isto é, às vezes. Mas é na cama que se faz. O que é que eu tenho que fazer a você para fazer um bebê?
J. M. — Diga-me o que você acha que acontece.
S. — Eu sei: vou *desenhar* para você.

Sammy então desenha uma figura de homem com o pênis ereto, bastante grande, e uma de mulher com um entalhe extremamente pequeno defronte desse pênis. Faz então dúzias de perguntas: como é que o pênis entra? Ele sai inteiro? Por que às vezes é pequeno e às vezes é grande?

J. M. — Presumo que você esteja falando do seu próprio pênis.
S. — É sim. Costumava me acontecer quando eu era pequeno. Eu costumava colocar as minhas mãos à volta dele. Não gostava quando ele ficava grande. Me diga, o bebê sai do pênis do pai? Oh, há tantas questões interessantes. O homem pode fazer xixi dentro da mulher? Onde, exatamente, fica o buraco dela? O que acontece às sementes do homem se ele não as coloca dentro dela? Como é que o bebê sai? Como é que o leite passa para o bebê?

Até onde é possível, tento levar Sammy a trabalhar as suas fantasias e tranqüilizo-o nos pontos em que é óbvio que já sabe as respostas.

S. — Posso fazer mais algumas perguntas? Como é que a comida passa através do nosso corpo e como é que se transforma em xixi e cocô?
J. M. — Bem, não temos mais tempo hoje para falar sobre isso, mas na próxima vez você pode me dizer o que pensa a respeito.

Em seguida à "relação sexual" que realizou comigo, Sammy fica efetivamente tranqüilizado quanto a que a representação de suas fantasias não produz qualquer tipo de catástrofe, e foi possivelmente este fator que lhe permitiu fazer uma quantidade de perguntas objetivas sobre relacionamentos sexuais.

108.ª Sessão (Segunda-feira, 25/4/55)

Sammy fala novamente sobre a casa subindo e descendo e os edifícios que choram quando ele está feliz e riem quando ele está triste. Conta então um incidente ocorrido esta manhã. A sra. R, uma das assistentes da escola, subitamente deu-lhe uma palmada sem qualquer advertência, porque ele tinha estado aborrecendo as meninas. Sammy ficou inteiramente enfurecido diante dessa injustiça e disse que mordeu a mão dela até que sangrasse. Passa então a descrever o que fará caso ela tente fazer aquilo novamente. Imagina uma série de ataques brutais e termina com: "e vou esmigalhá-la até que a cabeça dela role por entre as pernas". Neste ponto põe-se de pé repentinamente, passa os braços à minha volta por trás da minha cadeira, começa a me beijar e enfia violentamente a mão na minha blusa; depois, apodera-se dos meus brincos. Chamo atenção para o fato de que ele fez esse ataque repentino no momento em que me contava o que acontecera com a professora, tendo isso estimulado seu medo de ser atacado pelas mulheres.

J. M. – E, quando você agarra a minha blusa e pega os meus brincos, é como se quisesse tomar de volta algo seu. Você agarrou os meus seios como se ainda tivesse medo de que eu quisesse lhe tirar o seu pênis.
S. – Você tem visto o dr. Lebovici ultimamente? Fico pensando como estará ele.
J. M. – Você acha que eu tomei o pênis dele também?
S. – Claro que sim!

Sammy se acalma e puxa sua cadeira para junto da minha, mas continua a me dar tapas, a estalar beijos e a puxar a minha roupa.

S. – Dougie, você é uma mãe linda e bondosa. O que os outros pacientes fazem aqui com você? O que as pessoas diriam se vissem o que estou fazendo?
J. M. – Você está pensando se esta é a maneira pela qual os adultos se comportam quando estão juntos. Será essa a maneira como seu pai fica com sua mãe?
S. – Se o seu marido entrasse agora, será que ele ia pensar que você não o ama mais? (Sammy está me batendo neste momento.)
J. M. – Talvez você quisesse me tomar do meu marido? Quando disse há pouco que eu era uma mãe linda e bondosa, será que você estava pensando que gostaria de fazer essas coisas com sua mãe e de tomá-la do papai?

Neste momento Sammy vai e se senta tranqüilamente em sua cadeira. Conta então um incidente ocorrido ontem, no qual seu pai ficou extremamente zangado com o garçom num bar, porque o serviço não prestava. (Minha interpretação dos desejos dirigidos a sua mãe tem o efeito de chamar à mente o pai zangado.)

109.ª Sessão (Terça-feira, 26/4/55)

Sammy está muito zangado ao longo de toda a sessão e passa todo o tempo me batendo e intermitentemente pede para ser servido de bebidas – leite, suco de frutas, água. Digo-lhe que talvez esteja se identificando com o pai zangado do qual falou na última sessão. Ao mesmo tempo, quando pede bebidas, sem dúvida está fazendo uma solicitação oral para a restituição de seu poder fálico que acredita estar escondido em mim.

110.ª Sessão (Quinta-feira, 28/4/55)

A maior parte da sessão é dedicada aos "devaneios", dos quais anotei apenas um ou dois exemplos.

S. – Hoje aconteceu de novo. Estava almoçando na escola e de repente vi a mesa passar zunindo. É outro devaneio, não é?
J. M. – Enquanto estava à mesa, aconteceu alguma coisa que lhe incomodou?
S. – Aconteceu sim. Havia uma visita. Uma mulher surda. Não consegui parar de olhar para ela. Puxa! Eu morri de medo dela!

Explico a Sammy sua fantasia projetiva como algo que pode acontecer quando ele está ansioso e que representa seu desejo de atirar fora de si os pensamentos ansiosos. (Com a premente necessidade que Sammy tem de projetar tudo e de sentir que isso está sendo *recebido*, uma pessoa surda seria tão assustadora para ele quanto uma analista surda.) Fala novamente nas casas e edifícios que parecem tristes e diz que conversou sobre isso com seu pai.

S. – Por favor, não pense que imagino que ele sabe mais do que você. Acho que você sabe mais. Bom, não sei, mas é uma tremenda dificuldade para mim.

J. M. – Presumo que você gostaria que eu fosse uma espécie de pai para você algumas vezes; mas outras vezes você precisa sentir que o Papai é mais forte do que eu.
S. – Bom, sobre os edifícios, talvez seja porque não *gosto* de me sentir feliz. O que você pensa disso? Oh, e há um outro problema também: meu pai conversou comigo sobre isso. Você notou que muito freqüentemente eu falo de um modo muito esquisito?

(De fato, Sammy freqüentemente fala de maneira muito estranha, empregando frases automáticas com pouco nexo aparente, cadeias de clichês inadequados intercalados com guinchos e ruídos estridentes.)

J. M. – É, algumas vezes você emprega uma espécie de "fala especial". Será que você pode falar um pouco mais sobre isso?
S. – Com meu pai eu falo assim quase o tempo todo. Ele fica furioso comigo. E falo também com a minha irmã. Minha mãe fica me dizendo para parar com isso, mas não consigo. Só faço isso com pessoas que conheço bem. Oh, Dougie, eu quero acabar com isso! O que posso fazer? E há outra coisa. Quero parar de bater nas meninas e de desejar vê-las chorarem. Tenho que tirar esse problema de mim. Sobre os devaneios, não me importo porque só incomodam a mim mesmo, mas essas outras coisas que magoam as pessoas, como posso parar com elas? Na verdade não gosto de magoar as outras pessoas. Você pode me ajudar, Dougie? Você vê, estou falando bem naturalmente, não estou?

Na sessão precedente, a interpretação edipiana provocou uma vívida resistência que se manifesta no material despersonalizado desta sessão. A regressão desencadeada pela culpa edipiana leva ao mundo psicótico do qual Sammy se dá conta cada vez mais conscientemente quando diz que não gosta de se sentir feliz e que às vezes fala de uma maneira louca, isto é, um tipo de isolamento autista. Prefere viver em seu mundo de sonho no qual está sozinho e não pode ferir ninguém a lutar com as meninas, o que significa representar com elas as atividades sexuais condenadas.

As teorias acerca da psicose em geral acentuam a importância das fantasias pré-genitais, mas freqüentemente há confusão entre o que é pré-genital e o que é pré-edípico, como está ilustrado nesta sessão. Desde o início eram evidentes os sentimentos de culpa edipianos. As oscilações entre a situação edipiana genitalizada e a situação carregada de fantasias pré-genitais estão representadas em Sammy por um sutil interjogo de fantasias que são construídas umas por cima das outras, ou que são colocadas como defesas, umas contra as outras.

A busca que Sammy faz da proteção paterna contra sentimentos de culpa edipianos está novamente em evidência.

111ª Sessão (Sexta-feira, 29/4/55)

Sammy está novamente numa disposição muito agressiva, mas faz evidentes tentativas de controlá-la. Depois de tentar me bater, subitamente senta-se.

S. – Ainda não lhe disse que quando estou no banheiro também é esquisito. Algumas vezes olho para o alto do banheiro e ele parece ora triste ora alegre e aí sei como vai ser o dia, se vou ficar feliz ou triste.

Sammy faz um esboço rápido do banheiro parecendo feliz e parecendo triste.

S. – E às vezes tem um cheiro enjoado; e, se alguém acabou de sair, é uma grande preocupação para mim. Ah, mas você não vai me ajudar. Quem me dera ter podido fazer análise com Sigmund Freud ou com a dra. Mahler ou com Anna Freud. É claro que eles são melhores do que você.

De um salto Sammy vem para perto de mim e me bate, ao mesmo tempo acariciando e soprando no meu pescoço.

S. – Hum, acho que estou sentindo um cheiro aí embaixo. Você soltou um pum?
J. M. – Há coisas ruins saindo de mim?

Sammy tenta me arranhar e morder e ponho-o firmemente de volta em sua cadeira. Digo-lhe que fale a respeito em vez de fazer.

S. – Bom, quero ver o que você tem.
J. M. – Quer saber o que há dentro de mim?
S. – É, vou ver!
J. M. – Você pode fazer um desenho disso e assim poderemos compreendê-lo juntos.

Sammy faz então um "retrato" meu, fazendo comentários o tempo todo (fig. 7).

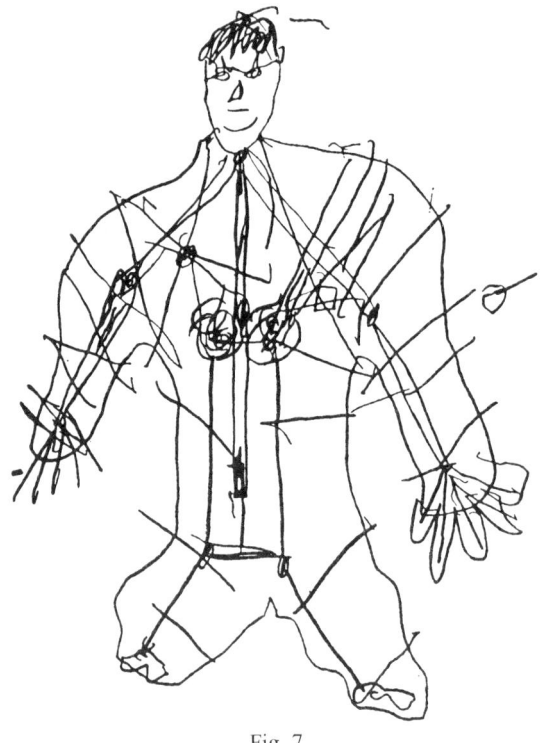

Fig. 7

S. – Os seus ossos são feitos de metal e ninguém pode vê-los. E a pele escorrega, não é como a minha. Agora aqui os seus ossos estão presos com elástico e ali estão os seus seios, brilhando como dois faróis. Você não tem coração, você não é suficientemente especial para isso! Tem só um tijolinho.

Sammy tem muita dificuldade para desenhar a minha coluna vertebral. Enquanto luta com esse problema de perspectiva, ele se inclina de tempos em tempos e bate nos meus braços. Num determinado momento, pede também que eu desenhe as suas "tripas", mas não insiste. Pergunto-lhe o que encontraríamos nas suas "tripas". Ele se aproxima de minha cadeira e alternadamente me bate, me beija e me morde, murmurando: "mamm, mmmãe, mammma, mammmãe, mammma".

ANÁLISE 161

J. M. – É isso o que você quer fazer com sua mãe?

Ele torna a me bater, mas não se senta. Toda a sua conversa é incoerente e me faz lembrar suas primeiras semanas de análise. Claramente sou a analista "sem coração" que não vai satisfazer suas exigências de amor nem vai protegê-lo.

112.ª Sessão (Sábado, 30/4/55)

Mais uma vez Sammy pede a Hélène um copo de leite. Fala sobre alguns modelos de argila que tem feito e diz que acabou de terminar um modelo da sepultura de Jesus.

S. – A verdadeira sepultura dele e oh, minhas senhoras! Oh, meu li oh, ele... Ele, ele, êê êê etc.

Pela primeira vez chamo a atenção de Sammy para o fato de que escorregou para a "fala especial". Ele me olha enfurecido, e digo-lhe que ficou zangado porque toquei num de seus artifícios protetores e faço-o lembrar-se de que ontem ele estava com medo de coisas ruins saindo de mim. Subitamente ele se acalma.

S. – Bom, acho que é porque tive um sonho à noite passada. Sonhei que havia alguma coisa saindo do meu lado direito. Era um troço, como duas mãos agarradas uma à outra, ou algo assim. Quis tocar naquilo e sentir os ossos. Aí, uma voz disse: "Não toque nos ossos!" Há algum pensamento nesse sonho?
J. M. – Talvez você ache que quero fazer com que você pare de tocar nas coisas. Especialmente que você pare de tocar naquilo que sai de você mesmo. Seu pênis e sua bunda.

Sammy se inclina e me dá um beijo estalado, mas no mesmo momento lembra-se de outro sonho da noite passada, no qual está numa floresta com um cachorrinho preto. Ouve seu pai, nos fundos da casa, e seu pai pergunta por que ele está fazendo barulho. Dá uma quantidade de interessantes associações a este sonho e diz que o inventou. Lembra-se então de um sonho no qual alguém estava chorando atrás de uns arbustos. Acordou e descobriu que era sua irmãzinha. Lembra-se também de outro sonho, no qual uma pessoa desconhecida estava sendo muito cruel para com a Ginette.

S. – Devo lhe dizer que ontem tive um problema quando passei por um edifício onde alguns homens estão trabalhando. Eles trabalham muito lentamente. Lá na minha terra é bastante diferente, mas o problema é que tive um pensamento quando estava passando por ali. (Sammy parece muito constrangido neste momento.) Eu disse as palavras: "Oh, o pobre metrô não vai conseguir passar despercebido." É um pouco bobo, não é, Dougie? Sei que o metrô não está vivo, mas fico preocupado quando penso que eles não vão acabar nunca aquele edifício.

J. M. – Talvez a sua preocupação a propósito de coisas que acabam tenha algo a ver com a sua preocupação por não poder acabar a sua análise comigo, uma vez que sabemos que pode ser que você tenha que voltar para os Estados Unidos.

S. – É uma preocupação horrível. Não quero pensar nisso! Fico pensando por que acho que o metrô está vivo.

J. M. – Bem, você falou sobre isso anteriormente como se sentisse que era parte de você, quando me disse que não devia tocá-lo. Lembra-se de que você achava que era errado brincar a brincadeira do metrô, como tocar nos ossos no seu sonho? É como se fosse uma outra maneira de se preocupar pelo seu pênis como tantas vezes lhe acontece.

S. – É, é sim. Não é tão boba assim essa minha preocupação com o metrô, é?

Sammy dá um pulo e me beija, depois volta para a sua cadeira. Conta então uma história acerca de um homem em sua casa que faz tudo para ele e que "o atende". Começa a fazer perguntas sobre os outros pacientes, mas vai ficando cada vez mais inquieto e novamente aproxima-se para me bater e me beijar. Coloco-o com firmeza em sua cadeira e digo-lhe que deve falar em vez de fazer.

S. – Oh, gosto de uma psicanalista que é severa comigo!

J. M. – É, acho que você muitas vezes faz essas coisas para que eu o impeça.

S. – Mas eu gostaria que você fosse *cruel* de verdade comigo, como os faraós que chicoteavam os hebreus.

Aproxima-se de minha cadeira sussurrando "eu te amo, eu te amo" e me batendo ao mesmo tempo. Em determinado momento pega um lápis e faz como se me apunhalasse com ele. Eu recuo.

S. – Oh, você não me ama, caso contrário não teria medo de mim. (Sobe no encosto da minha cadeira e põe sua cabeça no meu ombro.) Vamos continuar a nossa psicanálise assim. Agora estamos cozinhando com gás. Tenho outro problema para lhe contar.

Digo-lhe que volte para sua cadeira e fale sobre esse problema, mas ele continua puxando a minha roupa e o meu cabelo e finalmente tem a idéia de empilhar almofadas na minha cabeça. Quando lhe digo que isso não vai nos levar a lugar algum, ele diz: "Mas por que você está tão severa hoje?" Sua atitude provocadora de empilhar almofadas em cima de mim finalmente triunfa, e ele claramente deseja que eu represente um papel paterno de proibir. Estou cheia e digo muito zangada: "Sammy, estou cheia disso. Agora trate de sentar-se!" Ele imediatamente recua e se instala em sua cadeira e faz um desenho.

S. – Isto é uma ilha. Está tudo em silêncio à volta, como em Israel, e o mar está calmo. De repente esta "coisa" acontece. (Traça linhas fortes partindo de sua ilha.) As pessoas ficam tão surpreendidas que enlouquecem. O que aconteceu? Será um devaneio?

J. M. – Quando foi que tudo isso aconteceu?

S. – São quatro horas da tarde. (Acrescenta ao desenho um relógio marcando quatro horas e fica perplexo quando lhe faço recordar que essa é a hora das sessões.)

J. M. – Você também acabou de me provocar até que eu me zangasse. Talvez quisesse que algo de dramático acontecesse entre nós. Sabe que essas linhas partindo da sua ilha são exatamente iguais às que você fez outro dia no desenho do fogo? Você me disse que eram linhas de fogo e que significavam amor. Talvez este seja um devaneio acerca de alguma espécie de amor violento que você gostaria de partilhar comigo.

S. – Oh, Dougie, isso é um pouquinho verdade. Gosto da idéia de que você seja cruel e é muito excitante.

J. M. – Algo como as surras que você costumava levar de sua mãe?

S. – É – e isso me faz lembrar de outro devaneio. Freqüentemente fico pensando nos metrôs correndo um contra o outro e se espatifando e fico muito excitado. Sabe, Dougie, acho que estou tirando alguns desses problemas da minha cabeça. Você acha que estou fazendo tudo certo?

Sammy sai eufórico e, após a sessão, anoto que claramente ele quer me transformar no casal edipiano "positivo" completo. Quer fazer um amor violento pré-edipiano comigo como mãe e ao mesmo tempo deseja que eu represente o pai edipiano proibidor que vai impedir qualquer realização desses desejos incestuosos. A este propósito, está também buscando uma figura masculina forte com a qual possa se identificar e tenta localizar essa pessoa dentro de mim. Nesse momento Sammy entra precipitadamente no consultório e sussurra: "Eu vi. Hélène acaba de mandar entrar uma paciente sua. Aquelas duas não prestam. Elas não têm..." e aponta para seu pênis.

O conteúdo manifesto do sonho de Sammy faz lembrar o desenho da sessão anterior. Uma situação edipiana muito primitiva poderia estar sugerida aqui, o pênis comparado ao interior da analista e a ereção imaginada como resultado do desejo de possuir o bom alimento ali contido. A voz incorpórea proíbe isso, mas o pai só é introduzido – aparentemente para proibir a masturbação – quando Sammy conta o sonho inventado. Esta última situação sugere uma estrutura edipiana com uma identificação ao agressor recentemente desenvolvida. Na última parte da sessão, na qual quer uma analista severa e cruel, Sammy consegue encontrar o pai na mãe que deseja. Nesta base desenvolve uma fantasia masoquista na qual a mãe é imaginada como comportando-se de maneira sádica, e isso é erotizado secundariamente.

113ª Sessão (Segunda-feira, 2/5/55)

S. – Tenho um problema para lhe contar. Estive brincando de trem hoje de novo. Isso é muito ruim? Às vezes faço isso a tarde toda e faço o barulho que os trens fazem quando entram no túnel.

Faço uma síntese de tudo o que tem sido dito recentemente acerca de trens e interpreto a ansiedade de Sammy a propósito dessa brincadeira como sendo relativa às fantasias da cena primária e aos ruídos associados.

S. – É, tudo isso. Às vezes meus pais me impedem. Não acho que isso me preocupe. Mas nunca os vi fazendo isso. Será que algum dia vão me deixar ver? Você deixaria os seus filhos verem? Nem se eu não fizer nenhum barulho?

Faço tentativas, frustradas, de encorajar Sammy a contar-me o que esperaria ver.

S. – Bom, presumo que vou ter que esperar até ter a minha própria esposa. Quero ter montes de filhos e filhas. Eu poderia ter uma centena deles e vou trazer todos os meus filhos aqui para te mostrar. Quando os meus problemas se acabarem. Há algum problema em ter cem filhos?

J. M. – Você quer fazer muitos mais do que o seu pai? (Sammy sorri prazerosamente, mas então modifica sua fantasia.)

S. – Se você visse a minha esposa de vestido preto, o que pensaria dela? Gente branca pode se casar com gente negra?
J. M. – Você está pensando no Butch?
S. – Estou. Sabe, Dougie, ele nem mesmo me escreveu e eu escrevi uma carta tão amável; todos os dias procuro a carta dele.
J. M. – Já reparou que muitas vezes quando fala sobre ter uma mulher ou sobre estar com mulheres você começa imediatamente a pensar no Butch? Talvez pensar nele faça com que você fique menos preocupado do que quando pensa em meninas e mulheres ou em você mesmo como pai algum dia.
S. – É, é, já sei tudo isso. Agora chega disso, quero lhe contar sobre o Butch.

Sammy encontra muitas razões que poderiam explicar a falta de notícias de Butch. Fala de uma maneira normal e racional até o fim da sessão.

O investimento de brinquedos e objetos inanimados é de tal ordem que a função simbólica fica perdida; a brincadeira com o trem não é mais simbólica, mas se torna real. Da mesma maneira, no início da análise, a própria linguagem era investida a ponto de impedir as palavras de exercerem sua função de comunicação. Os processos cognitivos são invadidos por uma ansiedade com a qual o ego é incapaz de lidar. Ainda que Sammy tenha feito notável progresso nessas áreas e esteja sendo capaz de liberar importantes setores de atividade do ego, não é menos verdade que esse investimento do mundo externo constitui um sério obstáculo.

114.ª Sessão (Terça-feira, 3/5/55)

Sammy pede a Hélène um copo d'água. Conta então um devaneio. Na rua um menino vem correndo e mata o pai de Sammy. Enfurecido, Sammy dá um empurrão no menino e o derruba num esgoto. Sammy começa a balançar o copo d'água de um lado para o outro, obviamente com a intenção de atirá-lo caso eu comece a falar. Dispara numa torrente de "fala especial" – um jorro de frases automáticas, inarticuladas, guinchos e grunhidos. Sua excitação cresce rapidamente, e minhas interpretações passam sem serem ouvidas. Inclino-me para tomar dele o copo e ele o atira todo na parede. Minha contratransferência se apossa de mim e falo com ele expressando a minha zanga. Sammy imediatamente parece aterrorizado. Arrastando-se, sobe na minha cadeira e senta-se no meu colo. Explico-lhe exatamente o que aconteceu nos últimos minutos, o medo que sentiu da fantasia sobre o menino que mataria seu pai e suas razões para querer atirar a água em mim, como que para matar meu marido.

S. – E você notou a "fala especial"? Por que faço isso, Dougie? Faço muito aqui, não é? Mas com o meu pai é muito pior.
J. M. – É, deve haver alguma razão especial para isso. Você diz que quando faz isso seu pai fica enfurecido. Sabemos que você faz isso quando está preocupado por causa dos seus pensamentos. Você acha que poderia também estar fazendo isso para castigar seu pai um pouquinho?
S. – Hum, eu nunca tinha pensado nisso! Pode ser que eu supere isso algum dia. E por que atirei a água? Quisera não ter feito isso! E, você sabe, agora eu não o faria.
J. M. – Bom, por que você acha que fez?
S. – Fiquei excitado demais para parar.
J. M. – Sim, e a "fala especial" ocorre também quando você está com medo de toda a sua excitação e de todos os seus sentimentos e dos ruídos que saem de você – ou de seus pais. Como a excitação hoje por cima do seu devaneio.
S. – Por favor, me diga mais sobre as minhas excitações. Tenho que me livrar de tudo isso.

Mostro a Sammy que a fantasia do menino que mata seu pai é muito assustadora por causa do medo que ele próprio sente de seus pensamentos agressivos contra seu pai, associado aos medos da vingança, de ser usado analmente, como o menino que foi atirado no esgoto. Também os pensamentos acerca dos trens e a assustadora ligação entre matar e a fantasia sexual. Sammy está tão intensamente interessado nesta explicação que passamos a falar de todos os ruídos que produz na sua fala especial. Mostro que muitos deles são ruídos de pum que ele utiliza para expelir fantasias assustadoras. Não obstante, Sammy ainda está magoado por eu ter dito que jogar água não era grande progresso e que, em vez de fazer isso, ele podia ter falado a respeito. Digo-lhe que eu estava zangada por causa da minha própria excitação e dos meus próprios sentimentos mas que, mesmo assim, ele tinha conseguido expor sua fantasia, e no final das contas era uma fantasia muito assustadora. Sammy então revê todo o "progresso" que tem conseguido até agora: tem muito menos medo de sair sozinho a passeio, entende-se melhor com outras crianças, está se dando bem na escola. (Assim, de modo geral, está mais interessado no mundo externo do que em seu mundo interior, fascinante porém aterrorizador.)

115ª Sessão (Quinta-feira, 5/5/55)

S. – À noite passada sonhei que estava sentado aqui com você e de repente descobri que estava completamente nu. Eu não estava nem um pouco envergonhado – apenas sentia um pouco de frio. Ontem aconteceu uma coisa interessante. Minha irmã tirou uma radiografia. Ela estava nua da cintura para baixo. Gosto de vê-la nua.

J. M. – No seu sonho você estava nu também. Quem sabe você também gostaria de ser olhado pelos médicos e por mim?

S. – É! Isso é ruim?

J. M. – Talvez você fique satisfeito de ter um pênis e sua irmã não ter. Talvez esteja dizendo que é bastante seguro ter pênis e ainda estar aqui comigo. (Creio que Sammy também se sente "nu" porque temos estado "descobrindo" tantas de suas defesas, a fala especial, etc.)

S. – Isso me faz lembrar uma coisa que quero explicar. É muito difícil, mas você vai compreender. Tenho certeza de que ninguém mais compreenderia. É quando estou esperando o metrô. Fico muito aborrecido se o trem não sai logo do túnel. O que mais gosto é quando ele sai na mesma hora e ultrapassa a placa de "tête de train".

J. M. – O que é que você acha que o preocupa quanto a isso?

S. – Bem, acho que tem a ver com cocô. Sei, é a prisão de ventre! Gosto de tudo em determinadas posições, e, quando não entram nas posições certas, é um grande problema. Gosto de olhar para as janelas das igrejas porque são tão regulares, e quando você se deita num barco e olha para a frente diretamente as linhas correm juntas.

Sammy prossegue dando numerosos exemplos de suas preocupações com linhas, perspectiva, números e letras. Anotei apenas alguns desses exemplos. Assim, a importância de determinados números: "3" é um bom número para Sammy. Descreve-o como "sólido, seguro e confiável". "1" é terrível; "2" e "0" têm em si algo de perturbador. Espera um dia gostar do "4". As letras do alfabeto recebem investimento especialmente elevado. "E" é uma letra particularmente boa, porque é forte e contém o "3". "A" é como 2 pernas. Há algo "um pouco errado com ele, mas no todo é bom". "O" não é bom de jeito nenhum. "R" é bom porque combina duas coisas, o "e" e o "o". Pergunto a Sammy se ele acha que todos esses sentimentos a propósito de letras e números estão ligados a suas idéias sobre os corpos das pessoas e que o número "3", em especial, talvez o faça lembrar-se dos genitais masculinos e isso o faça senti-lo como protetor.

Sammy está num estado de euforia ao longo de toda a sessão e praticamente não pára de falar nem um momento, como se tivesse que falar para pôr todas essas idéias em aberto. Pede-me que anote tudo aquilo de que falou, que tome cuidado para não esquecer nada e que faça uma anotação de que ele ainda tem muito mais a dizer sobre "carros e barcos chegando a um ponto". (Isto é, perspectiva.) Pede-me educadamente se lhe posso dar uma folha de papel para ilustrar o fascínio que a perspectiva exerce sobre ele, e de fato utiliza-a para este propósito, o que forma acentuado contraste com seu comportamento anterior, em que tinha sempre que ter pelo menos vinte folhas e raramente conseguia expressar, de maneira clara, idéias desse tipo.

No dia seguinte, devido a alguma confusão em casa que nada tinha a ver com Sammy, ele não pôde vir à sessão. Telefonou para explicar o que tinha acontecido e estava extremamente perturbado e infeliz por tudo isso.

A atmosfera da sessão indica a presença de uma quantidade de mecanismos de defesa que expressam a organização de ego que entrou em desenvolvimento recentemente, conforme já discuti. A interpretação da ansiedade de castração libera uma associação imediata com uma idéia obsessiva a propósito do metrô. Este último é visto como um apêndice fálico, mas esta imagem simbólica está agora carregada de ansiedade e assume um caráter obsessivo. A locomotiva tem que ultrapassar determinado ponto. Está implícito que esta ansiedade é infinitamente mais bem controlada do que aquela despertada pela fusão projetiva com o mundo externo, na luta contra a dissociação. As fixações anais servem para manter o objeto simbólico a uma certa distância, e Sammy então é capaz de falar do metrô como um pênis anal. Numa maneira que é quase experimental e algo surpreendente, ele passa a falar de sua preocupação com a ordem e a simetria e do valor simbólico que atribui às letras e aos números. Letras inanimadas assumem um valor representativo e são investidas com importância viva e consciente. Não é de admirar que Sammy, até recentemente, achasse impossível aprender a ler ou a escrever!

116.ª Sessão (Sábado, 7/5/55)

Sammy pergunta imediatamente pelo desenho que fez de igrejas em perspectiva e pelas notas da sessão da última quinta-feira. Passa então a contar-me que tocou no trem hoje, naquela parte em curva que há na extremidade do vagão. Descreve o incidente em termos de grande excitação e também de muita vergonha.

S. – Eu não queria que ninguém me visse fazendo aquilo. Iam pensar que eu estava maluco!

Sammy faz uma ligação entre a excitação que está sentindo a propósito da traseira curva dos vagões e a perspectiva de dois carros passando um pelo outro. Dá muitos exemplos deste tipo de excitação:

S. – Agora, tenho que lhe contar dois sonhos que tive. Eu estava com meu pai e havia, atrás de nós, uma fileira inteira de igrejas. Meu pai e eu passamos por uma arcada e aí eu estava sozinho. Ao longe, à minha frente, vi um veado caminhando na minha direção. Quando chegou mais perto, transformou-se num iaque e, quando estava bem pertinho, vi um rinoceronte vindo em cima de mim. Foi horrível e acordei apavorado.

Sammy fica muito ansioso quando lhe pergunto o que pensa sobre rinocerontes. Inclina-se e me bate, mas, ao mesmo tempo, traz uma quantidade de associações ligadas ao filme *Ivory Hunters* [*Caçadores de marfim*], sobre o qual me falara meses atrás.

S. – Mas essas idéias estão todas acabadas! Não penso mais assim e agora chega. Não vamos falar nisso ou então eu vou te bater.
J. M. – Se esse sonho faz você se sentir tão zangado, então deve haver alguma coisa muito assustadora nele, por isso vamos falar nele seja como for.

Sintetizo diversas idéias de sessões anteriores e interpreto o sonho como representante do conflito que existe entre ele e seu pai, em conexão com seu desejo de estar perto de mim e, ao mesmo tempo, o intenso medo que sente diante deste desejo; e que este medo está ligado às fantasias de ser destruído pelo pênis de seu pai. Ele gostaria de ter a força de seu pai, mas isso traz consigo uma quantidade de perigos.

S. – Bem, talvez isso tenha algo a ver com o segundo sonho também. Eu estava sendo perseguido através de uma casa por um tipo de leão ou tigre. Fiquei fechando as portas, mas ele passava todas as vezes.
J. M. – Será que esse sonho faz você pensar alguma coisa em especial?
S. – Faz sim: na minha mãe! Fiquei com medo de que ela ficasse muito zangada comigo porque faltei à sessão. Quando ela voltou para casa, eu me escondi atrás da porta.

(Aqui Sammy fala como se a falta à sessão tivesse ocorrido por culpa dele. Mas isso era pura imaginação; sua mãe me havia esclarecido por telefone as circunstâncias, alheias a ele.)

J. M. – Bem, parece-me que no seu sonho você está dizendo que tem que ter medo de sua mãe porque ela poderia devorá-lo, caso você não faça aquilo que ela espera, e talvez tivesse medo de que eu também estaria furiosa porque você não veio. Mas creio que isso tem algo a ver com as idéias do primeiro sonho também, de querer chegar perto de seu pai e pensar que sua mãe vai ficar zangada com você por isso. Você tem que ficar fechando as portas como que para proteger o seu pênis e a sua bunda.
S. – Quem me dera saber por que tenho que ficar tocando nas coisas. Isso é ruim? Continuo achando que é errado.

Faço a ligação deste sentimento com a idéia de tocar nos trens e interpreto seu sentimento de que é proibido tocar no seu corpo; de que ele realmente se dá conta de sentir, acima de tudo, que não deve tocar na sua bunda, mas que provavelmente se refere ao seu pênis.

S. – Como você sabe que toco no meu pênis? Oh, eu quero tanto tocar nos trens que não sei o que fazer. Ele parece vir em direção a mim e parece que tenho que tocar nele.
J. M. – Como os rinocerontes?
S. – (Como que recuperando determinado laivo de memória.) É sim, isso era parte daquilo! É, quando eu era muito pequeno, não conseguia parar de desenhar rinocerontes. E depois eram os cavalos também. Lembro-me de uma vez, quando estava de férias num acampamento, dois anos atrás, e vi os cavalos tocarem na bunda um do outro. Eu quis tocar na bunda do cavalo e senti-la toda viva e quente e quis colocar aí a minha cabeça. Aí um dos cavalos deu um pum em cima do outro. Fiquei com muito ciúme: eu queria ser o outro cavalo.

Delineio para Sammy a ligação entre suas idéias compulsivas atuais de tocar nos trens e essas recordações acerca do cavalo. Sammy fica muito abalado com isso.

S. – Mas é muito melhor, não é? Achei que era ruim continuar gostando de cavalos. É melhor sentir alguma coisa por um cavalo do que por um trem, não é?
J. M. – É claro. É muito mais vivo.
S. – Ai, que maravilha! Tudo é maravilhoso hoje!

Vai embora contentíssimo. Mais tarde Sammy viria a me contar que papel importante os rinocerontes representavam em sua vida de fantasia quando ele tinha sete ou oito anos de idade. Durante um ano inteiro não fizera senão desenhar rinocerontes e compor histórias sobre estes. (Na fase de sua análise em que brincava com os animais, ele evitava tocar nos rinocerontes.)

"Meu pai e eu passamos juntos por uma arcada" sugere uma penetração simbólica da mãe em conjunto – uma identificação sustentadora. Mas, uma vez atravessada a arcada, Sammy está sozinho e é então que encontra o aterrorizador rinoceronte-pênis arremetendo contra ele. O segundo sonho surge na mente de Sammy quando menciono seu desejo de tomar a força de seu pai. Aqui ele está fechando portas contra um animal devorador enfurecido que ele próprio associa a sua mãe. Em parte construída a partir de suas próprias projeções de desejos orais, esta imagem está também sem dúvida ligada ao seu desejo homossexual em relação ao pênis do pai, provavelmente imaginado como uma introjeção anal. Ele fecha as portas como defesa contra este desejo. É também altamente possível que grande parte da masturbação de Sammy tenha sido mais anal do que fálica.

Podemos ver que o ego de Sammy tem sido consideravelmente enriquecido, uma vez que agora ele é capaz de expressar uma fantasia de cena primária através de uma recordação encobridora – os cavalos tocando as traseiras e soltando puns. A integração desta experiência anterior neste momento na análise dá a Sammy um sentimento feliz de otimismo a propósito dos desejos sexuais e do amor, como territórios que poderiam ser-lhe acessíveis no final das contas.

117ª Sessão (Segunda-feira, 9/5/55)

Sammy pede leite a Hélène logo que chega à sala de espera. Tendo bebido o leite, me bate e enfia as mãos pelo decote da minha túnica. Associo sua necessidade de ter coisas tiradas de dentro de mim na forma de beber leite, com seu sentimento de que estou escondendo o pênis do meu marido lá dentro. Sammy apanha meus brincos e faz como se fosse atirá-los longe.

J. M. – Pedaços perigosos de mim que você quer jogar fora?

Sammy vem e coloca os brincos nas minhas mãos e pede-me que o elogie por ser tão cooperador. No mesmo momento, me beija e bate no meu pescoço.

S. – Meu pai diz que os analistas homens são os melhores!

(Prossegue então falando da Escola Especial nos Estados Unidos e expressa grande preocupação por ter que discutir todos os seus problemas com outro analista. Passa a maior parte da sessão tratando desse tema e de sua aflição por ter que ir embora de Paris dentro de poucos meses. Diz que lhe seria totalmente impossível falar sobre a história do pum a qualquer outra pessoa. Chega para perto e me abraça e imediatamente diz que um analista homem vai ser muito melhor para ele. Mostro a necessidade que tem de proteção paterna na relação com uma mulher. Isto imediatamente traz à tona mais uma vez sua preocupação por tocar e seu intenso desejo de tocar nos trens, nos cavalos, etc.)

J. M. – E nos rinocerontes?
S. – É, nos rinocerontes mais do que tudo. É a pele e o chifre, mas eu sempre ficava com muito medo de que ele o enfiasse em mim. Oh, oh, eu não posso ir para outro analista!! Seria muito difícil de falar. Será que outro analista compreenderia isso sobre o rinoceronte? Seja como for, já não é um problema tão grande agora. Mas tenho um outro problema. Você disse que eu estava indo bem porque podia contar os problemas. Será ruim que agora não pareça que eu tenha muitos mais? Nunca falo sobre as minhas tripas e sobre a dor no meu apêndice. Parece que não penso mais nisso nem tenho mais dor no coração. Mas podemos falar sobre isso amanhã?

118.ª Sessão (Terça-feira, 10/5/55)

Mais uma vez Sammy está muito preocupado com trens e volta incessantemente à pergunta: "Mas por que *toco* nos trens?" Recapitulo a cadeia de deslocamentos, de traseiras de trens para traseiras de cavalos, para rinocerontes e seus chifres, para pênis, para pai. Sammy rejeita esta interpretação, provavelmente porque sente que uma importante defesa está ameaçada. Seja como for, a minha interpretação não produz modificação em seu questionamento compulsivo.

Passa então a explicar a importância de ficar em pé no metrô e olhar para *baixo* no compartimento seguinte. Diz que isso o excita enormemente, mas o preocupa porque não consegue compreender. Compara isso ao sentimento de conforto e proteção como quando está sentado numa cadeira grande e pode olhar para baixo, para pessoas em cadeiras menores.

J. M. – Talvez seja uma maneira de se sentir mais seguro.
S. – É, eu não gosto de coisas que são mais altas do que eu.
J. M. – Que espécie de coisas?
S. – Seios. São mais altos do que o meu pênis.

Sammy então faz uma brincadeira na qual freqüentemente dá encontrões na minha cadeira e, algumas vezes, em mim. Além da situação seio-pênis, minha cadeira é também um pouco mais alta do que a dele. Pouco depois, subitamente volta à sua cadeira, parecendo acanhado e dizendo sentir-se abalado. Pergunto-lhe por isso e ele me diz que acaba de compreender que está sendo muito infantil.

S. – Quero lhe falar sobre dois problemas que são difíceis de explicar. É realmente apenas um sentimento que tenho. Não é um pensamento, é mais como uma idéia na minha cabeça. Poderia ser um sonho, mas não é, porque estou acordado. Algumas vezes acontece que de repente tudo parece distante. Mas não está, está tudo ali mesmo. As pessoas à minha volta são todas pequenininhas. É claro que elas são do mesmo jeito de sempre, acredito, mas parecem diferentes. É um problema terrível. Você sabe desse problema?
J. M. – Quando é que esse problema parece ocorrer?
S. – Aconteceu outro dia, quando meu pai estava me explicando o que é uma corrente de cartas. Ele seguiu falando e eu não consegui entender nada e foi um terror. E o outro problema é que freqüentemente estou vendo coisas mas não estou olhando.

Sugiro a Sammy que chamemos "sentimento de sonho" a essas sensações de despersonalização e digo-lhe que vamos falar sobre isso na próxima sessão. Faço uma anotação para dizer-lhe que esses sentimentos perturbados surgiram hoje depois da conversa sobre seios e pênis, como se ele achasse que era melhor tornar-se Dougie-com-seios-que-mordem do que ser o Sammy-com-o-pênis-ameaçado. Seus sentimentos de pavor quanto a ser ele mesmo têm algo a ver com o ato de pôr em discussão os "sentimentos de sonho" e a perda de um sentimento sólido de sua própria identidade.

119.ª Sessão (Quinta-feira, 12/5/55)

Após discutir a sessão de ontem, Sammy fala de sua ansiedade por ter que deixar Paris e ter um novo analista.

> S. – Ontem tive o "sentimento de sonho" outra vez, quando tive que ir ao médico. Alguém mais tem esse problema? E dura muito? Não creio que seja possível suportar isso por muito tempo. É um sentimento horrível. Sabe como é, Dougie? Por favor, me fale mais dos outros pacientes.

Sammy discute aquilo que supõe que os outros pacientes fazem aqui. Até o final da sessão fala num tom de voz normal e expressa suas idéias logicamente, como qualquer menino de sua idade. Hoje ele deve voltar para casa sozinho, uma vez que sua mãe não pode vir buscá-lo como faz habitualmente. Ao sair, diz: "Quero te dar um beijo de despedida" e a seguir me dá um beijo com toda a delicadeza. Imediatamente irrompe numa torrente de guinchos e grunhidos.

> S. – Oh, olhe, estou na "fala especial" outra vez. Não tinha feito nenhum desses barulhos de pum até agora, mas ainda estou fazendo muitos em casa. Fico pensando por que fiz isso logo agora.

Sugiro a Sammy que isso está vinculado ao seu desejo de me dar um beijo de despedida e ao fato de que sua mãe não está aqui. (Isto é, a "fala especial" é produzida no lugar de uma fantasia e ajuda a manter inconsciente essa fantasia.)

120.ª Sessão (Sexta-feira, 13/5/55)

> S. – Dougie, por favor, cheire as minhas mãos. Estive tocando nos trens outra vez. Dá para sentir o cheiro?

J. M. – No outro dia estávamos falando acerca de tocar nos trens e tocar nas bundas como sendo algo similar. Talvez você ache que suas mãos estão com cheiro de bunda.
S. – Mas eu não toco mais em bundas. Bom, toco sim, na hora do banho. Adoro ensaboar bastante a minha bunda e passo muito sabonete também à volta do meu pênis e nas axilas e no pescoço.

(A mãe de Sammy queixou-se do excesso de banhos e de ensaboamento dele. Sem dúvida é uma defesa contra a masturbação.)

S. – (Tirando do bolso um lenço.) Este lenço pertence ao marido da minha professora e eu assôo o nariz nele o tempo todo. É muito melhor do que os lenços de papel que você me dá para assoar o nariz.
J. M. – Presumo que você se sinta mais seguro com o lenço do sr. Dupont.
S. – É. É como se fosse um pedaço dele. Sinto-me como se estivéssemos tocando no nariz um do outro.
J. M. – Como tocar na bunda um do outro?
S. – O problema de verdade é que ainda não recebi carta do Butch.

Ainda que neste ponto eu não interprete os desejos e temores da penetração anal de Sammy, ele espontaneamente segue e diz: "E isso me faz pensar que estou sempre fechando portas. Tenho que fechá-las, caso contrário ficaria aterrorizado." (Compare com o sonho da 116.ª sessão.) Começa a tossir, aproxima-se de minha cadeira e escarra no meu rosto. Daí prossegue para falar sobre devaneios que tem quando está na privada.

S. – Quando estou sentado no banheiro, faço a maioria das minhas histórias a propósito da porta. Faço de conta que a porta é uma entrada para o metrô e o trem está acabando de partir. Depois, a cruz da parede é um barco, mas você não pode se aproximar dele. Está sempre a uma certa distância.

Sammy constrói um barco com uma folha de papel e, pela primeira vez em semanas, começa a cantar a *Marcha fúnebre*. Fala então numa velha senhora que costumava ser sua *baby-sitter* nos Estados Unidos. Foi ela quem lhe ensinou a fazer barcos de papel.

S. – Fico pensando se ela ainda se lembra de mim, se é que ainda não morreu! (Começa a me bater e a tossir em cima de mim.)
J. M. – Você realmente quer se livrar de mim hoje, Sammy. Talvez tenha medo de que eu não me lembre de você.

Sammy ri diante da idéia de que estaria tossindo em cima de mim para acabar comigo.

Naquela noite, o Diretor da Escola Especial me telefonou. Acabara de examinar Sammy e disse-me que ele era "claramente esquizofrênico" e que sentia que a escola era muito adequada às necessidades dele. Mencionou que durante a entrevista Sammy ficou arrumando na sala as cadeiras que tinham sido movidas por ele, Diretor. Dissera também a Sammy para fazer três pedidos e as respostas foram as seguintes: 1º, desejava ter saúde perfeita quando ficasse adulto; 2º, queria ser a pessoa mais inteligente do mundo; e 3º, queria ser o mais famoso do mundo.

Eu lhe disse que achava que seria perturbador para Sammy interromper sua análise, mas ele me garantiu que Sammy continuaria a ter psicoterapia na Escola Especial.

121ª Sessão (Sábado, 14/5/55)

Hoje Sammy usa a "fala especial" grande parte do tempo. Não há qualquer vestígio da atitude razoável ou da capacidade de apreender mais de perto a realidade que tem mostrado ultimamente. Está visivelmente tenso e ansioso.

S. – Estive com o Diretor da escola ontem. Ele é muito melhor do que você. (Gritos.) Você tirou o pênis dele e o do dr. Lebovici também!

Passa muito tempo discutindo o metrô e o problema que provoca nele quando não ultrapassa a placa. Move sua cadeira mais para perto da minha enquanto está falando e repentinamente grita: "Cuidado, este é o meu pênis!" Diversas vezes dá encontrões com sua cadeira na minha, pede leite para beber, começa a me bater e, em determinado momento, me beija de modo muito agressivo.

J. M. – Talvez você esteja me achando perigosa hoje, Sammy, porque você vai voltar para os Estados Unidos. Você sente que eu o estou abandonando e mandando embora.

Sammy faz então uma quantidade de desenhos sem história coerente – uma série de montanhas e pessoas tentando apanhar alguma coisa. No final da sessão, faz um tremendo estardalhaço para sair: grita, dá pinotes e chutes, como fazia antigamente.

Sinto que, de uma maneira confusa, Sammy estava tentando expressar suas necessidades de contato. Está apavorado por causa da separação iminente e ainda sente que tenho a mágica oculta que deseja possuir. Embora tente apoiar-se na imagem que tem do Diretor, imediatamente invoca a minha onipotência – sou, uma vez mais, a mulher devoradora que roubou os pênis dos analistas de sexo masculino.

122.ª Sessão (Segunda-feira, 16/5/55)

Tendo a cada lado um policial que o segura pelo pulso, Sammy chega à minha porta. Havia uma feira aberta na avenida, não longe do meu consultório, e Sammy tinha chegado cedo para poder perambular por ali. A Polícia o apanhou, pensando que estava matando aulas. Sammy recusou-se a dar seu nome, endereço ou qualquer outro pormenor, a não ser para dizer que era americano e que tinha vindo visitar uma senhora, donde a polícia o ter acompanhado até a minha porta. O rostinho de Sammy está pálido e enrijecido de pavor. Explico a situação aos policiais, que o soltam, depois explico a Sammy a razão de sua "prisão".

Sammy conta as coisas aterrorizantes que, imaginou, estavam para lhe acontecer. Suas mãos estão pretas de tanto tocar nos trens; ele as cheira continuamente e fala excitadamente acerca da aparência do trem, visto do alto. Dá um grande número de minúcias, ricas em simbolismo anal, a propósito de seu prazer de tocar e cheirar. Interpreto o material para ele dessa maneira.

    S. – Gosto de ver o trem de ângulos estranhos. Você alguma vez olha para a sua traseira?

Aproxima-se e esfrega a sujeira de suas mãos em mim, dizendo ao mesmo tempo o quanto gosta de mim.

    J. M. – Parece que você acha que esta é uma maneira de fazer amor e que é um tipo de coisa que você imagina que os homens e as mulheres façam uns aos outros sexualmente.

Esta referência à relação sexual leva Sammy a dar muitos pormenores acerca de um ruído peculiar que o trem faz quando guincha nos trilhos. Diz: "É um ruído muito especial e tenho medo de imitá-lo." Após muito drama quanto a saber se pode ou não permitir-se fazer esse ruído, reproduz um de uma série de guinchos espasmódicos e gritos que se assemelham muito de perto à "fala especial". Mais uma vez, revisamos o sentido sexual-anal desses ruídos, e Sammy então fornece outros pormenores acerca do metrô na estação *Étoile*, na qual freqüentemente consegue desfrutar do excitante espetáculo de um trem no túnel e outro fora deste. Sammy está extremamente excitado e, no final da sessão, pula no meu colo e faz um tremendo estardalhaço para sair. Falo outra vez acerca dos policiais como representantes da autoridade paterna e interpreto o medo que está sentindo de me deixar nessas circunstâncias.

123.ª Sessão (Terça-feira, 17/5/55)

Ao longo de toda a sessão Sammy está perturbado e algumas vezes dissociado. Canta temas enlouquecidos, empurra as coisas e, ocasionalmente, me bate e me dá socos na traseira. Digo-lhe que parece estar voltando a alguns de seus antigos métodos de defesa contra a ansiedade. Sente que eu o estou abandonando porque tem que voltar para os Estados Unidos. Tudo isso o deixa ainda mais zangado comigo. Num determinado momento pede os antigos brinquedos para brincar novamente. Quando chamo a atenção para sua tentativa de voltar a suas antigas defesas anais, ele diz: "Oh, oh, eu me sinto envergonhado. Não estou fazendo progressos!" Não obstante, apanha os brinquedos, canta a *Marcha fúnebre* e sugere uma brincadeira agressiva entre Flicker e o Menino Cor-de-Rosa.

S. – Agora há dois líderes. O melhor que você faz é pegar o seu lápis e escrever.

Não faço qualquer movimento no sentido de escrever, e ele não insiste nisso. Faz uma brincadeira na qual Flicker solta puns e o Menino Cor-de-Rosa faz xixi na barriga do Flicker.

No final da sessão, Sammy diz: "Oh, sinto muito ter feito essa brincadeira boba. Por que fiz isso? É muito ruim?"

ANÁLISE 179

Ele está regredindo, apesar de todos os esforços no sentido de não fazê-lo. A visita do Diretor da Escola Especial e a ameaça de ir-se embora de Paris nitidamente precipitaram esse movimento regressivo.

124ª Sessão (Quinta-feira, 19/5/55)

A regressão continua. Sammy começa a sessão gritando de maneira incoerente, cantando trechos de sinfonias de Beethoven; depois, desenha uma série de rabiscos enlouquecidos, sem objetivo, cobertos de cruzes e executados ao som da *Marcha fúnebre*. Seu comportamento é exatamente o mesmo dos estádios iniciais da análise. Num determinado momento levanta-se e começa a correr à volta da sala, depois rola no chão e dá risadinhas.

S. – Acho que não tenho mais problemas, é por isso que estou chateado. O que você acha?

Interpreto seu comportamento exatamente como fiz a propósito da "fala especial". Chamo a atenção para sua atual resistência e para a hostilidade renovada contra mim, bem como para as razões que o levam a isso. Lentamente ele se tranqüiliza e levanta questões acerca das traseiras das pessoas, tentando ele próprio encontrar razões patológicas para tal interesse; até que, finalmente, vem a conversar de maneira bastante natural, uma vez mais. Mostra grande interesse por seu comportamento regressivo das duas últimas sessões e pelos motivos disso. Depois, faz uma quantidade de desenhos de montanhas e, perto do final da sessão, fala de uma nova dificuldade que tem notado em si mesmo – sua incapacidade de concentrar-se naquilo que faz.

S. – Quando penso, é como se estivesse num outro mundo. Não sei mais onde estou ou o que estou fazendo. É um pouco como aquele sentimento de sonho que eu costumava ter, mas não é tão assustador.

Dá exemplos de seus devaneios, imagina que vai inventar uma máquina de beber que poderá levar para qualquer lugar e que o proverá de muitas bebidas variadas, etc. Pergunta se esse perder-se em seus pensamentos é uma maneira de sentir-se protegido do mundo.

Quando falamos de suas conexões com seus problemas e com a ameaçada partida da França, a "fala especial" reaparece e fica até o final da sessão.

Embora nesta sessão, como na precedente, Sammy reproduza o comportamento que tinha no início da análise, este é, não obstante, relativamente controlado. Creio que está dramatizando para mim a necessidade que tem da análise. A "fala especial" ajuda-o a isolar a consciência que tem da separação e a restabelecer uma união sexual mágica.

125ª Sessão (Sexta-feira, 20/5/55)

Sammy passa grande parte da sessão descrevendo sua necessidade de arrumar as coisas. Esta necessidade é sentida como uma obrigação premente. Conta-me que na sala de espera sempre "classifica" as minhas revistas. Em casa, constantemente endireita os livros nas prateleiras. Mantém as cadeiras de seu quarto em locais especiais e fica preocupado quando são deslocadas. Freqüentemente tem necessidade de fechar todas as portas e janelas em diversos quartos. Sammy insiste numa explicação porque reconhece o absurdo desses atos, tanto quanto sua compulsividade.

J. M. – Presumo que tudo isso o ajude a sentir-se mais seguro. Talvez se você tiver tudo à sua volta sob controle e bonito e arrumado, isso o faça sentir que os sentimentos e pensamentos dentro de você também estão sob controle.

S. – Sabe, agora não fico devaneando muito. Talvez seja por isso que arrumo as coisas e nestes dias nunca penso em olhar os edifícios para ver como parecem. Acho que estão em ordem sem que tenha que me preocupar com eles.

Começa a falar novamente sobre o fascínio que os trens exercem sobre ele, mas fala deles como objetos em si mesmos e não personificados. Comenta o fato de que hoje não utilizou a "fala especial" em nenhum momento. Faz uma pintura da *Jungfrau*.

S. – Por que será que estou tão interessado em montanhas, esses dias?

Tento conduzi-lo em suas associações com montanhas e em especial com a *Jungfrau*, pensando que ele sabe como se traduz esta palavra em inglês, mas ele não mostra interesse em acompanhar isso e não dou nenhuma interpretação.

No final da sessão está zangado porque a caixa de pintura está suja e não tem tempo para limpá-la. Seu pai vem buscá-lo hoje e, no momento em que o vê, Sammy mergulha em sua "fala especial". Noto que os mecanismos de tipo obsessivo que têm vindo para o primeiro plano nas últimas semanas estão ajudando Sammy a lidar com situações emocionais traumáticas geradoras de culpa e substituíram parcialmente muitas de suas defesas psicóticas mais antigas.

126ª Sessão (Sábado, 21/5/55)

Sammy parece ter "voltado ao normal" hoje, mais calmo e mais racional. Examina cuidadosamente a pintura da *Jungfrau* que fez ontem, depois pinta "uma tempestade de neve". Estuda bem de perto esta segunda pintura, dizendo que deve significar alguma coisa, porquanto ele se sente muito interessado nesses Alpes. Repentinamente dá um grito: "Dougie, achei! Já sei o que significa: esses Alpes são seios com toda essa tempestade de neve saindo deles. E estes são pênis que desenhei saindo aqui do lado. E aqui está um passarinho chegando para quebrar o seu pênis – não, quero dizer, o seu seio."

Põe-se a limpar meticulosamente os pincéis com evidente prazer. Chega a limpá-los com tinta branca e chama minha atenção para seu cuidado a esse respeito.

S. – A maioria das pessoas não se incomodaria, você sabe. (De repente, como chocado por uma idéia súbita:) Rapaz! Isso é um problema? Poderia ser um problema porque sinto que *tenho* que fazer isso. Seja como for, por que tenho que fazê-lo?

A minha sensação é de que Sammy está me limpando ou me reparando depois da fantasia agressiva de quebrar meu seio-pênis.

127ª Sessão (Segunda-feira, 23/5/55)

S. – À noite passada sonhei que estava subindo num elevador e, pela grade, vi a vida passar.

Segue dando-me associações fragmentárias e não aceita minha sugestão de que está-se retirando da vida porque está ansioso diante da ameaça de separação.

S. – Ora, eu podia muito bem ficar falando para a parede em vez de falar com você. E isso ia me curar?

128ª Sessão (Terça-feira, 24/5/55)

Uma vez que seus pais me visitaram ontem à noite, Sammy me faz hoje um grande número de perguntas. Não busca respostas para suas perguntas, mas tenta avaliar até que ponto seus pais se dão conta do progresso que ele reconhece em si mesmo. Quando passa a falar da escola dos Estados Unidos, Sammy imediatamente começa na "fala especial". Mostro-lhe mais uma vez que esta é uma maneira de expressar muitos sentimentos escondidos e encorajo-o a falar sobre o medo que sente de ter que deixar Paris e a mim, de ter que ir para uma escola desconhecida. O fluxo da conversa espasmódica se acalma um pouco, e ele pergunta se seus pais mencionaram a "fala especial" e se falaram de outra dificuldade – sua incapacidade de conversar com duas pessoas ao mesmo tempo. Também fica pensando se seus pais compreendem seu problema de devaneios.

S. – Isso ainda me preocupa um bocado. Se acho que os edifícios parecem tristes porque vou ter um bom dia, o que isso significa, Dougie?
J. M. – Parece que você se acha uma pessoa que não tem direito a ter um dia feliz.

Sammy imediatamente começa a falar sobre o incidente de outro dia com a Polícia, depois se arrasta para sua cadeira e sussurra: "Sou um menino muito, muito mau." Começa a choramingar, depois passa a gritar e a dar guinchos, aproxima-se de mim e diz: "Depressa, quero um pouco de leite."

J. M. – Como se você quisesse alguma coisa boa dentro de você para atenuar e controlar esse sentimento de ser mau?

Faço-o lembrar-se de sua culpa a propósito dos trens e de suas associações com o incidente com os policiais.

S. – É, é isso. Sei por que queria o leite, mas ainda estou com sede.

Chama Hélène e pede um copo de leite e um copo d'água. Bebe o leite, depois faz um gesto ameaçador, como se fosse atirar a água, mas finalmente pousa o copo.

S. – Veja, eu *posso* me controlar. Não sou maluco.

Imediatamente começa a galopar pela sala, dá encontrões na minha cadeira, apanha na minha mesa a faca de madeira de cortar papéis e passa a apunhalar a cadeira com ela. Não dá ouvidos às minhas interpretações. Finalmente sossega um pouco e faz um desenho que chama de "Rubor" e diz que significa "ser tímido e feliz ao mesmo tempo".

Perto do final da sessão, está mais calmo e conseguimos examinar alguns dos elementos de seus sentimentos perturbados durante as últimas sessões. Ele próprio admite que todos os seus sintomas e problemas de comportamento têm um sentido. Enquanto no passado seu comportamento regressivo era empregado para conjurar a ansiedade psicótica referente à aniquilação e à desintegração, agora ele parece ter à sua disposição uma quantidade de mecanismos de defesa neuróticos que deseja compreender e superar. Sua pintura do "Rubor" introduz a idéia de vergonha e autocrítica, como o faz sua observação: "Posso me controlar – não sou maluco."

129ª Sessão (Quinta-feira, 26/5/55)

Sammy está calmo e tem modos de adulto. Diz que se sente muito envergonhado porque bateu numa menina na escola. Ela quebrara os óculos dele, e isso o deixou enfurecido. Tenta avaliar a extensão de sua "maldade" ao vingar-se.

S. – É, parece que tenho que provar que sou mau às vezes. Tenho medo de que Deus me castigue mais tarde. Rapaz, eu já devia ter morrido há muito tempo! Você não compreenderia isso porque você é católica. Para os judeus é diferente. E cometi um segundo pecado à noite passada. Fiz orações diante de uma pequena cruz de madeira, apesar de meu pai ter-me explicado que isso não existe na religião judaica.

J. M. – Talvez quando você tem medo de que Deus o castigue, isso seja uma maneira de dizer que tem medo de seu pai.

S. – (Numa voz muito chocada:) Dougie, você não acredita em Deus?

Passa então a descrever uma perturbadora experiência de outro dia, à mesa do jantar, quando havia uma visita em casa. (Fico pensando se esse convidado não estaria prefigurando a visita do Diretor da Escola Especial.)

S. – De repente todo o mundo ficou quieto. Eu estava olhando para o relógio da parede, que estava engraçado, e também parecia ter parado. Tudo ficou muito distante; eu me sentia esquisito e com medo e tentei me lembrar de todas as coisas de que falamos aqui, para me ajudar. Aí tive uma idéia na qual não acreditava de verdade, mas que ficava no fundo da minha cabeça como um pensamento. Senti que devia ficar acordado até tarde porque meus pais poderiam fazer alguma coisa muito estranha com o visitante. Tentei pensar em todas as coisas que você me disse e falei para mim mesmo que era apenas um pensamento dentro de mim e não tinha nada que ver com as pessoas fora. Então, depois disso, o problema foi embora e pareceu não ter mais importância.

Continua a falar sobre suas dificuldades de pensamento, tentando descrever, o mais precisamente possível, aquilo que sente.

S. – Bom, às vezes acontecem umas coisas assim. Vamos dizer que eu estava pensando que estava morto. Bem, não, não vamos pegar esse. Digamos, posso pensar numa palavra como "Pampery" (marca registrada de uma bebida à base de frutas). Aí vejo na minha frente uma ilha e depois montes de fumaça e uma grande nuvem negra. Bom, de repente olho à minha volta e não consigo de jeito nenhum me lembrar em que estava pensando e não sei quanto tempo se passou. Isso acontece com outras pessoas? Como se chama?

J. M. – Bem, podemos chamar isso de "problema de pensamento", e creio que podemos compreendê-lo um pouco como o "sentimento de sonho".

S. – Será que há problemas de pensamento que eu nem mesmo sei? Seja como for, só tenho esses dois.

Pede-me insistentemente que lhe dê informações acerca dos problemas das outras pessoas, mas aceita minha intervenção de que seu interesse pelos outros é uma maneira de compreender seus próprios problemas.

S. – Acabei de me lembrar de um sonho. Eu estava numa feira e caí dentro de uma "coisa". Era mais ou menos como uma banheira de neném. Aí vi um elevador onde estava escrito "Chartres". Havia montes de pessoas à volta e todas estavam doentes. (Sem dúvida liga-se na mente de Sammy à Escola Especial.) Fiquei com muita pena delas, mas acho que era só porque me preocupo tanto pela minha própria saúde. Aí havia uma longa estrada e é só.

(Segue falando de seu amigo Pierre, da escola, que age o tempo todo como se não ouvisse uma única palavra que as pessoas dizem.)

S. – Fico com muito medo de que isso seja o que vou ter que suportar na escola nos Estados Unidos. Tento conversar com Pierre, mas não adianta, e também não gosto de Marie porque ela parece que está sempre com medo. E tem aquele garotinho Antoine, que é o filho órfão da sra. D. Eu sempre quis vê-lo ser espancado. Sempre tive esperanças de que ela se zangasse muito com ele e queria ver a bunda dele. Uma vez ela o espancou e eu queria ser ele. Eu costumava ter medo de ser espancado por mulheres com braços grandes e gordos, mas em outra parte da minha cabeça estava dizendo: "Por favor, continue. Por favor, continue!"

No sonho Sammy se identifica com sua irmãzinha, mas em termos de objeto parcial (aquele que é trocado entre pai e mãe.)

130.ª Sessão (Sexta-feira, 27/5/55)

Sammy trouxe algumas pedras refratárias para me mostrar. Num determinado momento ele as cheira e imediatamente pede um copo de leite.

J. M. – Para protegê-lo contra o cheiro?
S. – Hehe, é, você está certa. Deixe para lá esse leite!

Rapidamente começa a desenhar "algo exatamente como uma pintura que o meu pai fez. É um motorista num ônibus e desenhei o aspecto que tem, visto de dentro".

Segue falando com grande prazer sobre ilusões de ótica, como se estivesse acabando de descobrir o mundo visual e fosse apenas capaz de olhá-lo sem o seu manto de fantasia. Sua intensa insistência nas percepções de forma e espaço me dá a impressão de que pode estar utilizando essas observações visuais como recurso para controlar experiências alucinatórias também.

Numa sessão ulterior, ele descreve as imensas dificuldades que tem para desenhar ou pintar. Sua preocupação com a forma representacional é ameaçada a cada momento pela invasão de fantasias ligadas com as pessoas ou os objetos que está tentando desenhar. Os objetos internos clamam por expressão e interferem com o mundo externo. Sammy então faz algumas ilusões de ótica para si mesmo e fica muito orgulhoso delas, dizendo que gostaria de levá-las para mostrar a seu pai. Pergunta, um pouco ansiosamente, se tem importância o fato de estar falando muito hoje. Limito-me à interpretação de que talvez se sinta mais seguro se partilhar essas descobertas com seu pai e não comigo. Ele se lembra de que há alguns anos, quando esteve numa escola por um curto período, um menino de sua turma costumava bater nele e esfregar suas pernas contra ele.

J. M. – E como você se sentia em relação a isso?
S. – Oh, eu queria aquilo, como se quisesse ter um pouco dele em mim. Quero dizer, mesmo quando ele estava me machucando, era bom. Sabe o que quero dizer?
J. M. – Como se sentir dor fosse o mesmo que compartilhar da força desse menino e receber alguma coisa dele?
S. – É, você disse certo.

Uma vez que o desenvolvimento edipiano de Sammy ainda está invadido pelas pulsões pré-genitais, não dei mais interpretações; entretanto, é claro que a "mulher com braços gordos", cujas pancadas ele desejava quando tinha seis anos, contém uma representação fálica (aqui retratada no colega que costumava bater nele).

131.ª **Sessão** (Terça-feira, 31/5/55)

Um sonho, lembrado pela metade, no qual Sammy recebe uma carta de Butch; depois a questão a propósito dos "pensamentos que desaparecem" e "outros problemas" como o medo de que as paredes à volta dele estejam se desintegrando, a idéia de que um livro repentinamente pudesse comer suas próprias páginas ou de que as palavras pudessem se transformar em casas com crianças dentro. Todos esses são "problemas inventados", e Sammy fica encantado porque prestei atenção a eles seriamente.

S. – Te enganei, não é?

J. M. – Talvez fosse interessante nós vermos aqui por que você escolheu esses devaneios em especial para me fazer de boba. (Serão as paredes que se desintegram, a análise chegando ao fim e o conseqüente pavor de um dano interno de um tipo devorador?)

Sammy imediatamente se torna muito agressivo; dá pulos e tenta me bater. Chamo a atenção dele para sua aparente necessidade de se defender em momentos nos quais me sente como perigosa ou rejeitadora.

S. – Mas não tento mais levantar a sua saia. Vê? Sei como me controlar.
J. M. – Mas às vezes é como se tivesse medo de ficar em paz comigo.
S. – É, sinto que poderia acontecer alguma coisa horrível. É só que você tem seios *e* uma vagina e eu só tenho um pênis e – ugh – diga-me: (Começa a gaguejar.) Havia um pênis nessa vagina, não havia? (Grita:) Você tomou o meu pênis, sei que tomou! Diga-me, diga-me, tenho que saber, você o tomou, não foi?
J. M. – Talvez seja importante para você acreditar nisso. O livro que devora as próprias folhas é como a minha vagina querendo devorar o seu pênis, não é? Se você imaginar que tomei as coisas boas que você possuía, então você não precisa se sentir tão preocupado por querer todos os tipos de coisas boas de mim.

Repentinamente Sammy se tranqüiliza.

S. – Diga-me, Dougie, por que é que sempre me preocupo de estar no maior de todos os trens?
J. M. – Bem, presumo que haja ocasiões em que se sente pequeno e desamparado e gostaria de ser grande e sentir-se importante como o trem grande. É um pouco como a maneira pela qual sentiu necessidade de me atacar hoje, como se quisesse ser grande e forte como seu pai. (Se Sammy renunciar ao seu pênis, só poderá conseguir potência através da identificação projetiva com um pai potente ou com um pênis simbólico imenso.) Mesmo isso se torna assustador porque você o vê também como muito forte e capaz de causar dano.

Agora Sammy está totalmente calmo e sossegado e diz, muito pensativo: "Tenho outras preocupações também, Dougie. Há essa tremenda preocupação a respeito das minhas tripas. Você acha que seja a mesma coisa? Quem me dera saber uma coisa que pudesse dizer para mim mesmo quando me sinto um pouco doente e me preocupo de que possa morrer. Me ajudou muito conversar sobre aquela preocupação com as dores no coração." (Os assustadores relacionamentos internos são modificados e ajudados quando externalizados na transferência.)

Sammy prossegue dando inúmeras descrições de medos corporais, como se houvesse pouco tempo e devesse livrar-se de todos.

Noto que, cada vez que falamos dessas fantasias de trocas sexuais, ele quase invariavelmente introjeta imagens agressivas nas quais suas "tripas" são atacadas e seus antigos pavores hipocondríacos são redespertados imediatamente depois.

132ª Sessão (Quinta-feira, 2/6/55)

Aproxima-se o Dia das Mães, e Sammy descreve os presentinhos que está fazendo. Discute por algum tempo se deve ou não fazer alguma coisa para mim e, após longo solilóquio sobre o assunto, lentamente vai desenvolvendo uma fúria intensa diante da idéia de que devo receber dele seja o que for, e termina gritando que não vou ganhar absolutamente nada e que mereço ser castigada.

S. – E, seja como for, você não me dá nenhum presente, então saia do meu caminho.
J. M. – Toda essa conversa sobre dar e receber deixa você bastante zangado. Presumo que ainda esteja pensando como ontem, que tomei de você todos os tipos de coisas preciosas e valiosas.
S. – É; e quero de volta o meu pirulito.

Esse pirulito ainda está numa gaveta da minha escrivaninha, onde Sammy o deixou há algumas semanas. Naquela ocasião, ele estava fora de si com raiva porque não aceitei e não comi esse presente altamente investido. Agora, ele corre até a gaveta e o apanha. A princípio fica indignado ao descobrir que ainda não chupei o pirulito, mas imediatamente depois fica satisfeitíssimo e tranqüilizado de saber que ele ainda existe.

S. – Claro que fico contente de que ele esteja seguro, mas fico pensando por que você não o pegou na outra vez, quando eu disse que era para você chupá-lo.
J. M. – Você sabe que pensei que para nós era mais importante compreender o que realmente significava me dar esse pirulito. Se você se lem-

bra, naquela ocasião senti que você estava insistindo para que eu o comesse porque queria impedir-me de devorar qualquer outra coisa sua – seu pênis e todas as outras coisas que você valoriza em si mesmo. Mas hoje você sente que o guardei bem guardado e seguro dentro da minha gaveta.

Na ocasião anterior, Sammy tinha estado inteiramente inacessível a qualquer discussão desse exemplar especial de atuação, mas agora está muito interessado na ligação do incidente do pirulito e suas fantasias. Entretanto, à medida que continua a conversar sobre isso, sua ansiedade começa a crescer. Torna-se inquieto, atira um ou dois objetos à volta da sala, aos poucos ocorrendo uma lenta desintegração de sua conversa. Ele próprio se dá conta disso, pára repentinamente e diz que sente que não está fazendo "progresso" em sua análise. Digo-lhe que suas fantasias estão todas começando a sair fora dele outra vez, mas que, quanto mais falarmos sobre elas, tanto mais oportunidade teremos para compreendê-las e torná-las menos assustadoras. Sammy imediatamente se senta e recorda um sonho que teve à noite passada.

> S. – Sonhei que estava na cama e um menino que conheci certa vez chamado Paul estava lá comigo. Ele fazia xixi na minha cama. Aí desaparecia, e eu o ouvia no banheiro ao lado. Ele fazia ruídos "ah-ah-ah", e eu podia ouvir a sra. Cor lá com ele, ajudando-o.

Sammy dá inúmeras associações espontâneas aos elementos anais-uretrais do sonho, a maioria relacionada a sua irmã e indicando considerável inveja de sua liberdade anal e uretral e de todas as atenções que recebe da sra. Cor por causa disso. Interpreto o ciúme que sente da irmãzinha e seu desejo de trocar com Paul (objeto menos perigoso) todas as excitantes coisas que sua irmãzinha troca na relação com a babá e com a mãe. Isso leva Sammy a torrentes de associações a propósito de seu grande amigo Butch, todas as quais expressam, de forma tenuemente disfarçada, a possibilidade de trocas sexuais desse tipo com Butch. Interpreto sua fantasia de desejo de manter jogos masturbatórios com Butch. Ele não consegue trazer qualquer associação acerca do menino chamado Paul, que parece ter sido um substituto onírico para Butch e para a irmãzinha.

A sessão termina com um retorno a uma atuação agressiva em direção a mim, sem dúvida relacionada com seu concentrado interesse na análise de seu sonho, bem como com os sentimentos subseqüentes de que vou proibir sua dupla tentativa de recuperar sua própria virilidade – em princípio através da troca pré-genital com uma figura masculina, depois ao tomar o lugar privilegiado da irmãzinha junto à mãe.

O fato de encontrar o pirulito-pênis ainda intacto ajuda Sammy a triunfar sobre sua aterrorizadora fantasia de que, se este não foi comido, então ele ainda está correndo o perigo de ser devorado! Ao protestar contra a ausência de presentes meus, Sammy lança um círculo vicioso que leva da busca de um relacionamento cálido com o objeto parcial materno bom à frustração proveniente da relação com este objeto que se torna mau e desperta medo e hostilidade. Sammy tenta controlar esses sentimentos; e, através de toda sua trágica e desesperada luta, se apercebe de que a análise tornou isso possível até certo ponto.

133ª Sessão (Sexta-feira, 3/6/55)

Através de toda a sessão Sammy repete que "não tenho mais nenhum problema, não preciso mais de você". De permeio a tentativas de me bater e a pancadinhas na mobília à volta, expressa acentuado prazer nas seguintes idéias:

(1) de que fez uma quantidade de presentes para sua mãe e não vai haver absolutamente nada para mim;

(2) de que é maravilhoso perceber que não precisa mais de mim para seus problemas;

(3) de que está se saindo extremamente bem na escola, o que é mais uma prova de que não precisa de minha ajuda.

Chegando ao final da sessão, faço uma síntese da essência de sua conversa e mostro-lhe a total negação que faz de qualquer necessidade. Digo-lhe que talvez esteja tentando se tranqüilizar quanto a que, ao permitir que ele volte para os Estados Unidos, eu não o estou abandonando; é uma maneira de me abandonar primeiro. Ele diz então que é imperioso pular na minha barriga e faz muitas tentativas de subir no meu colo. Sugiro que talvez esteja com medo de que eu tenha, na barriga, uma irmãzinha que vai receber toda a minha atenção, tão logo ele vá embora. Talvez mesmo queira entrar em mim para tornar-se o bebê da Dougie.

134.ª Sessão (Sábado, 4/6/55)

O comportamento de Sammy está totalmente diferente do da sessão de ontem – está quieto, razoável e sequioso de compreender seus sentimentos.

S. – As coisas estão bem ruins lá em casa neste momento. Meu pai está com gripe. Oh, espero que hoje à noite ele esteja bastante bem para jantar comigo e minha mãe, porque teremos lagosta. E ontem não foi muito melhor. Minha irmã estava chorando horrivelmente quando minha mãe e eu chegamos em casa. Fui para o meu quarto e chorei e chorei. Ela tinha acordado às cinco horas da manhã chorando desse jeito e me senti terrível. E disse para mim mesmo: "Não seja bobo; está tudo bem. Não exagere." Não sei por que faço isso, falando para mim mesmo desse jeito, e quisera saber por que me faz chorar tanto.

J. M. – Parece que você quis agir exatamente como sua irmãzinha. Talvez seja uma maneira de não ter que ficar zangado com ela quando ela o acorda com seu choro. Em vez de se zangar, você faz de conta que é ela.

S. – Nunca lhe contei como costumava ficar enfurecido com ela. Fazia de conta para mim mesmo que estava prendendo a cabeça dela inteira com fita adesiva e tapando-lhe a boca com as mãos. Acho que uma vez também fiz isso de verdade. (Esta é a primeira vez que Sammy expressa um sentimento francamente agressivo em relação a sua irmã.) Eu adoro quando ela vem para a minha cama. Às vezes ponho a cabeça dela bem pertinho do meu pênis e a faço mamar nele como se eu fosse a mãe dela. Uma vez coloquei as mãos dela no meu peito e fiz de conta para mim mesmo que estava dando de mamar. Eu *era* a mãe dela de verdade. Mas especialmente o meu pênis – quero que ela o pegue na boca como se fosse um seio. Por que quero isso, Dougie?

J. M. – Parece que você quer ser muito especial e importante, exatamente como sua mãe e, dessa maneira, você e seu pai seriam os pais e Anne seria o bebê de vocês. Se fosse você quem a amamentava, você não precisaria ter nenhum desses sentimentos de ciúme em relação a ela e também não teria que ter medo de todos os sentimentos que possam incomodá-lo a propósito de sua mãe. Em vez disso, você *seria* de fato sua mãe.

S. – Isso me faz pensar agora que Nova Jersey é mais alta que Nova York. Então me vem um pensamento de que posso dar um jeito de não ter medo de Nova Jersey. Não sei por que penso nessas coisas.

J. M. – Lembra-se do tempo em que você se preocupava porque os meus seios eram mais altos do que o seu pênis, como se você sentisse que os seios eram muito perigosos? Talvez na idéia de dar de mamar à

Anne com o seu pênis haja um sentimento de que assim você também teria algo como seios. Então não teria que se preocupar tanto com a perda do seu pênis. Poderia parecer uma maneira segura de ter sentimentos por seu pênis.

S. – Sabe, Dougie, acho que isso está certo; oh, Dougie, tenho certeza de que é isso.

Passa a falar novamente nos edifícios que parecem zangados se algo bom vai acontecer a ele, e isso o leva a recordar-se de nossa discussão anterior acerca da maneira pela qual atira seus maus sentimentos para fora de si mesmo. Daí, fala de seus pensamentos maus e furiosos acerca de sua irmã e repentinamente surpreende-se com o pensamento de que talvez possa ter sentimentos de raiva sem que isso seja perigoso.

S. – Sabe, Dougie, às vezes imagino que tenho que escolher entre mim e minha irmã, para ver quem vai ser morto. Ou entre mim e minha mãe ou meu pai. É realmente um problema terrível. A maioria das vezes em que penso sobre isso é com a minha irmã.

J. M. – Bem, deve haver alguma razão para você compor essa idéia assustadora. Talvez seja uma espécie de jogo que você faz – um modo de livrar-se de seus sentimentos de raiva em relação a sua família e a Anne. Você sempre pensou que não devia ter esses sentimentos. É como se dissesse para si mesmo: "Não devo ficar zangado com eles, então vou inventar uma história na qual um deles tem que ser morto." Mas fica com tanto medo de seus pensamentos de raiva que imagina que você mesmo poderia ser morto.

Sammy parece extremamente aliviado por esta interpretação. Fala acerca de uma porção de outros pensamentos de um tipo semelhante, mas diz que nenhum deles o faz sentir-se tão culpado e ansioso quanto a fantasia de ter que escolher vítimas.

Ao sair com sua mãe, disse: "Estou muito feliz hoje; trabalhei muito bem na minha análise."

Em estruturas como a de Sammy, a interpretação de material tal como suas observações acerca da altura das duas cidades (que é inadequado chamar de simbólicas, uma vez que só são simbólicas aos nossos olhos) leva a um alívio da ansiedade e à produção de novo material. Aqui a identificação com a mãe é completada pela fantasia de um bebê que é alimentado pelo pênis do pai.

135.ª Sessão (Segunda-feira, 6/6/55)

Sammy novamente está razoável e tranqüilo. Começa contando-me que perdeu sua bolsa e ficou muito incomodado com isso porque havia cinquenta francos dentro dela. Menciona então que passou por um paciente adulto na escada e discute o efeito que isso tem sobre ele – seu desejo de saber quais as dificuldades dessa pessoa, etc. Observa que seu pai já ficou bom da gripe e pergunta se eu poderia lhe dar um copo de leite: "Desta vez não é porque quero ter certeza de que você vai me tratar como uma boa mãe. É que estou com sede mesmo. Pensei nisso quando entrei, mas não quis pedir porque não queria que você pensasse que eu tinha voltado àquelas coisas antigas outra vez. Sabe? Na escola, hoje, me deram alface para comer e fiquei sufocado. A sra. Dupont me disse que você pode até morrer sufocado, se estiver fraco. Fiquei apavorado. É verdade, Dougie, fiquei até pálido!"

J. M. – As mulheres podem dar a você coisas capazes de matá-lo?
S. – Mas eu, *de fato*, não penso assim. Sabe? A nossa nenenzinha tem chorado um bocado ultimamente; os barulhos me incomodam demais. Até minha mãe disse que estava cansada daquilo, então você vê que é chato de verdade. Eu costumava ter um outro tipo de devaneio quando ela berrava. Pensava que havia, no canto do quarto, um homem com uma faca comprida e fina e que ele pulava em cima dela e a matava. Mas nem isso resolvia. O que é que uma pessoa que não tivesse nenhum problema faria quando as coisas a incomodassem desse jeito? Quero dizer, alguém que compreendesse perfeitamente e tivesse prestado total atenção à sua análise?

Explico minuciosamente a Sammy a maneira pela qual ele utiliza seus devaneios para lidar com difíceis situações da realidade, como por exemplo tentar transformar a situação em fantasia ou simplesmente fugir dela, e mostrei-lhe que, embora isso o ajude a tolerar seus sentimentos, não é uma defesa muito eficiente. Sammy compreende imediatamente o emprego que faz dos devaneios nestas e em outras situações e diz que vê que isso não é muito útil, uma vez que não faz sua irmã parar de chorar. Começa a imaginar outras maneiras de lidar com tais problemas e fica pensando se não poderia simplesmente ir embora e fazer algo interessante para si mesmo.

S. – Isso me faz pensar ainda em um outro problema. Muitas vezes saio empurrando carrinhos de brinquedo e fazendo ruídos como se esti-

vesse dirigindo. Não estou pensando em nada de especial quando faço isso, mas é como se estivesse dirigindo eu mesmo. Fico com vergonha de lhe dizer isso. Parece criancice. É certo fazer isso?
J. M. – Parece que você fica brincando com o carrinho como se tivesse um carro de verdade que fosse seu mesmo.
S. – (Parecendo surpreendido e perplexo.) Isso é brincar? É, deve ser. É errado fazer isso?
J. M. – Você ainda acha que tudo aquilo que gosta de fazer é ruim.
S. – Realmente não compreendo por que faço isso.
J. M. – Todas as crianças gostam de brincar. Isso nos ajuda a crescer, é como treinar para ser adulto.

Sammy fica perplexo e pondera que talvez esteja ficando mais parecido com as outras crianças.

136ª Sessão (Terça-feira, 7/6/55)

Passamos a maior parte da sessão tratando dos problemas de pensamento de Sammy. Ele diz que o problema dos "pensamentos que desaparecem" tem ocorrido agora quase diariamente. Em diversas ocasiões insiste em que eu o ajude a compreender esse fenômeno e pergunta se não existe algo que possa dizer a si mesmo só para fazer o problema ir embora. Discutimos isso do ponto de vista da defesa: de que pode ser um recurso para fugir de todos os pensamentos perturbadores que temos estado analisando e que, se ele puder descobrir o que significam esses pensamentos, talvez não precise mais fazê-los desaparecerem.

137ª Sessão (Quinta-feira, 9/6/55)

Antoine, colega de escola de Sammy, tem pernas muito grossas que o deixam fascinado. Sammy olha para elas durante horas, a despeito dos esforços que faz para afastar o olhar.

S. – Oh, as pernas dele, aquelas pernas gordas e compridas. Quero passar a mão nas pernas dele, mas quero tanto quanto sempre quis passar a mão na sua bunda. (Mas, assim como a bunda incluía deslocamentos dos seios, agora as pernas contêm idéias deslocadas do pênis.) E tem outra coisa. A mãe dele vem buscá-lo depois da aula e o beija. Quem me dera que ela me beijasse daquele jeito, mas é mais importante a questão das pernas. E tem outra coisa que me acontece agora. Não consigo parar de olhar para os estucadores que estão trabalhando do lado de fora da nossa casa. Eles estão trabalhando nas paredes, e eu fico olhando fixamente para eles a tarde inteira. É uma coisa ruim que eu não consiga parar de olhá-los? Quero ver mais e mais esses homens.

J. M. – Talvez seja como as pernas do Antoine. Você quer ser parte das coisas para as quais olha fixamente e sente que, se olhar para elas bastante tempo, você realmente as possuirá dentro de você. Talvez seja uma maneira de sentir-se como um tipo forte e completo de pessoa do sexo masculino. Mas presumo que ache que isso é ruim porque deseja tirar alguma coisa do Antoine ou dos estucadores.

S. – Isso me faz pensar numa outra preocupação que tenho em relação às coisas dentro de mim. Às vezes me sinto cheio de gases e digo a mim mesmo que não posso prender, que tenho que deixar sair. E gosto de deixar sair, mas penso que isso é ruim.

Uma vez que Sammy atualmente está expressando de uma maneira cada vez mais livre seus desejos homossexuais, evito interpretar, no momento, seu contexto edipiano tanto quanto a regressiva expressão anal de seus desejos fálicos.

138.ª Sessão (Sexta-feira, 10/6/55)

Sammy continua calmo e loquaz. Conversa acerca de pintores e pinturas de que gosta, como se estivesse visitando um amigo e batendo papo. Menciona então um visitante, um homem que freqüentemente aparece em sua casa com o peito nu. Esta é uma fonte de fascinação e de aflição para Sammy. Comenta que o peito dos homens é melhor do que o das mulheres e imediatamente retoma a conversa de ontem sobre os estucadores. Ficou olhando para eles durante um longo tempo esta manhã outra vez e na escola olhou para as pernas de Antoine e deu um jeito de tocá-las como por acidente. Enquanto relata este incidente, vai ficando agitado e descreve seus sentimentos numa rápida torrente de palavras.

S. – Oh, eu gostaria tanto de dar beijos e de esfregar a minha cabeça e as minhas pernas e o meu pênis e a mim todo bem dentro dele todo. E, ai!, eu todo. Pedacinho a pedacinho dentro dele. Depois, ele não existiria mais.

J. M. – Como se você quisesse comê-lo todo e, desse modo, tê-lo todo dentro de você?
S. – É, mas quero entrar na bunda dele pela racha, bem para cima e ir lá dentro e comê-lo inteirinho a partir daí. Há algum pensamento por trás disso?
J. M. – Bem, querer entrar nele e, ao mesmo tempo, querer comê-lo todo parece o tipo de coisas que um bebê deseja de sua mãe. Mas, com muita freqüência, você tem esse tipo de sentimento, não em relação a sua mãe, mas a homens e meninos.
S. – É, tem razão. Fico pensando: por que será que não tenho esses sentimentos em relação a mulheres?
J. M. – Talvez isso lhe parecesse perigoso demais. Lembra-se daquele devaneio que você teve acerca de seios que saíam para atacá-lo e o faziam perder o seu pênis? Pode ser que você tivesse medo de ter esses sentimentos de devorar e penetrar em relação a mulheres, uma vez que elas podiam ter essas mesmas idéias em relação a você. Poderia parecer mais seguro ter esses sentimentos em relação a alguém que tivesse um pênis.

Sammy continua a desenvolver os mecanismos primitivos que levaram à formação de suas fantasias homossexuais. Sua vívida fantasia de incorporação na qual ele "possui" Antoine a partir de dentro lança alguma luz sobre o valor defensivo da fusão projetiva. É interessante ver que a penetração anal aqui equivale à agressão oral – bem como Jonas, que se alimentava no interior da baleia que o engolira. Aquele que desejar devorar e incorporar pode realizar isso por meio de ser incorporado por seu parceiro.

Sammy claramente quer tornar-se Antoine para conseguir os beijos da mãe. Sem dúvida, seu ato de olhar fixamente para os operários é também uma expressão de inveja fálica que, no nível edipiano, seria um desejo de masculinidade; mas para Sammy representa também um meio de destacar-se dos aspectos perigosos da imago materna. Sente-se culpado por seus desejos edipianos, mas ainda mais por causa de seu desejo de ter uma identidade separada da figura materna, o que pode conseguir melhor através de uma identificação narcísica com os homens – Paul, Butch, Antoine ou os operários (incluída sua função de reparação e construção).

139ª Sessão (Sábado, 11/6/55)

Ao longo de toda esta sessão Sammy se comporta e conversa quase como uma criança normal de sua idade. No início da sessão anuncia que um de seus dentes acaba de cair. Traz o dente na mão e pergunta se poderia lavar a boca, porque está sangrando. Após uma visita ao banheiro, Sammy me diz que, ao voltar para o consultório, espiou para o corredor que leva para os fundos do apartamento e viu, pendurados nas suas paredes, uma quantidade de desenhos de crianças. (Pinturas feitas pelos meus próprios filhos.) Anuncia então que gostaria de deixar seu dente comigo. Propositadamente evita pedir-me que aceite o dente como presente, mas simplesmente coloca-o na gaveta onde anteriormente estivera o pirulito.

S. – Eu gostaria realmente muito de ouvir alguns discos aqui, mas talvez não deva. Além do mais, o que o seu marido diria se entrasse aqui?
J. M. – Você acha que estaríamos fazendo alguma coisa proibida se ouvíssemos música juntos e que meu marido poderia ficar zangado?
S. – Oh, você! Você ama a sua barriga, é isso.
J. M. – Talvez seja você quem gosta da minha barriga e que quer colocar alguma coisa lá dentro – como o seu dente na minha gaveta. Talvez tenha sido uma idéia desse tipo que o deixou com medo do que o meu marido diria.

Subitamente Sammy sorri e diz que sente que no final das contas não há nada com que se preocupar por ouvir um disco. Põe um dos *Concertos de Brandemburgo*, depois parte numa longa conversa de tipo adolescente na qual fala sobre os compositores que prefere, com alguns comentários sobre suas composições. Diz que tem feito sérias tentativas no sentido de apreciar a música moderna, em particular Bartók e Stravinski, mas não consegue gostar dela. Lamenta isso, porque seu pai gosta muito de música moderna. Expressa um desejo de aprender a tocar piano e dá sua opinião sobre flautas transversas e flautas doces. Daí passa aos pintores e às pinturas. Critica Rousseau e Seurat, mas acentua seu apreço por Cimbué e Rembrandt. Como fez com seus gostos musicais, comenta sua preferência pelos pintores clássicos e sua incapacidade de apreciar os modernos. A pintura abstrata e a música causam "preocupações", mas está fazendo sérias tentativas de compreender o gosto de seu pai em música e em artes plásticas. Neste ponto, chama minha atenção para o fato de que está conversando e não ouvindo música.

Agora fala sobre os convidados que estão sendo esperados para o jantar, especialmente o homem, já mencionado, que anda com a camisa aberta. Sammy explora os prováveis motivos da aberração desse amigo e fica bastante confuso em suas especulações.

S. – Isso me perturba. Me faz lembrar alguma coisa perturbadora e não sei o que é.
J. M. – Você sabe com que freqüência o seu interesse pelas mulheres fica escondido por trás do seu interesse pelos homens. Não seria uma maneira de esconder o seu interesse pelos seios das mulheres tanto quanto o seu desejo de se aproximar do homem?
S. – Oh, isso. Não tenho certeza. Seja como for, se me for permitido ficar acordado até tarde esta noite, é porque gosto *demais* das mulheres. Mas e o nosso amigo que mostra o peito nu? Por favor, me diga, Dougie, o que é que uma pessoa que não tivesse problemas faria se um amigo deixasse a camisa aberta?

Pergunto a Sammy o que realmente ele faz numa situação dessas. Sammy responde que faz uma quantidade enorme de observações sobre isso ao amigo em questão. (Os pais já me tinham relatado que o amigo fica altamente constrangido pelo interesse irresistível de Sammy por seu peito.) Sammy se apercebe vagamente de que o amigo fica desconcertado e aceita com interesse minha intervenção de que as pessoas em geral não gostam de observações pessoais desse tipo e não vão necessariamente compreender o quanto ele está se sentindo ansioso. Mergulha então numa discussão acerca de adultos que poderiam precisar de análise e passa daí a cogitar se outras crianças têm necessidade de fazer desenhos e contar histórias como ele costumava fazer quando veio me procurar. Sammy diz que está progredindo em sua análise, porque não precisa mais fazer desenhos para se sentir à vontade aqui. Pergunta se é fundamental ter problemas para vir aqui.

J. M. – Tudo o que você diz é importante na análise. Não é obrigatório que seja um problema. Hoje você me falou de suas idéias acerca de todo o tipo de coisas e me parecia que se sentia como que conversando amigavelmente e não como um paciente com "problemas". Talvez isso também seja uma maneira de provar que você pode estar comigo desse modo sem se sentir em perigo.

S. – Talvez eu quisesse ouvir música hoje para não ser paciente! Já superei a minha vontade de trazer os meus próprios discos para ouvir aqui. Mas tenho uma espécie de problema em relação à *Sétima sinfonia*. Não quero mais ouvi-la em casa. Me faz lembrar todas aquelas coisas de pum e de mortes e todas aquelas coisas tristes do início da minha análise. Eu não quero nunca mais voltar àquelas coisas, Dougie. O *Concerto n.º 13* é muito triste também. Me faz lembrar do tempo em que não havia mais nada na vida de que eu gostasse. Eu nunca ouvia qualquer música que não fosse de Beethoven e sempre quis estar sozinho. Estava sempre muito triste. Mas agora *realmente* não quero ouvir a *Sétima sinfonia* em casa. Não é algo como um problema. Não é porque pense que é ruim ou algo assim e ainda queira ouvi-la. Simplesmente não quero ouvi-la.

O final da sessão coincide com o fim do disco.

S. – Acho que a música me ajudou a falar. É mais fácil falar com música.

Ao longo de toda a sessão senti que as palavras recuperaram seu valor comunicativo para Sammy e em nenhum momento foram invadidas por impulsos primitivos nem por defesas que se lhes opusessem. Ao menos por breves períodos, ele não precisa tanto projetar em mim os impulsos assustadores. O controle e o amadurecimento que Sammy demonstra aqui foram certamente mobilizados pelo jantar que vai haver e durante o qual vai se defrontar novamente com o "amigo que anda com o peito nu". Ele está tentando desesperadamente ser mais adulto, tanto para controlar sua crescente ansiedade quanto porque cada vez mais se apercebe das atitudes críticas exibidas por aqueles que o cercam, sempre que seu comportamento social é estranho ou constrangedor.

140.ª Sessão (Segunda-feira, 13/6/55)

Sammy recebeu uma carta do Butch. Está tremendamente excitado por isso, mas brinca com a idéia de fazer Butch esperar vários meses pela resposta. Dessa maneira, diz, espera evitar a dor de ter que aguardar uma resposta ele próprio e ainda castigaria Butch ao mesmo tempo. Passa então a falar de uma amiguinha que teve, chamada Jenny.

S. – Foi numa escola especial em que estive certa vez. Quero me casar com ela. Tudo bem? Você sabe, ela é um pouco como eu. É muito quieta e não gosta de outras pessoas. Talvez tenha um medo horrível dos meninos, mas não de mim. É tão compreensiva e bondosa. Acho realmente que poderia me casar com ela e ter filhos. Acho que quero e estou certo de que ela gostaria. Não creio que isso seja ruim, não é?

Sammy dá muitos pormenores de sua fantasia de casar-se com Jenny, mas delineia todos esses projetos numa voz calma, imparcial, e não mostra nada de sua agitação habitual. Volta a falar de Butch, e o seu tom de voz muda subitamente. Grita: "Mas o meu amigo Butch, oh, aquele Butch!" Começa a pular excitadamente na sua cadeira, depois empurra-a agressivamente contra a minha.

J. M. – Você fica muito mais excitado por falar sobre o Butch do que sobre a Jenny.

Sammy aproxima-se da minha cadeira com os punhos cerrados e um brilho de ódio no olhar.

S. – É, eu te amo! Oh, eu te amo! (Diz, num tom de intensa hostilidade.)

Pula no braço da minha cadeira e começa a me beijar e repentinamente passa a me morder. Enquanto isso, repete que me ama.

J. M. – Por que você acha que quer me morder, assim de repente?
S. – Mas eu te amo de verdade. Não sei por que mordo. Me diga, você viu hoje nos jornais a notícia sobre todas aquelas pessoas que foram mortas? (Refere-se a uma notícia sobre uma grave colisão de trens locais.)
J. M. – Você fala em amor, mas creio que isso imediatamente o assusta e o leva a pensar em pessoas que são mortas!

Nesse ínterim, Sammy está manobrando sua cadeira de forma que fique ainda mais perto da minha, dizendo: "Quero ficar mais alto; é preciso. Vou te pegar, você vai ver!" Sem qualquer advertência, atira-se no meu colo e murmura: "Mmmm, Mmmam, Mmmmammm, mãe e filho, mãe e filho."

J. M. – Talvez seja esta a maneira como você quer ficar com sua mãe, com amor e ódio bem misturados.

Sammy salta fora do meu colo e começa a dar cambalhotas em cima e à volta das cadeiras.

S. – Em que estou pensando agora?
J. M. – Bem, diga-me!
S. – Na frente da minha cabeça, estou apenas brincando, mas no fundo estou pensando que você tem seios! Quero cortar fora a sua traseirinha, é isso! Hoje eu tive problemas? Estou melhor?

Indiquei o reaparecimento de seu sentimento de que sou perigosa para ele, em especial quando está falando em me amar. Diante disso, ele entabula uma longa conversa acerca da idéia de saber se eu continuaria a atendê-lo caso sua mãe não pagasse as sessões. Daí passa a tentar morder-me, fazendo referência a seios que mordem e, sem interrupção, retoma o assunto do amigo que deixa o peito nu.

J. M. – Talvez você ache que esse homem vai protegê-lo contra os seios que mordem.
S. – Sabe, isso me faz pensar nos seios da minha mãe. Nunca mais vou tocar neles.

No final da sessão Sammy faz um grande estardalhaço para sair e, ao ir-se embora, bate na minha barriga, dizendo: "Adoro essa sua barriga." Sua mãe está um pouco atrasada e ele tem que esperar na sala de espera. Escreve uma mensagem que encontro mais tarde, num pedaço de papel de desenho: "Ajude-me nos meus problemas, Dougie, por favor."

Sammy menciona seu eventual casamento com uma menininha que, ele sente, vive como ele mesmo, isolada num mundo hostil. Sente-se atraído por ela, devido à tranqüilização narcísica que as dificuldades dela lhe proporcionam; mas sua excitação sexual o faz voltar-se dela para Butch. Sente-se defensivamente obrigado a afirmar que a menininha é o objeto de sua afeição. Quando atua na transferência, dominado pela excitação despertada pelas pulsões que não consegue controlar, ele não está atacando uma mulher ou um homem, mas muito mais uma figura mista mãe-pai. Neste momento, as pulsões sexuais e agressivas estão fundidas. O amor e a morte têm exatamente a mesma importância, e o amor leva à morte. Nada poderia ser mais eloqüente do que o momento em que Sammy, lutando para controlar seus impulsos, refugia-se no colo da analista e murmura diversas vezes: "mãe e filho".

Como acontece a todas as crianças psicóticas, a apercepção de seus problemas mais profundos leva-o a dissociar aquilo que se passa na frente de sua cabeça (sua brincadeira) daquilo que se passa no fundo (está pensando em que Dougie tem seios).

A situação analítica se complica pelo fato de que Sammy sabe que em breve terá que partir. Sem dúvida isso explica por que necessita tranqüilizar-se quanto a que eu, de boa vontade, cuidaria dele sem cobrar, bem como por que deixa aquele triste pedido na sala de espera, ao final da sessão.

141ª Sessão (Terça-feira, 14/6/55)

Sammy está agressivo e difícil. Fala freqüentemente em querer pular em cima da minha barriga "para me livrar de todos os filhos que você tem aí" e, em outro estágio, "porque você devorou o meu pênis".

Faço a ligação deste material com suas fantasias acerca da rejeição antecipada e também com seus devaneios sobre Butch, que se desenvolvem lentamente.

S. – Acho que o mais importante é sobre o Butch. Vê? No fundo da minha cabeça tenho a idéia de que você tem o pênis do Butch aí dentro, e quando eu o vir vai ser horrível, ele não vai mais ter pênis.

Faço-o lembrar-se de que já teve a idéia de que sua mãe não queria que ele ficasse muito preso ao Butch e agora talvez pense que quero ter o Butch e seu pênis para mim. Talvez possamos chegar a compreender seus próprios sentimentos acerca do pênis do Butch.

S. – Não fale do Butch, Dougie. Não fale, não fale!

Sammy não está expressando uma idéia delirante quando declara que tenho o pênis do Butch dentro de mim. Ele está atuando um jogo; porém, apesar disso, está apavorado. O medo que sente da separação é percebido como uma castração e desperta hostilidade e culpa, que projeta em mim. Sente também a agressão contida em seus desejos homossexuais dirigidos ao Butch e com isso projeta em mim seu desejo de possuir o pênis do Butch.

142.ª Sessão (Quinta-feira, 16/6/55)

Outra vez Sammy mostra enorme excitação a propósito do Butch. Pula para cima e para baixo, dá risadinhas e se rebola mais do que de costume. Diz que prefere não falar sobre tudo isso porque agora está aterrorizado diante da idéia de um dia voltar a ver o Butch. Daí passa a falar de todos os perigos que estão à volta dele a cada dia. O terror que sente dos carros na rua, de pessoas estranhas, de cachorros, de qualquer coisa que se mova.

S. – Passo todo o tempo tendo pavores por causa das coisas. Por que isso, Dougie? Oh, mas uma coisa está melhor, é quanto à minha irmã. Estou começando a gostar mais dela. Agora não preciso ficar devaneando quando ela chora. Mas ela devia levar uma bofetada. Sabe? Acho que o método francês de lidar com as crianças é melhor. Eles estão o tempo todo dando bofetadas nas crianças.

Dessa afirmação a propósito da questão da irmã, Sammy passa a cogitar sobre os meus outros pacientes. Gostaria de ouvir "que eles são muito, muito doentes" e ficaria feliz se soubesse que fico muito zangada com eles. Também gostaria de saber as razões pelas quais eu poderia ficar zangada com eles. Concomitantemente a essa conversa, continua observando que está fazendo corajosas tentativas de evitar o assunto do Butch. Diz isso tão freqüentemente que lhe digo que minha impressão é de que deseja que eu o faça falar sobre o Butch. Além disso, continua utilizando apartes encorajadores do tipo: "Qual o seu problema hoje" como preâmbulo às observações sobre Butch.

143.ª Sessão (Sexta-feira, 17/6/55)

S. – Bem, qual o seu problema hoje?

Inicia sua dança e seus saltos enlouquecidos, o que agora é automaticamente associado com os pensamentos acerca do Butch; assim, hoje chamei isso de "A dança do Butch". Esta "dança" é acompanhada de surtos intermitentes de agressividade, ameaças repentinas e gestos de intimidação.

S. – Oh, aquele Butch, aquele Butch. O que hei de fazer! Vou vê-lo lá em Nova York (oh, oh, ah, ah, etc. durante mais ou menos cinco minutos).

Afasta-se então de sua preocupação predileta e passa a falar de seus dois peixinhos dourados.

S. – Comprei os dois porque queria vê-los juntos. Comprei-os com meu dinheiro. Fui sozinho, sabe? *Eu não preciso de você.*

Fica muito contente com essa afirmação e prossegue no mesmo tema por algum tempo e acompanha esse desejo com movimentos de fúria, nos momentos em que se lembra de que isso não é verdade.

S. – Eu te odeio porque tenho que me fartar de você! (Empurra sua cadeira para perto da minha.) E agora tenho um problema. Tenho que escrever uma carta no domingo – para o Butch! (Começa novamente a rotina característica de dança e saltos.)
J. M. – Aí está novamente a dança do Butch, Sammy. Você está fazendo tudo isso em vez de falar dos seus sentimentos em relação a ele.
S. – Não, não! (Cede e senta-se em sua cadeira.) É, você está certa. (Por um momento parece inteiramente calmo.) Mas, Dougie, o que vai acontecer quando eu o vir? Oh, oh, oh, ah, ah, ah... (Dispara outra vez em sua dança agitada, ensandecida.)
J. M. – Parece que você está com medo de pensar no que deseja fazer com o Butch.
S. – Bom, começa assim: vou andando em direção a ele e aí... (Interrompe-se abruptamente.) Sabe? Outro dia eu estava na banheira e me ensaboei todo, meus pés, minhas pernas, etc., etc.

Continua com uma longa história acerca de seus rituais de ensaboar-se e esfregar-se. Quando chamo a atenção para o fato de que esses rituais poderiam estar associados com pensamentos acerca do Butch, ele nega que tenha alguma vez feito algum devaneio sobre o amigo, mas acrescenta que os sonhos a propósito do Butch nunca terminam, como se lhe fosse impossível concentrar-se neles.

J. M. – Parece que você tem medo de seus sentimentos amorosos em relação ao Butch.
S. – É, tenho sim, mas também tenho medo de que ele também me ame. Dougie, imagine só, talvez ele queira até me beijar!

Uma vez mais repete aquilo em que tem insistido, de que nessa amizade era sempre o Butch quem tomava a iniciativa de beijá-lo.

Desta vez relata um episódio em que os dois estavam juntos num trem e forçaram a cabeça contra a barriga um do outro. Conclui que seus temores do reencontro antevisto são bem fundados. Teme que, no momento de encontrar Butch, "possa desmaiar ou talvez vomitar ou sentir uma dor". Parece tão crispado de ansiedade que lhe explico que essas diferentes reações que está fantasiando são defesas contra o perigo de sentir muito agudamente sua excitação a propósito de Butch; que o importante é compreender aquilo que *imagina*. É isto que o assusta – não o Butch.
Sammy prossegue discutindo seu terror até o final da sessão. Em determinado momento, enquanto fala do medo que sente do Butch, Sammy inclina-se e me beija no rosto e me bate ao mesmo tempo. Ligo esta atitude conflitante em relação a mim, com seu sentimento de excitação e terror em relação ao Butch. Ele continua me pedindo que faça alguma coisa quanto a esse pânico antes que chegue o temido momento do encontro, mas ao mesmo tempo é incapaz de prosseguir a partir de qualquer das minhas intervenções. Quando anuncio o final da sessão, ele dá um tapinha na minha barriga e diz: "Adoro sua barriga!"

> É evidente que o investimento de Butch está crescendo. Este se torna tanto um refúgio diante da iminência da separação quanto uma defesa contra aspectos edipianos e pré-edipianos da transferência. Estou em dúvida quanto a interpretar seus sentimentos homossexuais em seu aspecto puramente defensivo, uma vez que sinto sua necessidade de expressar mais livremente as pulsões parciais envolvidas.

144.ª Sessão (Sábado, 18/6/55)

Sammy começa a dar gritos agudos e a dançar pela sala; depois, chama Hélène e pede-lhe que lhe traga um copo d'água. Fica de pé, por trás da minha cadeira, inclinando ligeiramente o copo, como se quisesse atirar o conteúdo em cima de mim. O fato de pedir água é, atualmente, sinônimo de sentimentos agressivos em Sammy. Quando deseja ser acalmado e atenuar seus sentimentos de ansiedade, quase invariavelmente pede leite.

J. M. – Será que você está zangado porque ontem eu o estimulei a encarar seus sentimentos em relação ao Butch?

Sammy continua a olhar vagamente para mim, fazendo ligeiros ruídos para prender minha atenção. Enquanto isso, está dissimuladamente derramando a água no tapete.

J. M. – Será esta uma maneira de me mostrar, sem falar nada, aquilo que sente pelo Butch? Como um menininho que quer fazer xixi, como você me disse uma vez?

Rapidamente Sammy pousa o copo e puxa sua cadeira para perto da minha.

S. – Agora, o que é que quero dizer sobre o Butch?
J. M. – Vamos ver se você me conta.
S. – Sempre começa assim: quando eu chegar, ele vai estar lá no aeroporto e iremos juntos no ônibus... Aí ele vai pegar na minha mão. Sabe? Uma vez eu estava num ônibus na Itália...

Prossegue numa descrição longa e superficial das férias que passou com os pais. Ainda que os anseios por Butch estejam claramente ligados com seu pai, deixo isso de lado no momento.

J. M. – Agora sei o que você quer dizer com não ser capaz de terminar um devaneio relacionado com o Butch.
S. – Oh! Meu Deus, é assustador, mas vou tentar de novo. Bem, chego ao aeroporto, depois esse Butch, ah, ah, ele vai me beijar oh, oh, oh, oh. Aí vou dizer uma coisa para ele. Vou dizer muito zangado: "E agora, você está satisfeito?" Se ele disser que sim, vou ficar muito, muito feliz. Se não, ah, ah, ah. (Contorce-se como se estivesse sentindo dores.) Vou achar uma ilha onde nunca ninguém teve qualquer problema e um lugar onde eu teria alguns amigos. Não muitos amigos. Mas seriam amigos que eu não amaria muito e eles também se sentiriam assim. Olhe, quero desenhar a minha ilha. Agora a minha família estaria aqui e talvez você estivesse ali; aqui seria a minha casa com portas giratórias para que as pessoas não conseguissem entrar, isto é, só no caso de Butch vir; e a toda a volta da ilha haveria essas montanhas enormes. (Continua por algum tempo protegendo sua ilha dessa maneira.)
J. M. – Então, no seu devaneio, você está fugindo para uma ilha a fim de proteger-se dos sentimentos excitantes e assustadores.
S. – (Parecendo literalmente perplexo.) Mas, Dougie, como foi que cheguei a toda essa história sobre a ilha? Onde foi que descarrilei? Tenho que tentar voltar ao devaneio. Bom, cheguei ao aeroporto – ai

meu Deus, não sei o que vou fazer se ele quiser me beijar. Vou olhar para os meus pais para ver o que devo fazer. Que inferno! Não quero ir para os Estados Unidos! Simplesmente vou dizer aos meus pais que não estou interessado em ver o Butch nunca mais e quero ir embora e viver em algum outro país. Já sei, vou passar a minha vida inteira em outro lugar. Ah, esqueci de te contar. Há um problema lá em casa. Hoje de manhã fiz uma pintura para minha irmã. Meu pai gostou muito, de modo que depois me foi permitido tê-la na minha cama. Oh, oh, oh. (Geme e fica pulando para cima e para baixo em sua cadeira.)

J. M. – Sabe, Sammy? Parte dos sentimentos que tanto o assustam em relação ao Butch tem a ver com sentimentos em relação a sua família, como a maneira pela qual você fica excitado e apavorado quando seu pai fica satisfeito com você; depois há as coisas que você gostaria de fazer com sua irmã.

S. – Oh, Dougie, o que vou fazer? Esse negócio de Butch é ruim e no entanto não consigo dizer mais nada, realmente não consigo.

J. M. – Será que você está preocupado com o que eu possa pensar?

S. – Não, não. Isso é engraçado. Não tenho medo nenhum do que você possa dizer e acho que você poderia me ajudar, mas há algo em mim que não me deixa falar. Não consigo, não consigo. Nem mesmo sei como dizer. Simplesmente quero ir viver em outro país!

J. M. – Você sabe que não pode fugir de si mesmo, simplesmente indo viver em outro país.

S. – Mas o Butch não estaria lá e nunca mais vai acontecer aquilo, nunca.

J. M. – Creio que você continuaria sentindo coisas em relação às pessoas e *querendo* fazer isso, em qualquer país do mundo.

S. – Bom, então vou-me embora do mundo.

Apanha um lápis e começa a desenhar seu planeta, alongando-se em pormenores descritivos e em sua inacessibilidade.

J. M. – Esses sentimentos devem ser muito assustadores para você, Sammy, mas creio que podemos superá-los conversando sobre eles. Lembra-se de como costumava ser difícil para você falar sobre o pum e sobre os pensamentos estranhos?

S. – É, mas aquilo era diferente. De alguma maneira eu sempre soube que me era *permitido* ter aqueles sentimentos. Só não podia lhe falar sobre eles porque não a conhecia naquela ocasião.

J. M. – E desta vez você tem ainda mais medo, de modo que, de uma certa maneira, estes são sentimentos mais fortes e mais importantes.

S. – Quem me dera estar morto! (Pega o lápis e desenha seu cadáver.) Aí, eu virava pedra. Eu gostaria disso. As pedras não têm sentimentos, não é?

J. M. – Creio que você se transforma em pedra, de uma certa maneira, quando fica com muito medo de si mesmo. É um pouco como um sentimento de sonho que o assustou demais. É uma maneira de tentar não sentir nada.
S. – Dougie, tenho que tentar dizer logo a história toda sobre o Butch. Devo tentar agora? Creio que seria um tremendo progresso.

A partir daí desenvolve um longo devaneio sobre seu primeiro dia com seu amigo. Hesita por algum tempo quanto a ter ou não seus pais lá. Eles se encontram no aeroporto, beijam-se, dão-se as mãos ligeiramente. A mãe de Butch manda-os saírem para brincar, e eles descem a rua andando juntos. Vagueiam pelo parque contando um ao outro histórias acerca do que têm feito e coisas engraçadas que têm ouvido. Depois voltam e tomam chá.

S. – Aí está! Você está contente comigo?
J. M. – Foi muito assustador?
S. – Foi, foi sim, mas contei! E falei um bocado – não pensava que conseguisse!

Agora as fantasias homossexuais de Sammy atraíram para si mesmas toda a culpa que originalmente esteve ligada a suas excitações anais mais antigas. Qualquer antecipação do desejo é inevitavelmente dolorosa, uma vez que Sammy é incapaz de imaginar qualquer satisfação ou alívio, a não ser num estado que parece a morte – o sentimento de pedra.

145ª Sessão (Segunda-feira, 20/6/55)

S. – Escrevi para o Butch à noite passada, de modo que está tudo acabado. Estou imaginando que ele poderia me mandar uma resposta. (Sua voz cai para um sussurro.) E amor e beijos, oh, oh, oh!

Segue numa longa pantomima, pulando para cima e para baixo, dando gritos agudos e dançando. Depois, senta-se em sua cadeira e faz a seguinte série de desenhos:

1 – Uma barreira que ele diz que é uma cerca entre si mesmo e seus problemas.
2 – Butch beijando-o e Sammy dizendo "não, não".

(S. – Mas não é o Butch de verdade. É outra pessoa que vai me
beijar e me tirar fora todos os meus problemas. Quem me
dera que fosse o Butch!)
3 – Butch pondo as mãos no rosto de Sammy e Sammy sorrindo.
4 – Sammy morto e Butch chorando.

À medida que faz esses desenhos, Sammy com freqüência se refere a minha barriga, ao quanto a ama e à necessidade de bater nela. Conta também uma fantasia (que faz pensar num ventre) que fez enquanto tomava banho: "Eu estava numa ilha, mantendo-me seguro fora d'água, mas a idéia no fundo da minha cabeça era a de que a água era o Butch." Chegando ao final da sessão, ele me diz que Butch nunca existiu; que a fotografia que certa vez me mostrou era de um menino que ele mal conhecia, chamado Albert.

S. – Vê? A coisa toda não passa de um devaneio. Eu inventei tudo, mas é verdade que a minha vida inteira *quis* ter um amigo como o Butch.
J. M. – Isso me parece outra maneira de livrar-se do problema-Butch. Em vez de se fazer de morto, agora você está fazendo o Butch ser aquele que não existe.
S. – Oh não, oh não! Você está errada – Butch é uma invenção, a idéia toda! Não existe Butch *nenhum*!

146.ª Sessão (Terça-feira, 21/6/55)

Mais uma vez a conversa é sobre o Butch mas, ao longo de toda a sua exposição, Sammy está constantemente buscando contato físico comigo. Desta vez trago alguma coisa do material de Butch para dentro da transferência.

J. M. – Parece que você gostaria de fazer comigo muitas das coisas que sonha fazer com o Butch.

Sammy prossegue persistentemente no seu grosseiro "fazer amor", bem como nas tentativas de me bater na barriga.

J. M. – Parece que você quer ficar muito perto de mim, mas ao mesmo tempo tem medo de verdade da minha barriga. Fico pensando se não será ainda mais fácil inventar devaneios sobre o Butch do que falar acerca dos sentimentos que você tem por mim e das coisas que o incomodam.

Numa tentativa de lidar com seus desejos homossexuais, Sammy faz então um desenho no qual tanto ele quanto Butch estão mortos.

S. – Estou com tanto medo! Tudo isso me excita demais. Não vou conseguir continuar vivendo. Não consigo nem fazer as pinturas do jeito que quero. Um dia vi algumas pinturas no seu corredor – e não parecem nem um pouquinho com as minhas pinturas. Aquelas são crianças felizes, sem preocupações. Quando eu desenho, é diferente. Estou sempre preocupado quanto à aparência, porque sempre *querem dizer* alguma coisa. Como hoje, fiz umas árvores com as folhas dobradas à volta toda, assim, ó. (Faz o gesto com as mãos.) Tinha que ser assim, porque eram as pernas do Antoine. Trabalhei e trabalhei e não consegui dar a forma correta. Quem me dera poder desenhar coisas comuns, como as outras crianças.

Antoine é o menino a propósito do qual Sammy desenvolveu fantasias de penetração anal (na 138.ª sessão). Ele dispõe de tão poucos recursos para lidar com suas pulsões, e estas invadem suas desesperadas tentativas de contê-las na atividade sublimada!

147.ª Sessão (Quinta-feira, 23/6/55)

Hoje Sammy está menos agitado, mas imediatamente torna-se agressivo e quer me bater na barriga cada vez que fala em Butch. Chamo atenção para sua necessidade de atacar-me e me dar socos cada vez que se defronta com esses sentimentos. Finalmente, ele diz que gostaria de fazer um desenho daquilo que realmente deseja do Butch. O desenho lembra um pouco uma figura de mãe e filho. Sammy escreve por baixo: "um desenho do Butch apertando-me contra o peito". Pergunto-lhe se o desenho não parece mais uma mãe com o filho, e faço-o lembrar-se das diversas ocasiões em que preferiu falar sobre o Butch ou sobre alguma outra figura masculina quando na verdade estava pensando sobre idéias relacionadas com mulheres. Sammy então nota que o desenho de Butch não tem corpo, apenas a cabeça e o peito. "Bom, agora sim, acrescentei a bunda dos dois, só para mostrar que não tenho medo, e aqui estão os pênis, e aqui é o cocô saindo. Viu? Posso desenhar qualquer coisa."

Prossegue falando do amigo que anda com o peito nu e diz que muitas vezes pensa em "cortá-lo todo e comê-lo em pedacinhos".

J. M. – De fato, parece que você quer amar da única maneira pela qual um bebê pode amar sua mãe, isto é, devorando-a. Talvez isso o faça ficar com muito medo de que as mulheres se tornem perigosas para você por causa desse sentimento, então prefere ter essas idéias de devoração a propósito do Butch ou do amigo adulto.
S. – Oh, bem, então posso simplesmente ir e morder a minha mãe.
J. M. – Só não pode porque você não é mais um bebê.
S. – Bem, é, estou pensando sobre isso e sobre outra coisa *também*. Aquela vez em que encostei a minha cabeça no peito do Butch não foi tão gostoso quanto eu pensava que seria; e uma vez toquei no peito do meu amigo: não foi tão bom; toquei também nas pernas do Antoine – aquilo foi maravilhoso, mas não tão maravilhoso quanto eu pensava que seria. Imagino que aconteceria exatamente a mesma coisa com a minha mãe.

Sammy expressa o máximo entusiasmo por esta conversa e diz que realmente compreendeu algo novo.

S. – Mas, Dougie, isso é tremendamente importante! Você sabe, agora compreendi tudo aquilo de que se trata nesta análise. Tenho muita sorte de ter uma analista. Algumas crianças não podem ter, mas Antoine e Pierre e Pascale nem mesmo compreenderiam de que se trata. Como foi que compreendi isso? Eles nunca compreenderiam. Pensariam que você simplesmente vai falar de si mesmo para alguém, mas não saberiam que seria assim.

O mecanismo que permite a Sammy evadir-se de seus impulsos primitivos para os desejos homossexuais (que são em princípio utilizados como defesa, mas logo se tornam tão dominados pela culpa quanto os impulsos primitivos que estão substituindo) leva a uma situação complexa. A interpretação de que as pulsões dirigidas para sua mãe estão deslocadas é construtiva. Podemos ver que, escondido por trás da homossexualidade aparente de Sammy, existe o anseio por recuperar uma felicidade que nunca encontrou junto a sua mãe e que, aos olhos dele, parece menos perigoso procurar junto a homens cujo "peito", quando incorporado, não contém objetos perigosos como aqueles que imagina existirem dentro da mãe. A resposta de Sammy a esta interpretação é extremamente interessante: "Tenho simplesmente que ir morder a minha mãe." Quando crianças mais velhas, no curso de uma longa análise, expressam fantasias primitivas como essa, em geral trazem devaneios do tipo tomar leite, ser amamentado no seio outra vez, etc.; mas a fantasia de Sammy é sobre *morder* sua mãe.

A decepção que descreve, em cada um dos relacionamentos orais que imagina com objetos substitutos, é tão esclarecedora quanto trágica, uma vez que Sammy ainda necessita imaginar que experimentaria a mesma decepção junto a sua mãe. É provável que Sammy também se apercebesse da decepção em relação à análise e que estivesse se preparando para isso ao pôr para dentro de si a analista como objeto bom, quando falou entusiasticamente de sua boa sorte por ter uma analista.

148ª Sessão (Sexta-feira, 24/6/55)

Sammy puxa sua cadeira para junto da minha e, pela primeira vez em meses, pergunta se escrevi alguma coisa sobre a sessão de ontem. Quando pergunto quais coisas lhe interessam naquela sessão, ele passa aos devaneios sobre o Butch, acompanhados pelos mesmos tipos de fantasias. Desenha então um mapa mostrando a si mesmo e a Butch caminhando em direções opostas. Enquanto isso, fica se inclinando para beliscar os meus braços. Interpreto estes ataques à luz das fantasias sobre Butch e como expressões de sua excitação. "Eu te amo", diz por entre os dentes cerrados. Dizendo que está cansado, vai deitar-se no divã, mas imediatamente depois começa a pular para cima e para baixo, loucamente.

J. M. – Hoje você parece estar fazendo uma porção de coisas em vez de dizer o que sente.

Sammy então começa a brincar com seus pés, fazendo barulhinhos, como se estivesse balbuciando e chorando à maneira dos bebês. Responde que não pode ser igual aos bebês, porque sua irmãzinha não faz isso. Volta para sua cadeira e repete uma voz rouca e ameaçadora: "Eu te amo", como se realmente quisesse dizer "eu adoraria te matar".

J. M. – Sabe, Sammy, parece que com todos esses pensamentos enraivecidos de amor, você tem medo de se sentir feliz e de amar quando está aqui comigo; e talvez, quando está brincando de ser um bebê, isso tenha algo a ver com aquilo de que estivemos falando ontem: você gostaria de se sentir aconchegado e confortado como um bebê, mas, ao mesmo tempo, fica zangado, porque quer muito mais do que isso.

149.ª Sessão (Sábado, 25/6/55)

Hoje Sammy ainda está um pouco agressivo, mas muito mais calmo. Fala um bocado acerca da admiração que sente por seu corpo e descreve o quanto gosta de observar seus membros quando está nadando e o quanto admira a construção de seus braços e de suas mãos. Diz que se acha muito bonito e às vezes fica fascinado por seu corpo durante horas após ter estado nadando. Discutimos a tranqüilizadora apreciação que faz da beleza de seu corpo, como uma maneira de sentir que está inteiro e bem, mas ao mesmo tempo como algo que pode amar quando sente medo de amar outras pessoas, uma vez que isso freqüentemente é tão cheio de perigos para ele. Isso o põe de novo a falar sobre o Butch e sobre o terror que sente daquilo que vai acontecer quando se encontrarem novamente.

Mostro a ele o aspecto narcísico de seu interesse por Butch, cujo corpo é similar ao dele, bem como sua necessidade de prender-se a este estádio de tranqüilização por causa de todos os medos que sente em relação ao sexo feminino.

150.ª Sessão (Segunda-feira, 27/6/55)

Sammy faz incontáveis perguntas sobre minha família e fica muito zangado por não receber respostas minuciosas. Pergunto-lhe se esse interesse intenso está associado ao fato de que dentro de uma semana começarão as férias de verão e que ele vai ficar sem me ver durante algumas semanas.

Sammy empurra sua cadeira para junto da minha, depois faz dois desenhos: um de si mesmo, outro de Butch. Rasga o retrato de Butch em pedacinhos, pede fósforos para queimá-los e, ao não os obter, atira os pedacinhos pela janela. Coloca então seu próprio retrato na prateleira que há sobre a lareira. Feito isso, volta e me bate, gritando: "Oh, aquele Butch!"

J. M. – Sabe, Sammy, é realmente comigo que você está zangado. Você não vai me ver por algum tempo, durante as férias de verão, e dentro de dois meses você vai embora para sempre. Creio que acha que é tudo culpa minha. Embora tenha acabado de atirar o Butch pela janela, talvez você ache que é melhor amar o Butch do que a Dougie que o deixa sozinho.

S. – É, eu te amo.

Pega uma faca comprida de madeira de cortar papéis que está na minha mesa e faz uma brincadeira de, com ela, cortar fora a minha cabeça. Passa então a diversas outras agressões dramatizadas, que se parecem muito de perto com as fantasias agressivas em relação a Butch. A intervalos, murmura zangadamente: "quero te beijar", "eu te amo" e "quero te matar", como se matar fosse a mais satisfatória das maneiras de amar.

As defesas narcísicas que estiveram em evidência por duas ou três sessões mais uma vez impregnam esta sessão; pelo privilégio de ter seu retrato na minha prateleira, Sammy deseja até destruir simbolicamente o vínculo homossexual entre si mesmo e Butch. Ao mesmo tempo, acha que eu proíbo sua ligação homossexual.

151.ª Sessão (Terça-feira, 28/6/55)

Sammy está muito loquaz hoje e, de modo geral, bastante tranqüilo. Traz dois sonhos: no primeiro, estou muito zangada e ralho com ele por chegar atrasado. No segundo, chego em sua casa e digo-lhe, com voz zangada, que 9 horas é muito tarde para ele ir se deitar. Sammy passa espontaneamente a associar que seu pai lhe diz que ele vai se deitar muito tarde e que uma vez acrescentou que tinha certeza de que eu não aprovaria o fato de ele ficar de pé até tão tarde.

J. M. – Parece que você poderia gostar que eu ralhasse com você e fosse mais parecida com seu pai.
S. – É, eu gostaria disso.

Sua necessidade evidente de transformar-me numa figura de superego que o apoiasse leva-o a encarar seus sentimentos em relação a Butch. Passa imediatamente a fazer uma série de desenhos com os quais pretende esclarecer este problema.

S. – Aquele Butch me dá nos nervos. Posso senti-lo como se estivesse grudado em mim. Feito fita adesiva. Não consigo tirá-lo das minhas costas. (Isto é como uma versão negativa do Butch como água, circundando a ilha-Sammy*.)

---

* Ver a 145.ª sessão. (N. do T.)

ANÁLISE

152ª Sessão (Quinta-feira, 30/6/55)

Sammy continua com suas agressivas declarações de amor: "Quero te beijar e quero te dar uma porrada na barriga." Relata um sonho: "Eu estava andando por uma espécie de caminho engraçado, tortuoso, quando vinha para um apartamento igualzinho ao nosso. Encontrei uma grande caverna na parede e subi e entrei lá."

Continua, sem interrupção, com as fantasias sobre Butch, mostrando grande quantidade de sentimentos pseudo-agressivos contra ele e, fazendo esse rodeio, chega a dizer que compreende que todo esse ódio em relação ao Butch é só para protegê-lo dos seus sentimentos positivos. Isso já o assusta bem menos; mas ontem, por pouco tempo, ficou tão aterrorizado por causa de toda a sua excitação que procurou ter o "sentimento de pedra" ou o "sentimento de sonho" de despersonalização outra vez, mas esses sentimentos não voltaram.

S. – Não quero ter sentimento nenhum por ninguém. Não preciso de sentimento nenhum e sou mais feliz sem eles.

153ª Sessão (Sexta-feira, 1/7/55)

Sammy passa os primeiros quinze minutos dando guinchos, virando os olhos, dançando em volta e conversando sobre o Butch. Desenha outra série de histórias do Butch, lamentando intermitentemente que Butch lhe dá nos nervos ou que está grudado nele. Mais adiante, nesta sessão, diz que eu lhe dou nos nervos e, como ocorre em relação ao Butch, enquanto tenta explicar as coisas que faço para incomodá-lo, comete lapsos de linguagem e fala das coisas que quer fazer comigo. Por exemplo: "Agora faça-me o favor de cair fora, quero beijar o seu bumbum." Para fugir dessas idéias, volta a falar do Butch. Cada vez mais se apercebe até que ponto o medo que sente daquilo que Butch vai fazer é apenas o medo de seus próprios desejos fantasiados e que estes podem ser aceitos como tais e compreendidos.

Discutimos longamente o fato de que depois de amanhã cada um de nós vai sair em férias de verão.

154ª Sessão (Sábado, 2/7/55)

Sammy explica uma vez mais como Butch lhe dá nos nervos. Escreve todas essas afirmações, depois prende os papéis todos juntos e os entrega a mim como um presente. Insiste em que esse embrulho deve ficar escondido de sua mãe. Depois disso, diz: "Vamos brincar de marido e mulher." Em seguida dá um salto em direção à minha cadeira, tenta me bater e faz tentativas decididas de me morder.

J. M. – Será que é isso que você imagina que marido e mulher fazem quando estão juntos?
S. – Bem, só no fundo da minha cabeça; mas na frente da minha cabeça sei que não é desse jeito.

Passa a conversar sobre o Butch, entremeando idéias de ataques excitantes e agressivos contra mim, o que vem a confirmar meu sentimento de que, por trás de todo esse terror a propósito do Butch, há idéias de relacionamento sexual agressivo comigo que estão se aproximando da superfície.

Seu desejo de me dar de presente as histórias de Butch tem no mínimo duas significações importantes: em primeiro lugar, quer deixar comigo toda a sua perturbadora ansiedade; ao mesmo tempo, está deixando uma parte significativa de sua libido. Ele ainda teme que as mulheres proíbam seus desejos homossexuais e, com isso, bloqueiem o caminho para a identificação masculina. (A mãe não deve saber que ele quer se aproximar mais do pai.) Entretanto, tendo dito isso, ele passa a atuar um desejo edipiano no qual é meu marido.

* * *

Férias de verão (julho-agosto de 1955)

Por ocasião das férias, fiquei sem ver Sammy durante sete semanas, mas ele se manteve em contato comigo através de uma série de cartas nas quais expressava seus sentimentos de desespero, bem como seus esforços no sentido de ser seu próprio analista e compreender diversos fatos que o tornavam ansioso. Respondi prontamente a cada uma dessas cartas.

Na volta, a mãe de Sammy disse-me que, embora não mostrasse a ela as cartas que me escrevia, ele algumas vezes a deixava ler as minhas respostas. Ao lê-las, ela tinha a impressão de que compreendia melhor aquilo que Sammy estava atravessando naqueles dias e que isso tinha ajudado, tanto a ela quanto ao marido, a lidar com as dificuldades de Sammy em determinado momento.

As cartas altamente individuais de Sammy expressam, de maneira eloqüente, tanto seus sentimentos quanto as dificuldades de pensamento contra as quais estava lutando constantemente. É claro que ele está extremamente ansioso a propósito da separação iminente, da qual essas férias de verão foram apenas um precursor. Neste momento a ligação com Butch é seu único recurso, mas este deslocamento por sua vez desperta culpa e sentimentos de grande perigo. Num sonho em que Butch "estava lá e os meus dedos caíam", ele está nos mostrando que consegue lidar com anseios aterrorizadores simplesmente cortando fora qualquer sentimento num sentido físico, na esperança de, dessa maneira, poder controlar o sentimento emocional. "Chorei porque não conseguia sentir as coisas." Ele não quer renunciar a sua capacidade para os sentimentos. Anseia também por apalpar e sentir "a dona com os braços nus"; por trás tanto de Butch quanto dessa mulher está a imagem de sua mãe. Mas seu amor por sua mãe é também um "amor triste". Só consegue sentir-se próximo dela de uma maneira triste e angustiada e, além disso, há as ansiedades edipianas – deslocadas, como podemos ver, para o marido de uma senhora do hotel* e para as preocupações de Sammy a propósito da doença desse homem.

Além de tudo isso, a leitura dessas cartas me surpreendeu muito, uma vez que, embora tendo passado tão pouco tempo na escola – e numa escola francesa! –, ele já se mostrava capaz de ler e escrever razoavelmente bem em inglês.

155.ª Sessão (Terça-feira, 23/8/55)

Muito encabulado, Sammy menciona suas cartas. Passa a falar do projeto a que se referira anteriormente – de almoçar ou jantar

---

* Mencionada nas cartas de Sammy. (N. do T.)

comigo antes de partir para os Estados Unidos. No passado discutimos este desejo de Sammy à luz de uma fuga à situação analítica. Desta vez ele diz que conversou com sua mãe sobre essa questão e que tem permissão de me convidar para jantar em sua casa ou então de convidar-me para almoçar com ele num restaurante. Relembra as implicações analíticas que já discutimos, e depois acrescenta significativamente: "Mas desta vez, Dougie, é de verdade. Eu gostaria muito de almoçar com você e vou me comportar muito bem." Em parte por razões contratransferenciais, em parte porque sinto que Sammy está fazendo um esforço para dissolver sua ligação transferencial, discuto a proposta numa base de realidade e digo a Sammy que agradeço a sua mãe o convite, mas que eu própria o convido para almoçar comigo, na cidade, antes da partida. Ele fica radiante com este plano, e depois deixa-o de lado como algo extra-analítico. Fala rapidamente de Butch, mas somente para dizer que está nervoso a propósito do encontro iminente. Lamenta o tempo curto que lhe resta antes da partida.

Pergunta se acho que sua análise vai fazer mais "progresso" se ele estiver apaixonado por mim e acrescenta: "Mas eu *estou* apaixonado por você. Agora vamos ver se vai rápido!"; quando indago acerca da idéia de que apaixonar-se faria apressar a análise, ele diz que foi recentemente ver *Knock on wood*, filme de Danny Kaye no qual o paciente de análise se apaixona por sua analista, e ambos vivem muito felizes para sempre.

Sammy segue o tema de seu constante cuidado de comer bastante por causa de suas preocupações sempre recorrentes acerca de sua saúde. "Sabe, Dougie, eu não como muito apenas para ter braços grossos e uma bunda gorda." Acrescenta que também come demais para ficar maior do que o Butch. Desenha um braço com uma faca cravada e recorda um sonho no qual via uma mão com uma faca. No sonho ele "queria ter a carne só para si mesmo".

    S. – Fico pensando por que são sempre braços.
J. M. – O que você acha?
    S. – Bom, são bons e gordos. Bem – pode ser. Mas tive outro sonho, de que estava tentando entrar rastejando num buraco, para ficar seguro. Queria tocar em alguma coisa que estava aí dentro e que não era para eu tocar e todos os meus dedos caíram.

Prossegue espontaneamente, falando de sua mãe e do "amor triste e feliz" sobre o qual escreveu em uma de suas cartas. Explica que "amor triste" é quando ele e sua mãe ficam muito zangados entre si e, depois de brigar, se reconciliam. O "amor feliz" é sem brigas.

156.ª Sessão (Quarta-feira, 24/8/55)

Hoje surgem diversas fantasias sobre o Butch, mas seu conteúdo está mudando. Mais freqüentemente Sammy se representa como tendo a situação bem nas mãos e mostra desprezo por Butch. Num devaneio, Butch morre enquanto Sammy está "bom e vivo e, no lugar de Butch, há apenas uma pilha de ossos esbranquiçados". Em seguida a um devaneio no qual está sendo perseguido por Butch, ele traz a idéia de que deve descobrir um meio de voltar ao tempo tranqüilo em que não conhecia Butch e não havia ninguém que tivesse importância em sua vida.

J. M. – Isso parece uma volta ao "sentimento de pedra", em vez de sentimentos reais.

S. – Oh, não, Dougie! Aquele sentimento de pedra acabou-se para sempre. E o sentimento de sonho e os pensamentos que desapareciam, também! Acho que isso não vai acontecer de novo nunca mais. Tudo, tudo acabado.

J. M. – Isso significa que agora você pode se permitir ter sentimentos fortes, mesmo que às vezes sejam tristes ou furiosos ou aterrorizadores?

Sammy desenvolve uma fantasia sobre Butch na qual são amigos, mas bastante indiferentes entre si. Admite então, pela primeira vez, que não tem nenhuma certeza de que Butch o tenha realmente beijado alguma vez. Lembra-se de que o Butch era muito amável com ele.

S. – Mas quem me dera que o beijo não tivesse sido inventado, aí eu não teria que ter essas idéias assustadoras sobre o Butch. Agora posso ver o Butch amarrado a uma árvore. E eu me aproximo e o beijo até ele sofrer tanto quanto eu.

J. M. – Então o amor ainda está ligado a ataque e sofrimento?

S. – É, está – não sei por quê. Oh, mas é como aquele dia em que lhe escrevi sobre o amor triste que eu tinha com a minha mãe. Dougie, naquele dia eu *soube* que os meus sentimentos acerca do Butch estão todos misturados com os meus sentimentos pela minha mãe. Mas não acho que minha mãe tenha me beijado demais. Sempre achei que ela não me amava o bastante.

157ª Sessão (Quinta-feira, 25/8/55)

Sammy está de humor alegre e feliz. Pergunta-me diversas vezes como acho que vão indo suas preocupações e diz que muitos de seus pensamentos aflitivos foram-se embora para sempre.

S. – Mas há algumas preocupações novas que tomaram o lugar das antigas. É um tremendo absurdo que eu sempre tenha problemas.

J. M. – Você pode me dizer alguma coisa sobre os novos?

S. – Bem, o maior de todos é sobre a minha saúde. É como se eu tivesse que ficar pensando nisso, caso contrário, ficaria doente. O problema seguinte é que quando crescer vou ter que ir para a Marinha, como o meu pai, e vou ser morto. Depois tem outro problema. Meu pai diz coisas que me incomodam. Um dia ele me disse que ia ter que parar de me mandar aqui porque você não me dizia que brincar com fósforos na lareira era perigoso. Mas há uma coisa boa: a minha preocupação em relação ao Butch não é muito grande hoje. A preocupação por causa do meu pai é bem maior. Agora vamos falar sobre o nosso almoço juntos, Dougie.

J. M. – Bem, fico pensando se isso tem algo a ver com sua preocupação a propósito do que seu pai poderia pensar. Talvez você ache que ele vai ficar zangado porque nós vamos almoçar juntos. Como se você fosse fazer comigo o que Danny Kaye fez com a analista dele. Como se você quisesse tirar a mamãe do papai.

Sammy fica muito contrariado por esta interpretação e deixa bem claro que não quer de modo algum discutir as ansiedades edipianas envolvidas. Compara-me, desfavoravelmente, com sua analista de Nova York, que tomava sorvete com ele e não havia "pensamentos". Daí diz que vai escrever para o jornal um artigo sobre mim. Escreve o seguinte:

"Esta jovem senhora é psicanalista. Gosta de descobrir por que diversas pessoas têm certos problemas. Temo que ela não tenha prestado atenção ao professor que lhe ensinou psicanálise. De um certo modo, ela prestou atenção; mas, no modo em que não prestou atenção, ela não é muito compreensiva a propósito de diversas coisas como minha outra psicanalista, e essas coisas são que ela não é agradável. Mas de certo modo ela o é."

(Interrompe-se para me dizer que não devo analisar as razões por que ele quer almoçar comigo e torna a referir-se ao sorvete que

lhe era dado por sua antiga analista, dois anos atrás. Depois, continua com o "artigo".)
"Às vezes ela leva muito tempo para me ajudar nos meus problemas. Ela é um pouquinho preguiçosa. Mas, seja como for, é uma ótima pessoa para se consultar. E é ótima pessoa e muito normal. Por normal quero dizer que às vezes é muito esperta e usa a cachola e sabe o que está fazendo."
Pára de escrever para mergulhar numa longa história sobre o Butch e imagina-se chegando a Nova York de muletas, com os braços quebrados e diversas outras formas de mutilação. Digo-lhe que ele prefere se ver todo defeituoso a ter que encarar seus sentimentos em relação ao Butch. Daí falamos sobre o fato de que toda a história do Butch está sendo utilizada aqui de preferência a ter que pensar no medo que sente da desaprovação de seu pai, caso ame muito a mim e a sua mãe. Sem dizer palavra, Sammy torna a pegar o lápis e escreve: "Essa Dougie tem a cabeça muito forte, mas não é muito tranqüilizadora."

S. – Mas acho que, seja como for, prefiro saber quais são os meus problemas a tê-los apaziguados e postos de lado.

158.ª Sessão (Sexta-feira, 26/8/55)

Sammy me conta que, na noite passada, o conselheiro do acampamento de férias no qual conheceu Butch chegou a Paris e veio visitá-lo. Sammy fez-lhe inúmeras perguntas sobre Butch, para comparar a realidade com suas fantasias; por exemplo, ficou sabendo que era ele quem estava sempre correndo atrás do Butch e não o contrário. O monitor disse também que Butch era muito querido por todos os meninos no acampamento e que exercia ótima influência sobre meninos que eram dados a brigar e a criar problemas.
Sammy resolve então escrever uma história de jornal para divulgar a realidade acerca de Butch. O primeiro capítulo procura o louvor realista; mas, no segundo, os elementos eróticos predominam, e Sammy defende-se contra isso imaginando que vai rejeitar Butch.

159ª Sessão (Sábado, 27/8/55)

Uma vez mais Sammy passa a sessão fazendo esforços no sentido de integrar todas as notícias dadas pelo conselheiro ao seu sistema de idéias acerca de Butch. Escreve outro "artigo de jornal".

160ª Sessão (Segunda-feira, 29/8/55)

Sammy anuncia que o carro de seu pai foi furtado durante o fim de semana. Até aqui a polícia não encontrou qualquer vestígio dele. Acrescenta que isso é muito ruim, porque é de opinião que foi meu marido quem o furtou. Embora ria da idéia, como improvável, continua bastante agitado. Começa a escrever uma carta para o Butch, uma carta de verdade, desta vez, na qual anuncia a data de sua chegada, o horário do vôo, etc. Esta carta é estritamente fatual, bastante seca e está num acentuado contraste com a vivacidade das cartas de faz-de-conta. Sem qualquer aviso ele dá um salto e, pela primeira vez desde muito tempo, me dá um tapa no braço, dizendo que é uma coisa ruim que o carro de seu pai tenha sido furtado.

J. M. – O fato de que o carro de seu pai tenha sido furtado parece fazer com que você tenha medo de que ele tenha perdido um pouco de seu poder e que eu o tenha tomado. Você se sente menos forte porque o carro dele está perdido e isso o deixa zangado comigo.

S. – É, é culpa sua. Eu vou te dar um soco na barriga.

Torna-se muito agressivo e faz gestos ameaçadores na minha direção. Interpreto sua contrariedade como estando ligada à idéia de que o carro de seu pai representa algo masculino e valioso como um pênis e é como se achasse que eu o tenho dentro da minha barriga.

S. – Oh, isso me faz pensar num sonho que tive à noite passada! Havia uma rachadura na pele da minha mão, mas eu estava aterrorizado de ter que tocar nela. Afastei os bordos e abri-a bem. Aí coloquei minha mão dentro e esfreguei o interior.

Sammy acrescenta que freqüentemente pensa que gostaria de tocar nos órgãos no interior de seu corpo. Seguindo as imagens do sonho, conversamos sobre o fato de ele gostar de obter prazer tocando no seu pênis e sobre as assustadoras idéias que ocorrem ao mesmo tempo. Sammy diz que atualmente se sente mais feliz em relação a seu pênis e pareceu sugerir que seus interesses anais cederam o espaço aos interesses fálicos. Entretanto, a sessão é dominada pela ansiedade mais profunda de que as coisas dentro dele são ameaçadas por mim. Eu o estou abandonando e, com isso, para ele fica impossível recuperar tudo o que teme que eu lhe tenha tomado.

Escreve então uma carta para sua analista de Nova York, dizendo que gosta mais dela do que de mim e que vai vê-la brevemente. Coloca essa carta na minha mesa, dizendo que posso mandá-la pelo correio se quiser, mas que não vai me dar o endereço.

161ª Sessão (Quarta-feira, 31/8/55)

Sammy faz um desenho de mim defendendo-o contra Butch, seguido do desenho da "analista do Butch", muito zangada com Butch. Imagina então uma cena teatral e escreve o diálogo que se segue:

S. – Gostaria que o Butch não me beijasse o tempo todo.
Analista – Ah, ah, você não tem que se preocupar. Butch está sendo muito duramente castigado por sua psicanalista. Simplesmente fale dos seus problemas e vamos sair para tomar sorvete juntos.
S. – Isso faz a gente se conhecer.

A psicanalista ri rá, rá, rá e dá tapinhas nas costas de Sammy. Ambos riem rá, rá, rá.

Butch – Que sorte tem o Sammy de ter uma psicanalista tão legal. Eu simplesmente não consigo parar de beijar o Sammy. Gosto das bochechas dele e ele é meu amigo. Gosto de passar a mão nele porque ele é uma gracinha.
Analista – Mas você não deve beijá-lo. É contra os costumes! Se eu o apanhar fazendo isso mais uma vez, você vai ser *espancado*!!! O Sammy é bonzinho, mas você é mau!!!

Ela o espanca duramente porque Butch diz que eles têm que se beijar. E esse é o fim da mania que o Butch tem de beijar, para sempre.

S. – Rê, rê, Butch, rá, rá.

Sammy então começa uma carta que se inicia com "Caro Beijoqueiro", mas não vai adiante. Continua a conversar sobre as maneiras de escapar à situação-Butch, ainda que sua ansiedade pareça acentuadamente diminuída. Utiliza-se de mim aqui como figura de superego protetor tanto para si mesmo quanto para Butch. Isso também é empregado como defesa contra a "rejeição" proveniente de mim.

162ª Sessão (Sexta-feira, 2/9/55)

Sammy traz um sonho. Está espiando através das venezianas de uma casa na qual pode ver uma mulher com os braços nus. Passa a falar das venezianas da casa de seu avô, da morte de seu avô e de seu desejo de espiá-lo. Fala também de querer espiar sua mãe. Sempre quis saber o que ela está fazendo quando está num quarto com a porta fechada. Imediatamente depois refere-se novamente ao furto do carro e me bate. Pergunta então se tenho medo de dar beijos estalados em mim mesma e o que eu faria se meu filho resolvesse bater em mim.

J. M. – Talvez você esteja pensando nas coisas que faria com sua mãe no quarto, com a porta fechada.
S. – Você é muito esperta, Dougie!

Prossegue falando da mulher que estava no hotel* e de como devaneava que ela o estava abraçando e esfregando seus braços nus contra ele. Ele olhava para as axilas dela e tinha fantasias de espetá-las com um lápis e com agulhas. Faz então um desenho de Butch espiando-o, seguido de uma quantidade de outros representando o encontro vindouro com Butch. Termina escrevendo uma "carta" para Butch, na qual diz-lhe que não tenha medo.

163ª Sessão (Segunda-feira, 5/9/55)

A sessão é cheia de fantasia excitante, estimulada em Sammy pelo fato de que estou usando uma túnica de verão de mangas curtas. Passa a desenvolver as fantasias de ontem sobre braços nus.

---

* Mencionada numa das cartas que Sammy escreveu durante as férias. (N. do T.)

1 – Quer bater nos braços das mulheres até que sangrem e arrancar a carne dos ossos, "mas pensamentos não resolvem, só a ação é que resolve".
2 – Quer chupar e morder minha axila até que "saia sangue branco".
3 – Gostaria de transfixar meus braços com uma faca.

À medida que esboça essas idéias, vai intercalando observações como "não me morda", "não me bata", e dá guinchos de excitação. Mostro-lhe que todas essas idéias de morder e bater são apresentadas como um excitante jogo para duas pessoas. Ele imediatamente muda de assunto, passando a falar sobre o Butch, imaginando-se de cama, com uma perna temporariamente paralisada "e com o Butch servindo de babá".

J. M. – Então, neste devaneio o Butch está tomando o lugar de sua mãe?

Isso o leva a fazer um desenho em que ele mesmo e Butch são xifópagos que mais tarde são separados (fig. 8). Butch exibe um largo sorriso, enquanto que a boca de Sammy não está sorrindo.

Fig. 8

J. M. – Mais uma vez você está ligado ao Butch como um bebê poderia estar ligado a sua mãe. Será que você se sente como se o Butch fosse a outra metade de você mesmo?

Sammy faz outra série de desenhos nos quais o Butch é castigado de diversos modos violentos. É reduzido a pedaços de carne crua, esmagado entre portas, etc. O último desenho é um retrato de Sammy que estava dormindo e acorda para descobrir que todas as suas idéias sobre Butch não passam de um sonho. Ele não tem amigo! Sammy volta aos devaneios enfurecidos sobre mim. Gostaria de transfixar meu palato com um lápis, mas acrescenta que não faria isso se eu fosse sua verdadeira mãe.

J. M. – Com isso eu sou uma pessoa má a quem você pode fazer todas essas coisas, e então você só tem que fazer coisas agradáveis com sua mãe.

De memória Sammy desenha um cavalo amarrado, tirado de um cartão-postal que seu pai lhe deu. Enquanto fala de "belos cartões-postais de animais pré-históricos", dá um salto e diz que quer me morder. Dou a entender que ele quer ser, na relação comigo, como esses animais ferozes; mas que o desenho do cavalo que lhe foi dado por seu pai é representado como bem amarrado e que esta é uma idéia protetora contra seus perigosos desejos. Isto é seguido por um desenho de dois animais com enormes chifres, focinho contra focinho, e imediatamente após por um desenho de "meu pai com sua paleta". Por baixo deste, ele desenha um rinoceronte em posição de ataque e outro afastando-se. Faço-o lembrar-se das fantasias sobre rinocerontes e do seu desejo e do seu medo de tocar nos chifres deles, e refiro isso aos seus desejos conflitantes em relação a seu pai e ao Butch, bem como à idéia de transfixar meu palato com um lápis.

S. – Tudo o que quero é tocar no meu próprio coração e senti-lo batendo! (Faz um desenho disso.)

No final da sessão combinamos os últimos pormenores acerca do almoço de amanhã.

Almoço (Terça-feira, 6/9/55)

Ainda que isso não tenha sido mencionado muitas vezes nas notas das sessões, Sammy freqüentemente falava em almoçar comigo antes de partir. Insistia em que isso não deveria ocorrer imediatamente antes da partida, mas alguns dias antes da última sessão, de modo que pudéssemos conversar a respeito. Deixei que Sammy escolhesse dentre diversos restaurantes, e ele escolheu um especializado em comida japonesa. Pediu que antes déssemos um passseio. Durante esse passeio, Sammy tenta me constranger por seu comportamento tolo (como faz com sua mãe), tal como parar embaixo de um chafariz até ficar encharcado! Estava muito animado e cheio de perguntas o resto do tempo.

Uma vez no restaurante, ele se comporta bastante adequadamente, exibe notável encanto para o garçom, mostra interesse no cardápio e na escolha dos pratos. Pede à garçonete que lhe explique as letras japonesas. Come consideravelmente e com prazer, depois pergunta se podemos visitar o *Sacré-Coeur* (onde se esconde, na esperança de me fazer acreditar que caíra do alto). Vamos à *Place du Tertre* para tomar sorvetes e bebidas enquanto Sammy revive tudo o que aconteceu durante o dia. Faz um grande estardalhaço na hora de voltarmos para minha casa onde sua mãe o está esperando para levá-lo embora. Uma vez de volta, diz a ela que passou um dia maravilhoso e me agradece muito, "especialmente por ter gasto tanto dinheiro comigo".

O comportamento de Sammy nessa saida bastante incomum é contraditório. Na rua comportou-se como um menino bem-humorado de três anos de idade, mas, durante o almoço e no bar da *Place du Tertre*, é interessante, inteligente e, de fato, encantador.

164.ª Sessão (Quarta-feira, 7/9/55)

Sammy repassa cada pormenor da saída de ontem. Repete o quanto ficou feliz, como sente "que tudo correu muito bem" e que em momento algum se sentiu mal ou assustado. Passa a falar da viagem para Nova York que se aproxima e diz que seu pai está muito excitado por causa disso, porque o avião tem camas de verdade. Sammy acusa o pai de estar sendo pueril por ficar tão excitado por tão pouco. Diz então que certo dia chegou e encontrou seu pai olhando fixamente para suas próprias mãos. Seu pai lhe dissera que estava pensando que coisas maravilhosas são as mãos.

S. – Ele não é bobo? Odeio que meu pai fique excitado desse jeito.
J. M. – Fico pensando se você tem medo da excitação de seu pai como tem medo dos sentimentos excitados do Butch. Talvez a sua verdadeira preocupação seja o que fazer com seus próprios sentimentos em relação a seu pai. E às suas próprias mãos.
S. – Deve estar certo, mas prefiro que você fale do Butch e não do meu pai.

Faz um desenho de seu pai e de si mesmo, ambos nadando, seguido por um de Butch e de si mesmo representados como aves voando. Cada qual tem uma ilha própria, mas a de Sammy é muito maior e chegou a tomar um pedaço da de Butch. O desenho seguinte mostra Butch e Sammy nus, subindo em árvores. De um lado, há uma casa grande que pertence a Sammy e, do outro, uma casinha modesta para Butch. Sammy então dá um salto e diz que quer bater nos meus braços. Chamo a atenção para o fato de que consegue suportar a fantasia de corpos nus, agora ligada a Butch, à condição de ser maior e mais forte do que este; mas não pode suportar essa fantasia em conexão comigo por causa dos sentimentos conflitantes que os braços nus das mulheres despertam nele. Imediatamente ele se acalma e faz um desenho "no estilo de Fernand Léger" chamado "Grandes seios e grandes braços gordos". Os desenhos finais são um "instantâneo do Butch" e um retrato de "Butch bombardeado por Sammy que está num avião". Por baixo, escreve: "Estou muito feliz agora que o Butch está morto."

165.ª Sessão (Quinta-feira, 8/9/55)

Sammy faz um desenho em que está nadando junto com Butch. Sammy está se divertindo muito e Butch o está perseguindo. Esta é a penúltima sessão. As fantasias sobre Butch e os conflitos quanto a afastar-se de mim compõem a maior parte desta sessão. Expressa a idéia de que reencontrar Butch vai servir para compensá-lo um pouco por ter-me perdido. Diz que vai escrever cartas e que tenho que responder a todas.

166.ª Sessão (Sexta-feira, 9/9/55)

S. – Oh, Dougie, é o último dia. Sobre o que vamos falar?

Senta-se em silêncio por um momento, depois faz um desenho a que dá o título de "Eu morto". Quando lhe peço que fale sobre este desenho e de seus sentimentos depressivos, ele diz que não têm importância, apenas uma carta do Butch o matou. Interpreto isto como sendo seu sentimento de ser abandonado por mim e o desejo de receber cartas minhas.

S. – Eu devia te dar uma porrada. Oh, aquele Butch, ele me dá nos nervos.

Seguem-se outros três desenhos:
1 – Butch chorando porque Sammy morreu. Butch está segurando Sammy nos braços (fig.9).
2 – Butch beijando Sammy que está imóvel, morto.

Fig. 9

3 – Sammy está morto e foi para o céu, e Butch está rezando por ele.
É o final da sessão, e digo a Sammy que não temos mais tempo. Ele fica de pé à porta durante um longo tempo, olhando para mim saudosamente.

S. – Oh, Dougie, Dougie. Acabou-se a nossa hora?

Parecendo um pouco desnorteado, vira-se para sair, depois repentinamente volta correndo para dentro da sala.

S. – Dougie, eu vou voltar. Um dia eu volto para te ver.

* * *

Sammy partiu para Nova York no dia seguinte. Assim, sua análise chegou a um final abrupto, depois de oito meses de trabalho, ainda em seus primórdios.

NOTAS SOBRE A ANÁLISE DA MÃE DE SAMMY

Em novembro, dois meses após a partida de Sammy para os Estados Unidos, a sra. Y me telefonou para conversar sobre ele e perguntar se eu consideraria a possibilidade de recebê-la em análise. Disse que Sammy tinha passado vários dias em Nova York com Butch e que ela o tinha levado para a Escola Especial. Ele tinha desejado escrever-me, mas a escola acabara por decidir contra isso.

Na nossa primeira entrevista, extensamente relatada aqui, a sra. Y me contara que já estivera duas vezes em análise por causa de alcoolismo, dois anos com uma mulher e mais tarde outros dois anos com um homem. Nas duas ocasiões sentiu-se forçada a empreender o tratamento; primeiro, pelo médico; depois, por seu marido. Desta vez, a decisão era dela própria. As razões que indicou para procurar-me, até onde vai o seu saber consciente, foram de que sentia que eu compreenderia tanto sua ansiedade quanto sua ambivalência em relação a Sammy melhor do que alguém que não o conhecesse e, além disso, porque Sammy certa vez dissera: "Minha analista de Nova York me amava, mas a Dougie gosta de mim de verdade e isso é melhor ainda." A sra. Y decidira naquele exato momento que algum dia viria me consultar. Mais tarde pudemos compreender que isso significava que eu não ia tirar Sammy dela e de fato lhe garantiria o direito de ter um filho e de amá-lo. Estava também tranqüilizada quanto a que eu não a amaria demais. Os relacionamentos amorosos a assustavam tanto quanto assustavam Sammy. A sra. Y sentia uma premente necessidade de falar sobre Sammy. Desde que o deixara nos Estados Unidos afligia-se por ele e também mostrava considerável desconfiança em relação à Escola Especial. Sua opinião era de que o Diretor desejava que ela desistisse totalmente de seu filho, bem como de que ele a via também como psicótica. Seus sentimentos de culpa, já intensos em relação a Sammy, tinham aumentado. Ficava pensando se seu alcoolismo seria responsável pelo estado perturbado de Sammy, e agora duvidava de sua capacidade de ser uma boa mãe para sua filhinha. Passou a falar de suas dificuldades sexuais e, em especial, de seu desejo sexual decrescente. Seu hábito patológico de beber parecia ocorrer como meio de evitar a ansiedade social aguda, quando estava sozinha. Sentia que seus quatro anos de análise tinham-lhe trazido pequena modificação, mas que isso se devia em parte a sua pungente ansiedade por ter que se deitar no divã, de onde não podia ver o analista. Para controlar essa situação ela preparava as sessões com antecedência e falava sem parar, mas também sem nunca dizer as coisas que mais a preocupavam. Decidimos que ela ficaria sentada durante o presente tratamento, que iniciamos quinze dias depois, numa base de quatro sessões por semana. A análise mal durou um ano, com prolongadas interrupções devidas principalmente a férias. Tivemos, no total, oitenta e quatro sessões.

Deste fragmento de análise relatarei apenas os aspectos que poderiam enriquecer a compreensão que temos do jovem Sammy e, em particular, daquilo que ele representava inconscientemente para sua mãe. Havia um predomínio de drama oral-fálico na vida de fantasia da sra. Y, como na de Sammy, e a estrutura de seu ego era também muito frágil, ainda que não dominada por mecanismos psicóticos. Em suas primeiras sessões, quando não estava falando de seu marido e de seus desentendimentos, ela falava principalmente acerca de sua mãe. "Minha mãe era bonita e realizada, muito mais do que qualquer outra coisa que eu pudesse ter esperanças de vir a ser – ou pelo menos eu pensava assim – mas era extremamente cruel. Em seus freqüentes ataques de fúria, ela me espancava impiedosamente. Nós todos tínhamos pavor dela nessas ocasiões, incluído meu pai. Lembro-me de que uma vez ele e meus dois irmãos ficaram de pé olhando enquanto ela me batia muito violentamente, e nenhum deles ousou fazer qualquer movimento para me socorrer..."

Eu não podia fazer coisa alguma sem a ajuda de minha mãe e, se ela não estivesse comigo ou tomando conta de mim, eu entrava em pânico. Ela me estimulava a trabalhar em teatro, mas era a única pessoa na platéia que tinha importância. Ela me fazia montar a cavalo, mas, se não ficasse comigo, eu me aterrorizava. Chegou a escrever em meu lugar todas as minhas primeiras cartas de amor... A primeira vez que tive que ir a um baile foi-me permitido tomar um *whisky* para conseguir a coragem de ir sozinha, sem mãe... Dado que outrora tinha sofrido de encefalite, ela estava sempre cansada e fazia meu irmão e eu dormirmos várias horas todas as tardes. Tínhamos tal pavor de que ela acordasse que não nos mexíamos nem para ir urinar... Ela morreu quando eu tinha dezessete anos."

Mas, mesmo após sua morte, as bebidas alcoólicas continuaram a dar à sra. Y "a coragem de ir sozinha, sem mãe", exceto que agora ela e seu pai passaram a sair para beber juntos; até que ele se casou novamente, dois anos mais tarde. Então a sra. Y bebia com amigos – ou sozinha.

Após diversos relacionamentos amorosos com homens que a assustavam (em grande parte por causa do pânico despertado por seu próprio temor da excitação sexual), encontrou Karl Y e casou-se com ele aos vinte e poucos anos. "Eu lhe disse que nunca sabia o que sentia por um homem se ele me excitasse sexualmente. Com Karl era diferente. Ele não me atraía dessa maneira, mas me fazia sentir segura. Ficava muito zangado comigo quando eu fazia bobagens em público e sempre ficou extremamente ansioso por causa do excesso de bebida... Às vezes me trata como a uma menininha." Ficou claro, através da relação transferencial (na qual a sra. Y queria que a analista se comportasse em relação a ela da mesma maneira que o marido, isto é, que mantivesse estrito controle sobre ela e sobre seus impulsos) que ela repetia com o marido os sentimentos e a situação que tinha conhecido originalmente na relação com sua mãe.

Com a intensificação dessa forma de transferência materna, nas primeiras semanas de sua análise, a sra. Y reagiu somaticamente. Inicialmente teve um surto de urticária em todo o lado direito de seu rosto. Ela própria indicou que este era o lado que estava voltado para mim durante as sessões. Na semana seguinte, teve uma erupção na pele do braço e da mão direitos, depois uma patologia qualquer no pé direito (a qual finalmente exigiu intervenção cirúrgica sem importância). À medida que começamos a decodificar essa linguagem corporal críptica, a sra. Y ficou surda do ouvido direito! Esta surdez durou vários dias, antes de dar lugar a sonhos e fantasias de conteúdo homossexual evidente. Na 35.ª sessão, a sra. Y trouxe o seguinte sonho:

"Eu estava sentada no chão com uma mulher, e estávamos ambas nuas. Éramos adultas, mas tínhamos os genitais sem pêlos, como as crianças. A mulher me masturbava com seu pé e eu tinha um orgasmo. Eu estendia o meu pé direito para fazer o mesmo com ela e acordei." Acrescenta: "Estou terrivelmente constrangida por este sonho, porque a mulher e eu estávamos sentadas exatamente nas mesmas posições que você e eu ocupamos aqui." Associadas com este período de sua análise, havia muitas fantasias acerca de mulheres que eram sentidas como possuindo atributos incomuns e com as quais a sra. Y acreditava que era inútil pretender competir. Ao analisar este material de transferência idealizada, ela começou a compreender quanta privação e quanto sofrimento tinha vivido na relação com sua própria mãe, a quem tinha também idealizado, com prejuízo de sua própria imagem narcísica. Estas fantasias conscientes foram acompanhadas de diversos sonhos de incorporação oral, dos quais os dois seguintes são típicos: "Sonhei que estava com você e você me oferecia um pedaço de um pão branco fofo muito especial que eu costumava comprar nos Estados Unidos. Eu o colocava na minha cesta, mas ele imediatamente desaparecia, deixando apenas um espaço vazio." (Seu amor oral leva somente a perda maior e a solidão; nada de bom pode ser retido.) Nessa mesma sessão trouxe um segundo sonho. "Eu estava olhando para um cão *setter* inglês. Oh, estou certa de que era você. Você é inglesa, e tudo o que faz é ficar sentada! Seja como for, então, dois homens estavam andando junto com esse cão e o cortavam e comiam aos bocados. Eu tentava juntar-me a eles, mas eles me empurravam para o lado." (Uma vez mais ela fica sem nada. A mulher-cão-má é a mulher sexual, é comida pelos homens, e a menininha nada recebe dela. Em seus melhores aspectos, ela é boa comida, pão branco fofo, mas isto também deixa apenas o vazio, e, seja como for, falta-lhe substância.) Pudemos ver até que ponto a energia libidinal da sra. Y estava dirigida para a manutenção de uma relação oral e masoquista com a imagem materna da qual sentia-se incapaz de separar-se. A intensa erotização que fazia da relação com a mãe morta tinha sido agora transferida para Sammy. Ela tentava reproduzir com ele o mesmo tipo de relacionamento doloroso no qual predominam os elementos sadomasoquistas e orais. O relacionamento quase simbiótico que mantinha com sua mãe tinha-a impedido de desenvolver uma verdadeira identificação feminina com ela, deixando uma imagem vazia e defeituosa de si mesma. Sammy estava fadado a ser o objeto perdido que deveria preencher essa aterrorizadora lacuna. Para compreender como Sammy veio a representar também um objeto proibido (o bebê do pai, o falo que ela não podia possuir e fruir sem incorrer em intensa fúria por parte da imago materna), é preciso que examinemos em primeiro lugar os problemas de voyeurismo da sra. Y, bem como a importância fálica de seus desejos orais incorporativos.

Devido à decisão de que a sra. Y ficaria sentada no presente tratamento, pudemos recriar na transferência a situação infantil que trouxe à luz a profunda convicção que tinha de que corria perigo se saísse fora do campo de visão de sua mãe. Esta realidade psíquica era um importante elemento em seu hábito de beber, no qual tentava bastante desesperadamente recuperar narcisicamente um objeto perdido – a mãe, o seio –, bem como em suas fantasias sexuais, nas quais as pulsões de voyeurismo-exibicionismo representavam importante papel. Esta necessidade de complemento narcísico e o desejo de voyeurismo eram elementos fundamentais na relação entre Sammy e sua mãe. O elemento de voyeurismo, cujo caráter oral não precisa ser enfatizado, era habitualmente mesclado de culpa edipiana, mas suas raízes dinâmicas estão situadas no relacionamento com a mãe. Uma fantasia masturbatória típica tinha sido a de oferecer ao seu ex-analista (de sexo masculino) o dobro dos honorários normais em troca da permissão para masturbar-se diante dele (tinha se sentido culpada demais em relação a esses devaneios para discuti-los com ele). Mas agora tornou-se possível interpretar esses componentes de voyeurismo-exibicionismo como sendo uma maneira de manter a distância as pulsões proibidas e de, com isso, alcançar um contato livre de culpa com o objeto proibido, simplesmente através do ato de olhar e ser olhada. Isso trouxe como conseqüência uma compreensão do componente agressivo da vida erótica da sra. Y (contra o qual suas defesas de voyeurismo até agora a tinham protegido), e ela começou a aperceber-se de quanto seus sentimentos eróticos e agressivos estavam intimamente mesclados. O sonho seguinte, que veio várias sessões após estas que acabo de citar, é evocativo: "Eu estava esperando para ver duas mulheres que, tinha ouvido dizer, eram lindas. Elas entravam usando véus negros espessos e se deitavam e expunham seus órgãos genitais. Uma delas era muito peluda, mas a outra parecia mais uma menininha. Eu perguntava a mim mesma como era que os homens podiam achar bonita uma visão daquelas. Aí o meu marido entrava. Oferecia-me um biscoito próprio para cães que trazia entre as pernas. Eu dava um pulo e apanhava o biscoito com a boca e o engolia, como se fosse um cachorro." (Outra vez a "mulher-cão-sexual".) Em suas associações espontâneas a este sonho, a sra. Y conta uma piada. "Uma menina estava comendo cerejas em um bar. Chupava cada uma, lenta e sensualmente, enquanto um amigo a observava, fascinado. Repentinamente, ela deu uma dentada numa cereja. O amigo gritou e, dando um pulo, segurou seu pênis." No final da sessão a sra. Y contou que Sammy tinha mandado um bolo para seu pai, no aniversário dele. Na noite anterior a esse sonho ela e o marido tinham comido o bolo. Ela tinha pensado para si mesma que era como "de algum modo restaurar o Sammy dentro dela", mas esta fantasia não atenuou o sentimento de solidão e vazio que tinha na ausência dele. Vemos que o sonho se inicia com a "menina buscando uma identificação feminina com sua mãe, mas isso não pode ser aceito, em parte porque leva a um desejo oral incorporativo agressivo, na tentativa de conseguir algum tipo de unidade. Após a história da menina e das cerejas, a sra. Y tinha passado a recordar seus terríveis sentimentos de culpa em relação a sua mãe e, em particular, a acusação de a estar roubando. Em outras palavras, sentia-se culpada por desejar roubar (comer) o pênis que pertencia exclusivamente à mãe (tanto quanto o seu bebê, ao qual achava que não tinha nenhum direito). A menina-das-cerejas era apenas um dos muitos exemplos vivos que nos levaram a compreender que o ato de beber representava também, para ela, comer (e perder) o pênis. Seu desejo era incorporar e possuir suas boas qualidades e, com isso, sentir-se saciada como um bebê no seio. Observei que, quando descrevia seu hábito de beber, era como se tivesse dentro dela um pênis com qualidades boas e protetoras, enquanto que, quando parava de beber, sentia-se totalmente vazia. "É engraçado", disse, "quando estou com fome, muitas vezes sinto que é a minha vagina que está vazia. Nunca sei se o que quero é comida ou sexo." Por trás desse desejo onírico de engolir o biscoito-pênis de seu marido e de sua associação consciente com a idéia de "comer" o Sammy, a sra. Y expressou uma fantasia de cena primária alicerçada em seu próprio desejo de possuir o seio de sua mãe. A vida onírica da sra. Y e suas associações revelaram muitos equivalentes seio-pênis. Estes poucos exemplos, espero, vão dar alguma idéia da modalidade de desejo e fantasia oral intrincadamente entretecidos conforme apareciam em suas sessões, bem como da maneira impressionante pela qual se assemelhava à vida de fantasia consciente de Sammy.

Vou agora tentar apresentar minha compreensão daquilo que Sammy representava para sua mãe. Se Sammy era um objeto fálico para sua mãe (o que tendia a excluir, para ambos, a relação com o pai), a imagem que ele tinha de si mesmo estava profundamente mesclada com as fantasias orais de sua mãe. Seus impulsos desesperados e descontrolados no sentido de representar os desejos inconscientes de sua mãe forçavam-na, por seu lado, a mantê-lo à distância. "Eu nunca soube o que sentia por um homem que me atraía, e com Sammy era a mesma coisa, como se ele me excitasse sexualmente. Isso me deixava ainda mais irritada e distante em relação a ele. Tenho a impressão de que Sammy sentia tudo isso." A sra. Y achava que esses sentimentos projetados existiam desde a ocasião em que Sammy nasceu, e isso interferiu em seu contato sensível com ele, nesse momento crucial. Tinha medo de expressar o amor e a ternura maternais normais. Mais tarde surpreendeu-se e assustou-se com seus intensos sentimentos agressivos em relação a ele, mas nesses momentos de grande fúria começava finalmente a sentir-se próxima dele. "Era exatamente como aquelas terríveis surras que minha mãe me dava. Acho que ela me espancava tanto por paixão quanto por ódio. Eu me sentia relaxada depois. O mesmo ocorria quando eu espancava Sammy. Depois nós dois chorávamos e nos abraçávamos." Pela primeira vez compreendi que, quando Sammy estava fazendo amor triste e feliz com sua mãe, estava realmente revivendo com ela uma situação de desejo insatisfeito ligado à infância dela própria.

À medida que a análise progrediu, conseguimos reconstruir a tentativa que a sra. Y fez, na fantasia, de ser o complemento fálico de sua mãe, bem como sua subseqüente tentativa de fazer de Sammy o falo que ela própria estava buscando em seu desesperado desejo de recuperar seu self "inteiro". (Um aspecto de sua situação de beber compulsivamente era esta mesma tentativa de tornar-se inteira, de modo que, até esse ponto, cada vez que bebia excessivamente, ela estava, em sua imaginação, *protegendo* Sammy do papel que inconscientemente desejava que ele representasse.) Na 73.ª sessão, a sra. Y falou de seus sentimentos depressivos em seguida ao nascimento de Sammy e conseguiu expressar a idéia de que esse nascimento foi realmente uma *perda* vital. Naquela noite, após a sessão, ela sonhou que "estava numa espécie de cabana e ao meu lado havia um homem que ora era meu irmão, ora se tornava meu marido. O médico estava para chegar a qualquer momento, e eu compreendia que devia ter um orgasmo antes que ele chegasse. Quando chegou, era como se compartilhássemos algum segredo. Ele era muito solidário". A sala na qual o sonho se passa leva-a a lembrar-se do quarto que dividia com seu irmão durante as longas horas de sesta forçada. Traz então à memória uma almofadinha em forma de boneca que a acompanhou por toda a infância. "Guardei-a durante anos; sempre dormia com ela entre os joelhos e costumava utilizá-la para me masturbar. Era aí que eu costumava imaginar que estava sendo espancada ou que estava sendo exposta a pessoas estranhas e feias que ficavam olhando enquanto eu me masturbava. Isso ocorria às tardes. Até que um dia, quando eu tinha nove anos, minha mãe entrou e me surpreendeu. E jogou fora a almofadinha. Ah, agora estou vendo, aquela cabana do sonho não era a cama em que eu dormia quando era criança, era a cama da maternidade *quando Sammy nasceu*. Meu marido estava lá durante o parto. Mas foi meu irmão quem viu quando minha mãe me tomou a almofadinha em forma de boneca, quando eu só tinha nove anos!!" Assim, Sammy tinha-se tornado a almofadinha em forma de boneca que lhe tinha sido arrebatada por sua mãe. Sendo um objeto de desejo carregado de culpa e proibido por sua mãe, Sammy *tinha que ser rejeitado*. Há um trágico sentimento de destino na coincidência de que Sammy também lhe foi "tomado" quando *ele* atingiu a idade de nove anos. Igualmente trágica era sua convicção inconsciente de que a satisfação orgástica só podia ser dela "antes que o médico chegasse", isto é, antes que a mãe proibisse para sempre tanto o orgasmo quanto o complemento fálico que a almofada em forma de boneca representava e que, mais tarde, seu bebê veio a encarnar. Entretanto, até o ponto em que suas associações a levaram a identificar-me como sendo o médico, revelou sua esperança de que, apesar dos medos do início da análise de que eu também ia lhe arrebatar seu bebê e sua sexualidade, ela agora podia partilhar um segredo – o segredo de seus desejos femininos – com o médico "solidário", como fez no sonho.

As muitas excitações que a sra. Y buscava no álcool já formavam uma lista formidável. Além de ser um bom alimento e uma boa mãe, uma proteção contra a devoração do biscoito-pênis e contra a utilização de Sammy como objeto de gratificação sexual, ficou claro que seu hábito de beber era finalmente uma prova de sua "inocência". Ela não era rival da mãe na busca de um pênis ou de um bebê, mas era, ela mesma, um bebezinho que buscava somente satisfação oral. Mas, inconscientemente, tinha estimulado Sammy a representar um papel em suas fantasias de voyeurismo. Estas fantasias representavam um método especial de contato com sua própria mãe. Quando era a *mãe* quem mantinha a menina dentro de seu campo de visão, ela conseguia sentir que realmente existia. Quando, por outro lado, era a sra. Y quem ficava olhando, este ato se tornava erotizado e, com isso, passava a ser uma maneira de controlar e, finalmente, de vencer sua mãe pela esperteza. Nas últimas semanas de seu fragmento de análise comigo, ela trouxe o seguinte sonho: "Eu via Sammy usando um enorme chapéu emplumado. Ele estava inclinado para diante e espiava através de uma veneziana. É engraçado que já vi aquele chapéu antes. Ah, sim, foi na fotografia do casamento de minha mãe. E aquela era a mesma veneziana através da qual eu não conseguia ver nada! As aflições que eu costumava passar por causa das portas trancadas! Minha mãe tapava todos os buracos de fechaduras... Quando ela estava me olhando eu costumava me sentir imobilizada, como se estivesse hipnotizada." Na realidade, a sra. Y desejava observar e controlar (hipnotizar) sua mãe – e a mim, na situação analítica. Podemos lembrar que Sammy teve um sonho de "espiar" quase idêntico, perto do final de sua terapia comigo. Tudo indica que a sra. Y revivia, através de Sammy, seus próprios desejos de voyeurismo proibidos por sua mãe. Sammy devia expressar os desejos dela e, com isso, recriar, por procuração, outro vínculo em sua ligação primitiva com sua própria mãe. Seus sentimentos em relação a ele não podiam deixar de ser contraditórios. Às vezes sentia-o como um objeto perdido que tinha, portanto, que ser desinvestido e mantido à máxima distância possível, e, outras vezes, era o objeto proibido que ela podia recuperar num relacionamento erotizado, sadomasoquista. Assim, ela temia que o fato de beber pudesse ter feito Sammy adoecer; ao mesmo tempo, sentia que tinha que beber para escapar à ansiedade despertada por um relacionamento próximo demais com ele. Por sua própria doença, Sammy era verdadeiramente dela, ainda que constantemente lhe escapasse.

Após as férias de verão, a sra. Y relatou que, pela primeira vez depois de muitos anos, passara as férias sem beber demais nenhuma vez e que tinha realmente se divertido e que o antigo tédio parecia ter desaparecido. Como estava para partir de volta para os Estados Unidos dentro de pouco tempo, quis tentar passar os últimos dois meses sem análise. Nas duas últimas sessões que tivemos, depois das férias dela, parecia muito mais tranqüila e aparentava estar muito melhor fisicamente. Seus problemas sexuais, ao contrário, tinham-se modificado apenas ligeiramente e, até certo ponto, senti que seu hábito de beber tinha sido substituído por uma relação bastante agressiva com seu marido. Continuou em contato comigo de tempos em tempos e, até seu retorno aos Estados Unidos, em janeiro, seu antigo alcoolismo não reapareceu.

RELATÓRIO DA ESCOLA ESPECIAL

Relatório sobre Sammy Y (abril de 1958)

Perto do final do segundo ano de Sammy conosco, ele disse: "O primeiro ano aqui é para a gente se sentir à vontade; o segundo, para travar relacionamentos, e o terceiro, para passar ao trabalho." Isto parece ter resumido a estada de Sammy conosco até aqui. Em seu primeiro ano ele experimentou aprender a brincar com jogos e brinquedos. Antes disso, com exceção de animais de pelúcia e materiais de arte, ele passava a maior parte do tempo buscando atividades de adulto, pretendendo exibir um interesse sofisticado em pintura de vanguarda, música esotérica e coisas semelhantes, no que era uma cópia vazia de seu pai. Sua aparência era a de um velho cansado, resignado ao destino de não ter energia emocional. Empregava sua precocidade intelectual para afastar-nos, aborrecer-nos e provocar-nos com uma barreira contínua de perguntas que, quando eram respondidas, só levavam a torrentes infindáveis de novas perguntas, bem como com observações sedutoras dirigidas aos adultos que cuidavam dele. Freqüentemente propunha casamento ou fazia abordagens sexuais aos conselheiros de ambos os sexos, particularmente quando estava ansioso ou zangado com eles.

Por algum tempo envolveu-se ativamente com outro menino, bastante delinqüente, na construção de elaborados jogos de fantasia, muitas vezes de natureza homossexual levemente disfarçada. Brincavam de dar trombadas de carros, juntos falavam monotonamente aos seus conselheiros e rodavam piões de maneiras fantásticas. A menos que fosse firmemente controlado, ficava extremamente assustado por suas várias fantasias hostis. Ainda que isso lhe servisse principalmente como descarga, também nos permitia lentamente envolvê-lo no emprego de brinquedos e jogos mais adequados à sua idade.

Durante meses fez "monstros" de argila sobre os quais contava histórias, além de fazer com que dessem à luz muitos bebezinhos. Todos esses monstros se caracterizavam por grandes bocas devoradoras e longos corpos magros. Começou a conversar sobre animais e freqüentemente brincava com seus favoritos de pelúcia durante o dia. Costumava perguntar à sua conselheira o que ela faria se "um leão, um tigre e um urso viessem atrás dela e a acordassem à noite". Passou a bater à porta dela diversas vezes durante a noite e pôde então falar com ela, cada vez mais abertamente, sobre seus medos noturnos. Como resultado disso, conseguiu pouco a pouco adormecer mais facilmente. Agora, a maior parte das vezes dorme bem à noite.

Ainda que Sammy tenha estado preocupado com suas fantasias sexuais todo esse tempo, demorou bastante até que sua ansiedade em relação aos seus próprios órgãos sexuais começasse a emergir. Expressou inicialmente em figuras seu desejo de ser tanto menino quanto menina e começou a empregar os desenhos como meio de dizer-nos isso. Alguns desses desenhos eram acompanhados por histórias elaboradas, muitas vezes de violência contra sua conselheira ou contra si mesmo, quando estivesse zangado com ela.

Ao longo de toda a sua vida Sammy tem ficado perplexo diante de suas queixas psicossomáticas e ansiedades em relação aos resfriados e às dores e incômodos de todos os dias. A princípio testava-nos como para ver se cuidávamos bem dele e constantemente acusava-nos de não lhe darmos remédios ou alguma panacéia mágica. Isso se transformou na expressão declarada do quanto se preocupa com seu corpo, e atualmente mostra considerável afeto nessa área.

Sammy tem aqui uma percepção maior da realidade e parece mais motivado a fazer algo em relação a esse aspecto de sua vida do que a qualquer outro; isso se deve, em parte, ao seu sentimento de que ainda não consegue levar a vida com seus pais. Sua coordenação ainda é pobre, mas consegue resolver a maioria das situações.

No momento Sammy muitas vezes parece uma menina deficiente. Sua voz é efeminada e sussurrante e sua saúde é fonte de constante preocupação, ainda que esteja em excelente condição física, a não ser por estar um pouco abaixo do peso. Sua expressão facial mostra uma maior profundidade de tristeza, em vez do vazio ou da elação maníaca com os quais chegou aqui. Passa grande parte do tempo lendo em sua cama.

Imediatamente antes de uma visita a seus pais, no Natal, esteve continuamente testando as pessoas que tomavam conta dele. Experimentou diversas maneiras elaboradas de controlar seus conselheiros e de muitos modos tentou viver sua vida como se eles não existissem, muito como seu pai ainda tenta fazer com ele. Isso culminou numa tentativa de pôr fogo no banheiro durante sua visita à casa, o que o assustou muito; principalmente porque seus pais deram pouca importância a uma tal expressão de profunda hostilidade. Ficou muito aliviado quando viu que nós levamos o fato a sério, ainda que não o tivéssemos castigado conforme ele desejava que fizéssemos.

Nos últimos meses Sammy tem estado bastante sossegado, por si mesmo. É como se estivesse lentamente desenvolvendo algo que ainda não está muito certo do que seja. Começou a cultivar plantas em vasos e cuida muito bem delas. É muito importante para ele observar como elas crescem, e parece ter mais confiança em seu próprio futuro.

Em janeiro de 1957 sentimos que Sammy estava em condições de ser posto numa sala de aula que enfatiza a aprendizagem através de projetos e atividades, mais do que um programa formal, acadêmico. Naquela ocasião estávamos convictos de que a aceleração acadêmica contínua seria uma exigência excessiva sobre seus recursos emocionais então limitados.

Compreensivelmente Sammy reagiu a essa modificação com preocupação pelo seu resultado. Inicialmente, manteve-se distante das outras crianças. Após alguns meses seu interesse crescente naquilo que se passava dentro da sala manifestou-se de diversas maneiras. Observava o que as outras crianças estavam fazendo e ouvia o que diziam. Fazia perguntas sobre acontecimentos de sua vida diária no dormitório e às vezes começava a brincar com elas. Após um período em que travou conhecimento com sua professora e com as outras crianças, beneficiou-se, até certo ponto, de brincadeiras e atividades mais infantis. Por exemplo, passava muitas horas trabalhando com argila e construindo com blocos. Gostava particularmente de ajudar a preparar pequenos lanches para si mesmo e para as outras crianças. A música o atrai muito, mas agora num nível mais infantil. Por vários meses divertiu-se em participar de uma banda rítmica, e era um prazer vê-lo tomar parte nos jogos e nas canções infantis. Atualmente Sammy está recebendo aulas regulares durante duas ou três horas diárias. Habitualmente interessa-se pelo que está fazendo e raramente expressa insatisfação em relação aos seus resultados; nisto há um grande contraste quanto ao passado. Está se tornando cada vez mais participante junto a sua professora e interessa-se cada vez mais pelas discussões relativas à vida na sala de aula, tanto quanto a suas próprias preocupações.

Quando Sammy está ansioso, em especial durante as semanas que se seguem a um período que passou com seu pai, torna-se distante e parece triste. Seus movimentos, então, são lânguidos e limitados. Numa situação conflituosa com algum outro menino, Sammy geralmente volta-se para a professora com uma exigência arrogante de que ela "faça alguma coisa". Mas é encorajador o fato de que não precisa mais manter uma atitude hostil e negativista em relação a tudo e a todos, quando está se sentindo perturbado.

Sammy iniciou sessões de psicoterapia individual duas vezes por semana com nossa assistente social psiquiátrica, no final de novembro de 1956. Recebeu esta nova situação com ansiedade. Sua necessidade de controlar e fazer perguntas incessantes ficou mais acentuada durante algum tempo, até que começou a confiar nessa pessoa nova em sua vida. Fez muitas tentativas de adaptar o trabalho individual à modalidade com a qual já estava familiarizado e ficava bastante perplexo quando não conseguia a cooperação da terapeuta. Durante algum tempo foi-lhe permitido brincar, primeiro fazendo um imenso crocodilo de argila, depois um grande ovo que ia "levar um ano para chocar". Com argila ele era capaz de ser agressivo, e finalmente também com os brinquedos. A brincadeira com bonecas era inverossímil e acompanhada de muito comportamento hostil em relação às figuras de pai e mãe.

As atividades de brincar cessaram cinco meses após o início das sessões, talvez porque se sentia suficientemente seguro para falar sobre aquilo que estava em sua mente acima de tudo – seu próprio desenvolvimento sexual. Inventou um modo singular de testar a atitude de sua terapeuta em relação ao sexo, compondo todo o tipo de histórias sobre pênis, tais como "como os homens perderam seus pênis". Este tema teve muitos e variados desenvolvimentos. Dois meses mais tarde fez um desenho e uma planta florescendo. Indicou o prazer colocando notas musicais à volta da figura e escreveu "crescimento" ao lado.

Recentemente começou a falar sobre seus temores à masturbação. Utilizou o artifício de desenhar para comunicar suas preocupações. Algumas dessas figuras eram elaboradas e outras eram simplesmente desenhos de como via seus genitais. Desenhou uma planta chamada "Yeus", que cresce num país distante, na América do Sul. Tinha uma linha vermelha que corria através dela e era capaz de espirrar veneno em cima das mulheres. Disse que era uma planta muito bonitinha. Tinha folhas grandes que podiam comer gente. Precisava de muito pouca água, porque conseguia armazená-la em suas grandes folhas.

Na semana seguinte Sammy começou a falar sobre seus pavores noturnos. Desta vez, contou a história do seqüestro de uma mulher nua. A partir desta ocasião, durante cerca de quatro meses, o tema foi mulheres nuas, histórias e desenhos de mulheres nuas; recordou um incidente ocorrido durante um período de férias quando tinha seis anos. Sua mãe e ele estavam numa estação de férias; seu pai não estava presente. Sua mãe tinha ido ao bar do hotel para beber alguma coisa e mais tarde foi seguida até seu quarto por um homem embriagado. Sammy assistiu à luta entre sua mãe e o homem na cama e mais tarde a viu vir para junto dele quando ele já estava deitado. Ao falar sobre isso e fazer desenhos sobre a cena, recordou-se de ter composto muitas histórias com essa lembrança em todas as suas minúcias. Sentiu-se aliviado ao saber que sua mãe nos tinha relatado esse episódio quando a entrevistamos*.

No momento presente, Sammy tem desenvolvido uma quantidade de queixas psicossomáticas – dores nas pernas, no flanco, na garganta. Está intensamente interessado em três doenças – poliomielite, apendicite e paralisia cerebral. Tem exibido também ansiedade acerca da doença mental, fazendo desenhos de uma mulher que está com hidrofobia. Explicou que seu medo da doença, mental

---

* Sammy de fato não tinha esquecido o incidente. Freqüentemente se referia a ele em casa e, em determinado momento de sua análise comigo, utilizou-o como recordação encobridora para ansiedades da cena primária. (J. M.)

ou física, era devido ao fato de estar preocupado com sua magreza e com sua baixa estatura e por ter medo de esconder suas preocupações. Estas últimas também estavam associadas com a masturbação, que tem aumentado desde que descobriu que está se desenvolvendo sexualmente.

O sr. Y passou três meses em Paris no início do corrente ano. Sammy ficou ansioso, imaginando que seu pai se casaria com outra mulher e que não era possível confiar em sua mãe sozinha. Entretanto, pôde conversar sobre essas preocupações imediatamente. Obviamente, ficou aliviado quando seu pai voltou para casa.

Sammy tem ainda uma forte necessidade de testar sua terapeuta cada vez que tem algo novo para dizer, mas esses testes evidenciam bem menos hostilidade. É como se esse fosse um padrão do qual ele ainda não pode abrir mão, mas não existe mais o sentimento que levava a isso. Ainda teme que as pessoas importantes de sua vida sintam ciúme umas das outras, mas isso também é agora menos intenso que antes.

PÓS-ESCRITO

Eu gostaria de acrescentar a esta nova edição da história da psicanálise de Sammy uma nota de caráter pessoal a propósito de meus próprios sentimentos na ocasião em que estava para se iniciar o relacionamento analítico entre mim e Sammy. Eu me senti algo mais do que pouco à vontade acerca do projeto que os pais de Sammy puseram diante de mim. Minha experiência com a análise de crianças limitava-se a meros dezoito meses de formação em psicoterapia de crianças na Hampstead Child Therapy Clinic (hoje Centro Anna Freud) em Londres, tendo sido este treinamento interrompido pela contingência de ter que fixar residência permanente em Paris por motivos ligados à atividade profissional de meu marido. A srta. Anna Freud expressou seu desapontamento quando tive que abandonar o curso, mas amavelmente deu-me uma carta de apresentação para a princesa Marie Bonaparte, que, naquela época, representava papel de destaque no Instituto de Psicanálise de Paris.

Tendo sido aceita como candidata à formação no Instituto de Paris, auxiliada, sem dúvida, pela amabilíssima recepção que tive da parte de Marie Bonaparte, além da minha formação em psicanálise de adultos, pude acompanhar um seminário sobre "Psicoterapia de crianças", dado por Serge Lebovici. Uma vez que eu falava inglês e tinha feito uma breve incursão na formação psicanalítica para o trabalho com crianças, Lebovici perguntou-me se poderia encaminhar Sammy para mim como paciente infantil em potencial. Com isso, a não ser por um pequeno número de crianças com distúrbios neuróticos e problemas escolares, com as quais eu tivera breve experiência psicoterapêutica na Brixton Child Guidance Unit sob os auspícios do London City Council, Sammy foi de fato meu primeiro caso psicanalítico de criança. Com pouca segurança pessoal e menos ainda treinamento, e com não mais do que três anos de análise pessoal naquela ocasião, eu também estava relativamente insegura sobre mim mesma como mãe, visto que tinha um menino e uma menininha, ambos tão perturbados quanto eu própria pela repentina exposição a uma nova cultura e a um novo idioma. Todas essas circunstâncias contribuíam para o meu sentimento de intranqüilidade.

Após diversas semanas de trabalho concentrado com Sammy, vi-me constantemente preocupada com ele, tanto dentro quanto fora de suas sessões. Pensamentos sobre ele e ansiedade acerca de nosso relacionamento intrometiam-se não somente nas minhas sessões com meus primeiros pacientes adultos, mas invadiam até os meus sonhos. Algumas vezes eu esperava ansiosamente sua chegada; outras, eu a temia. Isso levou-me a questionar se eu teria realmente algum dom para o trabalho psicanalítico com crianças. Portanto, armei-me de coragem e decidi pedir uma entrevista ao dr. Lebovici a fim de apresentar-lhe minhas dúvidas e dificuldades e de convidá-lo a fazer uma avaliação sincera daquilo que me parecia uma experiência analítica caótica. Estava preparada para ouvir que ele teria que procurar um analista de crianças que fosse competente para continuar o trabalho iniciado de maneira tão capenga.

Gostaria de aproveitar esta oportunidade para agradecer a Serge Lebovici por sua paciência em ouvir-me, por ler cuidadosamente minhas longas anotações do processo e por calorosamente encorajar-me a prosseguir no meu empenho. Ademais, agradecidamente aceitei sua sugestão de aderir a um grupo de supervisão que se reunia semanalmente para discutir problemas de psicoterapia de crianças. Não somente foi-me permitido participar do seminário, mas fui imediatamente convidada a apresentar meu material clínico, visto que este parecia a Lebovici altamente instrutivo. O fato de que eu atendia Sammy cinco vezes por semana foi também surpreendente para meus colegas franceses, que raramente atendiam seus pacientes infantis mais de duas vezes por semana. Só então compreendi que eu estava seguindo uma tradição puramente britânica.

Embora a escassa compreensão da língua francesa de que eu dispunha naquele momento me impedisse de entender a maior parte da vívida discussão que se seguia a cada uma das minhas apresentações semanais, num francês vacilante, do meu trabalho com Sammy, a presença de Serge Lebovici e a colaboração dos outros membros do grupo proporcionaram-me o sentimento de apoio de que eu tanto necessitava.

Sammy e eu não pudemos manter-nos em contato após sua partida para a Escola Ortogênica de Chicago. Isto se deveu ao fato de que uma das normas estritas da escola determinava que quaisquer cartas recebidas pelas crianças seriam cuidadosamente examinadas. Cabia aos professores determinar para cada aluno se poderia ou não receber cartas que lhe fossem enviadas por pessoas da família ou por amigos, com a finalidade de avaliar se essa correspondência poderia ter efeito prejudicial sobre a estabilidade da criança dentro da instituição. Nesse mesmo sentido, decidia-se se as pessoas da família ou outras deveriam receber as cartas da criança. Ficou decidido que as cartas de Sammy não deveriam ser enviadas para mim e que qualquer carta que eu lhe escrevesse seria devolvida. Vim a saber subseqüentemente que ele me escrevera diversas cartas e que, por um considerável período de tempo, ficara ansiosamente à espera das minhas respostas.

Foi assim que, afora as informações que os pais de Sammy me davam, nos três anos que seguiram à partida dele da França e da ida dos próprios pais para os Estados Unidos, fiquei sem notícias de Sammy por muitos anos. Um dia, voltando de férias de inverno, para minha surpresa encontrei uma carta dele na qual explicava que desde que saíra da Escola de Chicago tinha, a cada ano, tentado entrar em contato comigo, na visita que anualmente fazia a Paris. A cada vez me telefonava, mas ninguém atendia. Uma vez que essas visitas coincidiam com as férias de Natal, eu de fato estava sempre fora da França nessa época do ano. A partir da ocasião em que recebi sua primeira carta, a qual respondi imediatamente, ocorreu uma troca de cartas entre nós durante alguns anos. Ele pediu notícias do "nosso livro" e, logo que *Dialogue with Sammy* foi publicado, enviei-lhe um exemplar, antes de partir uma vez mais para minhas férias de inverno.

Na volta das férias encontrei uma carta que Sammy pessoalmente colocara na minha caixa de correio. Dentre outras coisas dizia que tinha lido *Dialogue with Sammy* com grande interesse e que seu conteúdo o deixara encantado. Um ano depois ele conseguiu vir a Paris numa época em que eu não estava em férias. Telefonou-me com o seguinte pedido: "Lembra-se, Dougie, da promessa que eu lhe fiz há vinte anos, antes de ir embora? Eu lhe disse que um dia voltaria e a levaria para jantar!" Encontramo-nos e jantamos juntos. Tive a impressão de que o meu prazer por esse encontro era também partilhado por Sammy. Ele me falou de todas as suas atividades mais recentes e uma vez mais trouxe à baila a questão da importância do "nosso livro". Nessa ocasião pedi a Sammy permissão para citar as linhas finais da carta que ele me escrevera após ter lido o livro, já que se tinha colocado a questão de lançar uma nova edição revista de *Dialogue*. Ele respondeu que ficaria "feliz e orgulhoso" de ser citado nas linhas finais da nova edição.

A carta de Sammy terminava assim: "É muito tranqüilizador para mim saber que os nossos meses de trabalho conjunto não ficaram esquecidos. Quando cheguei ao fim do livro eu disse para mim mesmo: 'Se fosse eu o analista, também acabaria amando aquele menininho.' "

Não é um dos objetivos da aventura psicanalítica este de permitir que cada analisando descubra dentro de si mesmo a criança que foi outrora, que aprenda a conhecer essa criança, a compreendê-la e a valorizar a luta que a criancinha do passado empreendeu para conseguir sobreviver psiquicamente? Não é nossa esperança que, como analistas, nós mesmos, tanto quanto nossos pacientes, possamos, através de nossa experiência psicanalítica, vir a amar a criança ansiosa e mesmo louca do passado, que ainda vive intensamente dentro de nós?

JOYCE MCDOUGALL
Dezembro de 1988

IMPRESSÃO E ACABAMENTO
Yangraf   Fone/Fax: 218-1788